昭和期デカダン短篇集

michihata taizō
道籏泰三 編

講談社文芸文庫

目次

昭和期デカダン短篇集

セメント樽の中の手紙

葉山嘉樹

松戸与三はセメントあけをやっていた。外の部分は大して目立たなかったけれど、頭の毛と、鼻の下は、セメントで灰色に蔽われていた。彼は鼻の穴に指を突っ込んで、鉄筋コンクリートのように、鼻毛をしゃちこばらせている、コンクリートを除りたかったのだが、一分間に十才ずつ吐き出す、コンクリートミキサーに、間に合わせるためには、とても指を鼻の穴に持って行く間はなかった。

彼は鼻の穴を気にしながら遂々十一時間――その間に昼飯と三時休みと二度だけ休みがあったんだが、昼の時は腹の空いてる為めに、も一つはミキサーを掃除していて暇がなかったため、遂々鼻にまで手が届かなかった――の間、鼻を掃除しなかった。彼の鼻は石膏細工の鼻のように硬化したようだった。

彼が仕舞時分に、ヘトヘトになった手で移した、セメントの樽から、小さな木の箱が出た。

「何だろう?」と彼はちょっと不審に思ったが、そんなものに構っては居られなかった。彼はシャベルで、セメント桝にセメントを量り込んだ。そして桝から舟へセメントを空けると又すぐ此樽を空けにかかった。

「だが待てよ。セメント樽から箱が出るって法はねえぞ」

彼は小箱を拾って、腹かけの丼の中へ投げ込んだ。箱は軽かった。

「軽い処を見ると、金も入っていねえようだな」

彼は、考える間もなく次の樽を空け、次の桝を量らねばならなかった。

ミキサーはやがて空廻りを始めた。コンクリがすんで、終業時間になった。

彼は、ミキサーに引いてあるゴムホースの水で、一と先ず顔や手を洗った。そして弁当箱を首に巻きつけて、一杯飲んで食うことを専門に考えながら、彼の長屋へ帰って行った。発電所は八分通り出来上ていた。夕暗に聳える恵那山は真っ白に雪を被っていた。汗ばんだ体は、急に凍えるように冷たさを感じ始めた。彼の通る足下では木曾川の水が白く泡を噛んで、吠えていた。

「チェッ! やり切れねえなあ、嬶は又腹を膨らかしやがったし、……」彼はウヨウヨしてる子供のことや、又此寒さを目がけて産れる子供のことや、滅茶苦茶に産む嬶の事を考えると、全くがっかりしてしまった。

「一円九十銭の日当の中から、日に、五十銭の米を二升食われて、九十銭で着たり、住んだり、箆棒奴！　どうして飲めるんだい！」

が、フト彼は丼の中にある小箱の事を思い出した。彼は箱についてるセメントを、ズボンの尻でこすった。

箱には何にも書いてなかった。そのくせ、頑丈に釘づけしてあった。

「思わせ振りしやがらあ、釘づけなんぞにしやがって」

彼は石の上へ箱を打っ付けた。が、壊れなかったので、この世の中でも踏みつぶす気になって、自棄に踏みつけた。

彼が拾った小箱の中からは、ボロに包んだ紙切れが出た。

それにはこう書いてあった。

――私はNセメント会社の、セメント袋を縫う女工です。私の恋人は破砕器へ石を入れることを仕事にしていました。そして十月の七日の朝、大きな石を入れる時に、その石と一緒に、クラッシャーの中へ嵌りました。

仲間の人たちは、助け出そうとしましたけれど、水の中へ溺れるように、石の下へ私の恋人は沈んで行きました。そして、石と恋人の体とは砕け合って、赤い細い石になって、ベルトの上へ落ちました。ベルトは粉砕筒へ入って行きました。そこで銅鉄の弾丸と一緒になって、細く細く、はげしい音に呪の声を叫びながら、砕かれました。そうして焼かれて、立派にセメントになりました。

骨も、肉も、魂も、粉々になりました。私の恋人の一切はセメントになってしまいました。残ったものはこの仕事着のボロ許りです。私は恋人を入れる袋を縫っています。

私の恋人はセメントになりました。私はその次の日、この手紙を書いて此樽の中へ、そうっと仕舞い込みました。

あなたは労働者ですか、あなたが労働者だったら、私を可哀相だと思って、お返事下さい。

此樽の中のセメントは何に使われましたでしょうか、私はそれが知りとう御座います。

私の恋人は幾樽のセメントになったでしょうか、そしてどんなに方々へ使われるのでしょうか。あなたは佐官屋さんですか、それとも建築屋さんですか。

私は私の恋人が、劇場の廊下になったり、大きな邸宅の塀になったりするのを見るに忍びません。ですけれど、それをどうして私に止めることができましょう！　あなたが、若し労働者だったら、此セメントを、そんな処に使わないで下さい。

いいえ、ようございます、どんな処にでも使って下さい。私の恋人は、どんな処に埋められても、その処々によってきっといい事をします。構いませんわ、あの人は気象の確りした人でしたから、きっとそれ相当な働きをしますわ。

あの人は優しい、いい人でしたわ。そして確りした男らしい人でしたわ。未だ若うございました。二十六になった許りでした。あの人はどんなに私を可愛がって呉れたか知れませんでした。それだのに、私はあの人に経帷子を着せる代りに、セメント袋を着せているのですわ！　あの人は棺に入らないで回転窯の中へ入ってしまいましたわ。

私はどうして、あの人を送って行きましょう。あの人は西へも東へも、遠くにも近くにも葬られているのですもの。

あなたが、若し労働者だったら、私にお返事を下さいね。その代り、私の恋人の着ていた仕事着の裂《きれ》を、あなたに上げます。この手紙を包んであるのがそうなのですよ。この裂には石の粉と、あの人の汗とが浸み込んでいるのですよ。あの人が、この裂の仕事着で、どんなに固く私を抱いて呉れたことでしょう。

お願いですからね、此セメントを使った月日と、それから委《くわ》しい所書と、どんな場所へ使ったかと、それにあなたのお名前も、御迷惑でなかったら、是非々々お知らせ下さいね。あなたも御用心なさいませ。さようなら。

松戸与三は、湧きかえるような、子供たちの騒ぎを身の廻りに覚えた。

彼は手紙の終りにある住所と名前とを見ながら、茶碗に注いであった酒をぐっと一息に呷った。

「へべれけに酔っ払いてえなあ。そうして何もかも打ち壊して見てえなあ」と呶鳴った。

「へべれけになって暴れられて堪るもんですか、子供たちをどうします」

細君がそう云った。

彼は、細君の大きな腹の中に七人目の子供を見た。

安全弁

宮嶋資夫

どことも知れない田舎道を、彼は一散に走っていた。さっき二人の人を斬り捨てた刀はどこで落してしまったのか、そのときはもう素手だった。彼は走りながら幾度も後ろを振り返って見たが、彼のあとを追いかけてくる巡査は、いつも同じ位の間隔を保って走っていた。それが彼には心丈夫でもあれば不安でもあった。どこかせせこましい街に曲り込んでしまったら、うまく隠れることが出来るかも知れないとも考えたが、一直線に走っている田舎道には町らしい影も見えなかった。彼はまた不安になって振り返って見た。巡査の姿はなくなって、二匹の猟犬がうつろのような眼を開いて、獲物を追うと云う風でもなく、ただ一散に駈けていた。彼はそれを別に不思議と感ずることもなく、広い往還の片側に身をよせて立ち止った。犬は黙って彼のそばを風のようにかけぬけて、遠くの方へ走って行ってしまった。彼は気抜がしたようにがっくりすると同時に、何とも云えない恐怖を心に感じた。

そのときになって俊三の息苦しい夢は、何ということもなく破れてしまった。それは決して愕然として覚めて見れば、などと云う風に、眼がさめたわけでもなくただ当り前に夢が消えて、いつものようにすっと眼が開いたように彼には思われたが、雨戸の隙から流れこむ西日が、障子の紙に黄色い線を引いているのが眼に入ると彼は熱っぽい息をほっと吐いた。そして、

「矢張り俺は、人殺しなんかしたんではなかったのか」と考えると、今すぐにも捨てたいと口癖に云っている世の中に生きている事が嬉しいようにも思われて、彼はまた改めてほっと溜息をついた。

狭苦しい三畳の縁の戸を閉め切ったのに、西日が一杯あたっている故か、部屋の中の空気はいやに暖くなっていたが、彼が冷たい寝汗をかいているのはその為めではないらしかった。夕方になると、きまって昂って来る発熱――それも無論原因には違いないが、その日は殊にびっしょりと着物の濡れるほど汗をかいていた。俊三は気持の悪そうに身体をなで廻しながら、

「どうして俺はこう、眠っている時はバカに意気地がなくなるのかしら」と、いつも恐ろしい夢を見たあとで考えるようにまた考えてみた。起きている時は人と争っても、それほどに恐ろしいと思ったこともなければ、面白くないと思いつめた世の中から、殺されてい

なくなると云うことも、それほどいやな事とも考えなかった。いや寧ろ、人と争って夢中になっている瞬間にぱったりと命を絶たれてしまえば、それほど幸いなことはないとさえいつも考えている位であるのに、夢を見ている間には、何も彼もが恐ろしいのを、彼は自分ながら、不思議にも思うのだった。

——その日の夢では、彼は見知らない二人の仲間と一緒に、田舎家らしい家に強盗に入っていた。どこで盗み出して来たのかも知れなかったが、旧式な財布に入った重そうな金包を仲間の一人が持っていた。俊三はすぐにその財布の中には三百両あると考えた。その中に三人は、追駈けて来たその家の人らしい二人の男と闘っていた。それは何でも田舎家の便所の前のような所であった。俊三はいきなり相手の一人を大袈裟に斬り仆《たお》した。それに続いて仲間の男も相手を斬った。それから三人は無暗に逃げた。

その次に三人が逢った時には、その時からもう可なりの日が経っているように俊三には思われた。そうして彼自身も、一人前の強盗になっているように自分でも考えていた。不思議なことにはその夢には便所ばかりが附き纏っていたことである。三人が二度目に逢ったときには、共同便所の前の水溜りの周りをかこんで三人とも立っていた。そして俊三は便所の扉の中に刀や槍が隠してあると云うことをちゃんと知っていた。三人はそこで何かを隠しているときに、不意に巡査に囲まれてしまった。そのとき俊三は、自分だけは強盗でないから、助けてくれ——と大きな声で言ったように覚えている。彼は夢の中の事を考え浮べながら、その事を思うと恥しさに冷汗をかいた――。しかし巡査はそんな事では許さなかった。俊三を押えようとして傍に寄って来たのを、彼はすぐに一太刀に斬ってしまった。二番目に来た奴も、彼は苦もなく斬ってしまった。そうして、夢中になって彼は田舎道を駈け出していたのだったが、――その時の恐ろしさは、彼はそれを考えると、再びぞっとしたのであった。そして、

「矢張り俺は死が恐ろしいのか」目覚めているときは、凡《あら》ゆる恐ろしい空想を平気で描いて楽しんでいる自分を考えて、自分で自分をせせら笑った。

「もし俺が」と彼は考えた。「あの場合何か身体に偶然の発作でも起って、あのまま息が絶えてしまったら、或いは大地震でも起って来て、一息に潰されでもしてしまったら、俺は夢の中で感じた恐怖の中に死んでしまわなければならなかったのだ」そう思うと彼は平素から何も彼もに絶望し切っている自分は何一つ恐れるものもないと考えている事が、恐ろしく不安になって来た。醒めているときに何物も恐れないと考えているのは、ただ自分の考えの上面らの事だけで、本当に殺されそうな羽目になったり、苦しい目に会わされたら、助けてくれ、と云う声を出した、自分の方が本当の自分なのだろうかとも考えた。

「どんな苦しい目に会わされても、殺されたって、僕は人の秘密なんか喋舌りやしない」――仲間の前でいつも威張っていた俊三には、それは恐ろしく恥かしい、不安な苦しいことだった。彼はただ一瞬のへだたりである、夢の世に見た自分と、眼覚めたときの自分と

の、何れが本当の自分なのかが判らないのに苦しんだ。けれどもやがて、「どっちしたって好いや」と彼はそんな考えを追い払おうとするように、口の中ではっきりと呟いて見た。「どうせ長え身体じゃありゃしねえ。こんなことを考えるのも、矢っ張り死際が近づいて来た故かも知れねえんだ」

彼はつとめて快活になりたいと思いながら布団のそとに両手を出して、指と指を組合せながらにゅっと伸して見た。けれどもその腕は、血の気もないほど蒼ざめて細く瘠せ、無精げに長く伸びた爪の間には、工場で染みた油と灰が、真黒につまっていた。俊三はその骨ばっかりになってしまったような汚れた指先をじっと眺めていると、ただ息苦しく揉みぬかれて生きて来た、取返しのつかない日のことが、まざまざと頭の中に浮んで来た。そこには世間の青年が持っているような、楽しい思い出もなければ、嬉しかった日の追憶もなかった。自分の思うことで満足に遂げられたものの影の一つさえ見えなかった。彼は口惜しそうにまたほっと溜息をつくと、力なく腕を引っ込めて眼を瞑った。

「本当にこのまんまじゃ死に切れねえや」

と彼はまた考えた。そして遠くもない中に送られるに決っている、施療院か何かの一室で、みじめに寝転んで息を引き取る自分の姿をちらりと頭に描いてみた。

「いやな事だ」と彼は心に呟いた。「何一つとしてしてえ事をした事もありゃしねえで、このままごねてたまるものか、俺にはまだこの身体に出来ることがたった一つ残っているんだ。本当にたった一つの事だけだ」と考えながら、「安全弁、安全弁」と、自分で自分を確かめるように、嬉しそうに呟いてみた。するとどす黒い血と肉が其儘に爛れた中から、赤い火の燃え上るような無気味な幻想が、彼の心に浮んで来た。俊三は飽きもせずに、その残忍な空想を貪るように味った。そして気味の悪い笑を口元に湛えながら、「あ――あっ」と気持よく伸を一つしようとしたが、それはすぐに力のない咳に変ってしまった。彼ははじかれたようにはね起きると、膝を抱えるように俯伏せになって、寝衣の胸を引つかみながら、息を引くことも出来ないように、苦しそうに咳を続けた。蒼ざめた頬に赤味がさして、骨張った額には脂汗がにじんだ。彼は泳ぐような手附をしてもがき初めた、その時、

「どうしたのお前さん」と云いながら隔ての襖を開けてお浜がひょっと顔を出したが、熱っぽい息を吸うと彼女は「あ臭い」と口の中で呟きながら一寸顔をしかめて、今度は襖を一杯に開いてから、俊三のそばによって背中をさすった。彼は最初それを拒むように手をふったが、やがてまた一つ咳き込んだので、従順しくそれに従った。

俊三の咳が納ったとき、

「どうしたのお前さん、今日もやっぱり眠れなかったの、私ゃさっき何だかお前さんがうなされてるようだったけど、また起すと眠れなくなるといけないと思ってね」と云いながら、また彼の背中をさすり続けていた。

「有難う、有難う」と彼は途切れ途切れに云いながら、ひょっこりと頭を下げて、「もう好い、もう好いよ」手を振りながら漸く身を起すと「はあっ」と息を吐いて、静かに布団の上に横になった。

「それでも好かったのね、また血でも吐きやしないかと思って私ゃ随分心配したよ」と云いながらお浜は立ち上って、「ねえ、ここの戸を少し開けても好いでしょう！　余りしめ切ってあるもんだから、こん中の息がくさくなって、却って毒だよお前さん」と俊三の顔色をそっと窺った。彼は何か云いたかったが、まだせかせかしている胸を落着けなければ苦しいので、黙って静かに呼吸を整えていた。

お浜は俊三の足下をそっとまたいで雨戸を繰り開けた。十一月の午後の日が、古ぼけた障子に一杯さすと、部屋の中は俄かに黄色く明るくなった。そしてそれと共に、垢だらけな薄い布団にくるまっている、やつれ切った俊三の蒼い顔もはっきりと浮び出した。蓬々と伸びた光沢のない毛には、フケが一杯に浮いていた。額際から頬へかけてげっそりと肉が落ち、小鼻ばかりが高く尖っているのが、もう死に近い人のような寂しい力なさを思わせたが、しかしその濃いせまった眉毛と、きっと結んだ口元には、まだ衰えない理智と、どんな苦痛にも堪えて行こうとする執念の深さが、明かに現われていた。

「どうしてお前さん、ちっとは楽になって」

と、雨戸を明けてそとの大気を二三度強く吸い込んだお浜は、俊三の枕下に戻ってくると訊ねた。

「ああありがとう、もう、もう大丈夫だよ」

と彼は苦しそうに答えたが、それと同時に皮肉らしい冷たい笑を口元に浮べた。

「でも、もう少しさすろうか、どう」とお浜が再び訊ねたとき、

「もう好いよ」と素気なく答えて、彼は大儀そうに眼を開いた。そして眼の前に坐っている、女の姿をまじまじと眺めていた。黄色っぽくいやに明るい光を浴びた女の顔が拡大鏡でも透して見るように、いやに大きく彼の眼に映って来た。四十近くなった年に争われない小皺、それを女は白粉で隠していた。けれどもその所々白粉のはげた下から覗いている皮膚は薄汚くたるんで脂切っていた。じっと眺めていると、その毛穴の一つ一つまでが数えられそうに大きく見えて、凸凹の多い皮が、いやにぎらぎら光っている。そして薄黒く隈取ったようになっている瞼の中で、どんよりと光っている眼が、淫蕩らしいいやな感じを彼に与えた。

俊三はいやに大きく醜く見える女の顔をじっと眺めていると、堪え切れない憎みが、心の底に湧き上って来るのを、押える事が出来なかった。「この阿魔まで、俺の参りかけた生血をさんざ吸やがったんだ。俺の身体が丈夫なら、髪の毛を引つかんで引きずり廻してやりてえんだが、なあに、突っ殺したって構やしねえんだが」そんな考えが彼の頭に浮んでいた。彼の眼は烈しい熱でも浮いて来たように、ぎらぎらと気味悪く光っていた。お浜

は射すような彼の眼に出会わすたびに、慌てて視線をそらしていたが、やがてたえ切れなくなったように、

「どうしたのさお前さん、そんな恐い眼をして私の顔を睨んでさ、また何か変な考えでも起しているんじゃないの」とおずおず訊ねた。

「どうもしやしねえさ、ただこうしてお前の顔を見てるだけよ」と俊三は、何でもなさそうに答えたが、彼の眼は女の顔から離れなかった。

「ねえ、少しさすろうよ、そうしてちっと落着いた方が好いんだよ、今夜もまた行くんだろ」

と云いながら、お浜は彼のそばににじりよって、顔をそ向けながら布団の中に手を入れて、彼の胸をさすり初めた。

「好いってことよ」と俊三は口では拒んだが強くそれを払いのけようともしなかった。彼はまたじっと眼を閉じて胸の上を撫でる女の手に身を任せながらこの薄汚い中婆が、俺の一生の中にやっと出来た、そうして最後の情婦なのかとつまらなそうに考えた。八つの時にカンカン虫の追廻しになってから、ボイラーの中に潜り込んだり、煙道の中を這い廻って真黒になって暮して来た、獣のような生活が、途切れ途切れに彼の心に浮んで来た。そこには一人の惚れた女の影も残っていなければ、恋らしいものの思い出の一かけすらありはしなかった。彼の眼に映る美しい女は、皆な別の世界に住んでいる人達ばかりであっ

た。一膳飯屋の女中ですら、毛穴の奥まで真黒な煤のしみ込んだ汚い彼の相手になろうとはしなかったのだ。――いつか彼の仲間である職工達の集りのあったときに、彼は立ち上ってこんな事を云った。

――俺達が喰うにも着るにも困っているって云うことは、皆の口から飽々するほど聞いたこった。けれども、俺達が女に惚れるって云うことは、まだ皆な自由だと思っている。そりゃこっちで勝手に惚れるのは誰だって自由に決っている。しかし、それは呉服屋の前を通ってあのきれが欲しいと思ったり、蒲焼屋の前を通って鰻が喰いてえと思うのも自由だって云うのと同じこった。どこの工場へだって行って見ねえ、少し渋皮のむけた奴がいりゃ、すぐに芸妓屋から買いに来たり、金持の妾になってしまう。それから先は俺達の手にゃもう及ばなくなっちまうんだ。まるで呉服屋の店ん中にある反物みたいになっちまうんだ。綺麗な物はみんなふんだくって置きやがってよ、惚れるのだけは自由だなんてそんな間抜な理窟があるか、俺なんかは殊に去年の春までカンカン虫をしていて、女っていやあケコロの女郎だってロクに相手にしてくれやしなかったんだ。喰う事や着る事ばかりじゃありゃしねえ、俺達には綺麗な女に惚れることだって許されてやしねえんだ。俺は一番それが癪にさわるんだ。――

俊三がそれを云って自分の席に帰ったとき、隣りにいた同じ仲間が、

「お前にゃお浜さんがついてるから好いじゃねえか」と小さな声で云って笑いながら彼の

臀をついた。

「あんな者はお前、何も惚れたんじゃありゃしねえやな、ビールが呑みたくってたまらねえ時によ水をのんで腹をがぶつかせたってよ、それで同じってわけにゃ行かねえじゃねえか」と俊三がむっとして云ったので、仲間はきまり悪そうに黙ってしまった。

「本当に俺はこんな薄汚え中婆なんかに惚れてやしなかったんだ。けれども捨てることも出来なかったんだ」と俊三は、おどおどしながらさすっている女の手を、胸に感じながら考えた。その日もやっぱり黄色っぽい西日が障子に一杯さしていた、むせっぽいような初めての日の追憶が意地悪く彼の頭に浮んで来た。――俺がやっぱり明け番から帰って来て、午過ぎになってから焼酎を一杯のんで寝たのだっけ。それでも昼間って奴ぁ仲々よく眠れねえので、二時間もしたかと思うと眼が覚めたんだ。雨戸に一杯日が当るので、部屋の中はむんむんしていた。俺は口の中がからからして、身体がいやに気持の悪いようにほてっていた。だから俺は、「うーん」と云って手足を突っ張って伸をしたんだ。すると隣りの部屋から、

「俊さん、お前さんが買って来た午蒡は煮るんですか」って、この中婆が聞きやがった。俺は「ええ煮ようと思っているんですけど」って何の気もなく答えたら「午蒡を余りたべると悪い病気が出ますとさ」って云やがった。それが、こいつの下した針だったんだ。そこで俺が、「悪い病気が出たって好いじゃないか、お前さんにうつすって云やしまいし」

って云ったら「ふふん」と答えながら立って来て、襖を開けやがったんだ。……それでも婆は、夜になって亭主や娘が帰って来たときには、いやに空々しくしてやがって、俺が出かけて行くときに、

「お出掛けですか、大変ね」なんて云やがった。俺も「ええ行って来ます」って白々しく亭主に挨拶したのだっけ。何て云う薄汚いけち臭えことなんだ。それから後は時々婆の面を見ると仇のように憎らしくなることがあった。けれどもやっぱり捨てる事が出来なかったんだ。娘を張りに来やがる小田の奴はいつか俺と喧嘩した時に、「貴様のような社会に害毒を流す奴は」なんて云やがった。ふん害毒か、勝手にしやがれ、俺だってこんな中古の婆なんか楽みにも何もなりゃしなかったんだ。捨てたくって仕方がなかったんだ。けれども外に何もない俺には、やっぱりそれが出来なかったのだ。それよか外に何一つすることだって出来ねえような所へ突っ込んでおきやがって、害毒が聞いて呆れらあ、害毒がいけなきゃ俺は何をしたら好いんだ。畜生、だから俺はやってやるんだ。身体がこんなに弱っちまっちゃ、害毒だって流せねえから、たった一つ残ってる事をやってやるんだ。――

彼は自分の想念の中に深く入って行くに従って、だんだんと昂奮して行った。それは夕方になるときまって出る発熱が、助勢したのかも知れなかったが、最後には夢中になって「畜生」とだしぬけに叫びながら、眼の前に仇でも来たように、かっと眼を見開いた。

「どうしたのよお前さん、また熱が出て来たんじゃないの」とお浜は彼の額をそっと押え

て見た。俊三は、女が、かすかに震えていることを感ずると、

「ふふん、何も恐かねえよ」とまた皮肉らしく笑いながら云って、「もうあっちへ行って
くれ、行く前に少し眠らねえと疲れるから」

と手を振った。お浜は黙って立ち上ると、境の襖を静かにしめた。

「阿魔め、恐《おっか》ながってびくびくしてやがら、そうでもなかったら、とっくの昔に俺をたたき出してしまやがったのかも知れないんだ」そう考えると勝誇ったような微笑が口元に上って来るのを自分でもはっきりと感じた。けれどもすぐそばから「俺だってやっぱりまだどこか、あの阿魔にこびりついてるに違いないのだ」と云う考えが、その笑を打消した。自分にもよく判らない醜い愛着を、一思いに絶つことの出来ないのが、彼の気持をたまらなく暗くした。

「あんな阿魔あどうだって好いんだ」と彼は執念深く頭の中にこびりついている忌わしい考えから、離れようとするように口の中で呟きながら、ごろりと障子の方を向いてしまった。汚れた硝子の隙間から寒そうな夕空がかすかに覗いていた。表通りの方を通って行く、豆腐屋のラッパの声が、いやに物寂しく響いて来た。

彼はその音に聞き入りながらじっと眼をつぶっていると、施療院の一室に身動きも出来なくなって寝かされている、自分の姿がまざまざと、眼の前に浮んでくるように思われた。

分を追い立てるように考えた。

「いやなこった、誰がくそっ」と力を籠めてつぶやいた。「どんな事があったって、施療院なんかへ行くものか、きっとやって見せるきっと」と自分の心に誓って見た。「それにしても、いつぶっ仆れるか分らねえんだ、急がなけりゃ駄目だ、急がなけりゃ」と彼は自分を追い立てるように考えた。

彼はまた再び、自分がいま抱いている、物凄い想念の中に立ち帰った。それを遂行するまでの用意はもう大抵出来上っていると彼自身では信じていたがそれでもなお繰返し考え直して見た。それからまた、自分ではとても見ることが出来ないと信じている結果についても、色々に考えて見た。凄惨を極めたその時の有様が、様々な姿となって彼の前に現われて来た。彼はそれを色々に形をかえて考えて見ては、渇き切った情念を楽しませた。時々は、自分が一目でもそれを見られないこと、それから後に起ることに就ても、何も知ることが出来ないのを悲しむような気にもなったが、然し彼はすぐにそのあとから、「そんなことはどうだって好いんだ。何一つこの世の中でしたいと思うことの出来なかった人間でも、たった一つ位のことはきっと出来るっていうことを奴等に知らせてやりさえすればそんで好いんだ。その瞬間に俺の身体がけし飛ぼうとどうしようと、そんな事ぐらい何でもありゃしねえ」と彼は考え直して満足した。彼はもう自分の計画と、それが遂行される一瞬の時を思う事に、全く酔ったようになっていた。

夕暮になって俊三は漸く起き出した。明け番である自分の交替の時までには、まだ三四時間の間があったが、彼はそれまでを、どこかで静かに過したいと考えたのであった。彼は起き上ると、珍らしく布団を畳んで狭い開きの中に押し込んだ。お浜はその音を聞きつけるとすぐに、

「もう起きたの俊さん、あんなに熱があって大丈夫かい」と隣りの部屋から声をかけた。

「ああ大丈夫だよ、今夜は一寸寄ってかなきゃならないとこがあるから」と強いて快活そうに答えたがじっと立っていると、くらくらと眩暈がして、すぐにも倒れそうになるのを顳顬《こめかみ》を両手で押えながらやっと堪えた。その次には恐ろしく胸が悪くなって、悪寒が背中をぞくぞくさせた。

「本当にぐずぐずしていたら、何も出来ねえ中に仆れちまわなければならねえんだ」と立ちすくんだようになっている、彼の頭にそんな考えがちらりと浮んだ。彼は俄かにきっとなって、襖をあけながら自分の部屋を一寸見廻したが、何一つ持物もない彼の部屋は、がらんとして薄暗い光が漂っているばかりであった。

お浜はまだ灯もつけないで、障子のわきに散らかった仕立物を忙しそうに片附けていた。俊三はそのそばに立ちながら、

「じゃ行ってくら」と云った。

「そう本当に大丈夫なの」お浜はまだ懸念そうに尋ねた。

「大丈夫でなくたって仕方がねえじゃねえか」

と云いながら、お浜の顔をじっと見ていたが、何か発作にでも襲われたように、いきなりその首を抱きしめて、小皺のよった頬に燃えるような唇を強く押しあてた。

「あらっ」と云って首をすくめた女が、漸く顔を上げた時には、彼はもういつものような冷い顔に返っていた。

「お前さんの息は熱いのねえ」

「そうして臭えだろ」とすぐに彼は云いながら、「ふん」と笑った。「熱があるからよ、くたばりゃもっと臭くなるぜ」とまた意地悪く笑って手を放した。

俊三はもうそれっきり女の顔を見なかった。ごみごみした狭苦しい上り口からそとに出ると、寒そうに肩をぞっとすぼめながら、

「阿魔もまああれで、命拾いをしやがったんだ」と呟いた。

薄暗く暮れた町に寒い風が吹いていた。彼はその風に当ると、水でもかけられたようにひどく気持が悪くなった。

「ほんとうにもういけねえんだ」と自分の額に手をあてながらまた考えた。するとこの病み衰えた自身の身体が、藁細工かなにかのように恐ろしくねうちのないもののように思われたが、それがまた重苦しい彼の心を軽くした。

「もう二三時間だ、それまでを、どこで遊んでいようか知ら――あとでかかり合にならないような、それで気さくな面白い奴のところが好い」彼はそんなことをぼつりぼつりと考

えながら、足場の悪い狭い抜裏のような所を選って歩いていたが、やがてまた彼は、自分の眼の前に横たわっている、深淵のような想念の中に吸い込まれてしまった。その中には、恐怖や歓喜や戦慄や絶望がめちゃめちゃに交り合っていた。然し彼にはもう、その一つ一つを選り分けて、どれをしっかりと握って好いのかも判らなかった。

「もう本当にいけねえんだ。これっきりぶっ仆れた日にゃそれこそ——」とただそれだけをはっきりと考えては自分の心に勇気をつけた。時々彼は押しつけられるような苦しさを胸に感じた。ぞくぞくと背中の方から起ってくる悪寒が、身体中にしみ渡るとふらふらとして倒れそうにさえなった。けれども彼はその度毎に足を踏みしめて、俯向いたまま酔払いのように急いで歩いた。

いつの間にか彼は、工場の裏に出ていた。片側には工場の塀が長く続いて、前の原には下水溜のような汚い水溜りが所々に拡がっていた。昼間見るとそこには、金屑や油の交った、おはぐろのように真黒などろどろした水が一杯にたまって、赤錆のようなあくが浮いているのであったが、今はもう、全く暮れようとしている夜の空を映して、鉛のように鈍く光っている面を、冷たい風が吹き渡っているばかりであった。彼はそれを見ると、ふと昼間おそわれた夢の事を思い出した。それは彼が夢の中で走っていた田舎道とは、似てもつかないものであったが、なんとも知れないいやな恐怖が、鉛のような水の面から襲ってくるように思われたからであった。

「ふだんは命を埃屑のように云ってたって、いざとなりゃ恐かねえのか」と思うと、彼は堪らなく恥しくなって、そっとそこにかがんでしまった。彼は塀際に寄りそって、昂ってくる動悸を押えようとするように、片手で胸を押えながら、片手で長く伸びた頭の毛をつかんで俯向いていた。彼の頭には、いつか多勢の前で散々云い争った揚句に、自分が思い出した時のことが、まざまざと浮び上って来たのであった。

それは彼の工場で、ストライキのあった後の事だった。極く気の合った者ばかりが、二十人ほど、誰も気の附かないような家の二階に集っていた。閉め切った部屋の中には煙草の煙ばかりが朦々と立ち籠っていたが、集った仲間の顔からは、勇気も希望もすっかり抜け切ってしまっていた。

「仕方がねえや、今度はたしかにこっちの負けだ、時節が来るまで待つだけよ」と誰かが云った。

「それで首を切られた人達にゃどうしようって云うんだい」と次の男が云い出した。がやがやしていた部屋の中は急にひっそりとなってしまった。しばらくたってから、

「どうも仕方がねえな、会社の方だって、この矢先じゃとても聞きやしめえ、だからみんなでどうにかして出来るだけの事をして他に口を探して貰うのよ」

「そうよ、それよかほか仕方がねえな、そうしてあの連中がほかの工場へ潜り込んで行きゃ、それだけこっちの宣伝にもなるのだからよ」

「そうだ、そうだ」と誰かが元気よくそれに相槌を打った。俊三は皆なの喋舌るのを隅の方で黙って聞いていたが、その時例の皮肉な笑をにやりと口元に浮べたきり、彼はもう自分の考えの中に沈んでしまっていた。

彼の眼の前には、それより一週間ほど前にあった示威運動の時の光景がはっきりと描かれていた。四五百人の職工達は、炎天のこげつくような日の下を大旆を先頭にして、手に手に旗や棒片を持ちながら会社の門の方へ進んで行った。彼等が口々に歌を歌いながら、職工町を進んで行くと、長屋の戸口からは、女や子供達が、心配げな顔をして恐ろしそうにその列を眺めていた。広い本通に出るとそこには人の影も見えない位だった。ただ燃えるようないきれと、焼けた砂埃が、進んで行く足元から煙のように立ち上るばかりだった。やがて町を通って、会社に近い道を曲ろうとした時、そこにはもう厳重な警官の列で柵が固められてしまっていた。然し彼等も最初はそれに屈しなかった。

「俺達の会社へ俺達が行くんだ」

「我々は正当な要求をする丈けだ」

「暴力は向うが振うんじゃねえか」列の中から口々に怒鳴る声が起った。その中に列の中程から、

「構わねえから突破しろい」と誰かが怒鳴った。「やれやれ」と云う声が潮のように続いて起った。列の先頭の近くにいた俊三も身体中の血が、一時に熱して来たのを自分でもは

っきり感じた。けれども彼は自分の身体の弱いことを考えていた故か、或いはまた彼の性格からか、彼はすぐと、もとの冷静に返って、前列に起った動揺を静かにはっきりと眺めていた。一人は最初に警官の列に飛び込んだ。四五人の者がすぐとそれに続いた。けれども警官の列は、丁度大手を拡げて人を押えるように、すぐにそれを彼等の列の中に包んでしまった。先頭に立った男の旗は奪い取られて、その男は丁度波の中でもがくように、警官の帽子の上に両手をぬっと伸して身体を浮び上らせたが、すぐにまた列の中に沈み込んでしまった。白服と帽子はその上に折重ってしばらく渦を巻いたように淀んでいたが、やがて二三間先の方へ再び頭が現われたと思うと駈け出すように追い立てられてやがて姿は見えなくなった。あとから飛び込んだ四五人の者も、それと同じように揉み返され、渦を作って、やがて姿は見えなくなってしまった。俊三はじっとそれを見ている中に、憤激と恐怖の交りあった冷たい戦慄を身に感じた。そして燃えるような昂奮が、内へ内へと浸み込んで来るとともに、彼の頭は反対に恐ろしく冷静になった。

「こっちの横町へ入れちゃいかん、追い返せ、追い返せ」と帽子の皮を顎《あご》に止めて、両手を上げて真蒼になって叫んでいる警部の姿を、群集の中にはっきりと見た。警官の列が職工の隊伍の中に突進して来たとき、彼は静かに踵をめぐらして、人波に揉まれながらそろそろと歩いて行った。彼はそうした喧騒の中にあっても、自分一人だけは、まるで寂しい野原にでもいるように、静かに考えながら歩いていた。それ以前にはまだ、いわば煙のようであった空想が彼の頭の中で、だんだんに纏って、やがて眼鼻がつき手足が整って育まれて行った。

「やっぱり彼等はこの弱い、虐げられた現実をも愛しているんだ。それに執着のある間は、ある点まで来ると止ってしまう、それはそれから一歩を踏み出せば、この醜くっても執着のある現実を離れなければならないからだ。皆がそこで止る間は、何をしたって駄目なんだ、然し俺は――」と考えたとき、彼はやっぱり判然した答を自分に与える事が出来なかった。それから後の俊三は、ただその事一つにばかり考えを潜めていた。手足の生えた空想は彼の頭の中にだんだんに生長した。

俊三はその集会の中にいた時も――それだけこっちの宣伝にもなるのだから――と云う言葉を聞いた時、またその空想の中に閉じ籠ってぴったりと蓋をした。そしてあの群集の中に揉まれていた時の考えを、再び自分の頭に繰り拡げて、隅から隅まで撫でていた。

「おい俊ちゃん」と隣りにいた男に肩を叩かれたとき、彼は夢から覚めたように、きょろきょろしながら然し妙に昂奮した眼で、その席上を見廻した。相談はもう決ったと見えて、皆なはくつろいで何か面白そうに話をしていたが、

「どうしたい俊ちゃん、お前はこの頃本当にどうかしてるな、婆さんに余り可愛がられるからだろう」と向う側にいた、Tと云う仲間が、塩煎餅を指につまみながら、からかうよ

うに云った。

「そうじゃねえんだ。俺は此頃つくづく駄目だと思っているんだ。とても皆と一緒には何か出来ねえと思ってよ」と彼は静かに云ったが、それには幾分か皮肉らしい調子もあった。

「どうしてよ」とTがすぐと訊き返した。

「本当だよ、俊ちゃんは此頃余っぽどどうかしてるんだ。いつかの時だって、平素に似合わねえ、いやに沈んでばかりいて、ただ黙って歩いてばかりいたからな」と誰かがまた嘲るように云った。

「そうよ、だから俺は駄目だって云うんだ。俺は何しろ身体がすっかり駄目になっていてよ、医者からも今の商売をしてりゃ一年と保たねえって云われたんだ。それだからこんなことを考えるのかも知れねえが、俺は今のような騒ぎなんか、何度繰り返したって同じこったと思ってるんだ。そりゃやらねえよかましだかも知れねえけどよ、向うじゃちゃんと、何処までって所へ目安を置いているんだ。俺達が何か云い出してもやったにしても、そこまでは黙っているんだ。けれどもそこから先き一足でも行こうとすると、奴等は御先棒に命懸で防がせやがるんだ。こっちだってお前もともと命を捨ててまでと思ってるわけでもねえんだから、そこまで行くと止めちまうんだ。だからお前、やっさもっさを幾ら繰り返したとこで結局同じよ」

と云って彼は苦しそうに息をついた。

「だからこんなことをしても駄目だって云うのか」と誰かが鋭い声で云った。

「そうじゃねえんだ。つまりその何よ、俺もはっきり云う事が出来ねえけど、お前達と俺とはまるで望みが違うんだ。何て云ったら好いのか、つまり俺は一人者で身体も弱し、寿命も大抵知れているんだ。だけどお前二十二の今日まで、惚れた女一人持つことも出来ねえで土竜みたいに、煙道やボイラーの中ばかり潜って暮して来たと思うと、ただ癪にさわって堪らねえんだ。それにお前達にゃ女房もありゃ子供もあるから、どうかしてもう少し好く暮してえとか、もっと好い世界が出来りゃ好いと思うだろうが、俺にゃもうそんなものを待っていられねえんだ。俺はお前、煤と灰を吸い込んで日の目も見ねえお蔭で肺が悪くなってもうじき死《くた》ばろうって云う身体だ。何が、お前望めるもんか、だけどなあ、俺をこんな身体にした奴に、たった一つで好いから思い知らしてやりてえと思うだけよ、だから皆と一緒にはやれねえって云うんだな」彼はどもりどもり苦しそうに漸くそれだけを云った。彼の眼は烈しい熱が浮いたようにぎらぎらと光っていた。その時はTももう笑談を云わなければ、彼の言った事に不服らしい声を洩すものもなかった。一度だらけた席はまたひっそりと引き締った。

「思い知らせるって何うするのよ」と少時して誰かが云った。

「そんな事をお前聞いたって仕様があるかい」と直ぐに誰れかがそれをとめた。

「どうもしねえやな、いよいよ身体が利かなくなったら、工場の門で首をくるかよ、社長がやって来る時、自動車にでもひかれてやるんだな」と云って彼は寂しそうに笑った。そうして「俺はいつかIさんから革命の先駆をするものは、人生の絶望者だって聞いたんだけど」と云いかけて彼はぴたっと黙ってしまった。――俺はその時まで待ち切れないから、俺だけの事をしたいと思う――と云いたかったのをやめてしまった。

「それでお前は本当に絶望しきっているって云うのか」とTが聞き返した。

「そうじゃねえ、絶望し切れねえから苦しんでいるんだ」と彼は心に思った事と別なことを云った。

「それでIさんが云うのは、本当にこの世の中のいやな事が、はっきりと判ったり、感じたりする奴は、とても真ともには生きていられねえから、浮浪人になっちまうって云うんだ。その中にだんだんずるい根性がしみて来て駄目になる奴が多いけど、命もなんにもいらねえから、ただ真剣にぶつかって行きさえすりゃ好いって奴は、そう云うのに多いって云っただけよ」と云って彼は話をそらしてしまった。

「俊ちゃんが浮浪人になったら婆さんが泣くぜ」とその時になって誰かが冷笑した。

「なあにお前ぶらつかせるものか」と他の者が云ったので、皆なは笑い出してしまったが、「つまらねえ事を云うな」と俊三は寂しそうに苦笑をしているばかりであった。

薄暗の中にしゃがんで、俊三はその時云ったことをはっきりと頭でくり返した。もう長い命でもないのに、この儘のたれ死でもしたら、自分は仲間の笑いものとなるばかりだ。いや彼等から笑われる位はどうでも好いが、幾度か夢にまで描いたその事を、一度はやらなくって死ねるものか、と彼は思った。

……………………………真に絶望した者は自分の手に依って行なわれる革命の中に丈け生きる事が出来るのだ。彼はそれによって満足して死ぬ事が出来得るに違いないとIの云った言葉が、彼の衷に命を持って響いて来た。

「行こう」と云って俊三は立ち上った。そしてまた暗い道を歩いて、広いG工場の前まで来たときには、まだ彼の交替時間までには二時間ばかり間があったので、彼は工場の前の裏にいる、Yと云う職工の家を訪れた。それは温和しい、もう中老の男だった。

Yは俊三の声を聞くと、

「ああ俊ちゃんか、さあお入り」とまだ楽しんでいる晩酌の膳の前に上らせた。彼はその多勢の家族を相手に何か笑いながら話している所だった。硝子の徳利から大きな盃に酒をつぎながら、

「そうそう俊ちゃんはこれをちっともやらないんだね、お前そっちからお茶を出しねえ」と古ぼけた長火鉢の前に坐っている、人の好さそうな細君に云って、

「どうだね、この頃身体の工合は」とYは訊ねた。

「有難う、大変好いんだよ、今日はね、用があってこの先まで来たものだから」と細君が出してくれた茶を彼は甘そうに飲んだ。

「それでも大変顔色が悪く見えるよ」と細君は親しそうに云った。

「ああ寒い風に吹かれたもんだから」

と彼は何気なく答えながら、楽しそうな貧しい団欒の有様を見廻していた。十四五になる娘は母の後につくばって、何か講談物らしい本を読み耽っていた。弟は隅の方で学校の本らしい物を鞄から出したり、入れたり筆入を何度も開けたりしめたりしていた。

「俺はこんな事は一度も味った事がない」と彼は考えた。そうして「これも好いものかも知れないのだ」そう思いながらじっと眺めていると、彼は自分の眼に涙が浮んで来るのが判った。

「ふん、また意気地なしが」と彼は心で自分を罵った。「俺は悪魔で好いんだ。しかし、人間の破ることの出来ない鉄壁は悪魔でなければ誰が破る」

彼は自分を励ますようにそう考えた。

「どうしたんだい俊ちゃん、恐ろしく考え込んでいるじゃねえか」とYは、もうしまいになりかけた酒を惜しそうにつぎながら尋ねた。

「寒いとこから、急に暖いところへ来たもんだから逆上せたんだよ」と彼は両手で頬を押えて見せた。そして楽しそうに笑って見せた。

十一時になると、彼は自分の持場のボイラーの前に来て、スコップで石炭を釜の中に投げ込んでいた。そして自分の相棒が遠くの休憩室の方へ眠りに行ってしまうと、彼はぎらぎら光る眼でスチームゲージをじっと見上げた。熱に悩んだようなその眼の中には、何か楽しそうな色が漂っていた。やがて彼は隣りの発電所のそとに立って、硝子戸をすかして中を覗いて見た。職工に小金を貸している為に、罷工の時には先立になって反対に圧迫につとめたK技手は机の前に悠然と腰を下して太い腕を組みながら何か物思いに耽っていた。三台のダイナモは、彼の前で静かに滑らかに、その恐ろしく速い回転をつづけていた。彼は技手の顔を憎悪に充ちた眼で睨みつけた。そしてやがてこのダイナモが、粉砕されて飛ぶ時にと思うと、彼は楽しげにやっと笑った。次に彼は、ダイナモのそばにいる二三人の仲間を危険から救わなければならない事を思った。然しそれはもう平素から考えている通りに実行さえすれば好いのだが、ただあの技手だけをと思うと、それが何となく残念だった。

釜の前に戻って来ると俊三は、自分の助手をしている人夫を遠くまで使いにやった。そして彼はボイラーの上に登ると、長い間かかってやっと秘密に作った、圧えを安全弁に取り付けた。其外に念の為に錘りの下に厳重な押えをかった。凡ての準備が出来たとき、彼は快さそうに、石炭を釜の中に投げ込んだ。ゲージは間もなく、定量の八十封度を超して百を指した。

然し安全弁からは蒸気の洩れる音がしなかった。

「痛快だ」と彼は心に叫んだ。抑圧されたものを誤魔化す為に作られた、安全弁が塞がれれば、やがて此の機関は爆発する。とダイナモは壊れる。工場全体の作業はこれで止るのだ。「ところで俺も粉々になって飛ぶだろう。然しそれでも施療院でごねるよりは有難い」

彼は嬉しそうにまた石炭を一杯投げ込んだ。ゲージはもう百五十を指している。「もう少しだ。何封度まで行けるのか」彼は熱に浮かされたように夢中になって又一杯投げ込んだ。

その時、彼の後ろに足音がばたっと止まった。彼は驚いて振り向いて見ると、K技手が自分の眼を信ずる事が出来ないような顔をして、ゲージを振り仰いでいたが、やがてじっと眼を据えて見定めると飛び上るように驚いて、

「おい長田、一体このゲージはどうしたんだ。百八十まで来て、安全弁が吹かないじゃないか、貴様、これが」と云って彼の髪の毛をつかむと、いきなりその顔をゲージの方へ振り向けた。

「へへ」と俊三は動かない顔で気味悪く笑った。そして「安全弁には圧えが附けたるのだ。もうじき破裂するばかりだ」と平然として答えた。

「えっ、バカ、貴様、狂人」と怒鳴ると、技手は彼の肩を引つかんで、鉄板の上に叩きつ

けた。俊三は頭ががんとして、胸から何か生臭い暖いものが、口と鼻に溢れ出してくるのを感じた。次に火床の鉄扉を明けて、石炭を掻き出す音を聞いた。誰かが、「大変だ、大変だ、バルブを開けろ」と怒鳴る声が遠くの世界に起っている事のようにかすかに聞えた。そして、「この馬鹿が」と聞き慣れない声がしたと共に頭の上に恐ろしく重いものが打つかったと思うと「ドーッ」と云う音と共に機関が破裂したように思われて、彼は全く意識を失ってしまった。

けれどもその大きな響きは、誰かが裏手に廻っている、太いチューブのバルブをひねって蒸気を逃した音であった。ゲージの針は何も知らない顔をして急いで元の八十封度の方へ戻って行った。

勉強記

坂口安吾

大震災から三年過ぎた年の話である。昨今隆盛を極めているアパートメントの走りがそろそろ現れた頃で、又青年子女が「資本論」という魔法使いの本に憑かれだした頃でもあった。生活の形式にも内容にも大きな転換期が訪れようとしていた。「近代」が、また「今日」が、始まろうとしていたのである。

涅槃《ねはん》大学校という誰でも無試験で入学できる学校の印度哲学科というところへ、栗栖按《くりすあん》吉《きち》という極度に漠然たる構えの生徒が、恰も忍び込む煙のような朦朧さで這入ってきた。強度の近眼鏡をかけて、落着き払った顔付をしているから、何かしら考えている顔付に見えたが、総体に、このような「常に考えている」顔付ほど、この節はやらないものはない。当節の悧巧《りこう》な人は、こういう顔付をしないのである。尾籠な話で恐縮だが、人間が例の最も小さな部屋——豊臣秀吉でもあの部屋だけはそう大きくは拡げなかったということだ——で、何かしら魔法的な力によってどうしても冥想《めいそう》に沈まなければならないような驚くべき心理状態に襲われてしまうあの空々漠々たる時間のあいだ、流石に悧巧な人間も万策つきてこんな顔付になることがあるという話であるが、あの部屋に限って二人の人が同時に存在することが決してないという仕組みになっているものだから、まったくの話が、あんな勿体ぶった顔付を臆面もなく人前へ暴《さら》すのは不名誉至極な話である。だから当今「常に考えている」顔付をあくまで見たいという人は、精神病院へ行くよりほかに仕方がない。あそこの鉄格子のあちら側には即ち必要以上に考え深い人達が、その考え深いという性質や容貌を認められて、幸福な保護を受けているわけなのである。

然し、たまたま時世が時世であったから、人々は栗栖按吉の考え深い顔付を見ると、さては、という必要以上に大きな空気をごくりと呑んで、つまりこういう顔付が刑務所の鉄格子のあちら側にある顔だと思いこんでしまうのだった。即ち、これが「主義者づら」だと思ったのである。

生憎なことに、この男には育ちの浅いところがあり、というのは、つまり諸々の人間はすでに数万年以前にゴリラとかチンパンジーというものから人間になってしまったというのに、この先生の祖先だけは漸《よう》く二三百年ぐらい前にコンゴーのジャングルからやおら現れてきたばかりだという面影があった。諸君も御承知であろうけれども、ゴリラとか獅子とか蟇《がま》とか、みんな考え深い顔付をしている。あの顔付は危険だ。動物園の鉄格子の外側へ野放しにして、所もあろうに涅槃大学の印度哲学科でもうひと苦労考える苦労を重ねるという、思い余った挙句には突然爆裂弾を投げつけたりピストルを乱射したり、それはもうみんなこの顔付のてあいなのである。穏良な坊主の子弟のことだからこの怪物の入学には一方ならず怯えた形で、だから少しぐらい神経衰弱になっても試験のある学校へ行くべきであったと今更嘆いてみたのであったが、栗栖按吉に話しかけられることがあると、気の毒なほどひやりと顔色を変えるのであった。が、幸いにして、読者ももとより御承知の通り、蟇やゴリラはめったに人に話しかけない。

栗栖按吉という男が、この時まで、何処で何をしていたかということになると、これが皆目分らない。筆者も色々調べてみたが、どうも、さっぱり分らない。このとき二十一歳だったが、それでも誰だったかの話によると、その前年のことであるが、大菩薩峠にほど近い奥多摩山中の掘立小屋、これは伴某という往年の夢想児が奥多摩の高原を牧場にし峠から谷底まで牛でうようよさせるつもりで建てた小屋だということだが、牛なんか、まことにもって胸がすくほど、一匹もいないじゃないか。ところがこの掘立小屋を借り受けて、霧を吸い木の芽をくい、弓でもってモモンガーを退治してすき焼をつくり、人間は一ケ月五円でもって楽々と生活ができるものだと悟りをひらき、勿体ぶった顔付をして深山を散策したり本を読んだりしていた男が、どうもこの男じゃなかったかという話がある。この小屋には燈火がないから、日が暮れると、突然ねてしまうほかに手がないのだ。と、ここにこの男は容易ならぬことを発見した。というのは、この男が眠っている顔の真上に当る棟木に、毎晩一匹の蛇がまきついているのを発見したわけである。昼になるともう姿がないところを見ると、蛇のねどこに相違ないが、蛇だってまき加減の具合や何かで悪夢を見るかも知れないからアッというまに足いや腹をすべらして墜落したら、いやこれはもう目も当てられない。この男が悟りをひらいていない証拠には、暗闇の部屋の片隅で、真剣な懊悩《おうのう》の様子といったらないのである。数日後には風にまぎれて山から姿が消えてしまった。それから涅槃大学へ現れるまで、とんと見た人がなかったのである。

涅槃大学の印度哲学科には十三人の生徒がいた。栗栖按吉という場違い者を除いてみると、あとはみんな素性の正しい坊主であった。

坊主の子供が大学へはいる。一番先に何をする。一番先に毛を延すのだ。必要以上にポマードをたっぷりつけて、ああ畜生めなんだって帽子などという意味のはっきりしないものがあるのだろうと考えるのだ。と、容易ならぬ事件が起きた。突然栗栖按吉がクリクリ坊主になって登校したのである。これはもう革命を愛する精神だ。十二人の同級生は悲憤の涙を流したのだった。

まったく、なさけなくなるのである。栗栖按吉は小学校の一年生と同じように大きな帽子をかぶっている。帽子の中には新聞紙が三日分も折りこんであるのである。按吉は教室へ這入ってくると、やがて大きな帽子をぬぎ、ハンケチを持たないから、ポケットから鼻紙をだして、クリクリ坊主をふくのであった。

尤《もっと》も栗栖按吉がクリクリ坊主になったのは革命を愛する精神のせいではなかった。彼なみに、やむべからざる理由があったためなのである。頃はすでに初夏だった。長い頭髪がなかったら、きっと涼しいに相違ない。或朝按吉はふと考えた。その上彼は当時神経衰弱の気味があって、頭に靄《もや》がかかっていて、どうもはっきりしてくれない。人間はゴリラやライオンに比べれば確かに頭脳優秀であるが、ゴリラやライオンが床屋へ行くということを誰もきいた人がない。だから頭髪は刈るべきである。否、剃るべきであるのである。するともうきっと頭が良くなるのだ。——床屋の親父は迷惑した。剃刀のいたむことといったらものの三日も研がなければならないだろう。そこで彼はこう言った。

「ねえ旦那。頭に傷がつくかも知れないね。なにぶん頭というものは、唐茄子ぐらいでこぼこのものでがすよ。ヘッヘッヘ」

「或る程度まで我慢します」と、按吉は冷静に答えたのだった。頭には頭蓋骨というものがある。頭を剃るということとハムマーで殴ることとは違うから、脳味噌に傷のできる憂いはない。それを充分心得ている顔付だった。フレンド軒は横を向いて息をのんだ。この唐変木め、御好み通り傷の十は進上してお帰しするから覚えていろと心に決めてしまったのだった。

ところで栗栖按吉はここに奇怪な発見をして度を失った。というのは、毛髪を失った頭の熱いことといったら、これを一体誰が信じてくれるだろう。普通汗をかくというが、クリクリ坊主の頭からは汗が湧出し流れるのである。目へ流れこみ、鼻孔をふさぎ、口へ落ち、耳にたまり、遠慮会釈もなく背中へ胸へ流入する。これはもう頭自体が水甕にほかならないと信じるようになるのであった。

人体に於て最も発汗する場所はどこか？　頭！　毛髪はなんのために存在するか？　汗をふせぐためである！　ああ。医学博士でも生理学者でも、ここまで知っている筈はない。なぜなら彼等には毛髪があるから。——まったくもって栗栖按吉の思考にうっかりこだわっていると、私まで愚かな奴だと思われてしまう。私は急いで話をすすめなければならない。

無意味な先生は誰かと云えば、先生よりも物識りの生徒の先生と、涅槃大学校の印度哲学科の先生であった。ここの生徒は耳と耳の間が風を通す洞穴になっていて、風と一緒に先生の言葉も通過させてしまう。然し先生はそんなことを気にかけない。先生は喋るために月給をもらっているが、教えるために月給をもらっていないからであった。

こんなにあっさりしたクラスに、先生の言葉を真剣にきいている生徒がいたらどうだろう。実際笑止で、気の毒なほど惨めなものだ。耳と耳の中間の風洞に壁を立て、先生の言葉をくいとめようと必死にもがいているのである。なんのためだか、てんで意味が分らない。一目見て、これはもう助からないほど頭の悪い奴だという印象を受けてしまうのである。第一こいつは何のために学校へ来ているのだろう。あまりのことに――いや、まったくだ。物質の貧困よりも、このような精神の貧困ほど陰惨で、みじめきわまるものはない。そこで先生は泣きだしたいほどがっかりして、学生の本分とは何か、とか、学校の精神は何か、もっと正々堂々たれ、惨めであるな、高邁《こうまい》なる精神をもて、そんなことを口走りたくなるのであった。

即ち栗栖按吉がこのようなたった一人の惨めな生徒であったのである。

尤もこんな男でも、たったひとつ効能のあることが分ってきた。というのは、涅槃大学校の印度哲学科というところは、時々先生がわざわざ三十分も遅れたあげく教室へ出向いてくるのに、生徒の影がひとつもないということがあるのであった。即ち坊主の子供達は就職の心配がないのであるし、世襲の職業に情熱や興味を持っていないからなのである。時間制の月給をいただいていらっしゃる先生達は、人のいない教室に四五十分もうたたねしたり鼻唄うたったりしながら風をひいたりするのであった。そこで教務課長というような人が級長を呼び寄せて言うのである。君達の立場は分るのであるが、など同情深く口籠ったりしながら、籤引《くじび》きで受持ちの講義を決めるのはどういうものだね。つまり各々の講座には必ず一人の学生が決死の覚悟で出席する。いや、即ち君、これは学生の義務というものじゃからね、などと言い渡すのだった。と、栗栖按吉のクラスでは、まさにその心配がないではないか。

ここに坊主の子供達が御布施をくれたって俺はでないねという講座が二つあるのである。梵語《ぼんご》と巴利語《パーリ》の講座であった。ところが栗栖按吉が何より情熱傾けてこの講座へせっせと通う。調べてみると、一日に七八時間も文法書をひっくりかえしたり辞書をめくっているという話なのである。梵語の先生は大変心のやさしい方であった。新学期の第一日新入生を大変やさしくにこにこ見渡して（この時だけは一同出席していた）梵語というものは何年おやりになっても決してうだつの上らないものでございます、と仰有《おっしゃ》るのである。四五年前大変熱心に勉強なすったお方がありまして、今もって私のところへここはどうだ、これは何だ、とおききにいらっしゃいます。この方は日がな一日梵語の勉強をなすっていらっしゃる、ところが梵語は辞書をひけるまでがまず一苦労、却々《なかなか》探す単語がおいそれと辞書から顔を出しません。いやはや梵語学者と申しましても、みんなそれぞれ怪しいものでございます、と仰有るのである。だからもう決して無理に梵語の勉強をおすすめは致しませんと、大変やさしく親切に言葉をつくして仰有るのだった。これでも梵語に出席しようという奴は、馬鹿でなければ礼節を知らない無頼漢のひとりであるに相違ない。

けれども先生はやさしい心のお方だから、二学期になったというのに、まだひとり生徒が出席していても、決してお怒りにならないのだった。いつもやさしく、にこにこと講義をつづけて下さるのだが、幾分薄気味わるくお思いになるのであろう、というのは、この男が思い余った顔付をして質問したりするからで、この男が首をあげて今にも物を言いそうになると、先生は吃驚《びっく》りなすって目をおそらしになるのであった。

梵語とか巴利語はなるほど大変難物だ。仏蘭西語《フランス》は動詞が九十幾つにも変化するということだが、そんなもの梵語の方では朝めし前の茶漬けにもならないという話なのである。それというのが後年栗栖按吉が仏蘭西語の勉強をはじめたからで、このような鈍物でも、梵語の方で悩んできたあとというものは恐しい。九十幾つの変化なんていやはや、どうも、やさしくて仕方がないのだ。覚えまいと思っていても覚えるほかに手がないという始末である。だから栗栖按吉は仏蘭西語を勉強しようという人に、こういう風に言うのであった。キ、君々々。ボ、梵語を一年も勉強してから仏蘭西語としゃれてみろ。あんなもの、朝めし前の茶漬けだぜ。え、おい、君。

梵語の方では名詞でも形容詞でも勝手気儘に変化する。ひとつひとつが自分勝手と言いたいほど不規則を極めている。だから辞書がひけないのである。

按吉はどこでどうして手に入れたかイギリス製の六十五円もする梵語辞典を持っていた。日本製の梵語辞典というものはないのである。これを十分も膝の上でめくっていると、膝関節がめきめきし、肩が凝って息がつまってくるのであった。これを五時間ものせている。目がくらむ。スポーツだ。探す単語はひとつも現れてくれないけれども、全身快く疲労して、大変勉強したという気持になってしまうのである。単語なんか覚えるよりも、もっと実質的な勉強をした気持になる。肉体がそもそも辞書に化したかのような、壮大無類な気持になってしまうのである。

按吉の机の上にはこれも苦労して手に入れた「ラージャ・ヨーガ」という梵書とその英訳が置かれている。もう半年も第一頁を睨んでいて、その五行目へ進むことができないのだった。

先生はやさしい心のお方だから、時々按吉をいたわって下さるのである。

「いまに原書が読めるようにおなりでしょう」先生はにこにこと仰有るのだった。

「もうひと苦労でございます」

然し按吉にしてみると、六時間も七時間も辞書をめくった挙句の果に、ようやくたったひとつの単語を突きとめて凱歌をあげる程だったから、この先二苦労や七苦労で原書がお読めになるところまで行けないことを知っていた。そこで按吉の釈然とせぬ顔付を見ると、先生は更にいたわって下さるのである。

「いえいえ。梵語はもうそれで宜《よろ》しいのでございます」先生はにこにこと仰有るのだった。

「皆さんもう同じことでございます。五年十年おやりになっても、皆が皆まで引いた単語が現れてくれるというわけには却々《なかなか》参るものではございません」

これは又心細い話である。これでは却々釈然と笑うわけにはいかないのである。そこで先生は益々浮かない顔付の生徒を見て、益々やさしく、いたわって下さる。

「梵語はあなた、まだまだ楽でございます」先生はにこにこ仰有るのである。

「チベット語ときたら、これはもう私はあなた、もう満五年間というもの山口恵海先生に習っているのでございます。単語がもう何から何までひとつひとつが不規則変化。いまだに辞書がろくすっぽ引けは致しません。それでも帝大で講義致しております。大変つろうございます」

先生は帝大でチベット語の講師を務めていらっしゃるのであった。先生がいつもにこにこしていらっしゃるので、浮かないながら、按吉は次第に心気爽快になっていた。文法もよくお知りにならず、辞書もお引けにならなくとも、帝国大学で講義していらっしゃるのである。チベット語や梵語というものは、辞書が引けず、読むことができなくとも、ちゃんとそれで読めている結果になっているのかも知れぬ。そうして栗栖按吉は辞書もろくに引けないうちに、ちゃんと原書を読んでいる気持になってしまうのだった。

そのころ、栗栖按吉は不思議な学者と近づきになった。

この学者はゴール共和国のラテン大学校の卒業生で、言語学者であった。東洋の二十数ケ国語に通じているという話なのである。鞍馬六蔵という大変雄大な姓名だったが、いかにも敏捷な学者らしく、五尺に足らないお方であった。

鞍馬先生は追分の下宿を二室占領して数千巻の書籍と共にくすぶっていたが、朝になると、大概脱脂綿にアルコールをしめして、丁寧に本を拭いていらっしゃる。というのは、最近鞍馬先生に夢遊病の症候が現れて、先生は夜中無意識のうちに歩行し、最も貴重な本箱に向って放尿し、またお眠りになる。そこで先生は毎朝目を覚して仰天し、アルコールで本をふく始末になるのであったが、夢遊病はとにかくとして、貴重な書物に放尿するに至っては、どうにも悲痛なことである。要するに夜中尿意に悩まなければいいのであるから、先生は午後になるとお茶をのまず、その上部屋の四隅へ溲瓶《しゅびん》を置いたが、無意識中における先生の意志はどうしても本に向って放尿せずには納まらない。生の馬肉やオットセイの肉などを食い、遂に赤蛙の生きた奴を食うところまで心をきめたが、どうしても食いたくないという意志などがあって、相反目せる精神がひとつの人体内に於てまき起す争いの結果は乱暴だ。食べられたくない赤蛙よりも、これを食べようという先生の方が、より以上に慌しく惨澹たる悪戦苦闘をするのであった。

孤独の先生は思うに弟子が欲しかったのだ。けれどもペルシャ語だの安南語などというものは、先生の方が月謝を払っても習ってくれる者がない。だから遂に見出したたった一人の弟子、栗栖按吉をいたわってくれることといったら涅槃大学校の梵語の先生も及ばないという風がある。

「その程度なら、君、語学を専攻するだけの天稟《てんぴん》がある」と、先生は梵語の手並をためした上で、こんな思いきったお世辞を言う。涅槃大学校の梵語の先生と違って、決して笑わないから、言葉がみんなほんとのような気がするのだった。「ラテン大学の言語学科は全世界の天才が集ってくるが、中には丁度君程の才能しかない男がいたです。一年そこそこでその程度なら、日本では梵語学者になれるな」

先生の言葉はなんとなくあらゆる物に心安い感じを起させる。ラテン大学校の天才だの安南の哲学者だのネパールの王様だのというものが友達のような気がするのである。日本の梵語学者なんてものは、どうも、俺の弟子に当る男じゃなかったかな、などいう気持についなってしまうのだった。

ところが先生は按吉に向って、大いに見込みがあるからチベット語を伝授しようと言う。二十世紀に仏教を勉強するほどの者なら、先ずチベット語をやらなければ話にならない、と仰有るのである。梵語や巴利語の文献はいくらも残存していないが、仏教関係の文献は殆んど全部チベット語に訳されて伝わっている。だから仏教はチベットから這入らなければ二十世紀の学者として真物《ほんもの》じゃないと仰有るのだった。

生憎なことに按吉はもはや印度哲学にそろそろ見切りをつけだしていた。とても悟りがひらけそうもないからである。頭の毛もそろそろ生え揃ってきたし、これを機会に印度の方と手を切って、仏蘭西とか独逸《ドイツ》とか、ハイカラなところと手を握ろうなど考えだしていたのであった。すでに印度界隈にとんと情熱がもてないところへ、それが専門の帝大の先生でも、まだ文法もよくお知りにならず、辞書もお引けにならないと仰有る。なるほど辞書はひくために存在するのであるけれども、言葉は辞書をひくために存在するのではないようである。梵語やチベット語の辞書をひくのは健康に宜しく食慾を増進させ概してラジオ体操ほどの効果があるとはいうものの、辞書は体育器具として発売されたものではない。そこで栗栖按吉は大汗かいてチベット語の伝授を辞退することに努めたが、鞍馬先生という方は他人にも意志だの好き嫌いだのというものがあることなど、とんと御存じないのである。

「いや、君々」と先生は仰有る。「チベット語は仏教のために存在する言語ではないです。君、興味のない印度哲学は即座に止すべきところだね。そしてチベット学者になりたまえ。元来チベット語の話せる人は日本に四五人いるいないの程度だぜ。即ち君は六人目だな。一ケ国語に通じることはその国土と国民を征服したことになるんだぜ。そうだろう。君」

どうも先生の話はうますぎる。おだてには至って乗り易い按吉だったが、言葉を征服すれば国土と国民を征服したことになるという、女の人に道を尋ねて女の人が返事をしてくれれば、女の人をわが物にしたことになるというのと同じようなものじゃないか。尤も按吉が六人目のチベット学者になりかねないのは正真正銘のところらしく、即ち帝国大学の先生が文法もよくお知りにならず、辞書もおひけにならないことでも大概察しがつくのであった。

丁度そのころチベット語の大家山口恵海先生の所説で、古来から高麗人《こうらいびと》と称《よ》びならわしていた帰化人たちがチベット人ではないかという発表があった。現に高麗の言葉というウズマサだのサイタマだのという地名がチベット語であるし、カグラ、サイバラがチベット語で、あの文章のヤというかけ声のようなものが卑猥な意味をもったチベット語だというのである。サンバソウがチベット語で「トウトウタラリ」の全文がそっくりチベット語にほかならず、現にチベットに於ては、これとほぼ同じような踊りが行われていると言うのであった。

この程度にわが国の古い文化に密接な関係があってみると、鞍馬先生のうますぎるおだてに乗るのは危険だと思いながらも、つい六人目の学者になるのも満更ではなさそうだという大きな気持になるのであった。

さあ按吉がチベット語の伝授を受ける快諾をすると、先生の勇み立つこと、それ教科書だ、辞書だ、文法書だ、参考書だ、チベットの事情に関する紹介書だ、これもやる、あれもやると按吉の膝の上へ積み重ねてくれる。と、按吉がこれをひそかに注意を怠らずにいたところが——というのは、これが相当問題が臭いからで——先生がこれらの書物を忙しく取り出してくる場所が、決して本箱の腰から上に当る場所ではないではないか。してみればこれはもう洗礼を受けたあれである。けれども学問の精神は遥か高遠なところにあるべきだから、按吉は膝の上の書物がたしかに湿っていても、これは神秘な書物だから汗をかいているのだなと考える。印度では糞便の始末を指先でするほどだから言語も多少は臭いなど自ら言いきかすのであった。

ところが、不思議な因縁で、チベット語はたしかに臭いのであった。というのは、先生は大変放屁をなさる癖があった。伝授の途中に「失礼」と仰有って、廊下へ出ていらっしゃる。戸をぴしゃりと閉じておしまいになるから、廊下でどのような姿勢をなすっていらっしゃるかは分らないが、大変音の良い円々とした感じのものを矢つぎばやに七つ八つお洩らしになる。夜更けでも陰気な雨の日でも、先生のこの音だけはいつも円々としていて、決して濡れた感じや掠れた響きをたてることがないのであった。それから廊下をなんとなく五六ぺん往復なすっていらっしゃるのは充分臭気の消え失せるまで姿を見せまいという礼節と思いやりの心から出た散策であろう。やがて部屋へ現れて、また「失礼」と仰有って伝授をおつづけになる。

ここで筆者は日本帝国の国威のために一言弁じなければならないが、帝国大学の先生が辞書がおひけにならなくともそれは日本帝国の不名誉にはならないという事である。なぜならば、ラテン大学校の秀才も、やっぱり辞書がおひけにならないからであった。先生は親切な方だから、生徒の代りに御自分で辞書をひいて下さる。按吉の面前でものの二三十分も激しい運動をなすっていらっしゃるが、なかなか単語が現れてくれないのである。そのうち失礼と仰有って廊下へ出ていらっしゃる。屁をたれて、なんとなく廊下を五六ぺん往復なすって、また失礼と仰有って、辞書を抱えて激しい運動をなさる。やっぱり単語が現れない。

そのうち按吉はチベット語の辞典といえば学者の健康のために作られたものではないかという風に考えていて、一分や二分で単語を探しだしてしまうのはチベット語本来の性質にそむくものだという風に思っていたから、先生の激しい運動に対しても決して先生がお出来にならないせいだなどと思うことはなかったが、然し先生が失礼と仰有って廊下へ出ていらっしゃる。なんとなく廊下を五六ぺん往復なすって、また失礼と仰有って戻っていらっしゃる。その先生の礼節がしみじみといたわしく、大変佗しくてならないのだった。

そこで按吉は或る日言った。

「先生、放屁は僕に遠慮なさることは御無用に願います。却《かえっ》て僕がつらいですから」

すると先生はその次放屁にお立ちのとき障子を開けようとして手をかけてから按吉の言葉を思い出されたのであろう、それではと仰有って振向いて、障子に尻を向けておいていつもの通り七ツ八ツお洩らしになった。そうして、その後はこの方法が習慣になったのである。ところがここに意外なことに、按吉は従来の定説を一気にくつがえす発見をした。これに就いては物識りの風来山人まで知ったか振りの断定を下しているほどであるが、大きな円々と響く屁は臭くないという古来の定説があるのである。ところが先生の屁ときたら、音は朗々たるものではあるが、スカンクも悶絶するほど臭いのである。即ち先生がなんとなく廊下を往復なすっていらっしゃったのは、蓋《けだ》し自ら充分に御存じのところであったのだろう。学問の精神は高邁《こうまい》なものであるけれども、ここに於て按吉は、チベット語の臭気に就いて悲痛な認識をもたなければならないのだった。その頃の按吉の日記の中の文章である。

　外は晴れたる日なりき
　今日も亦《また》チベット語を吸いて帰れり

この二行詩はいくらか厭世的である。先生の放屁にあてられて、彼は到頭《とうとう》思わぬ厭世感にかりたてられていたらしい。按吉はこの二行詩が出来上るまで詩というものを作ったことがなかったのである。ところが彼はこの時俄《にわ》かにこの世には散文によっては表明しきれない何物かが在ることを痛切に知ったのである。即ちチベット語と屁の交るところの結果の如き、これは散文の能力によっては如何とも表明することが不可能ではないか。こうして彼は意外にもチベット語と屁の交るところの結果から詩の精神を知り、また厭世の深淵をのぞいた。人間は、どこで、何事を学びとるかまことに予測のつかないものだ。

この伝授がもう一年間もつづいたら按吉は厭世自殺をしなければならないような結果になったかも知れなかった。ところが、ここに天祐神助《てんゆうしんじょ》あり、按吉は一命をひろったのである。

天祐神助は先生が童貞を失ったことに始まる。先生は花の巴里《パリ》に於てすら童貞を失わず、マレーの裸女にも目を閉じて、堂々童貞を一貫し無事故国へ辿りついてきたのに、こともあろうに凡《およ》そ安直な売春婦を相手にして、三十数年の童貞をあっさり帳消しにした。

その結果、次のような理由によって、先生はまったく厭世的になったのである。即ち先生は按吉に言った。

「なんだ君。交接というものは実にあっけないものじゃないか。快感なんか、どこにあるのだ。君、そうじゃないか。馬鹿にしてやがる。僕は君、あの時だけは、世界中の言葉という言葉が総がかりになっても表現しきれない神秘な感覚があるのだと思いこんでいたんだぜ。僕は君、一生だまされていたようなものだ。僕はもう、つくづく都会の生活がいやになったな。くにへ帰って、暫《しばら》くひとりで考えてくる」

先生自体が神秘すぎて、按吉には、先生の厭世の筋道や内容がどうもはっきり呑みこめなかった。世界中の言葉という言葉が総がかりになっても表現しきれない神秘な感覚というものをどうして三十何年も我慢していらっしゃったのか分らないし、その予想が外れたからといってどうして故郷へ帰らなければならないのかてんでわけが分らない。一生だまされていたなどと大変なことを言って嘆いていらっしゃるが、誰がどういう風に騙していたのだか一向わけが分らない。先生がこんな大変なことを言って嘆いているのをきいていると、先生が言葉という言葉をみんな覚えようとしたのは、つまりそれを総がかりにしても表現しきれないようなことを、実はどこかに表現されているのだと感違いしてせっせと勉強していたようにも思われるし、三十何年も童貞を守っていたくせに、実のところは先生年中そのことばかり考え耽《ふけ》っていたようにも思われるし、これはもうてんでわけが分らないのだ。

とにかく分らないことばかりだが、按吉の身にしてみると、これでとにかく、こっちの方は自殺がひとつ助かったという甚だ明朗な事柄だけが沁々《しみじみ》分ってきたのである。青天白日の思いであった。そうして先生が童貞を失ってくれたことを天帝に向って深く感謝する思いによって心は暫くふくらんでいた。先生の相手をつとめた売春婦にお礼を述べたいものだなどと、忘恩的なことを一向に平然として考えているほどであった。

尤も先生が童貞を失ってくれたおかげで、名誉あるわが帝国にはひとりの奇怪なチベット博士が生れずに済んだという国民ひとしく祝盃を挙げなければならないような隠れた功績もあるのであった。

その昔、泉州堺の町に、表徳号を社楽斎という俳人があった。仙人になる秘薬の伝授を受け、半年もかかって丸薬をねりあげて、朝晩これを飲んだあげく、もうそろそろ飛行の術ができるだろうというので、屋根の上から飛び降りて、腰骨を折ってしまった。

この時以来、できないことをすることを「シャラクサイ」ことをする、というようになったという話である。

按吉は、時々深夜の物思いに、ふと、俺はどうも社楽斎の末裔じゃないかなどと考えて、心細さが身に沁むようになっていた。若い身そらで、悟りをひらこうなどとは、どう考えても思慮ある人間の思想じゃない。第一、辞書だの書物の中に悟りが息を殺して隠れているということは金輪際ないではないか。その昔、猿の大王だの豚の精だのひきつれて、こういう思想で、天竺《てんじく》へお経をとりにでかけた坊主もいたけれども、あそこには生死をかけた旅行があった。按吉ときては、電車にゆられて学校へ行くだけではないか。

第一、印度の哲人達を見るがいい。若い身そらで、悟りをひらこうなどと一念発起した青道心はひとりもいない。どれもこれも、手のつけられない大悪党ばかりである。言語道断な助平ばかりで、まず不惑という年頃までは、女のほかの何事も考えるということがない。仏教第一の大哲学者は後宮へ忍びこんで千人の美女を犯す悲願をたて、あらかた悲願の果てたころに、ようやく殊勝な心を起した。これにつづく更に一人の大哲人は、母親を犯してのちに、ようやく一念発起した。おまけにこの先生ときては、天晴《あっぱれ》悟りをひらいて当代の大聖人と仰がれるようになってから、夢に天女と契《ちぎ》りをむすんで、夢精した。これを弟子に発見されて有象無象にとりかこまれて詰問を受け、聖人でも夢と生理は致し方がないものだとフロイド博士に殴られそうなことを言って澄している。徹頭徹尾あくどい聖人ばかりであるが、按吉は我身と社楽斎のつながりに就《つい》てひそかに心細さが身に沁むたびに、このことに就て、特にこだわらずにはいられなかった。社楽斎がいきなり仙人になることは先ず以て不可能だが、大悪党が聖人になることは確かに不可能ではない筈だ。ところで、話は別であるが、印度の哲人とは違った意味で、日本の坊主が、実に又、徹頭徹尾あくどいのである。

仏教の講座に出席する。先生方はみんな頭の涼しい方で、なかには管長猊下《げいか》もあり、衣をつけて教室へでていらっしゃる。一切皆空を身につけて、流石に悠々、天地の如く自然の態に見受けられたが、淡々として悟りきった哲理の解説にも拘らず、悟りの明るさとか、希望とか、そういうものの爽快さを、どうしても感じることができなかった。そうして、それを感じさせない障碍《しょうがい》は、哲理自体にあるのではなく、それを解説していらっしゃる先生方の人柄――むしろ、肉体（実に按吉はその肉体のみはっきり感じた）にあるのだと確信するより仕方がなかった。実に、暗い。なにかしら、荒涼として、人肉の市にさまようような切なさであった。不自然で、陰惨だった。

按吉は、時々、お天気のいい日、臍下丹田《せいかたんでん》に力をいれて、充分覚悟をかためた上で、高僧を訪ねることが、稀にはあった。坊主は人の頭を遠慮なくぶん殴るという話で、三十棒といったりして、ひとつふたつと違うから、出発に際して、充分に覚悟をきめる必要などがあったのである。天日ためにくらし、とはこの時のことで、良く晴れた日を選んで出ても、道中は実にくらく、せつなかった。けれども流石に高僧たちは、按吉のような書生にも、大概気楽に会ってくれたし、会ってみれば、実に気軽にうちとけて、道中の不安などは雲散霧消が常だった。そうして、各の高僧達は、各の悟りの法悦をきかせてくれた。けれども、ここでも、やっぱり人肉の市をさまようような切なさだけは、教室の中と変りがなかった。

こういう立派な高僧方にお会いすると、どういうわけだか、人間とか、心とか、そういうものを感じる前に、いきなり肉体を感じてしまう。この世には温顔という言葉があるが、その実際が知りたかったら、高僧にお会いするのが第一である。即ち、肉体は常に温顔をたたえ、さながら春の風、梅花咲くあのやわらかな春風をたたえていらっしゃる。そうして、お別れしてしまうまで、肉体の温顔が、ただ、目の前いっぱいに立ちふさがっているのである。そうして、肉体の温顔が、ニコニコと、きさくに語って下さるのである。ナニ、美女もただの白骨でな、と、肉体の温顔がニコニコと仰有る。又、あるときは、これを逆に、イヤ、ナニ、美女のやわらかい肉感というものは、あれも亦よろしいものじゃヨ、と、こう仰有って大変無邪気にたのしそうにニコニコとお笑いになり、あれにふれるとホンマに長生きするのでのう、と仰有るのである。

これと同じ意味のことは長屋の八さんが年中喋っているのであった。けれども、長屋の八さんはてんで悟りをひらかないから、八さんがこんなことを喋る時のだらしない目尻といったら洵《まこと》に言語道断である。実にだらしなく相好くずしてヘッヘッへとおでこを叩き、忽ち膝を組み直したりするけれども、八さんの話をきいていると、八さんの肉体などはてんで意識にのぼらない。こっちも忽ちニヤニヤして八さん以上に相好くずして坐りなおしてしまうのである。どうも悟りをひらかないてあいというものは仕方がない。夜の白むのも忘れて喋り、翌日は、酒ものまずに、ふつかよいにかかっている。

ところが高僧のお言葉ときては、そういう具合にいかないのである。お言葉と同時に、先ず何よりニヤニヤして、てもなく同感してしまうという具合にいかない。こっちも忽ちニヤも高僧の肉体が、肉体の温顔が、のっしのっしと按吉の頭の中へのりこんできて、脳味噌を掻きわけてあぐらをかいてしまうのだ。按吉は、思わず目を掩《おお》う気持になる。悟りのむらだつ毒気に打たれた。時には瞬間慄然とした。

そのころ栗栖按吉に、ひとりの親友ができていた。龍海さんと云って、素性の正しい坊主であったが、まだ高僧ではなかったから、痩せ衰えた肉体をもち、高僧なみに至ってよく女に就て論じたけれども、てんで悟りに縁がないから、肉体の温顔などは微塵もなかった。

龍海さんは坊主の学校で坊主の勉強しなければならない筈であったけれども、坊主の足を洗いたいということばかり考えていて、金輪際坊主の講座へでてこなかった。そうして、絵描きになりたいのだと言っていた。生憎、龍海さんは貧乏な山寺の子供で学資が甚だ乏しいから、生きて食うのもようやくで、とても油絵の道具が買えない。水彩やパステルなどでトランク一杯絵を書いていたが、呆れたことには、女の姿の絵ばかりである。按吉は龍海さんを見くびっていたわけではないが、坊主の絵だから南画のような山水ばかり想像して、とにかく風景が多いだろうと思っていた。そこで、按吉は驚いた。むしろ唸った。絵が名作のわけではない。何百枚の絵を見終って、女以外の風景画が、花一輪すら、なかったからに外ならなかった。

「僕は、女のことしか、考えることができませんので……」

びっくりした按吉をみて、龍海さんは突然まっかな顔をして、うつむいて言った。龍海さんは素性の正しい坊主だから、どんな打ちとけた仲になっても、あなた、とか、あります、という丁寧な言葉を使った。

龍海さんは痩せ衰えて、風に吹かれて飛びそうな姿であったが、凡そ執拗頑固な決意を胸にかくしていたのであった。それは、油絵の道具をきっと買ってみせるという、小さい乍《なが》らも凡そ金鉄の決意であった。そこで食事を一食八銭にきりつめ、そのためには非常に遠い食堂へ行き、通学に四哩《マイル》歩き、そうして貯金を始めたのである。愈《いよいよ》予定の額になって、さて、油絵の道具を買いに行こうという瞬間に、盲腸炎になってしまった。入院し、実に貧弱な肉体ですなア、と医学博士に折紙つけられた挙句の果に、貯金をみんな、なくしたのである。

龍海さんは意気悄沈、まったく前途をはかなんでいたが、或る日、再び元気になった。

というのは、フランス帰りの放浪画家とふと知りあいになったからで、この画家の話によると、巴里まで辿りつきさえすれば、あとは一文の金がなくとも、なんとか内職で生きのびながら絵の勉強ができるという耳よりな話なのである。これは実際の経験談で、龍海さんを納得させる力があった。

その日、ただちにその場から、忽然として、すでに龍海さんは貯金の鬼であった。一食八銭の食事も日に二度にきりつめ、あるときは一食にへらし、フラフラしながら学校へ来て、水をのみ、拾った金も遠慮なく貯金した。

「今日、五十銭、拾いました。すぐ、貯金して参りました」

龍海さんは必ず按吉に白状した。まっかになって、うつむいて、白状した。龍海さんの気持としては、誰かに白状しなければならなかったに相違ない。巡査に白状するよりも、按吉に白状するのが便利であったのであろう。拾ったとき早速郵便局へ駆けつける用意ではあるまいけれども、懐中に、年中貯金通帳を入れていた。

こうして不退転の決意をもって巴里密航の旅費を累積しはじめたのだが、同時に、忽ち、栄養不良の極に達して、亡者にちかい姿になった。按吉は不安であった。今度は盲腸どころじゃない。念願の金がたまった瞬間に、幽明境を異にして、魂魄《こんぱく》だけが水ものまず歯ぎしりして巴里へ走って行きそうな暗い予感がするのである。然し龍海さんは落ちついていて、目的のためには、栄養不良もてんで眼中になかった。

丁度そのころの話である。

龍海さんの先輩に当る一人の坊主——年の頃は四十二三、すでに所属の宗派では著名な人で、管長の腰巾着をつとめており、何代目かの管長候補の一人ぐらいに目されている坊主であったが、これが何かの因縁で、ある日、按吉と龍海さんを引きつれて、浅草のとある料理屋で酒をのんだ。

坊主が般若湯をのむというのは落語や小咄に馴染のことだが、あれは大概山寺のお経もろくに知らないような生臭坊主で、何代目かの管長候補に目されている高僧は流石に違う。却々《なかなか》もって、八さん熊さんと同列に落語の中の人物になるような頓間《とんま》な飲み方はしないのである。

ここでも言いもらしてはならないことは、先ず、第一に、温顔であった。この世に顔の数ある中で、温顔の中の温顔である。常に適度の微笑をふくみ、陽春の軟風をみなぎらし、悠々として、自在である。声はあくまでやわらかく、酔にまぎれて多少の高声を発するようなことすらもない。洒脱な応待で女中をからかい、龍海さんと按吉にさかんに飲ませて、自分は人につがれなければ強いて飲むということがなかった。

さて、ここをでて、何代目かの管長候補は二人の青道心をひきつれて、待合という門をくぐった。

思うに何代目かの管長候補は、二人の青道心が、酔わないうちから女を論じ、酔えば益々女を論じ、徹頭徹尾女を論じて悟らざること夥《おびただ》しい浅間しさをあわれみ、惻隠《そくいん》の心を催したのに相違ない。高僧はどのように、又、どの程度に、女色をたのしむべきか、という具体的な教育を行うつもりであったのだ。

芸者が来た。みんな何代目かの管長候補の長年の馴染で、芝居の話や、旅の話や、恋人の話や、凡そお経の話以外はみんなした。

深夜になって、一同、待合の一室で雑魚寝した。朝がきた。顔を洗って、着物を着代えて、何代目かの管長候補は女の襟を直してやったり、女の帯をしめてやったり、熟練の妙をあらわして、二人の青道心をしりえに瞠若《どうじゃく》たらしめた。

龍海さんも按吉も、何代目かの管長候補の厚意に対して感謝しないわけではなかった。それはたしかに純粋な厚意であったに相違ない。愚昧《ぐまい》な二人の青道心を、いくらかでも悟りの方へ近づけてやろうという、しかも芸者買という最も誤解され易い手段を用いて敢て後輩を導くという、容易ならぬことである。——けれども釈然とはできなかった。どうしても、なにかしら、割りきれない暗さが残った。

「なにかしら、割りきれないと思いませんか」按吉は龍海さんに訊いた。

「割りきれません！　いい加減です！　鼻持ちならない！」

そう答えて、龍海さんは、怒りのためにぶるぶるふるえた。二人はすっかり沈みこんで、がっかりしながら暫くめあてなく歩いていた。

あれぐらいのことをするなら、なぜ堂々と女と一緒にねないのだ。そういうことが先ず第一に考えられる。問題は、然し、決して、それではなかった。

たとい堂々と女とねても決して坊主は明朗にならない。按吉は思った。なにか割りきれない不思議な毒気は、単に女とねるねないの問題だけのせいではない。もっと、根本的なものである。坊主たちは、女を性慾の対象としか考えない。彼等が女から身をまもるのは、ただ、性慾をまもるだけの話である。

然し、俗人は女に惚れる。命をかけて、女に惚れる。どんな愚かなこともやり、名誉もすて、義理もすて、迷いに迷う。そのような激しい対象としての女性は、高僧の女性の中にはないのである。按吉は痛感した。どちらが正しいか、それはすでに問題外だ。迷う心のあるうちは、迷いぬくより仕方がないと痛感した。そうして、こう気がついてのち、肉体の温顔だとか、むらだつ毒気だとか、そういうものを持たない人を見直すと、みんな今にも女のために迷いそうで、義理も命もすてそうな脆さがあるのに気がついた。

そんな一日。按吉は学校の門前で、一枚のビラをもらった。

トルコ語とアラビヤ語を一ケ年半にわたって覚える。授業は毎日夜間二時間。そうして、一年半の後、メッカ、メジナへ巡礼にでかける。回教徒の志望者をつのるビラであった。

その日から、締切の最後の日まで、按吉は真剣に考えた。メッカ、メジナへ行きたくなってきたのである。

そのころ彼は、ちょうどある回教徒の聖地巡礼の記録を読んだ直後であった。巡礼者の大群はアラビヤの沙漠を横断して、聖地へ向って、我武者羅《がむしゃら》な旅行をはじめる。信仰の激しさが、旅行の危険よりも強い。そこで、食料の欠乏や、日射病や、疫病《えきびょう》で、沙漠の上へバタバタ倒れる。その屍体をふみこえて、狂信の群がコーランを誦しながら、ただ無茶苦茶に聖地をさして歩くのである。

思いきって、沙漠横断の群の一人に加わろうかと考えた。そこに、命があるような思いがした。なにかノスタルジイにちかい激烈な気持であったのである。

締切の日、彼は思いきって、丸ビルへでかけて行った。そうして、講習会場の入口へ来て、再び決心がつきかねて、三度その前を往復した。トルコ人が、彼を見つめて、講習会場の扉をあけて、消えてしまった。

だが、彼はとうとう這入らなかった。トルコ人の姿が消えると、ふりむいて階段を降りた。その理由は——彼は丸ビルへくる電車の中で、すぐれて美しい女学生を見たのである。目のさめる美しさだった。彼の心は激しく動いた。

これでアラビヤへ行こうなどとは、大嘘だと思ったのである。そうして丸ビルの階段を降りながら、生れてはじめて本当のことをした感動で亢奮《こうふん》していた。これから、いつも、こうしなければならない、と自分に言いきかせながら歩いていた。

その日から、彼は悟りをあきらめてしまった。龍海さんは巴里密航の直前に、女に迷って、行方不明になってしまった。そうして、生死が、わからない。

禅僧

坂口安吾

雪国の山奥の寒村に若い禅僧が住んでいた。身持ちがわるく、村人の評判はいい方ではなかった。

禅僧に限らず村の知識階級は概して移住者でありすべて好色のために悪評であった。医者がそうである。医者も禅僧とほぼ同年輩の三十四五で、隣村の医者の推薦によって学校の研究室からいきなり山奥の雪国へやってきたが、ぞろりとした着流しに白足袋という風俗で、自動車の迎えがなければ往診に応じないという男、その自動車は隣家の小さな温泉場に春半《なかば》から秋半《なかば》の半年だけ二三四台たむろしている、勿論中産以下の、順《したが》って村大半の百姓には雇えない。

農村へ旅行するなら南の方へ行くことだ。北の農家は暗さがあるばかりで、旅行者を慰めるに足る詩趣の方は数えるほどもありはしない。この山奥の農村では年に三人ぐらいずつ自殺者がある。方法は首吊りと、菱《ひし》の密生した古沼へ飛び込むことの二つである。原因は食えないからというだけで、尤《もっと》も時々は失恋自殺もあるのだが、後者の方は都会のそれと同じことで、村人の話題になっても陽気ではある。珍らしく一人の旅人がこの村へ来て、散歩にでたら葬式にでっくわした。この葬式は山陰の崩れそうな農家から出発、今や禅寺をさして行進を開始したところだが、先頭が坊主で、次に幟《のぼり》のようなものをかついだ男、それにつづく七八名で、ジャランジャランという金鉢のようなものをすりまわしながら行進するのが寒々とした中にも異様な夢幻へ心を誘う風景であった。こんな山奥でも人は死ぬ、余りに当然なことながら、夢のようにはかない気がした。きっと年寄りが死んだのでしょうね？　と旅人は傍らの農夫にたずねてみた。へえ年寄りが首をくって死んだのです、え、自殺？　そんなことがこの山奥にもあるのですか？　へえ年に三四人ずつあるようです。貴方の足もとの、ほらこの沼へとびこんでその年寄りは冷たくなって浮いていたのです。棒がとどかないので、私達が盥《たらい》に乗りだして引上げたのですが、盥に菱がからまって私達までなんべん水へ落ちそうになったか知れません、と言うのであった。旅人は一度に白々とした気持ちを感じた。全てが一家族のような小さな村にも路頭に迷って死を求める人がある、都会の自殺には覇気がありむしろ弾力もある生命力が感じられるが、この山奥の自殺者の無力さ加減、絶望なぞと一口に言っても、もともと言いたてるほどの望みすらないところへ、それが愈々《いよいよ》絶えたとなると一体どういう澱みきった空しさだけが残るだろうか、考えただけでも旅人はうんざりして暗くならざるを得なかった。この山村の自殺は小石を一つつまみあげて古沼の中へ落すことと同じような努力も張り合いもない出来事に見えた。

医者は多少の財産があるのか、夏は温泉で遊び冬は橇《そり》を走らして遠い町へ遊びにでかけた。夏の山路は九十九折《つづらおり》で夜道は自動車も危険だが、冬は谷が雪でうずまり夜も雪明りで何心配なく橇が谷を走るのだ。そのうちに村の娘を孕《はら》まして問題を起した。

知識階級の移住者には小学校の先生があるが、この人達も評判がわるい。男女教員の風儀だとか吝嗇《りんしょく》とか不勤勉ということが村人の眼にあまるのである。ところがそういう村人は森の小獣と同じように野合にふけっているのである。盆踊を絶頂にした本能の走るがままの夏期にたわむれ丈余《じょうよ》の雪に青春の足跡をしるしている夜這い、村人の生活から将《はた》又《また》思い出からそれをとりのぞいたら生々とした何が残ろう！　半年村をとざしてしまう深雪だけでも彼等の勤労の生活は南方の半分になるわけだが、山々を段々に切りひらいて清水を満した水田と暗澹たる気候で米の実りの悪いことは改めて言うまでもないことである。豊穣という感じが、気候や風景に就いても同断であるが、その生活に就ても全く見当らないのである。

禅僧は同じ村のお綱という若い農婦に惚れた。この農婦が普通の女ではなかった。野性そのままの女であった。

お綱は小学校に通う頃から春に目覚めて数名の若者を手玉にとったと言われるほどの娘。小学校を卒業すると町の工場へ女工に送られたが居たたまらず、東京へ逃げて自分勝手に女中奉公した。昔郡役所のあった町に小金持の老人があったが、借金のかたとでもいうわけか、お綱は呼び寄せられてこの老人の妾になった。その時が十八。五年目に老人が死んだ、妾時代お綱は出入りの男達と相手選ばずの浮気をしたが、老人が死ぬと身体一つでのこのこ村へもどってきた、身体のほかに持っていたのは頭抜けた楽天性と健忘性と野性のままの性慾だった。村へきても誰はばからず本能の走るがままに生活した。そういうお綱に惚れて、自殺したうぶな男もあったのである。

ある時村へ一人の旅人がきた。隣字《あざ》の温泉へ行くつもりのものが生憎と行暮れて、この字では唯一軒の旅籠《はたご》兼居酒屋の暖簾をくぐったのである。農家の土間へ牀机《しょうぎ》をすえ手製の卓を置いただけの暗い不潔な家で、いわゆる地方でだるまという種類に属する一見三十五六、娼妓あがりの淫をすすめる年増女が一人いた。こんな疲弊した山村では淫売がむしろ快活な労働にもなるのだろうが、見るからに快活、無邪気、陽気で、健康な女がいるのである。そういうだるまの一人がこの店にもいた。

旅人がこの銘酒屋の暖簾をくぐって現われたとき、土間の卓には禅僧がお綱と共に地酒をのんでいる時であった。山村のことで旅人をむかえる部屋が年中用意されているわけでもないから、部屋の支度をととのえるあいだ、旅人も卓によって地酒をのんだ、旅人を見るとお綱の浮気の虫が動いた。

部屋の支度ができ、旅人は二階へ上って、だるまを相手に改めて酒をのみはじめた。暫《しばら》くすると階段をのぼる威勢のいい足音がとんとんとんと弾《はず》んできて、お綱がにやにや笑いながら、旅人の部屋へ現われた。坐ろうとしないで、すくすく延びきった肢体をくねらせながら突立ったままであるが、片手を目の下へもって行き、のぞき眼鏡のような手の恰好《かっこう》をこしらえて人差指でおいでおいでをしたのである。旅人は莫迦莫迦しさに苦笑せずにいられなかった。

「ここへ暫く泊るの？」

「明日から温泉へ泊るのだ」

「明日の晩、今時分ここへおいで」

野性の持つあの大胆な、キラキラとなまめかしく光る流眄《ながしめ》を送り、お綱はくるりとふりむいた。そうして歩きだしたと思うと、そんな婆あと遊ぶんじゃないよ、と言いすて、野禽のようにけたたましい笑い声をたてながら階段を調子をとって駈け降りて行った。面喰った旅人よりも、禅僧の悩みの方が複雑であったのは言うまでもあるまい。お綱の奴が急に二階へとんとん登って行った意味は一目瞭然であるから、さかりのついた猫の声と同様のけたたましい笑い声を耳にしては腸のよじれる思いがしたことであろう。

翌朝旅人が温泉へ向けて出発すると、その一町ほどうしろから禅僧がうなだれがちに歩いていた。禅僧は旅人に一言頼みたいことがあったのである。あの野性のままの女を旅先の気まぐれな玩具にしないでくれ、と。禅僧は栄養不良でヒョロヒョロやせ、顔色は不健康な土色だった。強度の近視眼で、怪しむように人を視凝《みつ》める癖があった。縞目も分らないほど古く汚れた背広を着て脚絆に草鞋をはいていた。

禅僧のたどたどしい足どりがそれでも十間ぐらいの距離まで旅人に近づいた時のことだが、旅人は九十九折の山径《やまみち》のとある曲路にさしかかった。一方は山の岩肌、一方は谷だ。突然頭上のくさむらから人間の頭ほどある石が落ちて、旅人の眼の先一尺のところを掠め、石は径にはずみながら、大きな音響を木魂《こだま》しながら深い谷へ落ちていった。旅人が慄然として頭をあげると、姿はもはや見えないが頭上のくさむらをわけ灌木の中をくぐって逃げて行く者の気配がはっきり分った。

「あいつですよ。ゆうべ私と酒をのんでいた女、突然貴方の部屋へおしかけていった農婦です」

咄嗟の出来事にこれも面喰って足速やに駈けつけた禅僧は、蒼ざめ、つきつめた顔をかすかに痙攣させながら旅人に言った。

「あいつは貴方に気があるのです。いいえ。貴方に限らず、初めて会った男には誰にしろ色目をつかい、からかいたい気持を懐《いだ》かずにいられぬのです。恐らくあいつは今朝早くからあの岩角へまたがり、石をだきながら貴方の通るのを待ちかまえていたのでしょう。楽しい気持ちでいっぱいで、その石が貴方に当って怪我をさせたらどうしよう、ということはてんで頭になかったに違いないのです。二年前のことですが、やっぱりこういう山径を好きな男と肩を並べて歩いているうちに、突然男を谷底へ突き落したことがあるのです。幸い男は松の枝にひっかかって谷へ落ちこむことだけはまぬかれましたが、松の枝にぶらさがって男が必死にもがいていると、あいつは径に腹這いになって首をのばし男の様子をキラキラ光る眼差しで視凝めながら、悦楽の亢奮《こうふん》のため息をはずませていたという話があるのですよ。あいつに散々あやつられたあげく菱の密生した沼へ身を投げて死んだ若者が二人もあります。たとい男が身を投げたって、だいいち昨日の男を今日は忘れているのですよ。貴方の場合にしたって、今日貴方に気があります。そうしてあいつはあの岩角にまたがり、異体《えたい》の知れぬ悦楽の亢奮に酔いながら、石をだいて貴方の通るのを待ちかまえていたのです。殺意だとか罪悪だとかそんなものじゃないんです。子供がパチンコで豚をねらうよりよっぽど無邪気で罪悪の内省がないのですよ。いじらしい女です。正体はただそれだけでつきるのですが――」

　禅僧の語気には、旅人が呆気にとられてしまうほど熱がこもってきたのであった。そうしてこれからどうなったか、然《しか》し旅人の話は村人の噂に残っていない。

お綱の逸話では、煙草工場の女工カルメン組打の一場景に彷彿《ほうふつ》としたこんな話もあるのだ。

時は盆踊りの季節。ひと月おくれの八月の行事で、夏の短い雪国では言うまでもなく凋落の季節、本能の年の最後の饗宴でもある。盆踊りは山の頂きのぶなに囲まれた神社の境内で、お綱も踊りに狂っていた。その日のホセは道路工事の土方で、居酒屋で酒をのみながら、店の老婆を走らしてお綱を迎いにやったが、お綱は踊りに狂っていて耳をかそうともしなかった。

そうこうするうち踊りの列に異変が起った。突然お綱が一人の娘を突き倒して、馬乗りになり、つかむ、殴る、つねる、お綱には腕力があるから、娘の鼻と唇から血潮が流れでた。原因というのは、お綱が踊りながら女に向って、お前の色男が俺に色目をつかったよとからかったところから、この娘がやっきになって俺の色男はお妾あがりに手出しをしないよ、そこでお綱がカッとしてこの野郎と組ついたという次第であった。娘の顔を血まみれにしては、お綱が人々に憎まれたのも仕方がなかった。

五六名の若者が忽《たちま》ちお綱をとりかこんだ。一人がお綱の襟首をつかんで血塗れの娘の胸から力まかせに引離したが、お綱はくるりと振向いてサッと片腕をふり男の顔を力一杯張りつけた。それから一足とびのいて、ゲタゲタと腹をよじって笑いだした。張られた男はお綱をめがけて飛びかかった。右手をとらえて後手にねじあげようとしたのであるが、お綱は男の手首に血の滲むまで嚙みついて執られた腕をふりはなし、男の胃袋をめがけて激しいそして敏活な一撃の頭突きをくらわせた。ひとたまりもなく倒れる男に馬乗りとなって苦悶のためにのたうつ男の首をしめて地面へぐいぐいおしつけた。きしむような満悦の笑いに胸をはずませ、無我夢中のていで顔面をなぐり、つねった。

四五名の若者達は激怒して各々お綱を蹴倒したが、お綱は忽ち猛然と立ち上ると、誰を選ばず飛びかかり、嚙みつき、引掻き、なぐりかかった。もはやその悦楽の亢奮は色情狂を思わせた。淫慾は酔いのように全身にまわり、敏活な動作につれて、満悦の笑声がきしむように洩れるのである。蹴倒される、ひとたまりもなく転《こ》ろがる。地面へ顔のめりこむほど、てひどく倒されることもあった。然しはねかえるバネのように飛びかかって行くのである。性こりもなくじゃれつく牝犬もこれほどしつこくはあるまいと思われ、若者達も流石に根負けのじぶんになって、お綱は淫乱そのものの瞳を燃やして歓声をあげ、若者達の囲みをやぶって闇の奥へころがるように走り去った。ひときわ高く哄笑をひいて。

憎しみにもえ激怒のために亢奮したといいながらそれが色情の一変形であったところの若者達は、自分ながらしつこさの醜怪に気付くほど野性そのままの衝動にかられ、然しもはや自制の力はなかったのだが、七八名一団となってお綱のあとを追いかけていった。お綱は居酒屋へかけこんだ。そこには土方が待っていた。お綱は土方の卓に倒れた。彼には決して理解することのできなかった逸楽のあとの満足のために疲れきった肢体をなげだし、お綱は苦しげに笑いのしぶきを吐きだしていた。若者達の一団が追いついた。——甚だありふれた事情が起った。同時に奇妙な事件であった。

居酒屋にはホセのほかにも一人の土方がだるまを相手にしていたが、彼等はこの土地の鈍重な自然人とは種属がちがって、流れ者の度胸と機に応ずる才智があった。二人の土方は立ち上った。若者達は顔色と言葉を失い、あとじさりした。道路へじりじりさがっていった。二人の土方も道路へでた。若者達の一団に気転のきいた一人がいたらここで一言わびるだけで無事無難に終ったのだが、鈍重な気候や自然はそういう気転と仇敵の間柄ではぜひもない。こんな騒ぎが起っていても村は眠っているのである。もとより人家すら三十間に一軒ぐらいの間隔で至ってまばらなものであるが、その住人も山の頂きの踊りの方へ出払っている。赤ん坊と植物と暗闇だけではこの騒ぎも誰知る人があるまいと思いのほか、生憎の人物がどうしたはずみかこの場に居合わしていたのである。禅僧であった。

異様なそうして貧弱な肉塊が突然土方に躍りかかった。それが禅僧と分るまで、若者達の誰一人禅僧の存在に気付いた者がいなかったのだ。彼は殴られ、投げだされ、蹴られ、そうして冷めたい地面の上であっけなくのびてしまった。土方は居酒屋へひきあげた。若者達が禅僧のまわりに歩みよると、彼は鼻血を流していた。彼は人々の存在にも気付かぬように這い起きて、長い時間を費して何物かを地上に探し漸《ようや》く拾い当てた物品によって探し物が眼鏡であったと人々に分った。一つの咳も洩らしはせず、それが唯一の念願のように、寺院の方へ消えていった。

とはいえお綱に対する彼の熱情の純粋さももとより当にはならないことで、だるまの言に順《したが》えば、その助平坊主の肉慾ほどあくどさしつこさに身の毛のよだつ思いをすることもないと言うのであった。

疲弊した村のことで御布施の集りがよかろう筈はない。金包みの代りに米とか野菜ですますような習慣が次第に一般にひろがって、禅僧は食うだけが漸くだった。

禅僧は恋情やみがたくなったものか、お綱の母親（父はもはや死んでいる）に向って結婚の交渉をはじめた。禅僧の内輪の生活が次第に栄養不良になる一方の乏しいものでも、貧農の目から見れば坊主は裕福という昔からの考えがいくらか残ってはいる。働き者をとられるとその日から暮しにこまるという理由で五十円の結納金、結婚後は月々十円の扶助料という条件をお綱の母親がもちだした。一歩もひこうとしなかった。

禅僧は思案にくれたあげく、医者のところへ金策にでむいた。医者の方では愈々坊主も発狂したんじゃあるまいかと薄気味わるくなったぐらいのものである。

「いったい貴方、それは正気の話ですか？」

と、遠慮を知らない医者がずけずけ言った。

「あの女は金のいらないだるまですぜ。あの女がたった一人いるおかげで、この村の若者や親爺どもは、だいぶ不自由をしのぎいいし金もかからないと喜んでいますよ。あの女の不身持ちが普通のものじゃないことは、お分りだろうと思いますよ。結婚という名目であの身体が独占できると思いますか？　況《いわ》んやあいつの精神が？　野獣にも精神があるというならあの女にも精神はあるでしょうが、仏力で野獣が済度《さいど》できますかな。五十円の結納金。十円の扶助料。きいただけでも莫迦莫迦しい！」

「獣が獣に惚れたんですよ。私だって貴方の想像もつかない獣ですよ。とにかく獣の方式でここをひとつやりとげてみようと思ったわけですな。やらない先に後悔してはいけなかろうと思うのですよ」

「禅問答のように仰有《おっしゃ》らないで下さいよ！　五十円の結納金なら明らかに人間の方式ですぜ。獣の方式なら今迄通り山の畑でお綱とねる方がいいでしょう。そうして、それ以上の名案は絶対にみつかりっこありませんや。全くですよ！　仰有る通り獣になりなさい、獣に。人間になろうなんて飛んでもない考え違いだ！　そうして今迄通りの交渉で満足することが第一です」

禅僧が自ら獣と言うた言葉を医者は面白いと思った。お綱の畑は村の西と北角の山ふところに十数町の距離をおいて散在したが、お綱の姿を探して段々畑をうろうろと距離一杯にうろついている坊主の姿を山の人々は見馴れていた。言われた言葉で思いだすと、飢えた狼のように見えた。あまりに生々しく醜怪だと医者は舌打ちしたのであった。

然し坊主が自ら獣と言った言葉は、医者が単純に肯定した程度の生やさしい内省から生れたものではなかったのである。

或る黄昏禅僧はお綱と二人でどんよりと澱んだ古沼のふちを通っていた。突然お綱の手が彼の腰へ触ったような気がすると（実際は触らなかったらしい）彼はもう古沼の中へ突き落されるのだと思った。悲鳴をあげるにも喉がつまって叫びがでなかった。苦悶のために表情は歪み、足は竦《すく》んで動けなかった。ヒイヒイという掠れた悲鳴が喉にうなった。これだけの物々しい前奏曲があったために、お綱もつい突き落す気持になったのである。それ程の力をいれて突いたわけでもなかったのに、坊主はあっけなく古沼へ落ちた。水の中での死にもの狂いの騒ぎといったらなかったのである。死を怖れる最も大きな苦悶と醜体がかたどられていた。坊主のもがいていた場所は岸から三尺ばかりのところで、落付いて腕をのばせば子供でも溺れる心配のない場所である。彼が恐らく全身のエネルギーを使いきった証拠には、漸く岸へ這いあがると、這いあがったなりの腹這いの恰好のまま、だらしなくのびてしまって這いずることもできなかった。それを見ると、お綱の眼の光が全く変った。真剣なものが全身にみなぎり、亢奮のために胸がふくれ、急に顔に紅味がさした。お綱は猿臂《えんぴ》をのばして禅僧の襟首をとらえ、ずるずるとひきずって今度は真剣に古沼の中へ頭の方から押し込んでしまおうとしたのである。禅僧はギャッという悲鳴をあげてお綱の片足にかじりついた。お綱よ、命だけは助けてくれ！　死ぬのは怖い！　禅僧の声は遠雷のように喉の奥でゴロゴロ鳴り、くいついた蠑螺《さざえ》のようにお綱の脛《すね》にぶらさがって恐怖のあまり泣きだしていた。

こういう話もある。

これは寺院の中で行われた出来事。お綱が眠りからさめて帰ろうとするとホーゼがなかった。お綱のホーゼのことだから赤い色もさめはて、肉臭もしみ、よれよれの汚いものに相違ない。禅僧をゆり起して出せと言ったが、彼は返事をしなかった。

お綱は突然激怒して禅僧を組敷き、後手にいましめた。本堂へひきずりこみ、これを柱にくくしつけて、着物をビリビリひき裂いて裸にしてしまった。仏壇から大きな蠟燭をとりおろして火を点けると、坊主の睾丸《こうがん》にいきなりこれを差しつけたという。坊主の身体がいきなりはじきあがったのは申すまでもない話で、百本の足があるかのようにバタバタガタガタとやった。柱の廻りを腰から下の部分だけで必死に逃げまわりながら、ワアワアギャアギャア喚きたてたといったらない。喚きがどんなにひどかったか、到頭《とうとう》一人の村人がききつけて寺の本堂へかけこんできた。もがき、喚いているのは裸体のまま柱にいましめられた坊主ひとり、大きな暗闇の中に蠟燭を握り、坊主の鼻先に小腰をかがめているお綱の姿は微動もしていなかった。キラキラと光る眼付で坊主の顔をむしろボンヤリ視凝めていたそうである。

結局坊主はホーゼを渡したかどうか？　そのことは村人も各々の想像を働かすだけで

区々《まちまち》である。

然しこういう話もあるのだ。

ある年の暮れ村の青年が景気よく忘年会をやった。尤《もっと》も雪の降る季節になると、若者と若い女は大概都会へその季節だけ出稼ぎに行く。然しお綱は残っていた。忘年会の会場は小学校の裁縫室、青年会と処女会の合流で、宴たけなわとなり余興がはじまった。

舞台ではにわかじみた芝居が行われ、お綱がこれに登場して妻君の役をやっている。芝居が一向につまらなくて皆々だれ気味になってしまうと、一人の若者がいたずらを考えついた。手拭を三宝にのせ、これに「よだれふき」と麗々しくしたためた奴を敬々しく禅僧の前へ運んでいったものである。舞台ではお綱が人の妻君になってせいぜい甘ったれている芝居だから、さだめしよだれも流れましょうというあくどい洒落であった。

山奥の若者のことで咄嗟に洒落ものみこめない。てんでんばらばらに漸くああそうかと分って、あっちでクスリ、こっちでクスリ、一度にどっとはこなかった。そこであくどい男がもう一人、今度は洗面器を持ってきて、禅僧の膝の前へ置いたものだ、そうして人々はどっと一時に笑いころげた。

禅僧は蒼白になった。全身がぶるぶるふるえた。洗面器をつかんで投げつけようとする気配が動きかけたほどであったが、黙然と考えこんでしまったのである。然し急に立ち上った。そうして舞台へ歩いて行った。舞台では夫婦の二人が芝居を中止して下の騒ぎを呆気にとられて見ていたのだが、舞台へ片足をかけると禅僧の全身に獣的な殺気が走ったのだった。彼はいきなり芝居の中の夫なる人物を舞台の下へ蹴落した。それからお綱の背中にまわり、お綱を羽掻いじめにしてよろよろとうしろへ倒れ、腰に両足をまきつけてお綱を身動きもさせなかった。

一座はシンと静まったが、禅僧は何事も叫ばなかった。叫ばないも道理、彼のくぼんだ眼玉は死人のように虚しく見開き、口はあんぐりとあけられたまま息も絶えたようであった。暫く経て数名の人が舞台へ上ってみると、禅僧は折れ釘のようなたどたどしさでお綱にまきつけた身体をほぐし、ぼんやり立ちあがると、黙って外へでてしまった。

禅僧はその夜も勿論、べつに自殺するようなことはなかった。翌日はけろりとして今迄通りの生活をつづけていたのだ。こういう姿が獣であるのは他人も無論、彼自らも先刻医者に述べているように知らない筈はなかったのである。然しながらそういう自分を意識すること、意識しながら生きつづけるということは、恐らく獣にはないことであろう。もとよりそれがどうしたというたいした理窟ではないのだ。

話を深刻めかしてはいけない。北方の山奥に雪が降ると、毎日毎日と同じ炉端に集まる人達が、よもやま話をするそういう話題のひとつである。

花火

太宰　治

昭和のはじめ、東京の一家庭に起った異常な事件である。四谷区某町某番地に、鶴見仙之助というやや高名の洋画家がいた。その頃すでに五十歳を越えていた。東京の医者の子であったが、若い頃フランスに渡り、ルノアルという巨匠に師事して洋画を学び、帰朝して日本の画壇に於いて、かなりの地位を得る事が出来た。夫人は陸奥の産である。教育者の家に生れて、父が転任を命じられる度毎に、一家も共に移転して諸方を歩いた。その父が東京のドイツ語学校の主事として栄転して来たのは、夫人の十七歳の春であった。間もなく、世話する人があって、新帰朝の仙之助氏と結婚した。一男一女をもうけた。勝治と、節子である。その事件のおこった時は、勝治二十三歳、節子十九歳の盛夏である。

事件は既に、その三年前から萌芽していた。仙之助氏と勝治の衝突である。仙之助氏は、小柄で、上品な紳士である。若い頃には、かなりの毒舌家だったらしいが、いまは、まるで無口である。家族の者とも、日常ほとんど話をしない。用事のある時だけ、低い声で、静かに言う。むだ口は、言うのも聞くのも、きらいなようである。煙草は吸うが、酒は飲まない。アトリエと旅行。仙之助氏の生活の場所は、その二つだけのように見えた。けれども画壇の一部に於いては、鶴見はいつも金庫の傍で暮している、という奇妙な囁きも交わされているらしく、とすると仙之助氏の生活の場所も合計三つになるわけであるが、そのような囁きは、貧困で自堕落な画家の間にだけもっぱら流行している様子で、れいのヒステリイの復讐的な嘲笑に過ぎないらしいところもあるので、そのまま信用する事も出来ない。とにかく世間一般は、仙之助氏を相当に尊敬していた。

勝治は父に似ず、からだも大きく、容貌も鈍重な感じで、そうしてやたらに怒りっぽく、芸術家の天分とでもいうようなものは、それこそ爪の垢ほども無く、幼い頃から、ひどく犬が好きで、中学校の頃には、闘犬を二匹も養っていた事があった。強い犬が好きだった。犬に飽きて来たら、こんどは自分で拳闘に凝り出した。中学で二度も落第して、やっと卒業した春に、父と乱暴な衝突をした。父はそれまで、勝治の事に就《つ》いては、ほとんど放任しているように見えた。母だけが、勝治の将来に就いて気をもんでいるように見えた。けれども、こんど、勝治の卒業を機として、父が勝治にどんな生活方針を望んでいたのか、その全部が露呈せられた。まあ、普通の暮しである。けれども、少し頑固すぎたようでもある。医者になれ、というのである。そうして、その他のものは絶対にいけない。

医者に限る。最も容易に入学できる医者の学校を選んで、その学校へ、二度でも三度でも、入学できるまで受験を続けよ、それが勝治の最善の路《みち》だ、理由は言わぬが、あとになって必ず思い当る事がある、と母を通じて勝治に宣告した。これに対して勝治の希望は、あまりにも、かけ離れていた。

勝治は、チベットへ行きたかったのだ。なぜ、そのような冒険を思いついたか、或いは少年航空雑誌で何か読んで強烈な感激を味ったのか、はっきりしないが、とにかく、チベットへ行くのだという希望だけは牢固として抜くべからざるものがあった。両者の意嚮《いこう》の間には、あまりにもひどい懸隔《けんかく》があるので、母は狼狽した。チベットは、いかになんでも唐突すぎる。母はまず勝治に、その無思慮な希望を放棄してくれるように歎願した。頑として聞かない。チベットへ行くのは僕の年来の理想であって、中学時代に学業よりも主として身体の鍛錬に努めて来たのも実はこのチベット行のためにそなえていたのだ、人間は自分の最高と信じた路に雄飛しなければ、生きていても屍同然である、お母さん、人間はいつか必ず死ぬものです、自分の好きな路に進んで、努力してそうして中途でたおれたとて、僕は本望です、と大きい男がからだを震わせ、熱い涙を流して言い張る有様には、さすがに少年の純粋な一すじの情熱も感じられて、可憐でさえあった。母は当惑するばかりである。いまはもう、いっそ、母のほうで、そのチベットとやらの十万億土へ行ってしまいたい気持である。どのように言ってみても、勝治は初志をひるがえさず、ひるがえすどころか、いよいよ自己の悲壮の決意を固めるばかりである。母は窮した。まっくらな気持で、父に報告した。けれども流石に、チベットとは言い出し兼ねた。満洲へ行きたいそうでございますが、と父に告げた。父は表情を変えずに、少し考えた。答は、実に案外であった。

「行ったらいいだろう。」

そう言ってパレットを持ち直し、

「満洲にも医学校はある。」

これでは問題が、更にややこしくなったばかりで、なんにもならない。母は今更、チベットとは言い直しかねた。そのまま引きさがって、勝治に向い、チベットは諦めて、せめて満洲の医学校、くらいのところで堪忍してくれぬか、といまは必死の説服に努めてみたが、勝治は風馬牛《ふうばぎゅう》である。ふんと笑って、満洲なら、クラスの相馬君も、それから辰ちゃんだって行くと言ってた、満洲なんて、あんなヘナチョコどもが行くのにちょうどよい所だ、神秘性が無いじゃないか、僕はなんでもチベットへ行くのだ、日本で最初の開拓者になるのだ、羊を一万頭も飼って、それから、などと幼い空想をとりとめもなく言い続ける。母は泣いた。

とうとう、父の耳にはいった。父は薄笑いして、勝治の目前で静かに言い渡した。

「低能だ。」

「なんだっていい、僕は行くんだ。」

「行ったほうがよい。歩いて行くのか。」

「ばかにするな！」勝治は父に飛びかかって行った。これが親不孝のはじめ。

チベット行は、うやむやになったが、勝治は以来、恐るべき家庭破壊者として、そろそろ、その兇悪な風格を表しはじめた。医者の学校へ受験したのか、しないのか、（勝治は受験したと言っている）また、次の受験にそなえて勉強しているのか、どうか、（勝治は、勉強しているさ、と言っている）まるで当てにならない。勝治の言葉を信じかねて、食事の時、母がうっかり、「本当？」と口を滑らせたばかりに、ざぶりと味噌汁を頭から浴びせられた。

「ひどいわ。」朗らかに笑って言って素早く母の髪をエプロンで拭いてやり、なんでもないようにその場を取りつくろってくれたのは、妹の節子である。未だ女学生である。この頃から、節子の稀有の性格が登場する。

勝治の小使銭は一月三十円、節子は十五円、それは毎月きまって母から支給せられる額である。勝治には、足りるわけがない。一日で無くなる事もある。何に使うのか、それは後でだんだんわかって来るのであるが、勝治は、はじめは、「わかってるじゃねえか、必要な本があるんだよ」と言っていた。小使銭を支給されたその日に、勝治はぬっと節子に右手を差し出す。節子は、うなずいて、兄の大きい掌に自分の十円紙幣を載せてやる。それだけで手を引込める事もあるが、なおも黙って手を差し出したままでいる事もある。節子は一瞬泣きべそに似た表情をするが、無理に笑って、残りの五円紙幣をも勝治の掌に載せてやる。

「サアンキュ！」勝治はそう言う。節子のお小使は一銭も残らぬ。節子は、その日から、やりくりをしなければならぬ。どうしても、やりくりのつかなくなった時には、仕方が無い、顔を真赤にして母にたのむ。母は言う。

「勝治ばかりか、お前まで、そんなに金使いが荒くては。」

節子は弁解をしない。

「大丈夫。来月は、だいじょうぶ。」と無邪気な口調で言う。

その頃は、まだよかったのだ。節子の着物が無くなりはじめた。いつのまにやら箪笥から、すっと姿を消している。はじめ、まだ一度も袖をとおさぬ訪問着が、すっと無くなっているのに気附いた時には、さすがに節子も顔色を変えた。母に尋ねた。母は落ちついて、着物がひとりで出歩くものか、捜してごらん、と言った。節子は、でも、と言いかけて口を噤んだ。廊下に立っている勝治を見たのだ。兄は、ちらと節子に目くばせをした。いやな感じだった。節子は再び箪笥を捜して、

「あら、あったわ。」と言った。

二人きりになった時、節子は兄に小声で尋ねた。

「売っちゃったの?」

「わしゃ知らん。」タララ、タ、タタタ、廊下でタップ・ダンスの稽古をして、「返さない男じゃねえよ。我慢しろよ。ちょっとの間じゃねえか。」

「きっとね?」

「あさましい顔をするなよ。告げ口したら、ぶん殴る。」

　悪びれた様子もなかった。節子は、兄を信じた。その訪問着は、とうとうかえって来なかった。その訪問着だけでなく、その後も着物が二枚三枚、箪笥から消えて行くのだ。節子は、女の子である。着物を、皮膚と同様に愛惜している。その着物が、すっと姿を消しているのを発見する度毎に、肋骨を一本失ったみたいな堪えがたい心細さを覚える。生きて甲斐ない気持がする。けれどもいまは、兄を信じて待っているより他は無い。あくまでも、兄を信じようと思った。

「売っちゃ、いやよ。」それでも時々、心細さのあまり、そっと勝治に囁くことがある。

「馬鹿野郎。おれを信用しねえのか。」

「信用するわ。」

　信用するより他はない。節子には、着物を失った淋しさの他に、もし此《こ》の事が母に勘附かれたらどうしようという恐ろしい不安もあった。二、三度、母に対して苦しい言いのがれをした事もあった。

「矢絣《やがすり》の銘仙《めいせん》があったじゃないか。あれを着たら、どうだい？」

「いいわよ、いいわよ。これでいいの。」心の内は生死の境だ。危機一髪である。

姿を消した自分の着物が、どんなところへ持ち込まれているのか、少しずつ節子にもわかって来た。質屋というものの存在、機構を知ったのだ。どうしてもその着物を母のお目に掛けなければならぬ窮地におちいった時には、苦心してお金を都合して兄に手渡す。勝治は、オーライなどと言って、のっそり家を出る。着物を抱えてすぐに帰って来る事もあれば、深夜、酔って帰って来て、「すまねえ」なんて言って、けろりとしていることもある。後になって、節子は、兄に教わって、ひとりで質屋へ着物を受け出しに行くようにさえなった。お金がどうしても都合できず、他の着物を風呂敷に包んで持って行って、質屋の倉庫にある必要な着物と交換してもらう術なども覚えた。

勝治は父の画を盗んだ。それは、あきらかに勝治の所業であった。その画は小さいスケッチ版ではあったが、父の最近の佳作の一つであった。父の北海道旅行の収穫である。およそ二十枚くらい画いて来たのだが、仙之助氏には、その中でもこの小さい雪景色の画だけが、ちょっと気にいっていたので、他の二十枚程の画は、すぐに画商に手渡しても、その一枚だけは手許に残して、アトリエの壁に掛けて置いた。勝治は平気でそれを持ち出した。捨て値でも、百円以上には、売れた筈である。

「勝治、画はどうした。」二、三日経って、夕食の時、父がポツンと言った。わかっていたらしい。

「なんですか。」平然と反問する。みじんも狼狽の影が無い。

「どこへ売った。こんどだけは許す。」

「ごちそうさん。」勝治は箸をぱちっと置いてお辞儀をした。立ち上って隣室へ行き、うたはトチチリチン、と歌った。父は顔色を変えて立ち上りかけた。

「お父さん！」節子はおさえた。「誤解だわ、誤解だわ。」

「誤解？」父は節子の顔を見た。「お前、知ってるのか。」

「え、いいえ。」節子には、具体的な事は、わからなかった。けれども、およその見当はついた。「私が、お友達にあげちゃったの。そのお友達は、永いこと病気なの。だから、ね、――」やっぱり、しどろもどろになってしまった。

「そうか。」父には勿論、その嘘がわかっていた。けれども節子の懸命な声に負けた。「わるい奴だ。」と誰にともなく言って、また食事をつづけた。節子は泣いた。母も、うなだれていた。

節子には、兄の生活内容が、ほぼ、わかって来た。兄には、わるい仲間がいた。たくさんの仲間のうち、特に親しくしているのが三人あった。

風間七郎。この人は、大物であった。勝治は、その受験勉強の期間中、仮にT大学の予科に籍を置いていたが、風間七郎は、そのT大学の予科の謂わば主であった。年齢もかれこれ三十歳に近い。背広を着ていることの方が多かった。額の狭い、眼のくぼんだ、口の大きい、いかにも精力的な顔をしていた。風間という勅選議員の甥だそうだが、あてにならない。ほとんど職業的な悪漢である。言う事が、うまい。

「チルチル（鶴見勝治の愛称である）もうそろそろ足を洗ったらどうだ。鶴見画伯のお坊ちゃんが、こんな工合いじゃ、いたましくて仕様が無い。おれたちに遠慮は要らないぜ。」思案深げに、しんみり言う。

チルチルなるもの、感奮一番せざるを得ない。水臭いな、親爺は親爺、おれはおれさ、ザマちゃん（風間七郎の愛称である）お前ひとりを死なせないぜ、なぞという馬鹿な事を言って、更に更に風間とその一党に対して忠誠を誓うのである。

風間は真面目な顔をして勝治の家庭にまで乗り込んで来る。頗《すこぶ》る礼儀正しい。目当は節子だ。節子は未だ女学生であったが、なりも大きく、顔は兄に似ず端麗であった。節子は兄の部屋へ紅茶を持って行く。風間は真白い歯を出して笑って、コンチワ、と言う。すがすがしい感じだった。

「こんないい家庭にいて、君、」と隣室へさがって行く節子に聞える程度の高い声で、「勉強しないって法は無いね。こんど僕は、ノオトを都合してやるから勉強し給え。」と言う。

勝治は、にやにや笑っている。

「本当だぜ！」風間は、ぴしりと言う。

勝治は、あわてふためき、

「うん、まあ、うん、やるよ。」と言う。

鈍感な勝治にも、少しは察しがついて来た。節子を風間に取りもってやるような危険な態度を表しはじめた。みつぎものとして、差し上げようという考えらしい。風間がやって来ると用事も無いのに節子を部屋に呼んで、自分はそっと座をはずす。馬鹿げた事だ。夜おそく、風間を停留場まで送らせたり、新宿の風間のアパートへ、用も無い教科書などをとどけさせたりする。節子は、いつも兄の命令に従った。兄の言に依《よ》れば、風間は、お金持のお坊ちゃんで秀才で、人格の高潔な人だという。兄の言葉を信じるより他はない。事実、節子は、風間をたよりにしていたのである。

アパートへ教科書をとどけに行った時、

「や、ありがとう。休んでいらっしゃい。コーヒーをいれましょう。」気軽な応対だった。

節子は、ドアの外に立ったまま、

「風間さん、私たちをお助け下さい。」あさましいまでに、祈りの表情になっていた。

風間は興覚めた。よそうと思った。

さらに一人。杉浦透馬。これは勝治にとって、最も苦手の友人だった。けれども、どうしても離れる事が出来なかった。そのような交友関係は人生にままある。けれども杉浦と勝治の交友ほど滑稽で、無意味なものも珍しいのである。杉浦透馬は、苦学生である。T

大学の夜間部にかよっていた。マルキシストである。実際かどうか、それは、わからぬが、とにかく、当人は、だいぶ凄い事を言っていた。その杉浦透馬に、勝治は見込まれてしまったというわけである。

生来、理論の不得意な勝治は、ただ、閉口するばかりである。けれども勝治は、杉浦透馬を拒否する事は、どうしても出来なかった。謂わば蛇に見込まれた蛙の形で、這いつくばったきりで身動きも何も出来ないのである。あまりいい図ではなかった。この事に就いては、三つの原因が考えられる。生活に於いて何不足なく、ゆたかに育った青年は、極貧の家に生れて何もかも自力で処理して立っている青年を、ほとんど本能的に畏怖しているものである。次に考えられるのは、杉浦透馬が酒も煙草もいっさい口にしないという点である。勝治は、酒、煙草は勿論の事、すでに童貞をさえ失っていた。放縦な生活をしている者は、かならずストイックな生活にあこがれている。そうして、ストイックな生活をしている人を、けむったく思いながらも、拒否できず、おっかなびっくり、やたらに自分を卑下してだらだら交際を続けているものである。三つには、杉浦透馬に見込まれたという自負である。見込まれて狼狽閉口していながらも、杉浦君のような高潔な闘士に、「鶴見君は有望だ」と言われると、内心まんざらでないところもあったのである。何がどう有望なのか、勝治には、わけがわからなかったのであるが、とにかく、今の勝治を、まじめにほめてくれる友人は、この杉浦透馬ひとりしか無いのである。この杉浦にさえ見はなされたら、ずいぶん淋《さび》しい事になるだろうと思えば、いよいよ杉浦から離れられなくなるのである。杉浦は実に能弁の人であった。トランクなどをさげて、夜おそく勝治の家の玄関に現れ、「どうも、また、僕の身辺が危険になって来たようだ。誰かに尾行されているような気もするから、君、ちょっと、家のまわりを探ってみて来てくれないか。」と声をひそめて言う。勝治は緊張して、そっと庭のほうから外へ出て家のぐるりを見廻り、「異状ないようです。」と小声で報告する。「そうか、ありがとう。もう僕も、今夜かぎりで君と逢えないかも知れませんが、けれども一身の危険よりも僕にはプロパガンダのほうが重大事です。逮捕される一瞬前まで、僕はプロパガンダを怠る事が出来ない。」やはり低い声で、けれども一語の遅滞もなく、滔滔と述べはじめる。勝治は、酒を飲みたくてたまらない。けれども、杉浦の真剣な態度が、なんだかこわい。あくびを噛み殺して、「然り、然り」などと言っている。杉浦は泊って行く事もある。外へ出ると危険だというのだから、仕様が無い。帰る時には、党の費用だといって、十円、二十円を請求する。泣きの涙で手渡してやると、「ダンケ」と言って帰って行く。

さらに一人、実に奇妙な友人がいた。有原修作。三十歳を少し越えていた。新進作家だという事である。あまり聞かない名前であるが、とにかく、新進作家だそうである。勝治は、この有原を「先生」と呼んでいた。風間七郎から紹介されて相知ったのである。風間たちが有原を「先生」と呼んでいたので、勝治も真似をして「先生」と呼んでいただけの話である。勝治には、小説界の事は、何もわからぬ。風間たちが、有原を天才だと言って、一目置いている様子であったから、勝治もまた有原を人種のちがった特別の人として大事に取扱っていたのである。有原は不思議なくらい美しい顔をしていた。からだつきも、すらりとして気品があった。薄化粧している事もある。酒はいくらでも飲むが、女には無関心なふうを装《よそお》っていた。この男が、どんな生活をしているのか、住所は絶えず変って、一定していないようであった。どういうわけか、勝治を傍にひきつけて離さない。王様が黒人の力士を養って、退屈な時のなぐさみものにしているような図と甚だ似ていた。

「チルチルは、ピタゴラスの定理って奴を知ってるかい。」

「知りません。」勝治は、少ししょげる。

「君は、知っているんだ。言葉で言えないだけなんだ。」

「そうですね。」勝治は、ほっとする。

「そうだろう？　定理ってのは皆そんなものなんだ。」

「そうでしょうか。」お追従笑いなどをして、有原の美しい顔を、ほれぼれと見上げる。

勝治に圧倒的な命令を下して、仙之助氏の画を盗み出させたのも、こいつだ。本牧《ほんもく》に連れていって勝治に置いてきぼりを食らわせたのも、こいつだ。勝治がぐっすり眠っている間に、有原はさっさとひとりで帰ってしまったのである。勝治は翌る日、勘定の支払いに非常な苦心をした。おまけにその一夜のために、始末のわるい病気にまでかかった。忘れようとしても、忘れる事が出来ない。けれども勝治は、有原から離れる事が出来ない。有原には、へんなプライドみたいなものがあって、決してよその家庭には遊びに行かない。たいてい電話で勝治を呼び出す。

「新宿駅で待ってるよ。」

「はい。すぐ行きます。」やっぱり出掛ける。

勝治の出費は、かさむばかりである。ついには、女中の松やの貯金まで強奪するようにさえなった。台所の隅で、松やはその事をお嬢さんの節子に訴えた。節子は自分の耳を疑った。

「何を言うのよ。」かえって松やを、ぶってやりたかった。「兄さんは、そんな人じゃないわ。」

「はい。」松やは奇妙な笑いを浮べた。はたちを過ぎている。

「お金はどうでも、よござんすけど、約束、――」

「約束？」なぜだか、からだが震えて来た。

「はい。」小声で言って眼を伏せた。

ぞっとした。

「松や、私は、こわい。」節子は立ったままで泣き出した。

松やは、気の毒そうに節子を見て、

「大丈夫でございます。松やは、旦那様にも奥様にも申し上げませぬ。お嬢様おひとり、胸に畳《たた》んで置いて下さいまし。」

松やも犠牲者のひとりであった。強奪せられたのは、貯金だけではなかったのだ。勝治だって、苦しいに違いない。けれども、この小暴君は、詫びるという法を知らなかった。詫びるというのは、むしろ大いに卑怯な事だと思っていたようである。自分で失敗をやらかす度毎に、かえって、やたらに怒るのである。そうして、怒られる役は、いつでも節子だ。

或る日、勝治は、父のアトリエに呼ばれた。

「たのむ！」仙之助氏は荒い呼吸をしながら、「画を持ち出さないでくれ！」アトリエの隅に、うず高く積まれてある書き損じの画の中から、割合い完成せられてある画を選び出して、二枚、三枚と勝治は持ち出していたのである。

「僕がどんな人だか、君は知っているのですか？」父はこのごろ、わが子の勝治に対して、へんに他人行儀のものの言いかたをするようになっていた。「僕は自分を、一流の芸術家のつもりでいるのだ。あんな書き損じの画が一枚でも市場に出たら、どんな結果になるか、君は知っていますか？　僕は芸術家です。名前が惜しいのです。たのむ。もう、いい加減にやめてくれ！」声をふるわせて言っている仙之助氏の顔は、冷い青い鬼のように見えた。さすがの勝治もからだが竦《すく》んだ。

「もう致しません。」うつむいて、涙を落した。

「言いたくない事も言わなければいけませんが、」父は静かな口調にかえって、そっと立ち上り、アトリエの大きい窓をあけた。すでに初夏である。「松やを、どうするのですか？」

勝治は仰天した。小さい眼をむき出して父を見つめるばかりで、言葉が出なかった。

「お金をかえして、」父は庭の新緑を眺めながら、「ひまを出します。結婚の約束をしたそうですが、」幽《かす》かに笑って、「まさか君も、本気で約束したわけじゃあないでしょう？」

「誰が言ったんです！　誰が！」矢庭《やにわ》に勝治は、われがねの如き大声を発した。「ちくしょう！」どんと床を蹴って、「節子だな？　裏切りやがって、ちくしょうめ！」

恥ずかしさが極点に達すると勝治はいつも狂ったみたいに怒るのである。怒られる相手は、きまって節子だ。風の如くアトリエを飛び出し、ちくしょうめ！　ちくしょうめ！を連発しながら節子を捜し廻り、茶の間で見つけて滅茶苦茶にぶん殴った。

「ごめんなさい、兄さん、ごめん。」節子が告げ口したのではない。父がひとりで、いつのまにやら調べあげていたのだ。

「馬鹿にしていやあがる。ちくしょうめ！」引きずり廻して蹴たおして、自分もめそめそ泣き出して、「馬鹿にするな！　馬鹿にするな！　兄さんは、な、こう見えたって、人から奢《おご》られた事なんかただの一度だってねえんだ。」意外な自慢を口走った。ひとに遊興費を支払わせたことが一度も無いというのが、この男の生涯に於ける唯一の必死のプライドだったとは、あわれな話であった。

松やは解雇せられた。勝治の立場は、いよいよ、まずいものになった。勝治は、ほとんど家にいつかなかった。二晩も三晩も、家に帰らない事は、珍らしくなかった。麻雀賭博で、二度も警察に留置せられた。喧嘩して、衣服を血だらけにして帰宅する事も時々あった。節子の箪笥に目ぼしい着物がなくなったと見るや、こんどは母のこまごました装身具を片端から売払った。父の印鑑を持ち出して、いつの間にやら家の電話を抵当にして金を借りていた。月末になると、近所の蕎麦屋、寿司屋、小料理屋などから、かなり高額の勘定書がとどけられた。一家の空気は険悪になるばかりであった。このままでこの家庭が、平静に帰するわけはなかった。何か事件が、起らざるを得なくなっていた。

真夏に、東京郊外の、井の頭公園で、それが起った。その日のことは、少しくわしく書きしるさなければならぬ。朝早く、節子に電話がかかって来た。節子は、ちらと不吉なものを感じた。

「節子さんでございますか。」女の声である。

「はい。」少し、ほっとした。

「ちょっとお待ち下さい。」

「はあ。」また、不安になった。

しばらくして、

「節子かい。」と男の太い声。

やっぱり勝治である。勝治は三日ほど前に家を出て、それっきりだったのである。

「兄さんが牢へはいってもいいかい？」突然そんな事を言った。「懲役五年だぜ。こんどは困ったよ。たのむ。二百円あれば、たすかるんだ。わけは後で話す。兄さんも、改心したんだ。本当だ。改心したんだ、改心したんだ。最後の願いだ。一生の願いだ。二百円あれば、たすかるんだ。なんとかして、きょうのうちに持って来てくれ。井の頭公園の、な、御殿山の、宝亭というところにいるんだ。すぐわかるよ。二百円できなければ、百円でも、七十円でも、な、きょうのうちに、たのむ。待ってるぜ。兄さんは、死ぬかも知れない。」酔っているようであったが、語調には切々たるものが在った。節子は、震えた。二百円。出来るわけはなかった。けれども、なんとかして作ってやりたかった。もう一度、兄を信頼したかった。これが最後だ、と兄さんも言っている。兄さんは、死ぬかも知れないのだ。兄さんは、可哀そうなひとだ。根からの悪人ではない。悪い仲間にひきずられているのだ。私はもう一度、兄さんを信じたい。

箪笥を調べ、押入れに頭をつっこんで捜してみても、お金になりそうな品物は、もはや一つも無かった。思い余って、母に打ち明け、懇願した。

母は驚愕した。ひきとめる節子をつきとばし、思慮を失った者の如く、あああと叫びながら父のアトリエに駈け込み、ぺたりと板の間に坐った。父の画伯は、画筆を捨てて立ち上った。

「なんだ。」

母はどもりながらも電話の内容の一切を告げた。聞き終った父は、しゃがんで画筆を拾い上げ、再び画布の前に腰をおろして、

「お前たちも、馬鹿だ。あの男の事は、あの男ひとりに始末させたらいい。懲役なんて、嘘です。」

母は、顔を伏せて退出した。

夕方まで、家の中には、重苦しい沈黙が続いた。電話も、あれっきりかかって来ない。

節子には、それがかえって不安であった。堪えかねて、母に言った。

「お母さん！」小さい声だったけれど、その呼び掛けは母の胸を突き刺した。

母は、うろうろしはじめた。

「改心すると言ったのだね？　きっと、改心すると、そう言ったのだね？」

母は小さく折り畳んだ百円紙幣を節子に手渡した。

「行っておくれ。」

節子はうなずいて身支度をはじめた。節子はそのとしの春に、女学校を卒業していた。粗末なワンピースを着て、少しお化粧して、こっそり家を出た。

井の頭。もう日が暮れかけていた。公園にはいると、カナカナ蟬の声が、降るようだった。御殿山。宝亭は、すぐにわかった。料亭と旅館を兼ねた家であって、老杉に囲まれ、古びて堂々たる構えであった。出て来た女中に、鶴見がいますか、妹が来たと申し伝えて下さい、と怯じずに言った。やがて廊下に、どたばた足音がして、

「や、図星なり、図星なり。」勝治の大きな声が聞えた。ひどく酔っているらしい。「白状すれば、妹には非ず。恋人なり。」まずい冗談である。

節子は、あさましく思った。このまま帰ろうかと思った。

ランニングシャツにパンツという姿で、女中の肩にしなだれかかりながら勝治は玄関にあらわれた。

「よう、わが恋人。逢いたかった。いざ、まず。いざ、まず。」

なんという不器用な、しつっこいお芝居なんだろう。節子は顔を赤くして、そうして仕方なしに笑った。靴を脱ぎながら、堪えられぬ迄《まで》に悲しかった。こんどもまた、兄に、だまされてしまったのではなかろうかと、ふと思った。

けれども二人ならんで廊下を歩きながら、

「持って来たか。」と小声で言われて、すぐに、れいの紙幣を手渡した。

「一枚か。」兇暴な表情に変った。

「ええ。」声を出して泣きたくなった。

「仕様がねえ。」太い溜息をついて、「ま、なんとかしよう。節子、きょうはゆっくりして行けよ。泊って行ってもいいぜ。淋しいんだ。」

勝治の部屋は、それこそ杯盤《はいばん》狼藉だった。隅に男がひとりいた。節子は立ちすくんだ。

「メッチェンの来訪です。わが愛人。」と勝治はその男に言った。

「妹さんだろう？」相手の男は勘がよかった。有原である。「僕は、失敬しよう。」

「いいじゃないですか。もっとビイルを飲んで下さい。いいじゃないですか。軍資金は、たっぷりです。あ、ちょっと失礼。」勝治は、れいの紙幣を右手に握ったままで姿を消した。

節子は、壁際に、からだを固くして坐った。節子は知りたかった。兄がいったい、どのような危い瀬戸際に立っているのか、それを聞かぬうちは帰られないと思っていた。有原は、節子を無視して、黙ってビイルを飲んでいる。

「何か、」節子は、意を決して尋ねた。「起ったのでしょうか。」

「え？」振り向いて、「知りません。」平然たるものだった。

しばらくして、

「あ、そうですか。」うなずいて、「そう言えば、きょうのチルチルは少し様子が違いますね。僕は、本当に、何もわからんのです。この家は、僕たちがちょいちょい遊びにやって来るところなのですが、さっき僕がふらとここへ立ち寄ったら、かれはひとりでもうひどく酔っぱらっていたのです。二、三日前からここに泊り込んでいたらしいですね。僕は、きょうは、偶然だったのです。本当に、何も知らないのです。でも、何かあるようですね。」にこりともせず、落ちつき払ってそういう言葉には、嘘があるようにも思えなかった。

「やあ、失敬、失敬。」勝治は帰って来た。れいの紙幣が、もう右手に無いのを見て、節子には何か、わかったような気がした。

「兄さん！」いい顔は、出来なかった。「帰るわ。」

「散歩でもしてみますか。」有原は澄ました顔で立ち上った。

月夜だった。半虧《はんかけ》の月が、東の空に浮んでいた。薄い霧が、杉林の中に充満していた。三人は、その下を縫って歩いた。勝治は、相変らずランニングシャツにパンツという姿で、月夜ってのは、つまらねえものだ、夜明けだか、夕方だか、真夜中だか、わかりゃしねえ、などと呟き、昔コイシイ銀座ノ柳イ、と呶鳴《どな》るようにして歌った。有原と節子は、黙ってついて歩いて行く。有原も、その夜は、勝治をれいのように揶揄する事もせず、妙に考え込んで歩いていた。

老杉の陰から白い浴衣を着た小さい人が、ひょいとあらわれた。

「あ、お父さん！」節子は、戦慄した。

「へええ。」勝治も唸った。

「散歩だ。」父は少し笑いながら言った。それから、ちょっと有原のほうへ会釈をして、「むかしは僕たちも、よくこの辺に遊びに来たものです。久しぶりで散歩に来てみたが、昔とそんなに変ってもいないようだね。」

けれども、気まずいものだった。それっきり言葉もなく、四人は、あてもなくそろそろと歩きはじめた。沼のほとりに来た。数日前の雨のために、沼の水量は増していた。水面はコールタールみたいに黒く光って、波一つ立たずひっそりと静まりかえっている。岸にボートが一つ乗り捨てられてあった。

「乗ろう！」勝治は、わめいた。てれかくしに似ていた。「先生、乗ろう！」

「ごめんだ。」有原は、沈んだ声で断った。

「ようし、それでは拙者がひとりで。」と言いながら危い足どりでその舟に乗り込み、「ちゃんとオールもございます。沼を一まわりして来るぜ。」騎虎《きこ》の勢いである。

「僕も乗ろう。」動きはじめたボートに、ひらりと父が飛び乗った。

「光栄です。」と勝治が言って、ピチャとオールで水面をたたいた。すっとボートが岸をはなれた。また、ピチャとオールの音。舟はするする滑って、そのまま小島の陰の暗闇に吸い込まれて行った。トトサン、御無事デ、エエ、マタア、カカサンモ。勝治の酔いどれた歌声が聞えた。

節子と有原は、ならんで水面を見つめていた。

「また兄さんに、だまされたような気が致します。七度《ななたび》の七十倍、というと、――」「四百九十回です。」だしぬけに有原が、言い継いだ。「まず、五百回です。おわびをしなければ、いけません。僕たちも悪かったのです。鶴見君を、いいおもちゃにしていました。お互い尊敬し合っていない交友は、罪悪だ。僕はお約束できると思うんだ。鶴見君を、いい兄さんにして、あなたへお返し致します。」

信じていい、生真面目な口調であった。

パチャとオールの音がして、舟は小島の陰からあらわれた。舟には父がひとり。するする水面を滑って、コトンと岸に突き当った。

「兄さんは？」

「橋のところで上陸しちゃった。ひどく酔っているらしいね。」父は静かに言って、岸に上った。「帰ろう。」

節子はうなずいた。

翌朝、勝治の死体は、橋の杭《くい》の間から発見せられた。

勝治の父、母、妹、みんな一応取り調べを受けた。有原も証人として召喚せられた。勝治の泥酔の果《はて》の墜落か、または自殺か、いずれにしても、事件は簡単に片づくように見えた。けれども、決着の土壇場に、保険会社から横槍が出た。事件の再調査を申請して来たのである。その二年前に、勝治は生命保険に加入していた。受取人は仙之助氏になっていて、額は二万円を越えていた。この事実は、仙之助氏の立場を甚《はなは》だ不利にした。検事局は再調査を開始した。世人はひとしく仙之助氏の無辜《むこ》を信じていたし、当局でも、まさか、鶴見仙之助氏ほどの名士が、愚かな無法の罪を犯したとは思っていなかったようであるが、ひとり保険会社の態度が頗《すこぶ》る強硬だったので、とにかく、再び、綿密な調査を開始したのである。

父、母、妹、有原、共に再び呼び出されて、こんどは警察に留置せられた。取調べの進行と共に、松やも召喚せられた。風間七郎は、その大勢の子分と一緒に検挙せられた。杉浦透馬も、T大学の正門前で逮捕せられた。仙之助氏の陳述も乱れはじめた。事件は、意外にも複雑におそろしくなって来たのである。けれども、この不愉快な事件の顚末《てんまつ》を語るのが、作者の本意ではなかったのである。作者はただ、次のような一少女の不思議な言葉を、読者にお伝えしたかったのである。

節子は、誰よりも先きに、まず釈放せられた。検事は、おわかれに際して、しんみりした口調で言った。

「それではお大事に。悪い兄さんでも、あんな死にかたをしたとなると、やっぱり肉親の情だ、君も悲しいだろうが、元気を出して。」

少女は眼を挙げて答えた。その言葉は、エホバをさえ沈思させたにちがいない。もちろん世界の文学にも、未だかつて出現したことがなかった程の新しい言葉であった。

「いいえ、」少女は眼を挙げて答えた。「兄さんが死んだので、私たちは幸福になりました。」

父

太宰　治

イサク、父アブラハムに語りて、
父よ、と曰《い》ふ。
彼、答へて、
子よ、われ此《ここ》にあり、
といひければ、

――創世記二十二ノ七

義のために、わが子を犠牲にするという事は、人類がはじまって、すぐその直後に起った。信仰の祖といわれているアブラハムが、その信仰の義のために、わが子を殺そうとした事は、旧約の創世記に録されていて有名である。
ヱホバ、アブラハムを試みんとて、
アブラハムよ、
と呼びたまふ。
アブラハム答へていふ、
われここにあり。
ヱホバ言ひたまひけるは、
汝《なんじ》の愛する独子《ひとりご》、すなはちイサクを携へ行き、かしこの山の頂きに於《おい》て、イサクを燔《はん》祭《さい》として献《ささ》ぐべし。
アブラハム、朝つとに起きて、その驢馬《ろば》に鞍を置き、愛するひとりごイサクを乗せ、神のおのれに示したまへる山の麓にいたり、イサクを驢馬よりおろし、すなはち燔祭の柴薪《たきぎ》をイサクに背負はせ、われはその手に火と刀を執《と》りて、二人ともに山をのぼれり。
イサク、父アブラハムに語りて、
父よ、
と言ふ。
彼、こたへて、
子よ、われここにあり、

といひければ、
イサクすなはち父に言ふ、
火と柴薪《たきぎ》は有り、されど、いけにへの小羊は何処《いずこ》にあるや。
アブラハム、言ひけるは、
子よ、神みづから、いけにへの小羊を備へたまはん。
斯《か》くして二人ともに進みゆきて、遂《つい》に山のいただきに到れり。
アブラハム、壇を築き、柴薪をならべ、その子イサクを縛りて、之《これ》を壇の柴薪の上に置《の》せたり。
すなはち、アブラハム、手を伸べ、刀を執りて、その子を殺さんとす。
時に、ヱホバの使者、天より彼を呼びて、
アブラハムよ、
アブラハムよ、
と言へり。
彼言ふ、
われ、ここにあり。
使者の言ひけるは、
汝の手を童子《わらべ》より放て、

何をも彼に為すべからず、汝はそのひとりごをも、わがために惜まざれば、われいま汝が神を畏《おそ》るるを知る。云々というような事で、イサクはどうやら父に殺されずにすんだのであるが、しかし、アブラハムは、信仰の義者《ただしきもの》たる事を示さんとして躊躇せず、愛する一人息子を殺そうとしたのである。

洋の東西を問わず、また信仰の対象の何たるかを問わず、義の世界は、哀《かな》しいものである。

佐倉宗吾郎一代記という活動写真を見たのは、私の七つか八つの頃の事であったが、私はその活動写真のうちの、宗吾郎の幽霊が悪代官をくるしめる場面と、それからもう一つ、雪の日の子わかれの場を、いまでも忘れずにいる。

宗吾郎が、いよいよ直訴を決意して、雪の日に旅立つ。わが家の格子窓から、子供らが顔を出して、別れを惜しむ。ととさまえのう、と口々に泣いて父を呼ぶ。宗吾郎は、笠で自分の顔を覆うて、渡し舟に乗る。降りしきる雪は、吹雪のようである。

七つ八つの私は、それを見て涙を流したのであるが、しかし、それは泣き叫ぶ子供に同情したからではなかった。義のために子供を捨てる宗吾郎のつらさを思って、たまらなくなったからであった。

そうして、それ以来、私には、宗吾郎が忘れられなくなったのである。自分がこれから生き伸びて行くうちに、必ずあの宗吾郎の子別れの場のような、つらくてかなわない思いをする事が、二度か三度あるに違いないという予感がした。

私のこれまでの四十年ちかい生涯に於いて、幸福の予感は、たいていはずれるのが仕来《しきた》りになっているけれども、不吉の予感はことごとく当った。子わかれの場も、二度か三度、どころではなく、この数年間に、ほとんど一日置きくらいに、実にひんぱんに演ぜられて来ているのである。

私さえいなかったら、すくなくとも私の周囲の者たちが、平安に、落ちつくようになるのではあるまいか。私はことし既に三十九歳になるのであるが、私のこれまでの文筆に依《よ》って得た収入の全部は、私ひとりの遊びのために浪費して来たと言っても、敢えて過言ではないのである。しかも、その遊びというのは、自分にとって、地獄の痛苦のヤケ酒と、いやなおそろしい鬼女とのつかみ合いの形に似たる浮気であって、私自身、何のたのしいところも無いのである。また、そのような私の遊びの相手になって、私の饗応を受ける知人たちも、ただはらはらするばかりで、少しも楽しくない様子である。結局、私は私の全収入を浪費して、ひとりの人間をも楽しませる事が出来ず、しかも女房が七輪一つ買っても、これはいくらだ、ぜいたくだ、とこごとを言う自分勝手の亭主なのである。よろしくないのは、百も承知である。しかし私は、その癖を直す事が出来なかった。戦争前もそうであった。戦争中もそうであった。戦争の後も、そうである。私は生れた時から今まで、実にやっかいな大病にかかっているのかも知れない。生れてすぐにサナトリアムみたいなところに入院して、そうして今日まで充分の療養の生活をして来たとしても、その費用は、私のこれまでの酒煙草の費用の十分の一くらいのものかも知れない。実に、べらぼうにお金のかかる大病人である。一族から、このような大病人がひとり出たばかりに、私の身内の者たちは、皆痩せて、一様に少しずつ寿命をちぢめたようだ。死にやいいんだ。つまらんものを書いて、佳作だの何だのと、軽薄におだてられたいばかりに、身内の者の寿命をちぢめるとは、憎みても余りある極悪人ではないか。死ね！

親が無くても子は育つ、という。私の場合、親が有るから子は育たぬのだ。親が、子供の貯金をさえ使い果している始末なのだ。

炉辺の幸福。どうして私には、それが出来ないのだろう。とても、いたたまらない気がするのである。炉辺が、こわくてならぬのである。

午後三時か四時頃、私は仕事に一区切りをつけて立ち上る。机の引出しから財布を取り出し、内容をちらと調べて懐にいれ、黙って二重廻しを羽織って、外に出る。外では、子供たちが遊んでいる。その子供たちの中に、私の子もいる。私の子は遊びをやめて、私のほうに真正面向いて、私の顔を仰ぎ見る。私も、子の顔を見下す。共に無言である。たまに私は、袂《たもと》からハンケチを出して、きゅっと子の洟《はな》を拭いてやる事もある。そうして、さっさと私は歩く。子供のおやつ、子供のおもちゃ、子供の着物、子供の靴、いろいろ買わなければならぬお金を、一夜のうちに紙屑の如く浪費すべき場所に向って、さっさと歩く。これがすなわち、私の子わかれの場なのである。出掛けたらさいご、二日も三日も帰らない事がある。父はどこかで、義のために遊んでいる。地獄の思いで遊んでいる。いのちを賭けて遊んでいる。母は観念して、下の子を背負い、上の子の手を引き、古本屋に本を売りに出掛ける。父は母にお金を置いて行かないから。

そうして、ことしの四月には、また子供が生れるという。それでなくても乏しかった衣類の、大半を、戦火で焼いてしまったので、こんど生れる子供の産衣《うぶぎ》やら蒲団やら、おしめやら、全くやりくりの方法がつかず、母は呆然として溜息ばかりついている様子であるが、父はそれに気附かぬ振りしてそそくさと外出する。

ついさっき私は、「義のために」遊ぶ、と書いた。義？　たわけた事を言ってはいけない。お前は、生きている資格も無い放埒病の重患者に過ぎないではないか。それをまあ、義、だなんて。ぬすびとたけだけしいとは、この事だ。

それは、たしかに、盗人の三分の理にも似ているが、しかし、私の胸の奥の白絹に、何やらこまかい文字が一ぱいに書かれている。その文字は、何であるか、私にもはっきり読めない。たとえば、十四の蟻《あり》が、墨汁の海から這い上って、そうして白絹の上をかさかさと小さい音をたてて歩き廻り、何やらこまかく、ほそく、墨の足跡をえがき印し散らしたみたいな、そんな工合いの、幽《かす》かな、くすぐったい文字。その文字が、全部判読できたならば、私の立場の「義」の意味も、明白に皆に説明できるような気がするのだけれども、それがなかなか、ややこしく、むずかしいのである。

こんな譬喩《ひゆ》を用いて、私はごまかそうとしているのでは決してない。その文字を具体的に説明して聞かせるのは、むずかしいのみならず、危険なのだ。まかり間違うと、鼻持ちならぬキザな虚栄の詠歎に似るおそれもあり、または、呆れるばかりに図々しい面の皮千枚張りの詭弁、または、淫祠《いんし》邪教のお筆先、または、ほら吹き山師の救国政治談にさえ堕する危険無しとしない。

それらの不潔な虱《しらみ》と、私の胸の奥の白絹に書かれてある蟻の足跡のような文字とは、本質に於いて全く異るものであるという事には、私も確信を持っているつもりであるが、しかし、その説明は出来ない。また、げんざい、しようとも思わぬ。キザな言い方であるが、花ひらく時節が来なければ、それは、はっきり解明できないもののようにも思われる。

ことしの正月、十日頃、寒い風の吹いていた日に、

「きょうだけは、家にいて下さらない？」

と家の者が私に言った。

「なぜだ。」

「お米の配給があるかも知れませんから。」

「僕が取りに行くのか？」

「いいえ。」

家の者が二、三日前から風邪をひいて、ひどいせきをしているのを、私は知っていた。その半病人に、配給のお米を背負わせるのは、むごいとも思ったが、しかし、私自身であの配給の列の中にはいるのも、頗《すこぶ》るたいぎなのである。

「大丈夫か？」

と私は言った。

「私がまいりますけど、子供を連れて行くのは、たいへんですから、あなたが家にいらして、子供たちを見ていて下さい。お米だけでも、なかなか重いんです。」

家の者の眼には、涙が光っていた。

おなかにも子供がいるし、背中にひとりおんぶして、もうひとりの子の手をひいて、そうして自身もかぜ気味で、一斗ちかいお米を運ぶ苦難は、その涙を見るまでもなく、私にもわかっている。

「いるさ。いるよ。家にいるよ。」

それから、三十分くらい経って、

「ごめん下さい。」

と玄関で女のひとの声がして、私が出て見ると、それは三鷹の或るおでんやの女中であった。

「前田さんが、お見えになっていますけど。」

「あ、そう。」

部屋の出口の壁に吊り下げられている二重廻しに、私はもう手をかけていた。とっさに、うまい嘘も思いつかず、私は隣室の家の者には一言も、何も言わず、二重廻しを羽織って、それから机の引出しを搔《か》きまわし、お金はあまり無かったので、けさ雑誌社から送られて来たばかりの小為替を三枚、その封筒のまま二重廻しのポケットにねじ込み、外に出た。

外には、上の女の子が立っていた。子供のほうで、間の悪そうな顔をしていた。

「前田さんが？　ひとりで？」

私はわざと子供を無視して、おでんやの女中にたずねた。

「ええ。ちょっとでいいから、おめにかかりたいって。」

「そう。」

私たちは子供を残して、いそぎ足で歩いた。

前田さんとは、四十を越えた女性であった。永い事、有楽町の新聞社に勤めていたという。しかし、いまは何をしているのか、私にもわからない。そのひとは、二週間ほど前、年の暮に、そのおでんやに食事をしに来て、その時、私は、年少の友人ふたりを相手に泥酔していて、ふとその女のひとに話しかけ、私たちの席に参加してもらって、私はそのひとと握手をした、それだけの附合いしか無かったのであるが、

「遊ぼう。これから、遊ぼう。大いに、遊ぼう。」

と私がそのひとに言った時に、

「あまり遊べない人に限って、そんなに意気込むものですよ。ふだんケチケチ働いてばかりいるんでしょう?」

とそのひとが普通の音声で、落ちついて言った。

私は、どきりとして、

「よし、そんならこんど逢った時、僕の徹底的な遊び振りを見せてあげる。」

と言ったが、内心は、いやなおばさんだと思った。私の口から言うのもおかしいだろうが、こんなひとこそ、ほんものの不健康というものではなかろうかと思った。私は苦悶の無い遊びを憎悪する。よく学び、よく遊ぶ、その遊びを肯定する事が出来ても、ただ遊ぶひと、それほど私をいらいらさせる人種はいない。

ばかな奴だと思った。しかし、私も、ばかであった。負けたくなかった。偉そうな事を言ったって、こいつは、どうせ俗物に違いないんだ。この次には、うんと引っぱり歩いて、こづきまわして、面皮をひんむいてやろうと思った。

いつでもお相手をするから、気のむいたときに、このおでんやに来て、そうして女中を

使って僕を呼び出しなさい、と言って、握手をしてわかれたのを、私は泥酔していても、忘れてはいなかった。

　と書けば、いかにも私ひとり高潔の、いい子のようになってしまうが、しかし、やっぱり、泥酔の果の下等な薄汚いお色気だけのせいであったのかも知れない。謂わば、同臭相寄るという醜怪な図に過ぎなかったのかも知れない。

　私は、その不健康な、悪魔の許《もと》にいそいで出掛けた。

「おめでとう。新年おめでとう。」

　私はそんな事を前田さんに、てれ隠しに言った。

　前田さんは、前は洋装であったが、こんどは和服であった。おでんやの土間の椅子に腰かけて、煙草を吸っていた。痩せて、背の高いひとであった。顔は細長くて蒼白く、おしろいも口紅もつけていないようで、薄い唇は白く乾いている感じであった。かなり度の強い近眼鏡をかけ、そうして眉間には深い縦皺がきざまれていた。要するに、私の最も好かない種属の容色であった。先夜の酔眼には、も少しましなひとに見えたのだが、いま、しらふでまともに見て、さすがにうんざりしたのである。

　私はただやたらにコップ酒をあおり、そうして、おもに、おでんやのおかみや女中を相手におしゃべりした。前田さんは、ほとんど何も口をきかず、お酒もあまり飲まなかった。

「きょうは、ばかに神妙じゃありませんか。」

と私は実に面白くない気持で、そう言ってみた。

しかし、前田さんは、顔を伏せたまま、ふんと笑っただけだった。

「思い切り遊ぶという約束でしたね。」と私はさらに言った。「少し飲みなさいよ。こないだの晩は、かなり飲みましたね。」

「昼は、だめなんですの。」

「昼だって、夜だって同じ事ですよ。あなたは、遊びのチャンピオンなんでしょう?」

「お酒は、プレイのうちにはいりませんわ。」

と小生意気な事を言った。

私はいよいよ興覚めて、

「それじゃ何がいいんですか? 接吻ですか?」

色婆め! こっちは、子わかれの場まで演じて、遊びの附合いをしてやっているんだ。

「わたくし、帰りますわ。」女はテーブルの上のハンドバッグを引き寄せ、「失礼しました。そんなつもりで、お呼びしたのでは、……」と言いかけて、泣き面になった。

それは、実にまずい顔つきであった。あまりにまずくて、あわれであった。

「あ、ごめんなさい。一緒に出ましょう。」

女は幽かに首肯《うなず》き、立って、それから、はなをかんだ。

一緒に外へ出て、

「僕は野蛮人でね、プレイも何も知らんのですよ。お酒がだめなら、困ったな。」

なぜこのまますぐに、おわかれが出来ないのだろう。

女は、外へ出ると急に元気になって、

「恥をかきましたわ。あそこのおでんやは、わたくし、せんから知っているんですけど、きょう、あなたをお呼びしてって、おかみさんにたのんだら、とてもいやな、へんな顔をするんですもの。わたくしなんかもう、女でも何でも無いのに、いやあねえ。あなたは、どうなの？　男ですか？」

いよいよキザな事を言う。しかし、それでも私は、まださよならが言えなかった。

「遊びましょう。何かプレイの名案が無いですか？」

と、気持とまるで反対の事を、足もとの石ころを蹴って言った。

「わたくしのアパートにいらっしゃいません？　きょうは、はじめから、そのつもりでいたのよ。アパートには、面白いお友達がたくさんいますわ。」

私は憂鬱であった。気がすすまないのだ。

「アパートに行けば、すばらしいプレイがあるのですか？」

くすと笑って、

「何もありやしませんわ。作家って、案外、現実家なのねえ。」

「そりゃ、……」

と私は、言いかけて口を噤《つぐ》んだ。

いたのだ。半病人の家の者が、白いガーゼのマスクを掛けて、下の男の子を背負い、寒風に吹きさらされて、お米の配給の列の中に立っていたのだ。家の者は、私に気づかぬ振りをしていたが、その傍に立っている上の女の子は、私を見つけた。女の子は、母の真似をして、小さい白いガーゼのマスクをして、そうして白昼、酔ってへんなおばさんと歩いている父のほうへ走って来そうな気配を示し、父は息の根のとまる思いをしたが、母は何気無さそうに、女の子の顔を母のねんねこの袖で覆いかくした。

「お嬢さんじゃありません？」

「冗談じゃない。」

笑おうとしたが、口がゆがんだだけだった。

「でも、感じがどこやら、……」

「からかっちゃいけない。」

私たちは、配給所の前を通り過ぎた。

「アパートは？　遠いんですか？」

「いいえ、すぐそこよ。いらして下さる？　お友達がよろこぶわ。」

家の者にお金を置いて来なかったが、大丈夫なのかしら。私は脂汗を流していた。

「行きましょう。どこか途中に、ウイスキイでも、ゆずってくれる店が無いかな？」

「お酒なら、わたくし、用意してありますわ。」

「どれくらい？」

「現実家ねえ。」

アパートの、前田さんの部屋には、三十歳をとうに越えて、やはりどうにも、まともでない感じの女が二人、あそびに来ていた。そうして色気も何もなく、いや、色気におびえて発狂気味、とでも言おうか、男よりも乱暴なくらいの態度で私に向って話しかけ、また女同士で、哲学だか文学だか美学だか、なんの事やら、まるでちっともなっていない、阿呆くさい限りの議論をたたかわすのである。地獄だ、地獄だ、と思いながら、私はいい加減のうけ応えをして酒を飲み、牛鍋をつつき散らし、お雑煮を食べ、こたつにもぐり込んで、寝て、帰ろうとはしないのである。

義。

義とは？

その解明は出来ないけれども、しかし、アブラハムは、ひとりごを殺さんとし、宗吾郎は子わかれの場を演じ、私は意地になって地獄にはまり込まなければならぬ、その義とは、義とは、ああやりきれない男性の、哀しい弱点に似ている。

離魂

田中英光

私は三十七歳だが、まだ六尺、二十貫。酒に酔うため日本酒なら一升、ウィスキーなら一本、その他、いろいろお菜なぞいる。ところで、私は一昨年の秋から暮にかけ、共産党を止め、妻子を見棄て売春婦同様なある女と同棲するようになったので、苦しくて堪らぬ。なるべくなら、いつも酔っていたい。

しかし業が深く、身体が丈夫で、酒に強いので、酔うためにはたいへんなお金がいる。それで私は酒の代用品を発見した。といっても阿片、コカイン等のいわゆる、麻薬ではない。ある夜、女とも、家族とも、文学とも、いっさいの人生にオサラバする気で飲んだ、ある種の強力催眠剤。いつも二、三錠で眠れるものを、一度に二十錠ほど飲んだら、死ぬどころか、かえって愉快に昂奮してしまった。

地震、インフレ、税金、戦争、外国人、良心的呵責、世間の指弾等々、いっさいの恐怖をケロリと忘れ、恥も外聞もない気持で、いつもお喋りな女を悩ますほどお喋りになり、常に欲情的に圧倒される女を、圧倒するほど、淫乱になった。つまり簡単に大酒を飲んだと同じ結果になるのである。

このほうが安上りで、手っ取り早い。だから、私はこの薬を、鎮静催眠用と同時に、昂奮剤として愛用するようになり、ついに薬の中毒になった。酒よりも、この薬のほうが恋しい。薬の気が切れると、話をする気力さえない半病人になり、桂子や世の中や自分の仕事を思い、死にたいほどヤリ切れなくなるのだ。

そんなときが私の正気なのだろう。私は女のもとから、身一つで逃げだし、妻子のもとで、ちゃんとした仕事をしたくなる。けれども薬の切れているときの私は、身を動かすさえ、もの憂いので、ただ渋面をつくり、せっせと金に代えるための原稿を書いているだけ。昨年中、女と同棲している間にも、何回となく逃げだし、妻子のもとに帰ろうとしたが、その時は、必ず、その薬と酒がチャンポンに身体に入っているとき。

だから妻子のもとに帰って、こちらが逆上しているのに、妻や子供たちのノーマルな冷たい姿をみているのに堪えられない。そうした点ではエクセントリックな、別れた女が恋しくなり、二、三日の放浪生活の後、必ず薬と酒に酔って女のもとに帰る。

女は東京の近くの貧農の娘である。親たちの不義の結実として生れ、そのことを一生自分の十字架の傷として、悲しみもすれば誇ってもいる。女が生れそうになってから、親たちは正式に結婚し、続いて生れた幼い弟妹が六人。それ故、女は長女として、もの心ついた頃から、家事の手伝いをやらされ、赤ん坊を背中にしょわされ、野良仕事にまで、追い回される。頭も体もよく、小学校の優等生でドッジボールと、マラソンの選手。もっと勉強がしたいのに、親たちは彼女が本を読んでいても怒る。日本の零細農たちの家庭にみられるありふれた悲劇。

だが女自身にとっては、ありふれたものではない。その村近くの町は東京人の遊山地、花やかに美しく着た東京の女たちをみると、女はたとえそれが、どんな職業の女であろうと真似をしてみたくなる。

そうした淫靡《いんび》な町を近くにして、女の村の風俗もまた乱れている。野合、不義、強姦、そうした噂が日常事のように語られる。女も十五の年、ひとりで自分の家の畑に行っていると、隣の畑にいた老農から、怪しい振舞をされ、夢中になり、わが家まで逃げ帰ったことがある。また、その頃、落葉かきに林の中にいっていると、空気銃をもち、小鳥を撃ちにきた村の医者の次男坊が、彼女の背中から、背負籠を降そうとした。

女の家の親戚が、その淫靡な町で水商売をしており、女は娘になると、自分から好んでその店に手伝いにゆく。女は手足の小さい小柄な娘。額は狭く、目は三角眼で離れており、平べったい鼻の、鼻孔が大きく天井を向いている。だから呆れる程、平凡な、いわゆるオカメ顔なのだが、女はそうした店で、どんな顔でも、生活力さえあれば色っぽくみせられる、例の商売女たちの化粧を学ぶ。

彼女が十九の歳。その店によく遊びにくる有名な碁打ちに誘惑される。一緒に温泉宿に泊まって無理矢理、処女を奪われたという。それがムリヤリだったか、その時まで、彼女が処女であったか、その両方とも私は疑う。処女がそのようにして、男と温泉宿に泊まることは信じられない。事大主義の女には、その碁打ちの名前をいうのが、やはり一生の誇りと傷痕になっているようだ。

とにかく、手のつけられない不良少女として、女は親戚たちの持てあまし者となり、二十歳《はたち》の歳に、平凡な見合い結婚をさせられてしまう。相手の男は、工業の夜学を出た、温和《おとな》しい勤め人で、女を熱愛する。

だがその男には、やかましい母親に、年頃の妹たちがふたりもいる。嫁、姑、小姑の、これも日本特有の陰惨な葛藤に、女はたちまちひきずりこまれる。幼時からの彼女の環境の異常さが、彼女の性格も異常な負けず嫌いにしている。そのような大家族の順良な嫁でいられるはずがない。

女は夫の反対を押しきり、町のカフェに勤めに出る。子宮の位置が異常で、生涯、不妊の女の生理は普通でない。酒を飲むと酒乱になり、前にいる男を誰かれなしに罵り、場合によっては、その男の髪をひきむしり、その横面を打つ。そして、その後、きまって好色になるのが、この女の酔態である。

夫はそれを知っているから、毎夜、そのカフェまで彼女を迎えにくる。女は、それを知り、なお酔態を示して夫をハラハラさせる。この女は、アバズレ女を不憫に思い、その女と一緒に地獄にまで落ちようとする、世の男たちの、ドン・ホセ的な本能を知っている。ちょっとした、いわゆる、毒婦なのだ。

そのうち、戦争が激しくなり、夫は出征。カフェも閉鎖。女は姑たちと大喧嘩をして婚家をとびだし、ひとりでアパート住まいしながら、印刷工場に勤める。アパートには軍需工場に出ている若い男たちがいるから、酒や諸物資がかなり自由に手に入り、女は終戦の日まで、豊かで放恣《ほうし》な生活を送っていたらしい。この女が、男に触れるのには、人触れれば人を斬り、馬触れれば馬を斬るの感がある。

戦争中は、軍需工場の若い男たちとよろしくやっていたのが、敗戦後はもっと有利な、第三国人とうまくやるようになる。そして彼らのひとりに恋人ができた。中国から帰還してきた彼女の夫に見向きもしない。そして夫が復縁を迫るのを、強引に離籍し、新しい恋人に、家を建てて貰い、ふたりだけの楽しい同棲生活。多くの国民が主食や衣類に困っている時だが、彼女は、珍奇な食物や衣裳に飽き、自家用車で、方々を遊び歩く。

だがそれも、僅か一年ほどの間で、その第三国人のブラック・マーケットがばれ、彼ひとり罪をしょって本国に返されてしまう。ところで、こと男女の関係に至ると、それこそ目から鼻にぬけるほどリコウなこの女。その事件をきっかけにし、やはり、その第三国人のひとりをパトロンに持ち、喫茶店の女給となる。

しかし、そのパトロン、前の恋人ほど彼女に身も心も捧げないから、彼女は不安である。安心を得るために金が欲しい。そこでいわゆる、高給パンパンのようなことも内職としている時、町で私と逢った。

私は三十六歳のそれまで、いわゆる、肉体の恋を知らなかった。恋情を感じた女のひとには、かえって肉欲を思うまいとしていた。それがようやく、その年になり、恋とは男女が、お互の恥をみせあうこと、また、そこに人生の救いがあると思うようになったのだ。私はその女の素裸の情欲に圧倒された。山本宣治風にいえば、彼女と私の場合、その鍵と鍵の穴もしっくりしていたのである。

私の妻も、素人下宿屋の娘であり、銀行の事務員であり、その過去に秘密があるに違いない。しかし、妻は自分の過去については、石のように沈黙していた。その沈黙から引続き現在までも沈黙している。自分を神聖な貞女そのもののように見せようとしている。それが自分の過去に恥だらけの私には堪らない。勿論、非常にフィクショナルにだろうが、それでも泣いて、自分の汚れた過去を語る、この女のほうに恋情を感じた。

私には、その女の傷痕が、私の傷痕に共通している、大袈裟にいえば敗戦日本人たちの一象徴のように思われた。罪の意識に悩む者はやはり罪人意識のある女と生活しているほうに救いがある気がしたのだ。しかし、すぐに私は、彼女の物欲主義に悩まされる。彼女は自分の肉体と才能《テクニック》をはり、急いで一身代作りあげ、勘当同様になっている故郷の人たちを見返したい一心なのだ。だから彼女の罪の意識の裏返しは、ただ古風な立身出世主義にある。

私はそれを、あまり生々しく見せつけられると、どうしても催眠剤に酔って、その女のもとから逃げだしたくなる。そして逃げだした後、その女がまたどんなに無茶な身体を張った生き方をしてゆくか想像すると、堪らなく、その女が不憫に恋しく思われ、また、催眠剤に酔って舞戻る。そんなことを続けているうち、私は作品が書けなくなり、結局、ふたりで死ぬことになると思われる。

それは結局、私の唯一の親しい先輩作家、津島治さんの猿真似になるし、津島さん程まだ自分の書きたいものを書いていない私には、まだ死んでも死に切れない気がする。それで今年の正月中旬ごろ、私はハッキリ彼女と別れると宣言した。すると彼女は、その復讐のように、その翌日から銀座の社交喫茶に勤めはじめる。彼女はそれで私に嫉妬させ、再び、私の気持を彼女に惹きつけようとしたのだ。その彼女の勤めだした最初の夜。

私はある本屋に出かけてゆき、それを彼女との手切れ金にしようとした三万円ほどの印税をもらってきていた。しかし夜の十一時、十二時になっても、女は帰ってこない。私は酔った女の様々な痴態を妄想しながら、十錠、二十錠と催眠剤を飲んでゆく。その女の張り切ったどんな男とでも平気で寝、どんな嘘をもシャアシャアと吐く彼女。

小麦色の裸体が私の瞼に浮ぶ。乳房は椀を伏せたほどで、その乳首は大きく黒い。豊かな胸に、細い胴。そして私たちが（お嬢さん）と呼び合っていた神聖な場所が、隆起しており、そこに薄い縞のある太股が続く。エクスタシーに達した時の女の鶯々《おうおう》たる歓声。もう、十二時半近くなり、女は帰ってこないので、私はてっきり、早くも女が別に男を作ったと思いこんだ。

私はそんな多淫多情の女に、三万円の金をやるのが惜しくなる。私はボロボロのオーバーに軍靴、まだ税金さえ納めてない。彼女には洋服も箪笥も煽風機さえ買ってやった。そして子供たちに一枚のオーバーさえ買ってやれない自分。私は催眠剤の酔いに、思い切って冷酷な気持になり、女が帰らぬうちにとび出そうと、はねおきて外出の支度を始める。丁度、支度の終ったところに、女が裏口から帰ってくる。

馴れないため、終電車に乗りそこね、輪タクで帰ったので遅くなったという弁解。私は都電がなくなっても、省線が十二時過ぎまで、動くのを知っている。東京の夜の世界を、よく知っているはずの彼女が、それに気づかぬはずはない。これは善意にとっても、私は陰性だったが、彼女は陽性で、ペニシリンとサルバルサンを打たせているため、断然、禁酒を言い渡しておいた、その誓いを破った、口中の酒気を消すための、彼女の嘘と思われる。

女は弱いから、特に嘘つきになる、それを許さねばと思う、日頃の寛大な気持が消え、私は酔いにまかせ、言葉を極めて、女を罵しってから、(今日、出版社で金をくれなかった)と、今度は私が嘘をつき、一銭もおかずに、女の家をとび出す。

すでに一時過ぎ、普通の宿屋にゆくのは冷たくて厭だから、近くにある、娼婦の街にいってみようと思う。その街の入口の大きな紅い電灯。そこで私は自分の肩によりそう女の顔をみて愕然《がくぜん》とする。逃げ出してきたばかりのあの女。思いつめ、ひきつった頬、切迫した呼吸。彼女はいつもの負けず嫌いの気持をすて、すぐ犬のように私を追ってきたに違いない。私は女の青い、真剣な表情にうたれ、ふっと女が哀れになる。

「ぼくが悪かったね、一緒に帰ろう」と、私は、寒々とした女の背中に手を回し、再び彼女の家のほうに帰ってゆく。途中で、まだ商売をしている一軒の屋台があると、彼女は「少し、飲んでゆきましょう」と私を誘う。催眠剤の強烈な酔いに、自制心のまるでなくなっている私は、それから彼女の復讐がはじまるなぞとは思ってもみず、誘われるまま、その店に入りこむ。

私は自分がすでに酔っているので、女のガブ飲みや、烈しい酔いを看視できない。その店の勘定を払おうとして、私が内懐から一万円の札束を覗かせると、女は怒気すさまじく、「あら、本屋からちゃんと貰ってきているのネ。嘘ばかりついて。」と、「御免々々」と平謝まりに謝まる、私の内ポケットから、札束を一つ残らずむしり取ってしまう。そしてその後は、まるで汚れた雑巾みたいに私を扱う。女の三角眼に燃えている、私への、男への、世間への敵意。

「お前なんかの顔をみるのも厭だ」と私を罵しり、ひとりスタスタ、自分の家のほうに帰ってゆく。私はそうなると、金や女への未練が湧いて、心中、怒りに駆られながらも、今度は反対に、女のあとを追う。途中に顔見知りの警官が坐っている交番。この文学好きだという警官に、私は前に酔い倒れ、前後不覚になった時、女の家まで送って貰ったことがある。また事情を話して、厚かましく、送って貰おう。

そこで私は、微笑して、その警官に挨拶し、前回の礼を述べ、今夜も、女が酔って私を家に入れてくれないから、女の家まで連れていって欲しいと、厚かましく頼む。さすがに警官は迷惑千万という顔つきになる。世間の人たちのみる、妻子ある作家が、他の女と結んだ醜関係、そのゴタゴタを、こうして交番にもちこむ非常識さ。

だから当然、婉曲に、「ひとりでお帰りなさいよ。大丈夫ですよ」と断わられた。しかし、酔いの烈しい時の、女の残忍さを思うと、私はひとりで帰る気がしない。そのうち、警官が女の家のほうに、巡回に出るという時間まで交番の隅で待たせておいて貰う。女は前回、私が正気を失い、この警官の世話になった際、自分の酒乱は語らず、もっぱら、私の酒乱について訴えたらしい。昔、私の酔いは温かく朗らかで、友人にも好かれたものだが、女と同棲して一年あまりの間に、女の残忍な酔いが私にものり移ってきた。

私は女から髪の毛をひきむしられ、頰をなぐられ、口汚く罵しられ、我慢している気力がだんだん、乏しくなった。そのうち、私は女が罵しり止めるまで、彼女を打ったり蹴ったりするようになった。また、夏なぞは、酔って狂乱状態の女を井戸端に連れてゆき、片足で腹を押えつけ、頭から水を浴せたこともあり、ある時は、罵しり騒ぐ彼女を大きな膳で叩き伏せ、その下に押えつけたこともある。女は、そんな私の行為だけを警官に訴えたとみえ、警官は女より、むしろ私を危険視しているようだった。

やがて警官が巡回に出ようとして、ふたりで表に出た際、向こうから謹厳そのもののような顔の巡査部長がみえる。必ず勤続二十年ほどの穏当な善良な家庭の主人なのであろう。警官がなにごとか、私のことを囁くのに、私の挨拶を不快そうな顔で受けた。

しかし、それでも私は警官たちの善意を信じ、巡回にゆく警官の尻について、彼女の家にゆき、女を起して貰う。警官が玄関と裏口と両方から、女を呼び、私を入れるようにいったが、女は、「そんなひと、知りませんよ」の冷たい一言で、どうしても私を家に入れようとしない。女に同情し、私を危険視している警官は、その女の意志のほうを尊重し、私に他に立ち去るように勧める。

私は内心、燃えるような女への憤怒を感じていたが、一度は、警官の言葉にしたがい、女の家を立去ろうとして、懐中に一銭の金もないし、女の家に書きかけの原稿の置いてあるのに気がついた。それで直ぐに、ひとりで取って返し、窓を叩いて優しく、「おい、行ってしまうけれど、十円だけ旅費を貸してくれない。それから原稿も取ってくれないか」

と繰り返して囁く。それに対しても女の根強い復讐心。冷然と黙殺され、私は野獣のように雄の怒りを爆発させる。

勝手を知った女の家。どこの窓硝子が毀《こわ》れて、そこから手を入れれば錠が外れるかも知っている。私はたちまち靴穿きのまま、女の家に躍りこんだ。「アレェ、誰か来て、泥棒」明らかに、先刻の警官を意識しての叫び声である。私はそんな女を殺したいほど憎む。だが作家として世にありたい、一脈の未練が、その狂暴な気持にブレーキをかける。

私はいちばん近い友人の家まで歩いてゆく積りで、ただ原稿だけをボストンバッグに入れ、「じゃあ、さようなら。もう二度と逢わないからね」と棄台辞《すてぜりふ》で、平べったい女の素顔をジロリと眺め、再び、窓から戸外にとびおりる。その私の淋しい後ろ姿に、女の、「手前なんか、二度とみるのも厭だ。勝手にしやがれ」という鋭い罵声。それが私の憤怒にもう一度、火をつける。あれほど昼となく夜となく、お互の欲情のため、恥のため、愛し合ってきた女の本態は、ただ物欲であったのか。

私はその女の、いちばん大切にしているモノを、行きがけの駄賃に思う存分、破壊し、それで仕返しがしてやりたいと思う。女の本能的な復讐心が、いまはそのまま自分のもの。私はその時、庭に落ちていた丸太ん棒をいきなり掴みとると、それでもって、女の家の窓硝子を滅茶苦茶にぶん撲ってゆく。硝子が霰《あられ》のように音を立て、花のようにとび散ってゆく壮快さ。しかし、私は同時に兵隊であった時の、それに似た破壊行為を思いだし、胸の痛む不快さがある。

ハッと気がつけば、先刻の警官が舞い戻って、私の右手をしかと握っているし、窓辺には、それを笑っているような女の平べったい顔がある。「なにをするんだ、君は。乱暴な」と、打って変わった警官の強い口調。私は刺戟し、こうさせることで、私を牢屋にぶちこむ女の計画だったたと錯覚する。

「それに、私を済みません、この女があんまりひどいので。けれども犯した罪は償います。留置場にでもなんでも連れていって下さい」

「君、これだけのことをして、殺害未遂で訴えられても仕方がないぞ」

「ええ、牢屋にでもどこにでも行きます」

私は警官に連れられ、再び先刻の交番に舞い戻る。今度はひとりの犯罪者として。私は女がそれを呼び戻してくれる声を待っている。女さえ、（このひとはあたしの愛人ですから）と、一言言ってくれれば、私は惨めな思いで交番にひかれなくて済むのだ。だが一年以上も同棲し、彼女の生活を保障し、その財産をふやしてやった私に、その時の彼女はむしろ憎悪を感じている様子。無言の凱歌で、私の惨めな後ろ姿を見送る。

その口惜しさが、私の五臓にしみこむ故、私は交番にいって、例の謹厳な部長の前に坐らせられ、叱言まじりの取調べを受けながら、女との間のことを包みかくさず、ベラベラ喋ってしまう。それは喋れば喋るほど、私自身の醜悪さを部長たちにみせることになるのだが、それを包みかくすだけの心の余裕がない。イヤ、その時、私は自分の心を見失っていた。ある心では、それでもなお、憐れで愛欲的な女を慕っており、ある心では、ただ生活欲盛んなだけの女を、殺したいほど憎んでいる。しかし、そのどちらの心も私の本心でない気がする。

　私の本心はどこかに行ってしまった。後にはただ私の愛欲と、憎悪だけが残っている。私はその部長から、「かりにも文化人のひとりである君が、そんな乱れた生活をして、世人を教導するような作品が書けるか」と叱られながら、見失った自分の魂を探しだしたいと思っている。

　無門関に、倩女離魂《せんじょりこん》という公案があった。昔、中国に倩娘《ツイエンニヤン》という美人があり、美男の恋人を持っているが、家が困ると、両親は彼女を金のために、他に嫁入りさせようとする。それで倩娘は病気になり、美男の恋人も彼女を諦めようと思い、船に乗って、他の土地にゆこうとする。すると崖から倩娘が、彼を呼ぶので、男は喜んで彼女を船に入れ、他の土地にいって、結婚してしまう。そして五年、間に子供もできたので、一度、故郷に帰り、父母の許しを得たいと、彼女の家に赴いたところ、父母はびっくりした顔で、あれから娘はまだ病床に臥したきりだという。ところが、病床の倩娘が、子供連れの娘に出逢うと、たちまち、ふたりが合体し、病気の倩娘は消え失せるという話。

　この伝説を、五祖山の法演という偉い坊主が取り上げ、（倩女離魂、那箇カ是レ真底）

という短かい公案にしている。それに無門禅師がこう付け加える。（若シ者裏ニ向ッテ真底ヲ悟得セバ、便ワチ知ル、殻ヲ出デ殻ニ入ルコト旅舎ニ宿スルガ如シ。ソレ或ハ未ダ然ラズンバ、切ニ乱走スルナカレ、驀然《バクゼン》、地水火風一散スレバ湯ニ落ツル夢解《ムカイ》ノ如ク、七手八脚ナラン、那ノ時、云ウナカレ、云ワズト）

私はその交番で薄ら寒い、朝を迎えながら、自分の肉体、地水火風の四大が乱走して、煮え湯におちこんだ、ざり蟹のように七顛八倒《しちてんばっとう》の苦しさを感じる。警官たち、つまり世間の眼から、どのように軽蔑されようと私は堪えられる。ただ自分の本心とともに彼女の本心までみつからぬのが苦しい。

朝、例の警官が女の家まで走ってゆき、私がその窓硝子代を弁償すれば、許してやって欲しいという、女の話だという。私はバカにしていると思う。すでにその硝子代の数十倍の金を女に与えて来ているのに。また、女の家に残してある私の荷物を売っても、その硝子代ぐらいはできる。しかし私はそんな話をするのがあんまり不潔で厭だったから、ただ、それは承知したと言い、その交番を出て、いちばん近くにいるKという友人のもとまで歩いてゆく。

Kは東大の独文を出た、昔の秀才。今はただ才人のように思われているが、その寝起きを私が襲うと、くしゃくしゃの頭髪をかき上げる眼鏡の底の、細い眼に、近代特種の憂鬱さが漲ぎっている。彼はその才能も教養も、私より深いが、ただ私のような野獣的な生活力のないため、まだ作家として私ほどにも世に認められていない。

しかし六尺の肉体をもてあまして喘いでいる、その朝の私には、そうした軽い憂鬱にシカメ顔の彼のほうがずっと幸福にみえる。だから妻に四人の子供を抱え、恐らく生活に悪戦苦闘であろう彼に、私は前夜の顚末《てんまつ》を簡単に語り、催眠剤の切れている苦しさを訴え、彼の奥さんに、まず、その薬を買ってきて貰う。そして薬を十錠一気に口の中に投げこんで、お湯で飲みこみ、三十分ほどすると、私は気軽にお喋りができるようになる。

Kは気を利かし、お酒も一升、奥さんに買ってこさせる。一升瓶をドッカと卓袱台《ちゃぶだい》の上におき、茶碗でガブ飲みしながら、男同士のすぐ納得できる愉しいお喋り、そこに突然、幽鬼のようなはかない様子で、あの女が来て、私の横に坐ったから、私はギョッとする。

女は前夜の私の、理由のない嫉妬と、金を貰わなかったという嘘を、Kに話し始める。私は女を追い返したく苛々するが、Kは、女の話を面白がって聞き、また、女にも酒を勧める。女は昨夜の過失のいっさいの原因を、私の嫉妬の故にし、それでもまだ私を愛しているようにいう。すると、その場に、Kのいるための陽気な雰囲気から、私はまたフラフラと自然に原始的に、その女を愛しているような気持になる。

つまり、Kは期せずして、私たちの和解役となった。私たちはそこで歌い笑うようにして一升酒を飲んでしまうと、近くにいる、親しい作家のSのもとにゆこうという話になる。Sは北海道出身の、小兵ながら熊のように精悍な男である。その作風は野蛮な感じがするほど豪放で、孤独な匂いがする。前年、私と女が同棲中に訪ねてくれたこともあり、私はその訪問も、自然で嬉しいような感じ。ただKや女と道を歩きながら、途中で薬屋をみつけると、Kに借りた金で、また催眠剤を買って、十錠、二十錠と呷ったのがいけなかった。

私は女の酔態に、前夜、警察につきだした無情さを思い出し、そこにその薬特有の残忍な酔いが回ってくる。Sの近くの酒屋で、女に酒を一升買わせ、それに肴も適当に買うと、S家になだれこんでいったが、その時、私はすでにSの自筆らしい表札をはぎ、喜んで迎えてくれるSの前に、いきなり、それを出してみせるような失礼な行動をした。

私の身体はすでに酒と女のために崩れ、更にその薬を飲むと腰部神経がしびれるから、全然、体力はなくなっている癖に、かえって、その薬の酔いで、私は強いような錯覚をもち、殺気みなぎるような酒の飲み方になったらしい。楽天家のSが、しきりに、「オイ愉しく飲もうや」と勧めてくれたのと、また、彼のもとに遊びに来ている、愛読者らしい美しい娘さんを二、三人、座にはべらせてくれたのを覚えているが、そのうち、私の意識はガクッと参った。

ただひとりで、広い野原をよろめきながら歩いてゆく、すると、あの女が、私の前に顔を出し、私を嘲笑して、向うに駆けてゆく。私はよろめき、転びながらも、彼女を追って野中の一軒家のような家に土足で上る。畳の上に寝ているのは、瀕死の老人。その病床の周囲を、私は女と走り回るので、老人が手を合せ、どうぞ出ていって欲しいと頼むから、私も承知して表に出る。

そして、いつの間にか、またあの女と手を組んで広い野原を歩いている。女の、「危ないわよ。しっかりして」というハラハラ声も耳に入る。だが、そのうち、私は原っぱの真ん中の穴の中にスッポリ落ちる。真っ暗な中でひとり横になっているだけで、身動きもできない。やがて時間が経つと、私は轟々と唸る電車の土間に倒れている自分に気がつく。靴もなくしているし、原稿を入れたボストンバッグもない。次に止った駅名を読むと小金井とある。私はひとりで、東京から反対の方向にやってきたのだ。

私は慌てて、その駅で降り、東京の女の家に帰ってみようと思う。そこに帰れば、どうしてSの家を出たかもハッキリすると思う。また、そのように汚ごれ傷ついた身体で帰れるのは、その女の家よりほかにないと思う。

東京に帰りついたのは、すでにトップリと日の暮れた頃。電車の切符もなしに改札を出たが、駅員も始末の悪い酔漢と睨んでか、なんの文句もいわなかった。女の家には、裏口からそっと入ってゆく。女はすでに酔いが覚めて寝ており、温和しく、私を上げてくれる。私はまだ、薬の殺伐な酔いが残っているので、なぜ、酔った私を見棄てて逃げたかと烈しく女を責める。

だが私がS家で意識を失った後の詳しい話をきくと、あまり女を責められない。急に私の酔いが深くなり、(俺は昨夜、女の家の硝子戸を三十六枚も割った)と妙な自慢ばかり始めたのをみると、KがSに気兼ねして、早く帰ろうと私をせかした。すると私は反射的に帰らないという。それでは泊ってゆけ、とSが勧めてくれると、私は天の邪鬼《あまのじゃく》的に、それでは帰ると言い出す。

こうした酔い方は、歪んだ女の酔い方で、前から私のものではなかった。私の酔いが、女の酒乱に似通ったものになったのに私はぞッとする。(それでは、やっぱり帰るか)とKが優しく、玄関まで、ヨロつく私を送ってくれたのに、私はいきなり、「余計なことをするな」とそこにあった朴歯《ほおば》の下駄で、Kの横顔をぶん撲ったそうだ。それにKも女も飛んで逃げる。私は女の名前を怒号し、彼女の姿を求めて、S家の上下を泥靴のまま、右往左往する。

S家の文机《ふづくえ》を一つ引っ提げ、それで女をぶん撲るのだと喚き、机を地面にぶちあて、滅茶苦茶に毀してしまった。また、硝子戸はこうして割るのだと、二、三枚、拳骨で毀したという話。奥の間に布団をかぶって寝てしまったSの枕頭まで、私が泥靴で推参したので、「ここはぼくの家だ、帰ってくれ給え」と叱られ、その時は温和しく庭におりた。

また、みんなに、「あなたが連れて帰って下さい」と怒られるので、女がこわごわ、私のもとにくると、私は意外にも猫のように温和しくなり、女と一緒にS家を出た。けれども私は、薬に腰を取られているので、真っ直ぐ歩けない。二十貫の私にふり回されて、女は閉口する。そのうち、私は路のマンホールに落ち、靴を落した。女がそれを拾ってくれているうち、私はボストンバッグを置き去りにして姿がみえなくなったのだという。

そして私の短靴も、ボストンバッグも、女は大切に持って来てくれていた。だから前の女の話が全部、正確でないにしても、私には女が責められない。私はむしろ女に感謝する気持になり、彼女の細い首を抱き、死んだようになって眠る。生理も心理も疲れ切っているための私の凄じい歯ぎしりに大鼾《おおいびき》。それから夜中に、夢遊病のように立上り、隅の柱と格闘しながら、女の名前を呼ぶ。女は眼をさまし、そうした私の手を優しくひいて、手洗に連れていってくれる。私は小便が出かかっていたのだ。

朝、私には幾らかの精力がよみがえってくる。傍にある女の生温かい肉体。私は習慣のように彼女を烈しく抱いてしまう。肉欲の恋には、ある神秘めいたものさえひそんでいると、夢想していた、前年の愚かな私。第一次大戦後のハックスリーの作品、「ポイント・カウンター・ポイント」で、登場人物のスパンドレルがすでに次のようにいう。

「たいていの放蕩などというものは、なにも積極的にされるのではなく、ただ、それがなくなれば淋しくて堪らないというので繰り返しているに過ぎない。習慣という奴は、どんな贅をつくした享楽をも、単に退屈平板な日常の必要にしてしまう。女にせよ、酒にせよ、一度習慣になってしまえば、今度はそれなしで生きられないこと、パンや水と同じになる。乱行そのものは、たとえパンや水のように、少しも面白くない一片の習慣に化してしまったとしても、さてそれを止めることはできないものだ。享楽にとっても悪行にとっても、習慣というものほど絶望的なものはない」

歴史は繰返す。前人たちの偉大な悩みを、私はただ汚なく、ちっぽけに堂々回りしているだけ。そこで私は必然的に、前年に自死した、師兄と仰いでいた津島治さんの、私に対する強烈な影響を思う。

津島さんが不意と、伊豆M海岸の私の疎開先を訪ねられたのは、昭和二十二年の二月。その時、私は共産党の地方委員として、選挙運動に忙しかった。しかし、地方委員会に電話があったので、私は喜んで家にかえる。津島さんは、私の家の下の宿屋に一室を借り、すでに、「斜陽」を十枚ほど書かれたところ。選挙演説に喉を潰している私をみると、「バカな奴、ただ右往左往して、喚き泣いてきたという顔じゃないか」と愛情深く笑われた。

それから津島さんと久し振りの酒。私は、党の特定の幹部たちに対する感情的な不満を述べる。私は、小説の種取りに入党したとさえ罵られているから、もう離党しようかと思う、それについて津島さんの御意見をききたいというと、津島さんは一瞬、厳粛な顔になる。そして、自分には返事ができない。だが、もし君が党を止めれば、それで安心する若い人たちがいるとはいえると思うといわれた。

それは複雑な意味の御返事だったが、私はそれを簡単に、離党を勧められたと思う。そして、それから十日間、私はいつも夕方から津島さんの酒のお相手。(この世の中は、結局色と欲さ）という、その頃の津島さんの哀しい口癖を、そのまま私流に単純に受け取ってしまう。

すでにジャーナリズムの寵児であり、愛人をもっている津島さんの真似をしたいと、私は醜く、アガキだす。津島さんの東京に帰られた後、私は書きなぐり原稿を臆面もなく、各雑誌社に送りこみ、アワよくば、そのうちのどれか一作かが、ヒットにならぬものかと思ったり、また女の知人の手紙には、どれもこれも、恥も外聞もなく、恋人が欲しいというような、汚ならしい頼みを書く。

その結果、私はいわゆるカストリ雑誌のちょっとした流行児となり、恋人は、前に書いたような異常で下等な女を、街で拾うこととなる。おまけに、私は得々として、一昨年の暮、その女を連れ、津島さんの仕事部屋を訪れた。そこには津島さんと一緒に死んだT子さんもいる。やがて四人で酒盛りが始るが、津島さんが生に疲れ切り、死に憩を求めている姿が、バカな私にもチラッチラッと分る。けれど、愚鈍で無力な私にはどうする力もない。ただ津島さんのお道化と一緒になって、フザケ笑うばかり。

だが私より無知な女は、私たちが文学の話ばかりしていると怒る。また、誰も彼もがクタクタの津島さんにタカっていた。その頃、私が、その酒宴の勘定を引き受けたことまで、憤慨する。（先輩が後輩にオゴラせるなんて間違っているわよ）その怒りが、次の朝、また津島さんと四人で飲みはじめた時、女の酒乱になって、私に向けられる。

津島さんが、飲み屋の主人の短い半纏を借り着し、「これがイキというものでごぜえます」と、例のハニカミ笑いをしている時、私の女は、しきりに英語でジャズを歌い、流行歌を歌いまくる。つまり、全然、ピントが合わないから、私が少し彼女をたしなめると、女は猛烈に、私の顔の棚卸しを始めた。

「なによ、そんな顔、みたくもないわ。まだ若いのに皺だらけだし、鼻が胡座をかいてさ」彼は死ぬほど悲しい思いで、霜枯れの庭を見ていた。しかし、私は津島さんの厳粛な眼が、痛いほど私の横顔に注がれていたのを知っている。

帰り道。津島さんは、ピョンピョン跳ねるように歩く、彼女のお尻を叩きながら、何事か囁いているのがT子さんとゆっくり歩いている私の眼に入った。後で、その時、津島さんがなんと囁いたか、女にきいてみると、(取ってすぐ散じる作家の世界は愉快だろう)ということに、(貴女は本当に私を好きか)という二つの問い。そのどちらにも、酔っていた女はノーを答えたという。

その時の飲み屋の借金を、女がいつまでも根に持っているようなので、私は津島さんに送金できず、つい昨年六月、自死される時まで、二度と逢う機会を持ち得なかった。そもそも、私が自分の心を見失うほど酔うようになったのは、この津島さんの死を聞き、三鷹に飛んでいった夜のことである。私は、津島さんが、(俺たちはどうせ時代の犠牲者。お前も早くオイデ)と手をあげているようにも思えたし、また、その反対に、(俺の文学の最後の開花は死だ。お前の猿真似は実に意味がないよ）と冷たく拒否しているようにも思える。私の心は煮湯に落ちたざり蟹のように七顛八倒。私はカルモチンを肴に、ウィスキーをガブ飲みしては号泣し、先輩たちに迷惑をかけ、ついに自分の意識の糸がプツンと切れるほど酔った。

その夜おそく、私は詩人のMに送られ、新宿の女の家に帰ったが、短靴は片方なくしているし、背広の右袖もカギ裂きにしている。そして三鷹にゆく時、女が私に渡してくれた三千円の金もなくし、代りに一枚の安っぽい女ハンケチが内ポケットに入っていたという。この時、Mは、「なにも叱らず休ませて上げなさい」と女にいってくれたので、事件の異常さもあり、私はあまり責められずに済んだ。

さて、私たちの間に破局的な出来事が続いたその朝、私は哀しい習慣になった女との、味のない抱擁を済ませ、ふっと私の本心は、三鷹の禅林寺、津島さんのお墓の上に置き忘れてあるように思う。

強力催眠剤を五十錠も飲み、そのお墓まで辿りついて、左手の動脈を軽便剃刃で切ること。それが私を置き去りにした津島さんや、ひどい目にあわせた女への復讐になると思うと、自分の文学や人生の敗北もかまわず、ヤモタテもなく、それを実行したくなる。

だが私は、小石川のほうに慎ましく暮しておられる津島さんの遺族の方々に、それがどんなショックになるだろうと思うと、それを実行する勇気を失う。そして思いは、もっと惨めな自分の妻子の上に返ってくる。私は死なないでこの女と別れよう。落ち着いて仕事もでき、お金も入るようになったら、できるだけ女の生活もみて上げよう、そう思い、そう女に言いきかせ、私は三度、ボストンバッグを抱いて、女の家を出る。

別れる時、女が私の唇の上に残した軽い接吻。それが私にあの惨めな習慣をいつまでも連想させ、もはや、東京に出てきている妻子のもとに真っ直ぐ帰る気持にならせない。一つの習慣を立ち切るためには、私は自分の身体を別の方向にゆさぶればよい。思い切った禁欲生活に入る前に、私は思い切り放浪し、遊んでみたい。

そのため、なによりも必要なものはお金。私は間もなく本の出る本屋で、一万円の前借をするのを思いついたが、いまの世に思い切って遊ぶのに一万円では少し心細い。私はあれほど、こちらが面倒をみてあげるのが当然で迷惑をかけては悪いと思っていた津島家に、催眠剤に酔って、ノコノコ出かけてゆき、喜んで迎えてくれた奥様に、（女に別れるための金）と直接的には嘘をつき一万円のお金を借りる。

そして二万円の金を手に入れると、やや世の中が明るくなったみたい。私は子供の頃から大好きだった浅草に出かけてゆき、顔馴染みの飲み屋に上がる。そこの、昔、女漫才だったお内儀《かみ》は寝ていたが、私の顔をみるとすぐ元気よく起き、酒の支度をしてくれる。私はまたタッタ二万円の金で、すぐに願望のものが右から左に手に入る錯覚がある。その願望とは、浅草の、フウテンなレビュー・ガールと遊んでみたいこと。それは、この近所に住んでいる浅草物を専門に書くNが、新宿の家に遊びにきては、いとも容易なことと、私に宣伝したお蔭もある。

そこで私は使いを出し、Nを呼んで貰う。Nは私より七つ年下だが、幼い頃から父に死なれ、よその飯を食べ大きくなったので、年よりも大分、老けてみえ、苦労してきた東京者の常として、ひどく調子がいい。間もなくニコニコ顔で入ってくると、「あれっ、また飛びだしたのね。それでも、すぐ新宿に帰るんじゃない」と、私をひやかすようにいう。「冗談いうな。もう絶対に帰らない。それより君のいつか言っていたレビュー・ガールと遊んでみたいんだ。すぐここに呼んでくれよ」その瞬間、Nはちょっと、深刻な表情になる。

いつぞやの自分の法螺《ほら》を思いだしたのだろう。「御飯たべるのぐらい、大丈夫、つきあってくれるね」と、お内儀に念を押すようにして、実は私にも念を押し、ある劇団の楽屋に使いを出す。Nの彼女だと自称する女優にもう一人の女優を呼んだのだが、やがて、やって来たのは、Nの彼女だというほうがひとり。なるほどNの自慢するだけ、私の女よりは美しいが、同じくらい白痴でもあるようだ。

Nはしきりにその女優と喋々喃々《ちょうちょうなんなん》たるところを私にみせつけるから、催眠剤と酒の酔いで、殺伐な気持になっていた私は、なんて友情のない奴だろうと大ムクレ、ふいと飛びだすと、その辺の新興喫茶にフラリと入っていった。それは、私の女が新興喫茶に勤めていることの郷愁である。

だが、新興喫茶というところは、ビール一本のんでも二、三千円とられる。バカな闇屋以外は立ち寄る場所でない。戦争前のカフェやバーには、まだしも客の人となりとか、女給の教養のようなものが口を利いた。けれども、今はただ金と肉の世界なのを、私はマザマザとみせつけられる。こうした場所に憧れ、勤めたがっていた愚かな私の女。私は無性に哀しい気持で、一、二軒、浅草の新興喫茶を歩いてみる。

次に入った店で、みるからに素人らしい少女じみた様子の女がいた。私は彼女が、最近こうした場所で働くようになったと知ると、なにか不憫で気に入り、少し纏まったチップをやり、一緒に前の飲み屋に行ってみないかと誘う。それは、いちばん堅そうにみえるそうした女の反応を試したい気持も、また帰らなければ、Nが困っているだろうと思うからだった。

女給は二つ返事で、一緒に行ってもいいという。それで裏口からふたりで出て、前の飲み屋に行ってみると、案の定、Nは女優に酔っ払われて元気のないところ。私が女給と帰ったのをハシャギ声で迎えてくれる。酔った女優は、Nの顔の造作の棚卸しをやり、他にピアニストの美男の恋人がいると喚きはじめる。私は、そうした際の、Nの気持に充分、同情できたから、その飲み屋の勘定を済ませ、Nと女優を田原町の角まで送ると、私は、その女給と、前の飲み屋のお内儀が世話をしてくれた近くのホテルに泊まりにゆく。

私は少年のように身を堅くして寝ている、その女給の身体に触れる気にならない。ただ彼女のスベスベした両脚を、私の脚の上にのせ、そうした私の女との哀しい習慣を思いだしながら、更に催眠剤を十錠、呷って死んだように眠る。

影絵

織田作之助

一

改札口のほの暗い電灯をぽつんと一つ残して、すっかり明りを消してしまっている。暗がりの駅員室のなかでふと蠢いたのは、たぶん宿直の駅員が終電車の著いた音で眼をさましたのであろう。しかし起きて来る気配もない。乗客は大抵一つ手前の駅で降りてしまうので、この寂しい駅に降り立つ人影は跫音《あしおと》もせぬ位まばらである。時にはたった一人のことさえ稀らしくない。だからわざわざ改札に起きて来るのも億劫なのであろう。渡し損ねた切符が随分袂の中にたまっている。それを鈴木は悲しいものに思った。健康な生活に憧れているくせに、何の因果か毎夜そんな時刻に帰って来る自分を、さみしく思った。

駅から十町の道は暗く、鈴木はしょんぼりと背なかをまるめて薄弱な咳をしながら、とぼとぼ歩くのだった。寝静まった住宅地を通り抜けると、もはや門灯のにぶい光もなく、ふわりと暗闇に吸いこまれてしまう。池の傍だった。

蛙が真っ暗な鳴声を立てている。池の左手には黒ぐろとした校舎がいもりのような背なかを見せて、立ち塞っている。柵がある。その柵と池との間の小径を行くのだが、生い茂った雑草が夜露に濡れて、まるで泥濘《でいねい》であった。暗かった。鈴木は摺足で歩いた。蛇が蠢いていそうに思われた。いきなり足を蹴るものがある。見えないが、どうやらひき蛙らしい。鈴木はぎょっとして、張子のように首をだらんと伸ばし、じじむさい恰好で、そこらじゅうにらみまわして、心の中で半分走っていた。池のなかへすべり落ちそうだった。

前方は原っぱでアパートの灯がぽつりと見える。遠いながめだった。ひっそりとした校舎の三階の窓に、今夜はどうしたわけかぽつりと灯がついている。誰かがいるのではなかろうか。いきなり窓がひらいて、真赤な火を吹きだした顔がぬっと覗く。ろくろ首だ。するすると伸びて、背なかを舐めに来た。背なかがもぞもぞする。鈴木は思わずヒーヒーと乾いた泣声をだし、やっとその小径を通り抜けると、原っぱのなかを駈けだした。

鈴木は急に立ち停る。ひどい息切れが来たのだ。胸の肉を骨を押しつぶしてしまいそうな呼吸困難だった。うしろから何が追いかけて来ようと、もう一歩も進めなかった。ハアハアと薄い息をしながら、じっと佇んで、鈴木は肺を病んでいる自分を情けないと思った。眼の前が急に真っ白だった。赤い咳が来た。鈴木は青ざめた顔で、あわただしく咳の音をきいていた。

暫くするとまた歩きだした。恢復した視力でアパートの灯がやっと見えた。裏口の裸電燈だ。その灯の下に誰か佇んでいそうだった。いきなりその灯がすっと遠ざかって行く。かと思うと、またひき戻して来た。だんだん灯が近づいて来る。カラコロと下駄の音がする。近づいて来た灯は提灯だった。四尺にも足りない小さな老婆がそれを持っているのだ。出会いがしらに、顔を覗かれた。いや覗いたのは鈴木の方だ。老婆の顔は白粉を吹いたように真っ白だ。眼も鼻も口もない。

鈴木はまた駈けだした。カラコロ下駄の音は遠のいてしまった。と、思ったのは錯覚だ。だんだん近づいて来る。いや、遠のいて行く。前方に小柄な男が歩いているのだ。提灯が見える。もし、もし。鈴木はやっとその男に近づいて、いま変な人に会いました。提灯の火が急に明るくなった。男は振りかえった。こんな顔じゃったろう？　あ。眼も鼻も口もない。ずんべらぼうだった。思わず声をたてた。はっと気がつくと、物影から飛び出して来た人に、懐中電燈で顔を覗かれていた。非常警戒の警官だった。

小泉八雲の怪談を連想していたのかと、鈴木はふと思い当ったが、暗闇の恐怖はしかし去らなかった。訊問がすんで帰って行く途中、アパートの部屋に猫のような顔をした老婆がちょこんとうずくまっているような気がさむざむとして来るのだった。

以前はこんな風ではなかった。どんな暗い道を歩いても平気であった。京都で学生生活をしていた頃、京極から鹿ケ谷の下宿へ帰るのに、毎夜のように暗い吉田山を抜けて行った。真っ暗な茂みのなかにひっそりとした灯が一つあって、そこはなにかを祀る祠で、夜おそくお詣りする女もあるときいていた。が、鈴木は平気であった。暗闇のなかからふと匂って来る植物の香を健康な胸にたのしんでいた。叡山のキラキラした灯を仰ぎ、綺麗だなと永いこと立ち留っていた。それが急に暗闇を怖れるようになったのだ。

なぜそんな変化が来たのか、鈴木にはわからない。あるいは、病気のせいかなと思ってもみる。むろん、それもあるだろう。が、そればかりではあるまい。しかし、それがなんであるか、鈴木にはてんでわからなかった。わかろうとする努力もしない。ただ、わかっているのは、明るい健康な生活をのぞんでいるということだけだ。かつては、彼の生活は明るかった。けっして不健康でもなかった。だからそういう生活を空想することは容易だ。また、実現することも、一見容易だ。ただ、元へ戻りさえすればよいのだ。至極簡単である。ほんのちょっとした努力で出来そうに思える。しかし、鈴木にはそれが出来ないのだ。心の弾みがつかないのだ。そのことに、背を焼かれるような焦躁を感じている。この焦躁がますますいけないのだ……。

……やっとアパートへたどりつくと、鈴木はいつものように裏口からはいった。下駄は脱ぎっぱなしにした。誰かが食堂へ行くのにそれを勝手にはいて行くことを、鈴木はたびたびの経験で知っている。下駄が見つからぬので外出も出来ず、随分困ることがあるのだ。食堂へ行って、それ僕の下駄ですと言って取り戻して来る勇気がなく、その男が食堂から出て来るのを、部屋から覗き見して待っていることがしばしばである。いっそ下駄箱にいれて置けば良いのだ。と、鈴木自身もいつもそう思うのだが、そうしたためしはなく、例によって脱ぎっぱなしなのだ。

鈴木の部屋は裏口からはいると、直ぐかかりにあった。それだけが取得だった。濡雑巾のような廊下を永いあいだ歩かなくても良いだけ、ましだった。しかし、鍵穴をさぐっていると、鈴木はもう憂鬱になった。名状しがたい臭気が鼻をついて来るのだ。部屋の隅にころがっている湿布薬の臭いでもなかった。古びた漬物槽の臭いでもなかった。つまりはおれの生活の異臭なんだと、しかしちょいと惹きつけられている。

部屋へはいると、一層陰気だった。食堂の炊事場と隣り合わせていて、部屋の床下はどうやら炊事場の地下室で、漬物槽の置場になっているらしい。妙な臭いが立ち騰って来るし、炊事人がことことと漬物槽の石を動かせている音が毎朝枕元に響いて来る。漆喰へ水を流す音がする。そのたびに、湿気が部屋へ浸潤して来るように思われた。埋立地で近くに古い池がいくつもあり、いったいに湿気の多い土地なのだ。部屋には年中日が当らない。小窓が一つだけあって、中庭に面しているが、その中庭にも日が射さない。窓をひらくといっても、窓ガラスを全部とってしまったところでたいしたこともない小さな窓なのだ。おまけに部屋の容子を覗かれることを極度におそれている鈴木は、夏でも窓をあけたことがない。ただほんの気休めに二三寸あけて、そこへカーテンをひいて置くだけである。したがって風通しがわるい。

四畳半だということだったが、あるいは三畳半ぐらいかも知れない。べつに畳の数を数えてみたわけでもないが、とにかく年中蒲団を敷きっぱなして紙屑、薬瓶、書物、煙草の吸殻、新聞紙など枕元に散らしていると、随分苦しい。最近床の間のないことに気がついた。

蒲団をめくると、青い黴がべったり畳にへばりついている。天井には蜘蛛の巣や煤がたまっている。部屋中が薄汚なく不健康だ。掃除したことがないのだった。見かねてアパートの女中が掃除してやろうといっても、狼狽して断るのが常である。

とにかく、そういう部屋に永らくいると、どんな健康体の人でも病気になってしまうだろうと、鈴木はひとりごとならず憂鬱になり、毎日あてもなく町へ出て行く口実にしている。他の部屋が空いても移ろうとはしない。裏口から出はいりするのに便利だというのである。ゼエゼエと息切れしながら、二階へ移るには、蒲団や身のまわりのものを纏める必要がある。押入れには林檎汁の空瓶や薬瓶が一杯つめこんである。それにはもう褐色に色の変っている小便がはいっている筈だ。土瓶のなかに入れた水はほとんど凝結して、腐敗《くさ》った卵のような臭気がする。そのほか、血糊のついたタオルや寝巻や紙片がこっそりかくしてある。その上を銀色の背なかをした名も知らぬ虫が飛び歩いている。――そういうものをどう始末すれば良いのか。それを思うと、他の部屋へうつるなど到底できそうにもない。

そんな部屋に、鈴木は深夜しょんぼり坐っている。無気力な首をひっそりとした空間に泳がせて、ぽかんと坐っている。やがて思いだして、鏡を取りだして覗いてみる。まるでお化けだ。ぞっとする。こんな病的に醜い顔で人ごみのなかを歩いて来たのかと思うと、情けない。げっそりと肉が落ち、生気のない皮膚が薄汚なく蒼白い。眼ばかりぎょろぎょろして落ちこんだ鈍い光を鏡の上に投げている。急に舌をだしたくなった。べろっとだして見る。おかしくもなんともない。永いことだしていると、鏡が曇った。拭って、じっと見つめていると、鏡にうつっているのは、自分の顔ではないように思った。鏡の向うにもうひとつ顔があり、それがうつっているのだと思った。だんだんそれが信じられて来た。

そんな錯覚は鈴木にはしばしば起る。たとえば夜なかに便所へ行く。中庭の向うの廊下を歩きながらふと自分の部屋の方を振り向く。カーテンの隙間から灯が洩れている。誰かが机の前にどしんと坐って本を読んでいるらしい。広い肩巾だ。鈴木君、とよぶと、何だ？

カーテンをひらいて、逞しい顔を見せそうだ。それが本当の鈴木だ。コンコンと咳きながら、ひょろひょろ廊下を歩いている自分はべつの鈴木だ。――そんな風に思う。瞬間慰まるのだった。また、こんな錯覚がある。いつだったか街で旧い友達に会うと、いきなりこんなことをいわれた。

「君この間りゅうとしたダブルの背広を着てデパートでネクタイを買っていなかったかね。女の子と一緒に」

覚えのないことだった。が、とたんに相槌打って、

「びっくりしたろう？」

「ああ、びっくりしたよ。君が死んだという噂をきいていたもんだから……」

「えっ？」とおどろいたが、直ぐ、「あ、そりゃあいつだ。死んだのはあの背広のやつなんだ。僕はこの通り生きているよ。——僕が死んだというデマは僕が飛ばしてやったんだよ。皆信じてるらしいね。おかしいよ。え、へ、へ……」

肚のなかでもケッケッと笑い声を立てながら躍りあがらんばかりに喜んでいたが、ふと、いや、死んだのは自分で、生きているのはあの背広の男かも知れぬと考えてみた。しかし、背広の男とは誰だろう？　その晩夢をみた。病気もいよいよいけなくなり、遂に死んでしまったのである。どこかの家の二階の階段を上った狭くるしいところで、長くなって死んでいた。だらんと伸びた足が黒足袋をはいて階段に掛っている。友達が集ってくれて、お通夜は賑かだった。暫くすると、おい、鈴木、そうだろう？　と誰かがいう。そうだ、そうだと自分も答えて一緒に騒ぎだした。自分のお通夜の仲間にはいっていたのであ

る……。

……鈴木はそんな錯覚がうれしくてならない。だから、いまも鏡のこちらの顔をべつの自分の顔だとひそかにたのしみながら、いつまでも鏡を見つめていた。ふと、鏡にうつっている顔が仮構のものだと思えて来る。なるほど鏡の向うからにらんでいる。しかしそれはただ鏡にうつっているだけではないか。実体はないのだ。――鈴木はひそかなたのしみが消えてしまいそうな危さにはっとする。しかし、と鈴木は必死に考える。実体は見えなくても、とにかく鏡にはうつっている。あ、そうだ。透明人間なのだ。誰にも見えないが、在ることだけは確かなのだ。誰にも見えないところが面白いではないか。鈴木の想像はろくろ首のようにぐんぐん伸びる。たとえば、自分が死ぬ。しかし自分は透明人間として生きている。誰も皆自分を死んだと思っているから、自分の姿には気がつかない。しかし、自分は皆と喋ったり、一緒に食事したりしている。相手には自分の姿は見えないが、こちらからは皆の顔が見える。――鈴木はこの思いつきをケッケッと喜ぶのだった。

だが、いきなり不安が来る。鏡の中の顔のほかに鏡のこちらの顔がある。しかし、それはなぜ鏡にうつらないのだろう?　――ふとそう思うと、もうなにもかも駄目になってしまう。うつっているのはじつは鏡のこちらの顔だ。そのほかにはなにもない。はじめから、お化けのような顔が一つあるだけだ。それだけなのだ。熱のためカサカサに乾いた唇の皮をなめていると、それが疑いもなくはっきりして来た。

鈴木は興ざめて中庭の風の音をきいた。そしてしょんぼり寝床へはいった。

二

暫く眠って、鈴木は眼をさました。いやな咳がいつものようにはじまったのだ。続けざまに一つ、二つ、三つでたあとの咳の切れ目に、鈴木はふっと淡く息を吸いこんで敷蒲団から腰を浮かせる。身構えるのだ。そして絞りあげて来る咳と同時に、ぴんと身体をはねる。そうすると、いくらか咳が小さくなるように思われるのだ。また、じっとしていると苦しくもある。もうひとつには、そうしてもがく咄嗟に咳の音をきくまいと努めているのだ。

しかしやはり鈴木は大きな音をきいた。咽の粘膜をかきむしるように出て来る咳だった。胸の臓器が押しあげられたような気がして、鈴木はああ、えらいことになってしまったと鯱張ってしまい、本能的にぴったりと動かなくなってしまう。続けざまにでる大きな咳のあとでは、よく喀血するものだと、たびたびの経験が鈴木の体を鉛のように重くしてしまうのだった。背なかの吸盤で敷蒲団にしがみついたまま離れない。胸のなかでガクガクと妙な音がする。もしその音が湿った音にきこえて来たらおしまいだ。渦巻いている血がいきなり絞りあがって来るのだ。安静だぞ、安静だぞと、鈴木は呟いて、不安な眼を天井へ向けている。遠くの電車の音が胸のなかを走った。

咳は当然痰をともなって来た。ぬるぬると咽をあがって来る痰の感触は、喀血のそれと似ている。咽にひっ掛っている痰はもしかしたら黒い血のかたまりであるかも知れない。そう思うと痰をだすのがこわい。だから鈴木はなんとかして痰をだすまいと努力する。しかし、これほど苦しいことはまたとないのだ。息をせずに水中にもぐっているほどの苦痛がある。それに痰をださない限り、咳はやまない。そして、痰をださぬように咳の加減をすることは非常にむつかしい。到頭たまりかねて、ええ、もうどうにでもなれと、やっとの努力で口のなかへ吐きだす。血のかたまりではなかろうか。紙の上へ吐きだす気がしない。ひとつには、手を伸ばして枕元の紙をとるかすかな運動すらこの際避けたい。鈴木はしばらく舌の先で痰の味の感触を味わっている。やがて再びごくりと咽へのみこんでしまう。まるで結核菌をのみこむようなものだとは、鈴木にもわかっている。腸結核になるおそれがあると心配もしていた。がいまではそんなに気にもかけなくなっている。これまで随分結核菌をのみこんで来たではないか。いまさら一度や二度のみこむことを慎んでみても、手おくれだ。そう思って平気な顔をわざと自分に見せている。

実は鈴木のおそれているのは喀血だった。腸結核ならば、罹ったところでトマトと肝油で癒《なお》るという希望はある。それにどうせ未来のことだ。いますぐ腸結核になるわけではない。ところが喀血はあっという間にやって来る。止めどもなく口から血を吹きだしているあいだ、ほとんど生きた気もせぬほど強烈な苦痛と不安がある。喀血しながら息が絶えて死ぬ例もあると、いつか療養書で読んだ。それがいけないのだ。それにアパートのひとりぐらしでは、医者を呼びにやることもできない。たとえできたところで、医者を呼ぶのはいやなのだ。病気であることはあくまで隠して置きたい。騒ぎたてたくはない。そうするぐらいなら、いっそ荒涼たる夜ふけに血を吹きだしながら死んだ方がましだと、思っている。

とにかく、朝まで待たねばならない。朝ひょろひょろと町へ出て行き、薬屋でトロンボゲンを買ってのんで置けば、それでどうにか気が休まって、一日中うかうかとさまよい歩くのだが、それまでの時間がどうも不安だ。そんなとき食塩水が枕元にあればどれだけ助かることか。

いまも鈴木はそれを後悔するのだった。なぜ食塩水を枕元へ用意しておかなかったのか。のんきな鈴木は民間療法をかなり信じている故、大きな咳がでても、怪しい痰の感触があっても、食塩水さえ枕元にあれば、いくらか安心できる筈なのだ。いよいよ咳がはじまった途端に、のんで置けば、十中八九は喀血を防げるかも知れない。たとえ喀血しても、いま食塩水をのんだぞと思えば、あとの心配は少ないだろう。止血も早いだろう。いずれにしても気休めにはなるのだ。ところが、鈴木はその用意をして置かないのだ。アパート暮しでは食塩が手にはいらないと、弁解じみて妙に諦めているのだった。そんなことはない。酒屋へ行けば簡単に買えるのだ。毎日町へでるのだから、序《つい》でに買っておけばよいのだ。それを鈴木はしない。酒屋の前を通りかかるときは、たいてい忘れている。しかし想いだしたところで同じだ。はいって買う気にはなれないのだ。

そういう鈴木もしかしいつか思い立って、歯が痛むからと口実をつくってアパートの食堂で食塩をひと摑み貰い、食塩水を一晩だけ枕元に置いたことがある。その夜れいによってはげしく咳きだしたが、それをのんだおかげで、不安もいくらか少なかった。だが気休めにというならば、いっそ寝しなにのんで置けばもっと効果的ではなかったか。それにいずれ毎夜きまって咳きだすとわかっているのだ。なにも咳きだしてから周章《あわ》ててのむこともないのである。それを鈴木はあらかじめのんで置くことをしないのだ。

食塩水は胸がつかえ、頭の芯がいたくなるから、いよいよでなければのむ気がしないのだと弁解している。そのくせ肺に効くときけば、石油だってのんだこともあるのだ。つまりは億劫なのだ——といい切ってしまっては簡単すぎる。なにかしら鈴木をそんな風にさせるえたいの知れぬものが、巣食っているらしいのだ。しかし鈴木はそんな奇妙なものの存在は認めていない。認めたくない。だから、その場合にもちゃんとした理由をもっているつもりなのだ。食塩水はなるほど喀血の予防や止血の役目をするかも知れぬが、直接結核菌には作用しない。むろん栄養にもならない。だから寝るまえにのむのだったら、いっそ他の薬をのむべきだというのである。げんに鈴木は毎晩あやしげな滋養剤をのんで寝る。だから食塩水を併服するわけにはいかぬ。副作用があるといけぬからと思っているのだ。それを合理的だと考えているらしい。そのくせ咳がはじまるたび、食塩水のことを思って後悔しなかったためしはないのだ。仕方がないから、はげしく咳きこみながら無我夢中で酵母錠剤などをポリポリやっている。なんの気休めにもなりはしない。やはり不安な気持で喀血を想って、蒼くなっているのだった……。

そんなに不安でありながら、鈴木は医者に診て貰おうとはしない。この病勢ではとうてい永くはあるまい、今のうちに徹底的に治療して置かなくてはならないと、自分をはげましもするのだったが、実行する気のないことは自分にもわかっていた。高等学校時代はじめて喀血の時、たった一回だけ校医に診て貰ったのだが、その後医者の門をくぐったことがないのである。肺病なぞ医者で癒るものかと、それを口実にしているのだが、しかし悪いのは肺だけではあるまい。始終息切れをするところをみると、心臓もやられているだろう。声がしわがれて来たのは、たぶん咽も犯されているためだろう。診れば立ちどころにわかるだろう。それを知るのが鈴木には怖いのだ。

「こんな体になるまでよく医者に診せずに辛抱したね。のんき過ぎるよ」

そういわれるのが耳に痛いのだ。

「とても駄目だ。もう第三期を通り越しているよ。絶対安静をして半年ももったら良い方だろう」

ききたくない言葉だ。そういうはっきりしたことをいわれると思えば、一生医者の門をくぐる気にはなれない。もし行くとすれば、大手を振って行けるぐらいの体になってからにしたい。しかし、そのようにして医者を避けているのは、つまり一歩一歩死へ近づいて行くことになるのだと、さすがの鈴木もふと思って慄然とすることがある。そんなとき慰めてくれるのは売薬だった。

ありていに言えば、鈴木は売薬に惚れている。しかし、その惚れ方は随分でたらめで浮気っぽいのだ。同じ薬を一月も続けてのんだことがないのである。一週間分なら一週間、十日分なら十日、一瓶の薬を全部のみつくしてしまうことすら極めて稀なのだ。買うときもあらかじめいちばん小さな瓶を買っておく。すぐに飽いて次の薬へ移ってしまう用意だった。

先ず新聞か雑誌の広告を読む。古風な名の薬や広告文の下手なのや、荒唐無稽に迷信じみたのは見向きもしない。また長期の服用を要すと正直に書いてあるのは敬遠する。科学的に結核菌を絶滅する威力をもっているとか、ついぞこれまできいたことのない新発見の有機物を含んでいるとか書いてあると、惹きつけられる。肺や肋膜だけでなく、どんな病気にも効くと書いてあると、一層眼が光る。この薬でおれの病気は癒るかも知れない。そう思ってそわそわしてしまう。じっと落着いていられない。が、すぐ買いに行くわけではない。序《つい》でのときにしようと思っている。その薬の名を覚えただけで、安心なのだ。町へ出て薬屋の前を通りかかったとき、はじめて想いだす。しかし、直ぐにははいらない。心の弾みがいるのだ。通り過しざまに、ちょっと店内をうかがう。ほかに客もなく、感じの良さそうな店だとわかって、やっとはいるのだ。

品切れだといわれると、瞬間絶望的な気持になる。あの薬だけが自分の病気を癒してくれるのだったがと、げっそりし、しかし他の薬屋をあたってみるという気持は咄嗟にうかんで来ない。よしんばうかんで来ても、これまで実行したためしはなかったのだ。そうですか、ありませんかとぶつぶついっている。取寄せまひょかといわれても、さあと気のない返事をしている。そうして貰ったところで、再びその薬屋へ来るかどうかはあてにならないと、さすがに自分でもわかっているからだ。結局すすめられた他の薬を買ってそこを出る。とたんに前に買おうと思っていた薬のことは忘れてしまい、いま買ったばかしの薬にまるでうつつを抜かす。そわそわと近くの喫茶店にはいって、それをのむのだった。

喫茶店にはいると、鈴木はきまって飲物に迷うのだった。いま自分はなにを飲みたいのか、はっきりしない。考えるのも面倒くさいので、結局月並に珈琲を注文してしまうのだが、あとでいつも後悔する。牛乳を注文すべきだったと思うのだ。一日に多いときは四五軒の喫茶店へはいるのだから、その都度牛乳をのめば随分滋養が摂れる勘定になるではないかと、かねがね思っているのだ。ところが、いざ注文する場合になると、それを忘れてしまい、心にもなく珈琲を注文して、うんざりしているのだ。しかし、薬屋から出た足で喫茶店へはいったときには、さすがにたまにホットレモンなぞを注文する。ホットレモンならば胃を害さないし、滋養にもなると、こんなとき鈴木はなにか嬉しい気がするのだった。そうしたちょっとした変化が鈴木の心に灯を点すのだ。薬を買ったというよろこびがその底にあるせいでもあった。

ホットレモンを啜りながら、鈴木は効能書を読む。まるで活字をなめんばかりにして、効能書の文章をたのしむのだ。簡単な効能書だとがっかりしてしまう。小冊子風の詳細な効能書だと、もうたのしくてならない。いっぺんに病気が癒ってしまったような気になり、その場で水を貰って薬をのむのがたまらなく嬉しい。むろんそれが食後にのむ薬であろうと意に介さず、三日分ぐらい一度にのんでしまう。決められた一粒ないし二粒ずつちびちびのんで行くなぞもどかしいのだ。分量もでたらめだが、回数もいい加減だし、のむ時刻だってとりとめがない。それでは効目がある筈もなく、やがてこの薬は駄目だと諦めてしまう。もう次の薬を買うているのだ。

そうやって少しの間の気休めをたのしんでいるのだが、むろん病気はよくならない。さすがに鈴木もあっと声をだしたくなるような焦躁に身を切られるのだが、しかし、あわてて新しい薬の広告文のなかへ逃げ込んでしまうと、そこで一息ついて、僅かに気をまぎらしている。そして、ずるずると不摂生な生活を続けているのだ。債鬼のように毎晩やって来るいやな咳も思えば当然ではないか……

……咳はだんだん大きくなり、いくつかの痰を押しだしてしまうと、こんどはだんだんに小さくなってしまう。じつは咳をする元気もなくなってしまうのだ。腹の筋肉がだらんとしてしまい、もう咳を押しあげる力もなくなるのである。ただ、せわしい息が小刻みに薄く続いて、無気力な呼吸困難に身を任せているばかりである。が、どうやら喀血の心配は無くなったらしいと、鈴木はほっとして、

「助かった。助かりました。助けたまえ、天理王のみこと……」

と、わけもなく呟き、

——助けず、助けたり、助く、助くる、助くれども、助けよ。

などと頭のなかで文法の活用をやっていたが、ふと、「助かる」の独逸語はなんだろうと考えたとき、ぎょっとした。わからぬのだ。こんな簡単な独逸語が思いつけぬとはおかしい。頭が変になったのではなかろうか。そう思って、ぼんやり不安な眼を天井へ向けていると、いきなり天井がすっと遠ざかってしまった。まるでとてつもない高さに天井が見えたのだ。

いったいにその部屋の天井は莫迦に高くて、部屋の狭さと奇妙な対照をなしており、鈴木にはかねがねその高さが不安定に思えて仕方がなかったのだ。ところが、いきなりその不安定な感覚が物凄い勢いで鈴木の体に向って傾斜して来た。見るほどに、その天井は高い。ふと眼をそらして、机の上の本を見た。それが急に小さく見えた。しんと妙な音を立

ったのか。

不思議なぐらい小さく見えた。眼と手との距離がどうも不安定でならない。遂に頭が変になってながら遠ざかって行くのだ。壁が引っ張って行くのだ。鈴木は自分の手をながめた。

……

鈴木は情けない表情で、暫くそのことを思案した。なぜ頭が変になったのか、その原因がわからなかった。結局医者に相談するより仕方があるまいと、その気もなく結論に達した。すると、鈴木はもうその思案を続けるのが億劫になり、落語全集を読みだした。暫くするとはっと不安な気持がする。鈴木はあわてて $(A+B)^2=A^2+2AB+B^2$ と口のなかで言ってみて、なにか安心し、また読みだした。

すぐ飽いて、鈴木は眠ることにした。もう明方近かった。

三

日が暮れて、同宿人がそれぞれの勤先から帰って来る頃、鈴木は床を這いだして町へ出て行く。帰って来るのはきまって夜更けで、昼間はひっそりと部屋に閉じこもっているのだから、ひとびとには随分あやしい生活に見えるだろうと、鈴木は同宿人の眼をおそれて、まるで眼から火を吹く想いで廊下を大股にこそこそと出て行くのだった。

誰かが無断ではいたらしく、乱暴に脱ぎ捨てられた下駄を半分足へひっ掛けて外へでると、廊下の暮色が流れ出て、薄く漂うていた。

町へ出るには池の傍の径を通り、駅から郊外電車に乗らなければならなかった。どうしてもその径を通らなくてはいけないのかと思うと、たとえ帰りの暗闇を想わないとしても、鈴木は業苦を背負ったように憂鬱になってしまうのだった。野原はいつもそこにあり、池はいつもそこにあり、校舎も住宅も位置を動かない。道の長さは変るはずもない。その荒涼たる単調さが鈴木のうらぶれた心を苛立たせるのだ。そして、なぜその道を毎日往復しなければならぬのかと思うと、一層心が重くなるのだ。全然理由が見つからぬのである。ただ早く駅へ出たい、それだけなのだ。そして急ぎ足に行くと、息切れがして道の真中で浮かぬ顔をして立ち止まっていなければならないのだ。

やっと駅へつくと、ほっとするが、駅では切符を買わねばならない。毎日買うのだから定期にすれば随分やすいし、また手間がはぶけると思うのだが、なぜかそうする気になれず、駅員室の奥で雑談しているのを窓口へ呼んで、片道の切符を買うのだった。往復の切符を買っておけば帰りの手間がはぶける筈だのに、きまって片道を買うとは自虐めいた意地みたいなものだった。鋏を入れてもらってホームに立つ。電車を待つ間の長さがやりきれないのだ。急行がその駅に停車しないことも、なにかしょんぼりした気持を起させるのだ。無意識に切符の端をちぎりながら、いらいらとホームを歩きまわる。やがて歩巾と速度が一定して来て、端から端へ機械的に行き戻りする。端まで来ると、くるりと引き戻すのだが、何度かくりかえしているうちに、なにかの拍子に引き戻すのを忘れたような錯覚が起る。惰性で前へ歩き続けてしまいそうなのだ。はっとして危く引き戻すのだが、いつかそのまま宙の上を歩いてしまいそうな気になる。あ、危いと思う。電車の音がきこえたのだ。途端に電車はホームへすべりこんで来る。

終点で降りるのだが、そのあいだ四つの駅に停る。時間にすれば十分ばかりだが、その時間を四つに区切られることが鈴木には堪えがたい。あともう三つ、二つ……と待っていると、その十分はいきなり孤独な圧迫感で迫って来るのだった……。

……その憂鬱さを想うと、にわかにあたりの暮色が鈴木の心に忍び込んで、いつも鈴木は泣き面になり、町を出て行く足がアパートの裏口ではや重くなってしまうのだった。ところが、今日はどうしたわけか、そうだ、いっぺんあの道を通ってやろうという思いつきがだしぬけに鈴木の頭に泛《うか》んだ。

鈴木がいつも通るのはアパートの裏手の野原から池へ通ずる道だったが、アパートの裏を真っ直ぐに通じているかなり広い道があり、同宿人がその道を通って帰って来ることを鈴木は知っていた。駅と正反対の方角ゆえその道から駅へ出られるとは思えず、なぜその道を帰って来るのだろうと不審だったが、もしかしたらバスかなにかの停留所があって、そこから町へ行けるのではないかと、かねがね考えていたのである。その想像が当るかどうかいっぺん試してみようと、鈴木はいつも思うのだったが、ついぞこれまで実行する気になれなかった。だから今日ふとそんな気になった鈴木はびっくりし、またその方角へひとりで歩きだした自分を見ると、おや、いつものおれとはちがうぞと、奇妙なおどろきがあった。

その道には銭湯があり、八百屋があり、理髪店があった。パン屋の陳列棚には五つ六つのパンがさびしく転っていた。「電気マッサージ」と書いた看板の上に赤い赤いガラスの軒燈があった。住宅地といえばいえるが、しかしそこには駅の附近にあるような大きい邸宅や小綺麗な住宅の一つもなかった。ひらいた窓障子から貧しい内部が覗けるような薄汚ない家が多かった。小屋には小さな植木鉢の台がつくってあったりして、なにか安心のできる風情が感じられた。魚を焼く匂いが薄暗い台所から漂って来たり、突然水道の音がきこえたりした。鈴木は思いがけない郷愁をそそられ、毎日この道を通ろうと心に決めた。

三丁行くと道は突き当った。左手は野原で塵埃の人夫らしい男が二三人集って塵埃の山を焼いていた。咳をしながら右へ折れて三間ばかり行くと、いきなりアスファルトの道が横にひらけていて、バスの停留所があった。

鈴木の勘は当っていた。そこから町へ通うバスが出るのだった。そんな道を発見した喜びがなにか膝をふるわせた。これで怖いほどの毎日の単調さから救われる。しかもアパートからたった三丁しかないのだ。鈴木は心に灯をともす思いで、バスを待った。停留所のうしろは柔術指南所だった。柔道衣を着た二人の男がしきりに投げあいをしていた。黒い帯のひょろ長い男を何度も投げ飛ばした。そのたびドスンドスンと音がした。あんな体になれば良いなと、鈴木は羨しくながめていた。

間もなくバスが来て、迂回した。鈴木は真っ先に乗って運転手の横の席に坐った。前の方が震動が少いと思ったからである。女車掌が傍に来た。

「スパゲッティ！」

鈴木はそう言った。運転手は横をむいて鈴木の顔をちらと見た。女車掌はきき直した。

「どちらまで……」

鈴木ははっと真っ赧になり、

「××まで」

と、行先を言った。なぜスパゲッティといったか不思議だった。

「間違うた、間違うた。どうかしているぞ。おかしい。どうも変だ」

鈴木はかなり大きな声で呟いた。運転手はそれを気にしているらしかった。しかし鈴木はいつもほどそれが苦にならなかった。いつもなら、こんな時鈴木はすっかり気が滅入って、重い表情に歪み切ってしまうのだが、今日は案外に平気だった。どうしたわけだろう。

バスがいくつ目かの停留所にとまったとき、ガラスを張りめぐらした、白い喫茶店が見えた。明るい光線がガラスに映えて、鳥籠も花籠もけっして薄汚なくはなかった。鈴木は、いつかここで降りて、あの喫茶店にはいって見よう、毎日の単調なコースのなかへあの喫茶店をいれようと思った。すると、妙に心愉しくなって来た。

町へつくと、鈴木はいつものようにフルーツパーラーへはいった。

「スパゲッティ!」

運ばれて来たスパゲッティのうえにトマトの煮たのがのっているのを愉しみながら、鈴木は顔を突っ込むようにして食べた。今日眼が覚めてからずっとあこがれていたのである。バスの中で思わず口にしたのも、そのことを想いつめていたためであろう。

そこを出ると、すっかり夜だった。鈴木はスパゲッティ、スパゲッティと口ずさみながら歩いた。ゲッティという力強い響が鈴木の心を愉しませた。町には絢爛たる光が白く流れて、空までが不気味に明るかった。その光が眩しく、鈴木は自然薄暗い裏通りを歩いた。裏通りから明るい光の洪水をながめると、その光のなかをぞろぞろと通る人がまるで影絵のように見えた。廻り燈籠を見るような、なつかしいながめだった。鈴木は暫く立ち止まって、それに見とれていた。そして再び明るい通りへと出て行き、赤い色の水歯磨と透明の円いシャボンを買った。その匂いが、忘れていた朝を想い出させた。鈴木の足はにわかに軽くなった。

ある町まで来ると、火事場のように人々が集まっていた。鈴木は背のびして覗いてみた。途端に、強烈な光線があたりの夜の底を照らした。真昼が泛び上った。それは異様な光景だった。鈴木は思わず、人ごみをかきわけて前へ出た。そして、真昼のなかへふらふらと出て行った。

「出たらいかん、出たら行かん！」

いきなり、呶鳴られて、鈴木ははっと立ち止まった。すると、

「止るな、歩け！　歩け！」

と、また呶鳴りつけられた。鈴木は狼狽して歩いた。

もはや、鈴木には事情は明瞭だった。夜間撮影が行われていたのだ。鈴木の傍をぞろぞろ歩いているのは、エキストラだった。鈴木はエキストラ達が演じている通行人の一人になっているのだった。自分がうつされている。そして、自分の姿がやがてスクリーンにあらわれるという、子供じみた喜びが鈴木の心を愉しくした。鈴木は胸を張り、気取った姿勢で歩いた。移動カメラが鈴木の傍を通って行った。鈴木はますます気取った。

やっとバスの終発に間に合った。柔道指南所はもう暗く寝静まっていた。野原には誰もいなかった。アパートまで三町の道は夜更けの暗さに沈んでいた。一本町の前方にかすかにアパートの灯が見えた。しかし、もうその灯は怖くなかった。さっきの出来事が鈴木の心を浮々させていた。何よりも気取りが心に甦って来たことが、鈴木にはうれしかった。まだまだおれは駄目になっていないと、鈴木は思った。それにしても今日はなんと好日であろう。町へ出る新しい道を発見したことが、よかったのだ。鈴木は水歯磨の瓶を鼻にく

っつけながら歩いた。あたりの暗闇が瓶の色に吸いこまれ、鈴木の心は明るかった。だが、鈴木はいきなりぎょっとして立ちすくんだ。どこからかヒーヒー泣き苦しむかすかな声がきこえて来たのだ。鈴木は暗がりに眼を光らせた。道端に白い仔犬が倒れているのだった。赤い血が不気味などす黒さにどろっと固まって点々と続いていた。自動車にひかれたのだなと、鈴木は胸を痛くした。

犬の声はしのび泣くように、蚊細かった。ときどきウーウーと濁った苦悶の声を出した。だらんとのびて、血まみれの腸がはみだしていた。ぴくぴくと動くたびに、ぶらんとした首がそこらじゅう這いまわるようであった。頭蓋骨が押しつぶされて、脳漿のようなものが見えた。もはやこの世のものとは思えぬ、浅ましい姿だった。これでも生きて泣いているのかと、鈴木には犬の最期のもがきがいじらしかった。残酷な死とたたかっている犬の悲しさが胸に熱く来た。

鈴木は永いあいだ感動してそれをながめていた。犬の生きている声はいつか消えようともしなかった。必死になってぴくぴくと動いていた。その不死身の強さが鈴木の胸をうった。これでもまだ生きているのだ、肺病なんかでたやすく死ぬものかと、鈴木は奇妙に興奮してじっと佇んでいた。

なにか生々とした気持が鈴木の胸を温めた。鈴木はなにを思ったか、スズキ、スズキと自分の名をよんでみた。スズキ、スズキ。スズキとはまさしく自分の姓だ。そして、自分はここに生きている。その証拠にいま自分の声がきこえている。鈴木は自分の手にさわった。なつかしい手ざわりだ。顔をなでた。髭が生えている。なにか動物的な感覚がその髭の感触のなかにある。自分の体重が、身長が、肩巾がその髭を伝って、頼もしく感じられる。かつて思いもかけなかった異様な感覚だった。おれは生きているのだと、鈴木は呟いた。ふと、明るい健康な生活への自信が湧いて来たようだった。

ふと眼をあげると、アパートの門燈のまわりに深い夜のしずけさが、じーんと音を立てて渦まいていた。やがて、鈴木はその灯のなかへ吸いこまれるように、歩いて行った。

鈴木が朝早くその道を折鞄を持って通うようになったのは、それから一年ばかり経ってからだった。どこかへ勤め出したのだろうか、背広を着て、作者の見たところなんとなく元気そうであった。

郷愁

織田作之助

夜の八時を過ぎると駅員が帰ってしまうので、改札口は真っ暗だ。大阪行のプラットホームにぽつんと一つ裸電燈を残したほか、すっかり灯を消してしまっている。いつもは点っている筈の向い側のホームの灯りも、なぜか消えていた。

駅には新吉のほかに誰もいなかった。たった一つ点された鈍い裸電燈のまわりには、夜のしずけさが暈《かさ》のように蠢いているようだった。まだ八時を少し過ぎたばかしだというのに、にわかに夜の更けた感じであった。

そのひっそりとした灯りを浴びて、新吉はちょぼんとベンチに坐り、大阪行きの電車を待っていると、ふと孤独の想いがあった。夜の底に心が沈んで行くようであった。

眼に涙がにじんでいたのは、しかし感傷ではなかった。四十時間一睡もせずに書き続けた直後の疲労がまず眼に来ているのだった。眠かった。——睡魔と闘うくらい苦しいものはない。一晩も寝ずに昼夜打《ぶ》っ通しの仕事を続けていると、もう新吉には睡眠以外の何の欲望もなかった。情欲も食欲も。富も名声も権勢もあったものではない。一分間でも早く書き上げて、近所の郵便局から送ってしまうと、そのまま蒲団の中にもぐり込んで、死んだようになって眠りたい。ただそのことだけを想い続けていた。締切を過ぎて、何度も東京の雑誌社から電報の催促を受けている原稿だったが、今日の午後三時までに近所の郵便局へ持って行けば、間に合うかも知れなかった。

「三時、三時……」

三時になれば眠れるぞと、子供をあやすように自分に言いきかせて、——しまいには、隣りの部屋の家人が何か御用ですかとはいって来たくらい、大きな声を出して呟いて、書き続けて来たのだった。

ところが、三時になってもまだ机の前に坐っていた。終りの一枚がどう書き直しても気に入らなかったのだ。

これまで新吉は書き出しの文章に苦しむことはあっても、結末のつけ方に行き詰るようなことは殆どなかった。新吉の小説はいつもちゃんと落ちがついていた。書き出しの一行が出来た途端に、頭の中では落ちが出来ていた。いや結末の落ちが泛《うか》ばぬうちは、書き出そうとしなかった。落ちがあるということは、つまりその落ちで人生が割り切れるということであろう。一葉落ちて天下の秋を知るとは古人の言だが、一行の落ちに新吉は人生を圧縮出来ると思っていた。いや、己惚れていた。そして、迷いもしなかった。現実を見る眼と、それを書く手の間にはつねに矛盾はなかったのだ。

ところが、ふとそれが出来なくなってしまったのだ。おかしいと新吉は首をひねった。落ちというのは、いわば将棋の詰手のようなものであろう。どんな詰将棋にも詰手がある筈だ。詰将棋の名人は、詰手を考える時、まず第一の王手から考えるようなことはしない。盤のどのあたりで王が詰まるかと考える。考えるというよりも、最後の詰み上った時の図型がまず直感的に泛び、そこから元へ戻って行くのである。そして最初の王手を考えるのだが、落ちが泛んでから書き出しの文章を考えるという新吉のやり方がやはりこれだった。ところが、今は勝手が違うのだ。詰み上った図型が全然泛んで来ない。書き出しの文章は案外すらすらと出て来たのだが、しかし、行き当りばったりの王手に過ぎない。いや、王手とも言えないくらいだ。これはどういうわけであろうと考えて、新吉はふと、この詰将棋の盤はいつもの四角い盤でなく、円形の盤であるためかなとも思った。実は新吉の描こうとしているのは今日の世相であった。

世相は歪んだ表情を呈しているが、新吉にとっては、世相は三角でも四角でもなかった。やはり坂道を泥まみれになって転がって行く円い玉であった。この円い玉をどこまで追って行っても、世相を捉えることは出来ない。目まぐるしい変転する世相の逃足の早さを言うのではない。現実を三角や四角と思って、その多角形の頂点に鉤をひっかけていた新吉には、もはや円形の世相はひっかける鉤を見失ってしまったのだ。多角形の辺を無数に増せば、円に近づくだろう。そう思って、新吉は世相の表面に泛んだ現象を、出来るだけ多く作品の中に投げ込んでみたのだが、多角形の辺を増せば円になるというのは、幾何学の夢に過ぎないのではなかろうか。しかし、円い玉子も切りようで四角いということもあろう。が、その切りようが新吉にはもう判らないのだ。新聞は毎日世相を描き、政治家は世相を論じ、一般民衆も世相を語っている。そして、新聞も政治家も一般民衆もその言う所はほとんど変らない。いわば世相の語り方に公式が出来ているのだ。敗戦、戦災、失業、道義心の頽廃、軍閥の横暴、政治の無能。すべて当然のことであり、誰が考えても食糧の三合配給が先決問題であるという結論に達する。三歳の童子もよくこれを知っているといいたいところである。円い玉子はこのように切るべきだと、地球が円いという事実と同じくらい明白である。しかし、この明白さに新吉は頼っておられなかったのだ。よしんば、その公式で円い玉子が四角に割り切れても、切れ端が残るではないかと考えるのだ。

新吉は世相を描こうとしたその作品の結末で、この切れ端の処理をしなければならなかった。が、三時になっても、それが出来なかった。一つには、もうすっかり頭が疲れ切っていた。考える力もなく、よろよろと迷いに迷うて行く頭が、ふと逃げ込んで行く道の彼方には、睡魔が立ちはだかっている。

新吉の心の中では火のついたような赤ん坊の泣声が聴えていた。三時になれば眠れると思ったのに、眠ることの出来ない焦躁の声であった。苦しい苦しいと駄々をこねていた。どうせ間に合わないのだから、一月のばして貰って、次号に書くことにしようと、新吉は赤い眼をこすりながら、しょんぼり考えた。しかし、新吉は今朝東京のその雑誌社へ「ゲンコウイマオクッタ」「オマチコウ」とうっかり電報を打ってしまったのだ。もう断るにしては遅すぎる。しかし間に合わない、三時を過ぎた。

編輯者の怒った顔を想像しながら、蒲団のなかにもぐり込んで、眼を閉じた途端、新吉はふと今夜中に書き上げて、大阪の中央郵便局から速達にすれば、間に合うかも知れないと思った。近所の郵便局から午後三時に送っても結局いったん中央局へ廻ってからでなければ、汽車には乗らないのだ。

そう思うと、新吉はもう寝床から這い出していた。そしてまず注射の用意をした。覚醒昂奮剤のヒロポンを打とうとしたのだ。最近まで新吉は自分で注射をすることは出来なかった。医者にして貰う時も、針は見ないで、顔をそむけていたくらいである。ところが、近頃のように仕事が忙しくて、眠る時間がすくなくなって来ると、もうヒロポンが唯一の頼りだった。夜中、疲労と睡魔が襲って来ると、以前はすぐ寝てしまったが、今は無理矢理神経を昂奮させて仕事をつづけねば、依頼された仕事の三分の一も捗らないのである。ヒロポンは不背に腹は代えられず、新吉はおそるおそる自分で注射をするようになった。ヒロポンは不思議に効いたが、心臓をわるくするのと、あとの疲労が激しいので、三日に一度も打てない。しかし、仕事のことを考えると、そうも言っておれないので、結局悪いと思い乍ら、毎日、しかも日によっては二回も三回も打つようになる。その代り、葡萄糖やヴィタミン剤も欠かさず打って、辛うじてヒロポン濫用の悪影響を緩和している。

新吉は左の腕を消毒すると、針を突き刺そうとした。ところが一昨日から続けざまにいろんな注射をして来たので、到る所の皮下に注射液の固い層が出来て、針が通らない。思い切って入れようとすると、針が折れそうに曲ってしまう。注射で痛めつけて来たその腕が、ふと不憫になるくらいだった。

新吉は左の腕は諦めて、右の腕をまくり上げた。右の腕には針の跡は殆どなかったが、その代り、使いにくい左手を使わねばならない。新吉はふと不安になったが、針が折れれば折れた時のことだと、不器用な手つきで針の先を当てた。そして顔を真赤にして唇を尖らせながら、ぐっと押し込んでいると、何か悲しくなった。こんなにまでして仕事をしなければならない自分が可哀想になった。しかし、今は仕事以外に何のたのしみがあろう。戦争中あれほど書きたかった小説が、今は思う存分書ける世の中になったと思えば、可哀想だといい乍ら、ほかの人より幸福かも知れない。よしんば、仕事の報酬が全部封鎖されるとしても、引き受けた仕事だけは約束を果さねばならないと、自虐めいた痛さを腕に感じながら、注射を終った。

書き上げたのは、夜の八時だった。落ちは遂に出来なかったが、無理矢理絞り出した落ちは「世相は遂に書きつくすことは出来ない、世相のリアリティは自分の文学のリアリティをあざ嗤っている」という逆説であった。何か情けなくて、一つの仕事を仕上げたという喜びはなかった。こんなに苦労して、これだけの作品しか書けないのか、と寂しかった。

そして、その原稿を持って、中央局へ行くために、とぼとぼと駅まで来たのだった。郵便局行きは家人にたのんで、すぐ眠ってしまいたかったが、女に頼むには余りにも物騒な時間である。それに、陣痛の苦しみを味わった原稿だと思えば、片輪に出来たとはいえ、やはりわが子のように可愛く、自分で持って行って、書留の証書を貰って来なければ、安心出来ないという気持もあった……。電車はなかなか来なかった。

新吉はベンチに腰掛けながら、栓抜き瓢箪がぶら下ったようなぽかんとした自分の姿勢を感じていた。

新吉はよく「古綿を千切って捨てたようにクタクタに疲れる」という表現を使ったが、その古綿の色は何か黄色いような気がしてならなかった。

四十時間一睡もせずに書き続けて来た荒行は、何か明治の芸道の血みどろな修業を想わせるが、そんな修業を経ても立派な芸を残す人は数える程しかいない。たいていは二流以下のまま死んで行く。自分もまたその一人かと、新吉の自嘲めいた感傷も、しかしふと遠い想いのように、放心の底をちらとよぎったに過ぎなかった。

ただ、ぼんやりと坐っていた。うとうとしていたのかも知れない。電車のはいって来た音も夢のように聴いていた。一瞬あたりが明るくなったので、はっと起ち上ろうとした。が、はいって来たのは宝塚行きの電車であった。新吉の待っているのは、大阪行きの電車だ。

がらんとしたその電車が行ってしまうと、向い側のプラットホームに人影が一つ蠢いていた。今降りたばかりの客であろう。女らしかった。そわそわとそのあたりを見廻しながら、改札口を出て暫く佇んでいたが、やがてまた引きかえして新吉の傍へ寄って来た。四十位のみすぼらしい女で、この寒いのに素足に藁草履をはいていた。げっそりと痩せて青ざめた顔に、落ちつきのない表情を泛べ乍ら、

「あのう、一寸《ちょっと》おたずねしますが、荒神口はこの駅でしょうか」

「はあ――?」

「ここは荒神口でしょうか」

「いや、清荒神です、ここは」

新吉は鈍い電燈に照らされた駅名を指さした。

「この辺に荒神口という駅はないでしょうか」

「さア、この線にはありませんね」

「そうですか」

女はまた改札口を出て行って、きょろきょろ暗がりの中を見廻していたがすぐ戻って来て、

「たしかここが荒神口だときいて来たんですけど……」

「こんなに遅く、どこかをたずねられるんですか」

「いいえ、荒神口で待っているように電報が来たんですけど……」

女は半泣きの顔で、ふところから電報を出して見せた。

「コウジン　グチヘスグ　コイ。——なるほど。差出人は判ってるんですか」

新吉が言うと、女は恥かしそうに、

「主人です」と言った。

「じゃ、荒神口に御親戚かお知り合いがあるわけですね」

「ところが、全然心当りがないんです。荒神口なんて一度も聴いたことがないんです」

「しかし、おかしいですね。荒神口に心当りがあれば、たぶんそこで待っておられるわけでしょうが、そうでないとすれば、駅で待っておられるんでしょうね。しかしスグコイといったって、この頃の電報は当てにならないし、待ち合わす時間が書いてないし、電報を受け取られたあなたが、すぐ駈けつけて行かれるにしても、荒神口というところへ着かれるのが何時になるか、全然見当がつかないでしょう。それまで駅で待っているというのは

なかなか……。せめて何時に待つと時間が書いてあれば、あれでしょうが……」

「私もおかしいなと思ったんですけど、とにかく主人が来いというのですから、子供に晩御飯を食べさせている途中でしたけど、あわてて出て来たんです」

乱れた裾をふと直していた。

「御主人だということは判ったんですね」

新吉はふと小説家らしい好奇心を起していた。

「近所の人に見て貰いましたら、これは大阪の中央局から打っているから、行って調べて貰えと教えて下すったので、中央局で調べて貰いましたら、やっぱり主人が打ったらしいんです」

「お宅は……?」

「今里です」

今里なら中央局から市電で一時間で行けるし、電報でわざわざ呼び寄せなくともと思ったが、しかし、それを訊くのは余りに立ち入ることになるので新吉は黙っていると、女は、

「――ウナで打っているんですけど、市内で七時間も掛ってますから、間に合わないと思いましたが、とにかく探して行こうと思って、いろいろ人にききましたら、荒神口という駅はないが、それならきっと清荒神だろうと言って下すったので、乗って来たんですけど

……」

ほかに荒神口という駅があるのでしょうかと、また念を押すのだった。

「さア、ないと思いますがね」

と新吉が言っているところへ、大阪行きの電車がはいって来た。

「――ここで待っておられても、恐らく無駄でしょうから……」

この電車で帰ってはどうかと、新吉はすすめたが、女は心が決らぬらしくもじもじしていた。

結局乗ったのは、新吉だけだった。動き出した電車の窓から見ると女は新吉が腰を掛けていた場所に坐って、きょとんとした眼を前方へ向けていた。夜が次第に更けて来るというのに、会える当てもなさそうな夫をそうやっていつまでも待っている積りだろうか。諦めて帰る気にもなれないのは、よほど会わねばならぬ用事があるのだろうか。それとも、来いと言う夫の命令に素直に従っているのだろうか。

電車の中では新吉の向い側に乗っていた二人の男が大声で話していた。

「旧券の時に、市電の回数券を一万冊買うた奴がいるらしい」

「へえ、巧いことを考えよったなア。一冊五円だから、五万円か。今、ちびちび売って行けば、結局五万円の新券がはいるわけだな」

「五十銭やすく売れば羽が生えて売れるよ。四円五十銭としても、四万五千円だからな」

「市電の回数券とは巧いこと考えよったな。僕は京都へ行って、手当り次第に古本を買い占めようと思ったんだよ。旧券で買い占めて置いて、新券になったら、読みもしないで、べつの古本屋へ売り飛ばすんだ」

「なるほど、一万円で買うて三割引で売っても七千円の新券がはいるわけだな」

「しかし、とてもそれだけの本は持って帰れないから、結局よしたよ。市電の回数券には気がつかなかった」

「もっとも新券、新券と珍らしがって騒いでるのも、今のうちだよ。三月もすれば、前と同じだ。新券のインフレになる」

「結局金融措置というのは人騒がせだな」

「生産が伴わねば、どんな手を打っても同じだ。しかもこんどの手は生産を一時的にせよ停めるようなものだからな。生産を伴わねば失敗におわるに極まっている。方法自体が既に生産を停めているのだからお話にならんよ」

二人はそこで愉快そうに笑った。その愉快そうな声が新吉には不思議だった。しかし、新吉はもうそんな世間話よりも、さっきの女の方に関心が傾いていた。

あんな電報を打った女の亭主は、余程無智な男に違いない。電報の打ち方をまるで知らないかと思われる。しかしまた思えば、そんな電報を打つところに、その男の何かせっぱ詰まったあわて方があるのかも知れない。そしてまた、普通の女ならさっさと帰ってしまうだろうに、いつまでも清荒神の駅に佇んでいる女の気持も、従順とか無智とかいうよりも、何か思いつめた一途さだった。

新吉の勘は、その中年の男女に情痴のにおいをふと嗅ぎつけていた。情痴といって悪ければ、彼等の夫婦関係には、電報で呼び寄せて、ぜひ話し合わねばならぬ何かが孕んでいるに違いない。子供に飯を食べさせている最中に飛び出して来たという女のあわて方は、彼等の夫婦関係がただごとでない証拠だと、新吉は独断していた。夜更けの時間のせいかも知れない。

しかし、ふと女が素足にはいていた藁草履のみじめさを想いだすと、もう新吉は世間に引き戻されて情痴のにおいはにわかに薄らいでしまった。

どうしても会わねばならないと思いつめた女の一途さに、情痴のにおいを嗅ぐのは、昨日の感覚であり、今日の世相の前にサジを投げ出してしまった新吉にその感覚がふと甦ったのは当然とはいうものの、しかし女の一途さにかぶさっている世相の暗い影から眼をそむけることはやはり不可能だった。

しかし、世相の暗さを四十時間思い続けて来た新吉にとっては、もう世相にふれることは反吐が出るくらいたまらなかった。新吉はもうその女のことを考えるのはやめて、いつかうとうとと眠っていた。

揺り動かされて、眼がさめると、梅田の終点だった。

原稿を送って再び阪急の構内へ戻って来ると、急に人影はまばらだった。さっきいた夕刊売りももういない。新吉は地下鉄の構内なら夕刊を売っているかも知れないと思い、階段を降りて行った。

阪急百貨店の地下室の入口の前まで降りて行った時、新吉はおやっと眼を瞠った。一人の浮浪者がごろりと横になっている傍に、五つ六つ位のその浮浪者の子供らしい男の子が、立膝のままちょぼんとうずくまり、きょとんとした眼を瞠いて何を見るともなく上の方を見あげていた。

そのきょとんとした眼は、自分はなぜこんな所で夜を過さねばならないのか、なぜこんなひもじい想いをしなければならないのか、なぜ夜中に眼をさましたのか、なぜこんなに寒いのか、不思議でたまらぬというような眼であった。

父親はグウグウ眠っている。その子供も一緒に眠っていたのであろう。がふと夜中に眼を覚ましてむっくり起き上った。そして、泣きもせず、その不思議でたまらぬというような眼をきょとんと瞠いて、鉛のようにじっとしているのだ。きょとんとした眼で……。

新吉は思わず足を停めて、いつまでもその子供を眺めていた。その子供と同じきょとんとした眼で……。そして、あの女と同じきょとんとした眼で……。

それはもう世相とか、暗いとか、絶望とかいうようなものではなかった。虚脱とか放心とかいうようなものでもなかった。

それは、いつどんな時代にも、どんな世相の時でも、大人にも子供にも男にも女にも、ふと覆いかぶさって来る得体の知れぬ異様な感覚であった。

人間というものが生きている限り、何の理由も原因もなく持たねばならぬ憂愁の感覚ではないだろうか。その子供の坐りかたはもう人間が坐っているとは思えず、一個の鉛が置かれているという感じであったが、しかし新吉はこの子供を見た時ほど人間が坐っているという感じを受けたことはかつて一度もなかった。

再び階段を登って行ったとき、新吉は人間への郷愁にしびれるようになっていた。そして、「世相」などという言葉は、人間が人間を忘れるために作られた便利な言葉に過ぎないと思った。なぜ人間を書こうともせずに、「世相」を書こうとしたのか。新吉ははげしい悔いを感じながら、しかしふと道が開けた明るい想いをゆすぶりながら、やがて帰りの電車に揺られていた。

一時間の後、新吉が清荒神の駅に降り立つと、さっきの女はやはりきょとんとした眼をして、化石したように動かずさっきと同じ場所に坐っていた。

家の中

島尾敏雄

そのころ夫の心は家の外にあった。昼間は大方眠っていた。眼がさめると外に出かけて行き、もし帰宅するとしたら夜中の一時とか二時とかに終電車でもどってきたが、そのまま泊ってくることも多かった。だから家の中で何が起きているのか、さっぱり分らない。家の中どころでなく、のめりこむように一箇所ばかりに気持が執着していたから、自分がどこをどう歩いたかもそのとき誰がどう自分を観察していたかにも気のつきようはない。まだ小学校まえのこどもが二人、母親に言いふくめられて、朝寝をしている父親の眼をさまさないように足音をしのばせて歩く気配、それでもにぎやかな音をたてているので妻がしのんで叱っているつきささるような声、夫の機嫌をそこねないために気を配れば配るほどよけいに生彩を失って身も魂もだんだんやせ細って行く妻の落着きを失った立ち居、それが家の中のすべてとして夫に映った。

自分のいないときの家の中の様子や、妻がひとりでいるときのその表情や又ひとりでどこかを歩いているときの身のこなしに思い及ぶこともできなかった。妻が豹のように敏捷な眼の配りで夜の町をさまよい歩き、駅のプラットフォームから線路にころげ落ちて、からだじゅううちみやかすり傷をこしらえても、想像もつかなかった。夫が家にいるときの夫に気がねしたひそひそした退屈な物音だけが妻だと思った。

一度妻が買物をしているすがたを遠くから見たことがある。夫ははじめその女が自分の妻であることを疑ったほどだ。その女は暗い険悪な顔付をし、みけんに不吉なたて皺をよせ、幽鬼のように人ごみの中を歩いてきた。ぼろの買物かごをさげ下駄をはいたそのからだは、ワンピースに包まれた骸骨だけのように見えた。その日も夫が家を出かけるときに彼女がこう言ったにちがいなかった。「あなた早く帰ってきてちょうだい。泊ってこないでね。おそくてもいいから帰ってきてね。真夜中がおそろしくておそろしくてたまらないの」

すると夫はせつなそうにこう返事して、妻のひとみをふりもぎって出かけて行ったはずだ。「うん、早く帰るよ。いやおそくなるかも分らない。泊らないつもりだけど泊るようになるかも分らない。心配しなくていいんだよ。どっちにしても、早く寝ていてほしいな」

だが夫は不首尾で早く帰ってきて、そして家の近くの人ごみの中に妻のすがたをみとめたのだ。夫は妻に遠くから笑いかけようとして思わず寒気を覚え、口をつぐんで人のかげにかくれた。それは生きている人の顔ではない。夫はそんな暗い妻の素顔を見たことがない。夫は妻の表情のすべてをあきあきするほど知り尽していると思っていた。しかしそのときの妻の顔は夫の全く知らないものであった。そのとき夫はからだのがらんどうの底から、「彼女をそんなに醜くしたのは、つまりおまえなのだ」とつぶやいている暗い腹話の声をきいたと思った。

夫は思いとどまるべきであったが、そうしないで、同じ日の上に同じ日を重ねた。夫は家にいるときよりよそにいるときの方が多かった。

猫の玉はそれらの日のいつか、家の中にまぎれこんできたまま居ついた。

或る日、陽が高くなってからやっと眼覚めた夫に妻はこう言った。

「あなた。おこらないで下さいね。おこるかしら。おねがいだからおこらないでね。だってあんまり、こどもたちがむちゅうになって喜ぶものだから、ついかわいそうになって

……」

「何のことだい、早く結論を言ってくれ」

夫はすぐ不機嫌になり、こういう調子の返事をする。

「あのねえ、昨日ね、見たことのない猫がうちにはいってきたの」

「それで」

「うちで飼うことにしたわ。いいかしら」

夫は自分にこどもが二人もできる年配になるまで、家の中に家畜を飼った経験がない。理屈をぬきにして、けだものが自分のまわりで共に寝起きして動き廻っている気味の悪さは想像を越えた。

しかし、夫はその猫を飼うことに同意した。

夫はまさか末すぼまりの暗い生活をそのままいつまでも続けて行けるとは思えない。どんな形でくるか分らないとしても、遂には破局のやってくることをおそれていたはずだ。しかし夫は外の異常さの恍惚にとらわれ、家の中は灰色にぬりこめられた死ぬほど退屈な場所としてしか感じられなかった。だからどんなささいな波紋もそれを歓迎したいと思えた。もし不愉快なけだものが家の中にその居場所を持って横着に歩き廻るとしたら、そのために気持をざらざら逆なでされることでむしろ、夫の暗い生活が変ったかたちで承認してもらえるようなへんてこな気持のあやがあった。家の中から自分がおし出されて行くその過程を、がまんしながら留保して見ているたのしみ。おし出されて行くと考えたことは、思わず心の奥底の願望が顔をのぞけたようなものだ。どんな恥しらずな考えにも夫は抵抗がなかった。妻の友だちがアメリカの男をつれて泊りにきたときの気持の動きもそれに似ていた。

そのアメリカ人はアンチオーダークリームを強くにおわせて、私の妻のために、落ちていた床の間の根太を修繕し、台所に棚を打ちつけ、台所裏の路地で七輪の火をうちわでたきつけてくれた。夫はそのうちのどれ一つ、妻に手助けしてやったものはない。根太が落ちてもひと月でもふた月でもそのままにして置いた。その方が自分の心に似つかわしいと思えた。

その晩も夫は終電車で疲れ果てた形骸を自分の家の玄関のうちに運びこんだ。嗅ぎなれぬすっぱいにおいが、たたきのところまでただよっていた。

部屋らしいものはふた間しかないその一つを妻は夫の仕事部屋にあて、こどもは言うまでもなく彼女自身も掃除のためのほかはそこにはいらないように気遣っていたほどだから、あとの六畳のひとまだけに、妻の友だちもアメリカ人もいっしょに寝るほかはない。その妻の友だちは顔を男の胸のところにおしつけて眠りこけ、こどもら二人も、まんなかの場所を横着に占領しながら、寝ぞうの悪い恰好をしていた。そして妻だけが、力弱く押入れぎわにおしやられて、ぼろきれのように小さく孤独なすがたで寝ていた。

夫はまず自分の家かどうかを疑ったほど、ふだんではない、あからさまな内部が、狭い部屋の中に展開されそして異様な交響をかなでていた。

おかしなことにそれを不快だと思いながら、同時に夫は平手打ちを食ってかえって敵意がわいてくる張合いを感じた。いつもは六畳のまに、こどもと妻の三つの大小のふとんだけが敷かれ、夫は仕事部屋のすみのベッドで別々に寝たが、その夜夫は妻のそばに行った。妻は眠ってはいない。しかしからだを固くして泣いていたようであった。夫に起こされて眼がさめたばかりのふうを装い、あなたは疲れているから早くおやすみなさい、と言った。小声でそう言いながら、妻はかすかに笑ったようにも見えた。仕方なく笑うときのそれに似ていた。しばらくは私は妻のそのことわりが分らずに醜いひとりがてんをしたが、やがてはじらいととまどいの怒りで顔が赤くなった。そのときでも夫は自分の孤独だけをかみしめることにいそがしく、妻はまだ知っていないと思い、その気持を考えてみるゆとりはない。妻にもし悲しみがあれば、それはそこのところに、ただ横になって在るだけだとでも思っていたみたいだ。

でもその夜、夫は足もとの砂が少しくずれた気がした。だから又猫の玉を拒否することもできない。

妻は夫の外での行為はすべて知っている。そのとき筋肉をゆるめて笑う頬の皺まで知っていた。あの人はあたしやこどもの前であんなにうれしそうに笑ったことがあるだろうかと考えたものだ。けれども夫にもそんな瞬間があるのだと思うと、へんな安心があって眼がしらがあつくなった。

夫の行為を知り尽そうとする真夜中の彼女はむしろ冴え冴えとして美しいがそれを夫は見ることができない。魂が脱けて家に戻ってくる夫には、いつもの煩わしい日常の家事の中に舞戻った妻の、夫の眼の配りやせきばらいにまで気を病むおどおどしたすがただけが映った。

猫が何の前ぶれもなくひとの家の中にはいってくるものかどうか分らないが、玉がそのように夫に紹介されたあとさきについては、そこのところに余分な紙がはさまってその部分だけ印刷がぬけ落ちているぐあいに、ところどころちらついていてはっきりとしない。家の中の記憶に脱落が多く、どんなふうにして玉がきたのかあやふやだ。

幼い二人のこどもは妻といっしょに玉の出現を大喜びした。おさえられていた泉がふきあがるぐあいに、無邪気な残酷さをわきたたせて喧騒をこしらえるふうだ。こどもらは顫動しながら本来の自由の方に白い手をさしのべて行く。夫はそれに強く心をひかれながら、刺戟が強すぎて堪えられない。

夫の黒い願望は、妻の気遣いを通してすぐ家の中を覆ってしまう。親たちの肉ばなれしたあいだに、こどもらは死のにおいをかぎつけ、その傷口を食いちらかすようだ。

或る朝の食事どき、夫は妻やこどもの食膳に加わった。そんなことはめったになかったから、妻は喜びをかくさずにいそいそしていたが、そのおだやかさの中には却って苛酷な危機がひそんでいる。

むきだしのままの羞恥が、ちゃぶ台の上の食器のあいだをさまよい、沈黙がちにみそ汁をすすっている父を観察していた六つになる上の男の子がぽつりと言ったのだ。

「おとうさんは鬼みたいだ」

夫は不意をつかれ、こどもを見た。彼は奇態な動物か何かを眺める眼付で父親を見ていた。

夫はあわてて冗談でまぎらそうと思い、

「そうかい、おとうさんは鬼に似ているかい。青鬼かい、それとも赤鬼かい」

と言いながら笑いかけたが、こどもは表情を変えない。そしてもう一度はっきり言う。

「うん、鬼そっくりだ」

すると夫はむごたらしい気持がわいてきて、顔面から血の気がひき、青ざめて行くのが分る。

「そうか、鬼そっくりか。じゃ、もっと鬼みたいになってやろう」

そう言い、指でつのをつくって両方のこめかみのところにあて、口をあけてア、ア、ア、アーと夜叉の顔付をすると、からだの中の醜悪なものまでみんないっぺんに顔にふきあがって、寒気がしてきた。そんな悪ふざけはすぐやめるつもりなのに、指がこめかみにくっついてやめられない。

こどもはしかし声をあげずに、黙ってその父親を見ていた、それは、ふともらしたひとことが、おとなの精神を刺し殺した事態の予感にショックを受けたすがたのようにも思われ、しかし又冷たく父親の空虚を凝視しているふうでもあった。夫はいったん青ざめた血が逆にぐんぐんのぼってきて、本気で憎悪がわいた。

こどもらの玉のかわいがり方は度を越した。それはかわいがるというより、いじり廻すと言った方がいい。一匹の猫を二人のこどもが奪い合い、奪いとった方は喊声《かんせい》をあげて家の中を走り廻った。耳をひっぱり、首をしめつけたりしたあげく襟巻のようにかつぎ歩いたあとでは、小さな帽子の中におしこめようとした。玉、玉、と追いかけたが、でも厭きるとどこにでもほうりなげて外に遊びに行った。猫の鋭い爪もこどもには用をなさないみたいだ。実際はあちこちにひっかき傷をこしらえたが、そのときひと声泣き声をたてるだけで、すぐ又猫に向って行って、こりる様子もない。

つまるところ家の中には珍しいひとつの充実したにぎやかさが、玉によってもたらされたことになった。夫にとっても陰湿な緊張の緩和があった。でもじりじりと陣地を後退させられて行く困惑にもとらわれた。

家の中には、いたるところ玉の脱毛が浮遊するようになった。猫がそんなに毛がぬけるものかどうか。もしかしたら玉はたちの悪い病気を持っているのではないか。どこから来たか分らないのだから、以前の飼主の家がどんなふうか分るわけはない。そこの空白のところが夫を悪く刺戟した。玉に対し夫はどことなく警戒し、なじめなかったのに、こどもらが疑いもなく没入できることが、むしろうらやましい。けれどそれはもしかしたらこどもらの父への限りない不満のあらわれではないか。

仕事部屋にはいってくるときは、こどもも玉も同じように扱われる。

「だめだめ、はいってきちゃ。おとうさんは、お、し、ご、と。向うに行っていなさい」

こどもは禁止をすぐ忘れて父の叱責にあうが、叱られると忘れたことを恥じ、しかし又すぐ忘れてはいってきていたのに、やがて次第に近づかなくなる。父の部屋に反射的な恐怖を持ちはじめたようであった。玉までがそうなのが夫にこたえた。しかし夫はその禁止をゆるめる気持が生れてこない。だからこどもも猫も向う側に離れて、夫の癇を遠巻きにして眺めた。それは飼いならされたとばかり言えない、気になる従順さがあった。こどもらの受容力の限界をこえて圧えつけている気もする。

夫は自分がいらいらしだすと、玉の側に行ってしまうのはこどもらだけでないことにやがて気がつく。

妻がやはりそうなのだ。思いなしか、玉が来てから妻がかすかながら、いきおいが出てきた。夫はふき出る感情をむきだしのまま妻におしつけていたことになるが、すると妻はおびえ、そのおびえの表情の美しさは夫をゆりかごの中のあかごにしてしまった。妻の悪意を少しも感じないのに夫は萌えでてくる善意の芽をふみにじるようなことばかりする。

なぜそうだったのだろう。妻がおびえて涙を流し、いつも彼女がきれいにみがきあげておく夫の靴にとりすがって訴えても、もぎはなして外に出て行った。

「見送らないでほしいな。見送りされるのが、いちばん疲れる」

そんなことばを残して夫は出て行く。

でも妻は二人のこどもを駅の改札口の柵の上にのせ、今にも泣き出しそうな笑顔をつくって、電車が見えなくなるまではいつまでも手をふった。

「行ってらっしゃい」

こどもにそう言わせ、もう帰ってこない人を送り出すふうに夫を見つめている。妻はすっかり知っていた。夫がどんな奇妙な場所に落ちこんでいたかを。

電車の中で目的の場所にからだを運ぼうとしている夫は、妻とこどもら三人の、改札口のそばの恰好が眼に残って、うしろがみをぐいとひっぱりつけられる。どこかで何かがまちがった。もう見えなくなったと思ったとき、なお窓ガラスを通して、三人の方を見ていた夫の眼の中で、笑っていた妻の顔が急にかげりを帯びて暗い表情になる。それは果して眼に見えたかどうかあやふやだが、かげになった妻の顔が、わだちの音にのってどこまでもついてくる。又してもあの表情には死のにおいがすると思いはじめ、それを又あわてて打ち消す。

夫を送ったあとの妻の心は沙漠だ。家事のたえまのないくりかえしと、こどもらの手のやける世話は、世にある限り打ちよせる波打際でのはかなさを思い起し砂をかむような味気なさだ。

自分たちの生活はどうやら破滅の方に向っていることは感ずるが、かんじんの夫がその原因をつくることに没入しているのでは誰に相談できることでもない。夫の行先も相手の女もつきとめてしまった。その素性もはっきりしらべた。かかわっている男は夫だけではない。それらのことがすっかり分って、もつれをほどこうとすると、さてそこから一歩も先に出られないことがおそろしい。やがて夫は周囲に追いつめられて死ぬかも分らないという考えが、ときどき日の影がさすように襲ってくる。それは彼女を気が狂いそうにさせる。それを思うと頭が大きくふやけてしまう。夫が死んだあとの生活をどんなに考えてみてもかたちになっては現われてこない。それは背骨をぬきとられるほどの空しさがあった。そのくらいなら今のままがいい。今がどんなにつらくても夫が死んだあとよりはいい。でもそれは夫がたとえば今のままで状態を停止させたとしての仮定だ。おそらくそれはのぞめない。夫はどんどん底の方におりて行く。そのせいかこの頃の傾きぐあいには不気味な速度が加わった。それをどうしてとどめよう。あたしにはそれをとめることはできない。できない！　できない！　と思い重ねると、どうしても誘惑的な結末に導かれて行った。

ひょっとすると私さえ死んでしまえばすべてがうまく解決するのではないか。
妻はそれを何度か試みようとした。二人のこどもの手をひき、ぼんやりしたふりをして降ろされている遮断機をくぐったこともあった。又終電車が行き過ぎたあとの線路に横たわって貨物列車の来るのを待ったこともある。しかしどの場合も、きわどいところで生の側に留まった。

妻はやがてどんな小さな物音にも飛び上るほど驚くようになった。心臓が急に早鐘を打ちはじめるかと思うと又突然鼓動をとめて息をおしつめてきた。夫の不在の夜は彼女は一睡もしないだけでなく、不安にいたたまれなくなって放水路の方にやみくもに走ったりした。夫の歩くところの町々のたたずまい、その家のこまかなところまでひとつひとつはっきり浮び上り、夫が破顔している恰好がこわいほど濃く見えた。それでも終電車までは落着けずに何度も駅まで行ってみた。酔った人も沢山交えて降りるだけの人を降ろして寒々とドアをしめた車輛が、自分の眼の前を通り過ぎて行ったあと、えたいの知れないどうもうな力がつきあがってきた妻は、思わずけだもののようにほえると手放しで泣き出したことがあった。早く誰かに追いつかなければと思いながら下半身の自由がきかず、這いずり廻っているうちに、プラットフォームから落ちた。線路にしたたか腰を打って這うこともできない。駅員が二人ばかりあわてて走ってくるのが見えた。彼女にはその制服をつけた駅員が、自分には再び訪れてきそうもない平和な日常の顔付に見えた。助け起こされるとき、汗くさいにんげんのにおいがした。それは遠くはるかな忘れものを思い出すことを強いた。あたしは長いあいだにんげんらしい扱いがされなかったと思った。あたしはその上、内職の造花づくりをして指先が色紅で真赤にそまっている。おふろばで鏡に写るとまるで幽鬼のようだ。ひとまえに指先を出すのがはずかしい。今では玉だけがなぐさめだ。こどもはすでに、ひとりずつにんげんのおとなのすがたに似てきている。彼女の悲しみがふき出てくるとき、こどもらは嵐を感づく小鳥たちのように、ざわめきだすが、遠巻きにしているだけで、ずっと気持のうちがわにまではいってこない。こどもらは世話がやけるだけで、木偶《でく》を見ているときの非情な気持の通らなさがある。それを感ずると彼女は絶望した。左にゆらぎ、右にそよぐ、頭でっかちの人形に向っているようだ。玉が迷いこんできて、こどもらが、なくし物をとり戻した気易さで追いかけ廻すすがたを見たとき、咄嗟に彼女は、もし居着くものならこの猫を飼ってみようと思った。そのとき鼠の跳梁のことばかり考えたわけではない。夫が帰らない夜の鼠の騒々しさは癇をいたぶられる不快な毒々しい悪意のかたまりと変りなく、この猫が或いはその鼠どもを食い殺してくれることを思わないではなかったが、それより、がらんどうになってしまった空虚な心の中に、やわらかくはいりこんで充たしてくれるものがやってきたのではないかという期待の方が強かった。果してこの音もなくしのびよってくるけだものは、涸れきった心のどこかを、そっと覆ってくれるようなところがあった。玉がそばにきてからだをすりよせると、なぐさめが湧き、自分の守護の化身じゃないかと思えた。忍従！　とつぶやいてみて、それを理解してくれるのは玉だけだ。玉は忍従にふさわしく、おそらくうちにやってくる前の受苦を、孤独な沈黙で忍んでいる。きっとひどい仕打ちを受けたのにちがいない。たしかにうちに来る前のところで何かがあったのだ。だからそこを出て、さまよい歩いた末にうちにやってきた。玉の悲しげなそぶりがそれを示している。あたしがその傷心をいやしてやろう。よく見るとやせこけたからだには、かさもできていて、毛も脱けた。だから軟膏をぬったり、ブラシをかけたりした。縁側のひなたに坐ってのみもとった。玉はされるままになっている。肢をいくらかへんなぐあいに動かしてもじっとしていた。あんまりおかしい恰好で思わず笑いだし、あらためて長いあいだ笑いも忘れていた自分に気づく。

玉はのぞき見て知っているぐあいに、彼女の心の裏側にぴたりとより添ってくるようなところがあった。彼女はこどもらにとかしたミルクを玉にも分けてのませた。いつでも、玉、玉と声をかけさえすればどこからかすぐ出てきた。そして軽くどんとそのからだを彼女にぶつけてから頭をすりよせた。多分飢えているにちがいないのに、すりよせた顔で彼女を見上げ、二声三声鳴いてからでないと、食べ物の方にはよって行かない。妻におしやられてやっと、あてがわれたお椀に向った。

まるで彼女のためにこまかく気を配っているふうだが、そうかといって、にんげんに向うような気持の負担を感じないですむ。うるさくなっておしやれば、黙って離れて根にもつこともない。

真夜中に騒いだときはひどく疲れ果て、昼間どうしてもうたた寝しないではいられないが、そうすると玉もそっとそばにやってきて、肢をなげ出して眠った。ときにはその頭を彼女のくるぶしのあたりにのせながら。

しかし夫のほうはなかなか玉に馴れることができない。

玉は何を考えているのか分らないし、つまり小型の猛獣と変りない。今はじっとしているが、もしその気になればいつでも本性を現わすだろう。どうもうな牙と爪がそれを証拠立てている。

にんげんがいつごろから猫を飼いならしたのかは分らないが、飼いならせると思っているのは、にんげんの誤解だ。状況は甚だ危険だ。猫が野性に立ち戻って爪を立て牙をむかないことを誰も保証できない。もしそのときがきたらにんげんなどひとたまりもない。ひとはそのことにどうして気がつかないのか。夫は妻やこどもが気をゆるして玉に接近していることが理解できない。かれらには夫があずかることのできない黙契があるのだろうか。ためしに夫が玉に近よれば、ふみつけたり、爪でひっかかれたりするのがおちだ。玉も夫だけはなれ合えない様子だ。

でも玉が来てから家の中の眼に見えない病的な緊張が緩和された。いつも夫の方を闇の中からうかがっている危険な気配がうすれた。それは夫には都合がいい。少しだけ気が軽くなったが、でもそのため自分の居場所を少しずらせて何かに譲ってしまったようで不気味な気持だ。

玉が何を考えているか分らないが、おそらく何もかも知っていよう。玉がどこか外から帰ってきて家の中にはいろうとするときのすがたは、夫を強く惹きつける。それは夫が家から出て行こうとしているか又は帰ってきたときだ。玉はいったいどこに行ってくるのか。ひどく疲れた様子で路地を横切りながら、ちらと夫の方に眼をくれる。がすぐ又眼をそらして、塀の下をくぐりぬけ家の中にはいって行く。夫は玉のその一瞥をいやな気持で受ける。すべてを知っているのに、そしらぬ振りをしているにちがいない。夫は発熱のときのまやかしみたいに自分の家が遠くに小さく駈けあししてすざってしまう気持に襲われる。玉はもしかしたらこの家を観察しにきた何かではないか。家の中にはいりこんで、根太の腐蝕のところまで見極めてからその本性を顕現させるつもりではないのか。しかも玉はそのためにどんな小さな策略も使おうとしないで、ただ受けていることを続ける方法をとっている。それはいちばん夫にこたえる。でも玉も外では何をしてくるか知れたものではないのに、妻はなぜそれに気づかないのか。玉は夫と同じではないか。そのくせ夫は玉から、うすぎたなさの感情を拭いとることができない。玉はきっと悪疾持ちにちがいない。でなければあんなに脱毛するわけはない。

妻のからだはいよいよ弱ってきた。そして不可解な発作に襲われるようになり、それは一定の期間を置いて巡ってくるようであった。はじめ急激な腹痛を感ずる。どんな姿勢をとってもいたたまれず、部屋の中をのたうちまわるより仕方がない。でもそれはやがて鎮まり、その次に心臓がつまって呼吸ができなくなる。すぐに死んでしまいそうに思う。やがてそれも少しずつ楽になると、最後に頭がみるみるふくれあがって、何も考えられなくなる。しめった綿のようなものがいっぱいつまってきて、頭に鉄の輪のたががはまり、それが次第に頭をしめつけてくる。耳のすぐそばで鉄板が乱打されてまるで頭は割れそうだ。あたしはもう駄目。誰か来て救けてほしい。誰かというのは夫なのだ。すぐ飛んできてこの鉄のたがをはずしてほしい。それなのに夫は救けに来ない。頭はどんどんふくれあがって巨大な鉄なべになる。その鉄なべにこの世もろともひしがれてしまいそうだ。地獄はきっとこんなふうだ。

その発作はたいてい真夜中にやってきた。しかしそれが昼間に絶対起こらないとは保証できない。夫のいるときにはこの発作を起こしたくないと妻は思った。しかしだんだん発作は頻繁になってきた。いつ昼間に移行するかも分らないと思うと気が気ではない。真夜中であれば自分だけががまんしていれば、発作の襲撃はどうにか過ぎ去ってくれる。しかし昼間やってくるようになったらどうしよう。

発作のあとではきまって彼女のからだのあちこちに、ひっかき傷や青なじになったうちみの箇所を発見した。どこにどうぶつけてそうなったのか少しも覚えがない。きっと発作の最中に行儀の悪いあばれ方をするにちがいない。

その傷が額に出ていたとき夫が不審げにきいたことがあった。

「あたしはぼんやりだから、気がつかないで、しょっちゅうどこかにぶっつけているのね」

妻はそう言って、ひざのあたりをまくってみせた。そこにも二、三箇所、青黒く血がとどこおっている場所があった。

しかし、或る日、とうとう昼にその発作がきた。

妻に発作が起こったとき、夫はちょうど仕事部屋にいた。自分の家にいても気持はそこにはない。自分は苦悩の締め木にかけられていると思いこんでいるからひどく憂鬱だ。世界は型のままで淀みきっているとしか考えられない。まわりの風景は造花のようだ。造花だからいつまでも腐ることはない。いつまでもということを考えると悪い酔いにおそわれる。固くごつごつした「永遠の堅牢」のあいだにおしはさまれて傷つき腐蝕しやすい自分が悪臭をはなっているなどと思った。自分を悪く考えることが一つの処方のようにも思う。自分は鬼かも知れない。しかしこんなひよわな鬼。刹那の感覚の刺戟を無理につなぎ合わせてつくろっているような鬼。妄想のあいだで又してもひょいと外の方に出て行きたくなる。その無意味なばらばらの想念のあいだを縫うように何かにぶいうめきがふと耳についたように思う。耳ではきいているのにしばらくはそれと気がつかない。そして又そのうめきの音は自分の想念への葬送歌にふさわしいなどと思っている。でもそのうたはどこか気持をいらいらさせるところのあることに気づく。やっと夫は首を持ちあげてその音の出どころをたしかめたい気持になる。おや玉の鳴声がからみついた。誰かが苦しんでいる。夫は立ちあがって六畳のまのあいだの襖をあけた。妻がすみっこのたんすの下のところで地虫のようにくぐまってうなっていた。夫は用心しながら近づく。玉が首をのばし、においを嗅ぐような恰好で鳴いていた。つっ立ったまま夫は、

「どうしたんだ」

と言う。返事はなかった。そして低くうなりつづけた。頑固に抵抗している感じがあった。夫は腰をかがめ妻の顔をのぞきこんだ。眼をかたくとじみけんに皺をよせていた。こどもくさい顔付に見えた。

「どうしたの」

それでも返事がないので、肩をゆさぶってみた。手応えなくぐらぐらゆれた。うっすら体臭がただよった。

夫は途方にくれた。医者を呼ばなければとも考えた。しかし差当って今自分が施さなければならないことがあるのではないか。しかしそれがどんなことか考えつかない。こどもは二人共遊びに出て家に居ない。夫は妻の名前を呼んでみた。そっとうす眼をあけて夫を見たと思った。それは夫の態度をうかがっているようなところがあった。ふと仮病じゃないかという気になり、どこかほっとなってするするとのどから言葉が出て来た。「そんなにしていちゃだめだ。ちゃんとふとんをしきなさい。どんなふうに痛いの、どこが痛いの。ふとんを出してやろうか」

そう言いながら自分の声が猫撫声にきこえる。その声もしゃがんでいる中腰の恰好も欺瞞のかたまりに思える。

「何でもないの、ただちょっとおなかが痛くなったのよ。何でもないの。あなたはお仕事をして下さい」

妻がやっと返事をした。ふだんの口がきける程度の痛みだと思って気がゆるむとすぐ、ここが痛むからおさえてとどうして言わないのだと不満になる。

「でもそんなふうに畳にじかに寝ていてはからだに悪いんじゃないかな。どうしておなかなど痛くなったのだろう。何か悪いものでも食べたのかい」

ぐちっぽいこの口調は消せないものかと思いながら、中腰の恰好を変えないでそんなことを言う。夫が来たら、玉はいつのまにかいなくなった。

「だいじょうぶです。もうおさまりました。持病なんです。そうっとしているとおさまります。あなたは仕事をして下さい」

「持病？　って、いつそんな持病ができたの」

「もうだいぶ前からです」

自分のあずかり知らないことが又一つある、とぎくりとして、

「そんならそうとぼくにひとこと言っておかなくちゃ」

と夫はかさにかかって言う。今それを言うべきではないと思っても、ことばは意地悪く口からすべり出てくる。

「だって、あなたは家に居ないときが多いのに……」と妻は気色だって言いかけたが、途中で言葉をにごして、眉根をきつくし、

「もういいのよ、もう直りました。あなたはあっちで自分のお仕事をして下さい」

語気の強さに思わず腰を浮かせた夫は妻のそばをはなれた。

いつもとちがって、腹痛だけで発作は消えたことを妻は知ってほっとした。しかし夫はあたしの苦痛に何を手伝ったというのか。そばに来ていやみを言っただけだ。玉はあたしをはげましてくれた。いちばん痛みのひどかったときに、そのからだをあたしにすりつけてその苦痛を分け合った。しかしその印象は妻には寂しい。

玉の脱毛はだんだんひどくなり、からだは一層やせこけた。目のそばにうすぎたないかさが広がったので、妻は軟膏を買ってきてぬりつけた。食べる分量もだんだん減ってきて、やがて何をやっても見向きもしなくなった。そうなってもよろけながら外には出て行った。ついて行ってみたことはないから、どこに行くのか分らない。どこかに玉のための竜宮のような場所があるのだろうか。しかし行くときと同じようにふらつきながら戻ってきて家に寝た。で、思いあぐねて犬猫病院につれて行った。こども二人も大喜びでついてきたが、にんげんにするようにロジノンとビタミンの注射をしてもらっただけだ。「猫の病気は直りにくいですよ。ただ病状の進行をしばらくとどめるだけです」からかうような口調でその獣医は言った。「ひどく衰弱していますな」

妻は自分が言われたときときちがえたほどだ。医者はじろじろ彼女の顔やからだを見た。髪も落着いてくしけずることをしなくなってから久しい。できるなら玉のいのちをとりとめたい。それは自分の運命とも重なっている。玉が再び元気をとり戻すなら、自分たちの生活もきっと打開される。しかしもしだめなら、あたしたちもだめだ。玉のことなら獣医より自分の方がもっとよく知っている。ビタミンをつづけて打てば玉は回復のきっかけをきっとつかむ。あとは自分が直してみせる。でも治療代の額をきいてびっくりした。思わず顔色が変ったのが、自分でもいやだった。猫は保険がきかないので生のままの治療代で六百円もとられた。夫にそのことを言ったが黙っていた。結局家の中のことは全部自分でするより方法がない。そのあと二、三日はいくらか元気が出たようだった。食事も少しだけだが食べる気持が出ていた。しかしすぐ又見向かなくなった。色々工夫して目先の変ったものをこしらえたがだめだ。外にも出て行かなくなった。茶だんすの横でうずくまったまま昼も夜も死んだように眠った。外に出て行っても構わないから元気になればいい。玉の病気を直そうと夢中になっている自分がいじらしい。しばらく発作も忘れたようにひっこんでいた。でも玉は又もとの悪い状態に戻った。絶食が二、三日続いたあと、そのままではどうしても死んでしまうと思ったので、彼女はミルクをとかして、こどもらが赤ん坊のとき使った乳飲瓶に入れた。無理につかまえて口をあけにかかった。牙をしっかりかみ合わせているところは中風にかかった出歯のとしよりだとちらと思った。玉はあけさせまいとしてもがいた。さすがにひとりでは持ちきれなくて、男の子の名前を呼んだ。門のあたりで遊んでいたこどもはすぐとんで来た。下の女の子もくっついてきた。

「おかあさん、何をするの」

玉をつかまえている母親を見てこどもは好奇の眼を光らせた。

「玉にミルクをのませるのよ。坊や、しっかり下の肢をつかまえててちょうだい。あばれるとのませられないから」

こどもは馴れた手つきで肢をおさえた。

妻は自分も前肢をしっかりつかみ瓶の口でこじあけるようにしてミルクをおしこんでやった。一口のんでじっとしていたので、もっとのませようとすると、今度はもがこうとした。しかしどこやら力なく、二人はむごい手術を施すような頼りない気持になった。

「おかあさん、もうやめたら」

こどもが首筋に汗をかいてひるんだように言った。

「もうすこし、もうすこし」

そう言ってなおも無理に飲ませようとすると、玉はひとゆすりからだを強くふるわせたかと思うと、二人の手をもぎはなして跳び出した。それはおさえようもなく咄嗟のことに思えた。その勢はそのまま、元気なときの玉のように廊下の方にかけ出して行きそうだったのに、畳の上を三、四歩よろよろ歩くか歩かないうちに、ばったり、倒れた。まるでたてかけて置いた書物でも倒れるようだった。こどもはこわごわのぞいてみたが、玉の眼は異様に見ひらかれたままだ。それはこどもが見ても死のにおいがした。こどもは、わーっと泣き出した。

「玉が死んじゃった、玉が死んじゃった」

そう叫ぶと玉の死骸を抱きあげて頬ずりし、小さな胸にきつく抱きしめて部屋中を歩き廻った。こどもの眼から涙がうそのようにぼろぼろ出た。下の女の子は今にも泣き出しそうに口のあたりにべそをかいて、兄の泣くのをこわごわ見ていた。それは兄にならって泣かなければいけないと心配しているようにも見えた。妻は、もう終ってしまったのだと思った。それは玉のことばかりではない。今の瞬間まで玉に夢中になっていたことが遠いことになった。

「坊や、もうそんなに泣かなくてもいいのよ。玉は死んじゃったわねえ、可哀そうにねえ。でもちゃんとお墓をこしらえてあげましょうね。さあ、もういつまでもそんなに玉を抱いていちゃいけませんよ。おかあさんにお手伝いしてお墓を掘りましょうね」

こどもは泣きじゃくりながら玉を畳の上に置いた。そして二人は庭のいちじくの木の根っこに小さな穴を掘った。さて玉を埋けようとして死骸のところに戻ってくると、そのからだから小さな褐色の虫がぞろぞろ畳のほうにはい出しているのを見た。気味悪く思い眼を近づけるとそれはのみだ。びっくりするほど無数ののみが、玉の死んだからだを離れてどこかに移って行こうとしていた。

その夜も夫は終電車で帰ってきた。深夜の都会の町の中を走る高架線の終電車は、無数にきらめく燈火の海を右にゆれ左にゆれて航海する快走艇のようだ。車内には乗客は少なく快楽の余贏のなかで孤独が味わえると思っている。しかし電車が大川や放水路の鉄橋を越えて家のある町のほうに近づくと不安なときめきが波長を高めてくる。家の中が今のままでいつまでも無事だとは思えなくなった。だがまさか今日じゃない、と自分をごまかして家をあける。それは物理的な行き足に過ぎないから、時と場所をうばうのでなければ、坐礁でもしない限りとどめることはできない。家を離れ、弧を画いて遊渉してきた夫は家にはいる操作が無性におそろしい。プラットフォームに降り、跨線橋を越え、改札口を通り、駅前の広場に出て、大通りを横切り、路地に切れてから三、四度かどを曲ると、自分の足おとが月夜の砂浜を歩くような音をたててきて、そこに闇の中で家の塀がほの白く続いているのが見える。夫は門の前にいったん立ちどまり、呼吸をととのえてから、くぐり戸に手をかけて鍵のかかっていないのをたしかめる。みんなぐっすり眠っていてくれればいい。玄関のガラス戸もあく。あがり口にたてられた戸の障子は玉のひっかき傷がついたままだ。

「ただいま」

と小さく言ってみる。

返事がない。きっと眠ってしまったのだろう。ほっとして障子戸をあけると、妻とこどもが寝ているはずの六畳は電燈がつけっ放しになったままで誰も居ない。居ないだけでなくとこも敷かれていない。胸さわぎが高まり、あわてて自分の仕事部屋の襖をあけた。するとそこに、電燈がこうこうとつけられ、その下に惨事の現場のような乱雑な情景が広げられていた。妻もこどもも昼間の洋服のままで眠りこけている。ふとんもかけていない。ちゃぶ台まで持ちこみ、その上に皿やコップが食べちらかされたままで投げ出され、ウイスキーの角瓶が横だおしになっていた。するめのはいっていた袋や南京豆の皮がこぼれたサイダーの中に浮いている。

　夫の仕事部屋に誰がはいることもいやがっていた妻がこれはどうしたことか。この手ひどい乱雑は一体何の意味だろう。だが妻とこどもはほんとにただ眠っているだけなのか。ひょっとしたら薬瓶でも落ちているのではないか。夫はどんな事態にもおそれないと考えていたが、この見なれぬ様子を眼の前にしたとたんにわなわなふるえていた。こわごわ妻の顔をのぞき、右手の人差指を鼻孔に近づけてみた。するとどうだろう。少しきゅうくつな寝ぞうはしていたが、安らかな規則正しい寝息をたてているではないか。夫はその場に腰をおろしたくなるほど安堵した。すると又どんな事態にもおそれない気になり、自分のあわてように、苦笑した。だがなぜそのときもっと事態を見つめることをしなかったろう。やはり惨事の一つにちがいなかったのに。夫は妻の名前を呼びながら、きつくからだをゆすって起こしにかかった。夫はどうしても、「あら、あなた、おかえりなさい」と言って無邪気に笑う妻の顔の必要なことが分った。しばらくゆすっていると妻は眼をあけた。びくっとして上半身を起こしそして夫を見た。とめピンがはずれ髪がさがって両頬を覆い、インディアンの女のような感じが出た。顔は上気して真赤だ。夫はもう一度名前を呼んだ。しかし妻は返事をしないで、じっと夫を見つめた。それはちょっと気味の悪い感じであった。夫は思わず眼を伏せそうになるのを持ちこたえて見返した。そうして見ると、きつい大きな眼だが、どこか頼りなげなところがあった。夫はいつまでもその眼の正視にたえられる筈がない。何か冗談を言おうとすると、妻は唇のあたりにうっすら皮肉な笑いを浮べ、「あなたもたーいしたもんね」と言ったかと思うと、急にげらげら笑い出した。夫もつられていくらか笑ったが、不安がつのってきてそれどころではない。妻のそんな口調をきいたことはないのだ。でも彼女は笑いを一向にとめようとしない。あまり笑って、からだを起こしていることができなくなり、畳の上にもう一度引っくりかえると、からだをよじって笑いつづけた。夫の不安はどす黒くなってきた。それで妻のからだを抱き起こした。妻は夫の腕をのがれようとした。そのとき妻の顔とからだに精悍な稲妻が走ったと思った。思わず腕に力がはいり、夫は妻のからだをゆすぶった。妻は潮が満ちてふくれあがってきたと思えた。夫は又妻の名を呼んだ。するとは正気に返った表情になった。そして強い語調でこう言ったのだ。「いや。はなして。あたしにさわらないで」夫はしんからふるえがきて、からだじゅうが萎えてくるのが分った。

憂国

三島由紀夫

壱

昭和十一年二月二十八日、（すなわち二・二六事件突発第三日目）、近衛歩兵一聯隊《れんたい》勤務武山信二《たけやましんじ》中尉は、事件発生以来親友が叛乱軍に加入せることに対し懊悩を重ね、皇軍相撃の事態必至となりたる情勢に痛憤して、四谷区青葉町六の自宅八畳の間に於て、軍刀を以て割腹自殺を遂げ、麗子夫人も亦《また》夫君に殉じて自刃を遂げたり。中尉の遺書は只一句のみ「皇軍の万歳を祈る」とあり、夫人の遺書は両親に先立つ不孝を詫び、「軍人の妻として来《きた》るべき日が参りました」云々と記せり。烈夫烈婦の最期、洵《まこと》に鬼神をして哭《な》かしむの概あり。因みに中尉は享年三十歳、夫人は二十三歳、華燭の典を挙げしより半歳に充たざりき。

弐

武山中尉の結婚式に参列した人はもちろん、新郎新婦の記念写真を見せてもらっただけの人も、この二人の美男美女ぶりに改めて感嘆の声を洩らした。軍服姿の中尉は軍刀を左手に突き右手に脱いだ軍帽を提げて、雄々しく新妻を庇って立っていた。まことに凜々しい顔立ちで、濃い眉も大きくみひらかれた瞳も、青年の潔《きよ》らかさといさぎよさをよく表わしていた。新婦の白い裲襠《うちかけ》姿の美しさは、例えん方もなかった。やさしい眉の下のつぶらな目にも、ほっそりした形のよい鼻にも、ふくよかな唇にも、艶やかさと高貴とが相映じている。忍びやかに裲襠の袖からあらわれて扇を握っている指先は、繊細に揃えて置かれたのが、夕顔の蕾《つぼみ》のように見えた。

二人の自刃のあと、人々はよくこの写真をとりだして眺めては、こうした申し分のない美しい男女の結びつきは不吉なものを含んでいがちなことを嘆いた。事件のあとで見ると、心なしか、金屛風の前の新郎新婦は、そのいずれ劣らぬ澄んだ瞳で、すぐ目近の死を透かし見ているように思われるのであった。

二人は仲人の尾関中将の世話で、四谷青葉町に新居を構えた。新居と云っても、小さな庭を控えた三間の古い借家で、階下の六畳も四畳半も日当りがわるいので、二階の八畳の寝室を客間に兼ね、女中も置かずに、麗子が一人で留守を守った。

新婚旅行は非常時だというので遠慮をした。二人が第一夜を過したのはこの家であった。床に入る前に、信二は軍刀を膝の前に置き、軍人らしい訓誡《くんかい》を垂れた。軍人の妻たる者は、いつなんどきでも良人《おっと》の死を覚悟していなければならない。それが明日来るかもしれぬ。あさって来るかもしれぬ。いつ来てもうろたえぬ覚悟があるかと訊いたのである。麗子は立って簞笥の抽斗《ひきだし》をあけ、もっとも大切な嫁入道具として母からいただいた懐剣を、良人と同じように、黙って自分の膝の前に置いた。これでみごとな黙契が成立ち、中尉は二度と妻の覚悟をためしたりすることがなかった。

結婚して幾月かたつと、麗子の美しさはいよいよ磨《みが》かれて、雨後の月のようにあきらかになった。

二人とも実に健康な若い肉体を持っていたから、その交情ははげしく、夜ばかりか、演習のかえりの埃だらけの軍服を脱ぐ間ももどかしく、帰宅するなり中尉は新妻をその場に押し倒すことも一再でなかった。麗子もよくこれに応えた。最初の夜から一ト月をすぎるかすぎぬに、麗子は喜びを知り、中尉もそれを知って喜んだ。

麗子の体は白く厳そかで、盛り上った乳房は、いかにも力強い拒否の潔らかさを示しながら、一旦受け容れたあとでは、それが塒《ねぐら》の温かさを湛《たた》えた。かれらは床の中でも怖ろしいほど、厳粛なほどまじめだった。おいおい烈《はげ》しくなる狂態のさなかでもまじめだった。

昼間、中尉は訓練の小休止のあいだにも妻を想い、麗子はひねもす良人の面影を追っていた。しかし一人でいるときも、式のときの写真をながめると幸福が確かめられた。麗子はほんの数ヶ月前まで路傍の人にすぎなかった男が、彼女の全世界の太陽になったことに、もはや何のふしぎも感じなかった。

これらのことはすべて道徳的であり、教育勅語の「夫婦相和シ」の訓《おし》えにも叶っていた。麗子は一度だって口ごたえはせず、中尉も妻を叱るべき理由を何も見出さなかった。階下の神棚には皇太神宮の御札と共に、天皇皇后両陛下の御真影が飾られ、朝毎に、出勤前の中尉は妻と共に、神棚の下で深く頭を垂れた。捧げる水は毎朝汲み直され、榊はいつもつややかに新らしかった。この世はすべて厳粛な神威に守られ、しかもすみずみまで身も慄《ふる》えるような快楽に溢れていた。

参

斎藤内府の邸《やしき》は近くであったのに、二月二十六日の朝、二人は銃声も聞かなかった。ただ、十分間の惨劇がおわって、雪の暁闇《ぎょうあん》に吹き鳴らされた集合喇叭《ラッパ》が中尉の眠りを破った。中尉は跳ね起きて無言で軍服を着、妻のさし出す軍刀を佩《はい》して、明けやらぬ雪の朝の道へ駈け出した。そして二十八日の夕刻まで帰らなかったのである。

麗子はやがてラジオのニュースでこの突発事件の全貌を知った。それからの二日間の麗子の一人きりの生活は、まことに静かで、門戸を閉ざして過された。

麗子は雪の朝ものも言わずに駈け出して行った中尉の顔に、すでに死の決意を読んだのである。良人がこのまま生きて帰らなかった場合は、跡を追う覚悟ができている。彼女はひっそりと身のまわりのものを片づけた。数着の訪問着は学校時代の友達への形見として、それぞれの畳紙《たとう》の上に宛名を書いた。常日頃、明日を思ってはならぬ、と良人に言われていたので、日記もつけていなかった麗子は、ここ数ヶ月の倖せの記述を丹念に読み返して火に投ずることのたのしみを失った。ラジオの横には小さな陶器の犬や兎や栗鼠《りす》や熊や狐がいた。さらに小さな壺や水瓶があった。これが麗子の唯一のコレクションだったが、こんなものを形見に上げてもはじまらない。しかもわざわざ棺に納めてもらうにも当らない。するとそれらの小さな陶器の動物たちは、一そうあてどのない、よるべのない表情を湛えはじめた。

麗子はその一つの栗鼠を手にとってみて、こんな自分の子供らしい愛着のはるか彼方に、良人が体現している太陽のような大義を仰ぎ見た。自分は喜んで、そのかがやく太陽の車に拉《らっ》し去られて死ぬ身であるが、今の数刻には、ひとりでこの無邪気な愛着にも浸っていられる。しかし自分が本当にこれらを愛したのは昔である。今は愛した思い出を愛しているにすぎないので、心はもっと烈《はげ》しいもの、もっと狂おしい幸福に充たされている。……しかも麗子は、思うだにときめいて来る日夜の肉の悦びを、快楽などという名で呼んだことは一度もなかった。美しい手の指は、二月の寒さの上に、陶器の栗鼠の氷るような手ざわりを保っているが、そうしているあいだにも、中尉の逞しい腕が延びてくる刹那を思うと、きちんと着た銘仙《めいせん》の裾前の同じ模様のくりかえしの下に、麗子は雪を融かす熱い果肉の潤いを感じた。

脳裡にうかぶ死はすこしも怖くはなく、良人の今感じていること、考えていること、その悲嘆、その苦悩、その思考のすべてが、留守居の麗子には、彼の肉体と全く同じように、自分を快適な死へ連れ去ってくれるのを固く信じた。その思想のどんな砕片にも、彼女の体はらくらくと溶け込んで行けると思った。

麗子はそうして、刻々のラジオのニュースに耳を傾け、良人の親友の名の幾人《いくたり》かが、蹶《けっ》起《き》の人たちの中に入っているのを知った。これは死のニュースだった。そして事態が日ましにのっぴきならぬ形をとるのを、勅命がいつ下るかもしれず、はじめ維新のための蹶起と見られたものが、叛乱の汚名を着せられつつあるのを、つぶさに知った。聯隊からは何の連絡もなかった。雪ののこる市内に、いつ戦がはじまるか知れなかった。

二十八日の日暮れ時、玄関の戸をはげしく叩く音を、麗子はおそろしい思いできいた。走り寄って、慄《ふる》える手で鍵をあけた。磨硝子《すりガラス》のむこうの影は、ものも言わなかったが、良人にちがいないことがよくわかった。麗子がその引戸の鍵を、これほどまだるっこしく感じたことはなかった。そのために鍵はなお手に逆らい、引戸はなかなか開かない。

戸があくより早く、カーキいろの外套に包まれた中尉の体が、雪の泥濘《でいねい》に重い長靴《ちょうか》を踏み入れて、玄関の三和土《たたき》に立った。中尉は引戸を閉めると共に、自分の手で又鍵を捩ってかけた。それがどういう意味でしたことか、麗子にはわからなかった。

「お帰りあそばせ」

と麗子は深く頭を下げたが、中尉は答えない。軍刀を外し外套を脱ぎかけたので、麗子がうしろに廻って手つだった。うけとる外套は冷たく湿って、それが日向で立てる馬糞くさい匂いを消して、麗子の腕に重くのしかかった。これを外套掛にかけ、軍刀を抱いて、彼女は長靴を脱いだ良人に従って茶の間へ上った。階下の六畳である。

明るい灯の下で見る良人の顔は、無精髭に覆われて、別人のようにやつれている。頬が落ちて、光沢と張りを失っている。機嫌のよいときは帰るなりすぐ普段着に着かえて晩飯の催促をするのに、軍服のまま、卓袱台《ちゃぶだい》に向って、あぐらをかいて、うなだれている。麗子は夕食の仕度をすべきかどうか訊くことを差控えた。

ややあって、中尉はこう言った。

「俺は知らなかった。あいつ等は俺を誘わなかった。おそらく俺が新婚の身だったのを、いたわったのだろう。加納も、本間も、山口もだ」

麗子は良人の親友であり、たびたびこの家へも遊びに来た元気な青年将校の顔を思い浮べた。

「おそらく明日にも勅命が下るだろう。奴等は叛乱軍の汚名を着るだろう。俺は部下を指揮して奴らを討たねばならん。……俺にはできん。そんなことはできん」

そして又言った。

「俺は今警備の交代を命じられて、今夜一晩帰宅を許されたのだ。明日の朝はきっと、奴らを討ちに出かけなければならんのだ。俺にはそんなことはできんぞ、麗子」

麗子は端座して目を伏せていた。よくわかるのだが、良人はすでにただ一つの死を語っている。中尉の心はもう決っている。言葉の一つ一つは死に裏附けられ、この死の言葉の黒い堅固な裏打のために、言葉が動かしがたい力を際立たせている。中尉は悩みを語っているのに、そこにはもう逡巡がないのである。

しかし、こうしているあいだの沈黙の時間には、雪どけの渓流のような清冽さがあった。中尉は二日にわたる永い懊悩の果てに、我家で美しい妻の顔と対座しているとき、はじめて心の安らぎを覚えた。言わないでも、妻が言外の覚悟を察していることが、すぐわかったからである。

「いいな」と中尉は重なる不眠にも澄んだ雄々しい目をあけて、はじめて妻の目をまともに見た。「俺は今夜腹を切る」

麗子の目はすこしもたじろがなかった。

そのつぶらな目は強い鈴の音のような張りを示していた。そしてこう言った。

「覚悟はしておりました。お供をさせていただきとうございます」

中尉はほとんどその目の力に圧せられるような気がした。言葉は譫言《うわごと》のようにすらすらと出て、どうしてこんな重大な許諾が、かるがるしい表現をとるのかわからなかった。

「よし。一緒に行こう。但し、俺の切腹を見届けてもらいたいんだ。いいな」

こう言いおわると、二人の心には、俄かに解き放たれたような油然《ゆうぜん》たる喜びが湧いた。

麗子は良人のこの信頼の大きさに胸を搏《う》たれた。中尉としては、どんなことがあっても死に損ってはならない。そのためには見届けてくれる人がなくてはならぬ。それに妻を選んだというのが第一の信頼である。共に死ぬことを約束しながら、妻を先に殺さず、妻の死を、もう自分には確かめられない未来に置いたということは、第二のさらに大きな信頼である。もし中尉が疑り深い良人であったら、並の心中のように、妻を先に殺すことを選んだであろう。

中尉は麗子が「お供をする」と言った言葉を、新婚の夜から、自分が麗子を導いて、この場に及んで、それを澱《よど》みなく発音させたという大きな教育の成果と感じた。これは中尉の自恃を慰め、彼は愛情が自発的に言わせた言葉だと思うほど、だらけた己惚れた良人ではなかった。

喜びはあまり自然にお互いの胸に湧き上ったので、見交わした顔が自然に微笑した。麗子は新婚の夜が再び訪れたような気がした。

目の前には苦痛も死もなく、自由な、ひろびろとした野がひろがるように思われた。

「お風呂が湧いております。お召しになりますか」

「ああ」

「お食事は？」

この言葉は実に平淡に家庭的に発せられ、中尉は危うく錯覚に陥ろうとした。

「食事は要らんだろう。酒の燗をしといてくれんか」

「はい」

麗子は立って良人の湯上りの丹前を出すときに、あけた抽斗へ良人の注意を惹いた。中尉は立って行って、簞笥の抽斗の中をのぞいた。整理された畳紙の上に一つ一つ形見の宛名が読まれた。こうして健気な覚悟を示された中尉は、悲しみが少しもなく、心は甘い情緒に充たされた。若い妻の子供らしい買物を見せられた良人のように、中尉はいとしさのあまり、妻をうしろから抱いて首筋に接吻した。

麗子は首筋に中尉の髭のこそばゆさを感じた。この感覚はただ現世的なものである以上に、麗子にとって現実そのものだったが、それが間もなく失われるという感じは、この上もなく新鮮だった。一瞬一瞬がいきいきと力を得、体の隅々までがあらたに目ざめる。麗子は足袋の爪先に力を沁み入らせて、背後からの良人の愛撫を受けた。

「風呂へ入って、酒を呑んだら……いいか、二階に床をとっておいてくれ……」

中尉は妻の耳もとでこう言った。麗子は黙ってうなずいた。

中尉は荒々しく軍服を脱ぎ、風呂場へ入った。その遠い湯のはねかえる音をききながら、麗子は茶の間の火鉢の火加減を見、酒の燗の仕度に立った。

丹前と帯と下着を持って風呂場へゆき、湯の加減をきいた。ひろがる湯気の中に、中尉はあぐらをかいて髭を剃っており、その濡れた逞ましい背中の肉が、腕の動きにつれて機敏に動くのがおぼろに見えた。

ここには何ら特別の時間はなかった。麗子はいそがしく立ち働らき、即席の肴を作っていた。手も慄えず、ものごとはいつもよりきびきびと小気味よく運んだ。それでもときどき、胸の底をふしぎな鼓動が走る。遠い稲妻のように、それがちらりと強烈に走って消える。そのほかは何一つふだんと変りがない。

風呂場の中尉は髭を剃りながら、一度温ためられた体は、あの遣場《やりば》のない苦悩の疲労がすっかり癒やされ、死を前にしながら、たのしい期待に充たされているのを感じた。妻の立ち働らく音がほのかにきこえる。すると二日の間忘れていた健康な欲望が頭をもたげた。

二人が死を決めたときのあの喜びに、いささかも不純なもののないことに中尉は自信があった。あのとき二人は、もちろんそれとはっきり意識はしていないが、ふたたび余人の知らぬ二人の正当な快楽が、大義と神威に、一分の隙もない完全な道徳に守られたのを感じたのである。二人が目を見交わして、お互いの目のなかに正当な死を見出したとき、ふたたび彼らは何者も破ることのできない鉄壁に包まれ、他人の一指も触れることのできない美と正義に鎧《よろ》われたのを感じたのである。中尉はだから、自分の肉の欲望と憂国の至情のあいだに、何らの矛盾や撞着《どうちゃく》を見ないばかりか、むしろそれを一つのものと考えることさえできた。

暗いひびわれた、湯気に曇りがちな壁鏡の中に、中尉は顔をさし出して丹念に髭を剃った。これがそのまま死顔になる。見苦しい剃り残しをしてはならない。剃られた顔はふたたび若々しく輝やき、暗い鏡を明るませるほどになった。この晴れやかな健康な顔と死との結びつきには、云ってみれば或る瀟洒なものがあった。

これがそのまま死顔になる！　もうその顔は正確には半ば中尉の所有を離れて、死んだ軍人の記念碑上の顔になっていた。彼はためしに目をつぶってみた。すべては闇に包まれ、もう彼はものを見る人間ではなくなっていた。

風呂から上った中尉は、つややかな頬に青い剃り跡を光らせて、よく熾《おこ》った火鉢のかたわらにあぐらをかいた。忙しいあいだに麗子が手早く顔を直したのを中尉は知った。頬は花やぎ、唇は潤いをまし、悲しみの影もなかった。若い妻のこんな烈《はげ》しい性格のしるしを見て、彼は本当に選ぶべき妻を選んだと感じた。

中尉は杯を干すと、それをすぐ麗子に与えた。一度も酒を呑んだことのない麗子が、素直に杯をうけて、おそるおそる口をつけた。

「ここへ来い」

と中尉は言った。麗子は良人のかたわらへ行って、斜めに抱かれた。その胸ははげしく波打ち、悲しみの情緒と喜悦とが、強い酒をまぜたようになった。中尉は妻の顔を眺め下ろした。これが自分がこの世で見る最後の人の顔、最後の女の顔である。旅人が二度と来ない土地の美しい風光にそそぐ旅立ちの眼差で、中尉は仔細に妻の顔を点検した。いくら見ても見倦《みあ》かぬ美しい顔は、整っていながら冷たさがなく、唇はやわらかい力でほのかに閉ざされていた。中尉は思わずその唇に接吻した。やがて気がつくと、顔はすこしも歔欷《きょき》の醜さに歪んではいないのに、閉ざされた目の長い睫のかげから、涙の滴が次々と溢れ出て眼尻から光って流れた。

やがて中尉が二階の寝室へ上ろうと促すと、妻は風呂に入ってから行くと言った。そこで中尉は一人で二階へ行き、瓦斯《ガス》ストーブに温められた寝室に入って、蒲団の上に大の字に寝ころんだ。こうして妻の来るのを待っている時間まで、何一ついつもと渝《かわ》らなかった。

彼は頭の下に両手を組み、スタンドの光の届かぬおぼろげに暗い天井の板を眺めた。彼が今待っているのは死なのか、狂おしい感覚の喜びなのか、そこのところが重複して、あたかも肉の欲望が死に向っているようにも感じられる。いずれにしろ、中尉はこれほどまでに渾身の自由を味わったことはなかった。

窓の外に自動車の音がする。道の片側に残る雪を蹴立てるタイヤのきしみがきこえる。近くの塀にクラクションが反響する。……そういう音をきいていると、あいかわらず忙しく往来している社会の海の中に、ここだけは孤島のように屹立して感じられる。自分が憂える国は、この家のまわりに大きく雑然とひろがっている。自分はそのために身を捧げるのである。しかし自分が身を滅ぼしてまで諫めようとするその巨大な国は、果してこの死に一顧を与えてくれるかどうかわからない。それでいいのである。ここは華々しくない戦場、誰にも勲《いさお》しを示すことのできぬ戦場であり、魂の最前線だった。

麗子が階段を上って来る足音がする。古い家の急な階段はよくきしんだ。このきしみは懐しく、何度となく中尉は寝床に待っていて、この甘美なきしみを聴いたのである。二度とこれを聴くことがないと思うと、彼は耳をそこに集中して、貴重な時間の一瞬一瞬を、その柔らかい蹠《あしのうら》が立てるきしみで隈なく充たそうと試みた。そうして時間は燦めきを放ち、宝石のようになった。

麗子は浴衣に名古屋帯を締めていたが、その帯の紅いは薄闇のなかに黒ずんで、中尉がそれに手をかけると、麗子の手の援《たす》ける力につれて、帯はゆらめきながら走って畳に落ちた。まだ着ている浴衣のまま、中尉は妻の両脇に手を入れて抱こうとしたが、八ツ口の腋の温かい肌に指が挟まれたとき、中尉はその指先の感触に、全身が燃えるような心地がした。

二人はストーヴの火明りの前で、いつのまにか自然に裸かになった。

口には出さなかったけれど、心も体も、さわぐ胸も、これが最後の営みだという思いに湧き立っていた。その「最後の営み」という文字は、見えない墨で二人の全身に隈なく書き込まれているようであった。

中尉は烈しく若い妻を搔き抱いて接吻した。二人の舌は相手のなめらかな口の中の隅々までたしかめ合い、まだどこにも兆していない死苦が、感覚を灼けた鉄のように真赤に鍛えてくれるのを感じた。まだ感じられない死苦、この遠い死苦は、彼らの快感を精錬したのである。

「お前の体を見るのもこれが最後だ。よく見せてくれ」

と中尉は言った。そしてスタンドの笠を向うへ傾け、横たわった麗子の体へ明りが棚引くようにしつらえた。

麗子は目を閉じて横たわっていた。低い光りが、この厳そかな白い肉の起伏をよく見せた。中尉はいささか利己的な気持から、この美しい肉体の崩壊の有様を見ないですむ倖せを喜んだ。

中尉は忘れがたい風景をゆっくりと心に刻んだ。片手で髪を弄びながら、片手でしずかに美しい顔を撫で、目の赴くところに一つ一つ接吻した。富士額のしずかな冷たい額から、ほのかな眉の下に長い睫に守られて閉じている目、形のよい鼻のたたずまい、厚みの程のよい端正な唇のあいだからかすかにのぞいている歯のきらめき、やわらかな頰と怜悧な小さい顎、……これらが実に晴れやかな死顔を思わせ、中尉はやがて麗子が自ら刺すだろう白い咽喉元を、何度も強く吸《きつ》ってほの赤くしてしまった。唇に戻って、唇を軽く圧し、自分の唇をその唇の上に軽い舟のたゆたいのように揺れ動かした。目を閉じると、世界が揺籃《ようらん》のようになった。

中尉の目の見るとおりを、唇が忠実になぞって行った。その高々と息づく乳房は、山桜の花の蕾のような乳首を持ち、中尉の唇に含まれて固くなった。胸の両脇からなだらかに流れ落ちる腕の美しさ、それが帯びている丸みがそのままに手首のほうへ細まってゆく巧緻なすがた、そしてその先には、かつて結婚式の日に扇を握っていた繊細な指があった。指の一本一本は中尉の唇の前で、羞らうようにそれぞれの指のかげに隠れた。……胸から腹へと辿る天性の自然な括《くび》れは、柔らかなままに弾んだ力をたわめていて、そこから腰へひろがる豊かな曲線の予兆をなしながら、それなりに些《いささ》かもだらしなさのない肉体の正しい規律のようなものを示していた。光りから遠く隔たったその腹と腰の白さと豊かさは、大きな鉢に満々と湛えられた乳のようで、ひときわ清らかな凹んだ臍は、そこに今し一粒の雨滴が強く穿った新鮮な跡のようであった。影の次第に濃く集まる部分に、毛はやさしく敏感に叢《む》れ立ち、香りの高い花の焦げるような匂いは、今は静まってはいない体のとめどもない揺動と共に、そのあたりに少しずつ高くなった。

ついに麗子は定かでない声音でこう言った。

「見せて……私にもお名残によく見せて」

こんな強い正当な要求は、今まで一度も妻の口から洩れたことがなく、それはいかにも最後まで慎しみが隠していたものが迸ったように聞かれたので、中尉は素直に横たわって妻に体を預けた。白い揺蕩《ようとう》していた肉体はしなやかに身を起し、良人にされたとおりのことを良人に返そうという愛らしい願いに熱して、じっと彼女を見上げている中尉の目を、二本の白い指で流れるように撫でて瞑《つぶ》らせた。

麗子は瞼も赤らむ上気に頰をほてらせて、いとしさに堪えかねて、中尉の五分刈の頭を抱きしめた。乳房には短かい髪の毛が痛くさわり、良人の高い鼻は冷たくめり込み、息は乳房に熱くかかっていた。彼女は引き離して、その男らしい顔を眺めた。凜々しい眉、閉ざされた目、秀でた鼻梁、きりりと結んだ美しい唇、……青い剃り跡の頰は灯を映して、なめらかに輝やいていた。麗子はそのおのおのに、ついで太い首筋に、強い盛り上った肩に、二枚の楯を張り合わせたような逞ましい胸とその樺《かば》色の乳首に接吻した。胸の肉附のよい両脇が濃い影を落している腋窩《えきか》には、毛の繁りに甘い暗鬱な匂いが立ち迷い、この匂いの甘さには何かしら青年の死の実感がこもっていた。中尉の肌は麦畑のような輝やきを持ち、いたるところの筋肉はくっきりとした輪郭を露骨にあらわし、腹筋の筋目の下に、つつましい臍窩《せいか》を絞っていた。麗子は良人のこの若々しく引き締った腹、さかんな毛におおわれた謙虚な腹を見ているうちに、ここがやがてむごたらしく切り裂かれるのを思って、いとしさの余りそこに泣き伏して接吻を浴びせた。

横たわった中尉は自分の腹にそそがれる妻の涙を感じて、どんな劇烈な切腹の苦痛にも堪えようという勇気を固めた。

こうした経緯を経て二人がどれほどの至上の歓びを味わったかは言うまでもあるまい。中尉は雄々しく身を起し、悲しみと涙にぐったりした妻の体を、力強い腕に抱きしめた。二人は左右の頬を互いちがいに狂おしく触れ合わせた。麗子の体は慄えていた。汗に濡れた胸と胸とはしっかりと貼り合わされ、二度と離れることは不可能に思われるほど、若い美しい肉体の隅々までが一つになった。麗子は叫んだ。高みから奈落へ落ち、奈落から翼を得て、又目くるめく高みへまで天翔った。中尉は長駆する聯隊旗手のように喘いだ。……そして、一トめぐりがおわると又たちまち情意に溢れて、二人はふたたび相携えて、疲れるけしきもなく、一息に頂きへ登って行った。

肆

時が経って、中尉が身を離したのは倦き果てたからではない。一つには切腹に要する強い力を減殺することを怖れたからである。一つには、あまり貪りすぎて、最後の甘美な思い出を損ねることを怖れたからである。

中尉がはっきり身を離すと、いつものように、麗子も大人しくこれに従った。二人は裸かのまま、手の指をからみあわせて仰臥して、じっと暗い天井を見つめている。汗が一時に引いてゆくが、ストーヴの火熱のために少しも寒くはない。このあたりの夜はしんとして、車の音さえ途絶えている。四谷駅界隈の省線電車や市電の響きも、濠の内側に谺《こだま》するばかりで、赤坂離宮前のひろい車道に面した公園の森に遮られ、ここまでは届いて来ない。この東京の一劃《いっかく》で、今も、二つに分裂した皇軍が相対峙しているという緊迫感は嘘のようである。

二人は内側に燃えている火照りを感じながら、今味わったばかりの無上の快楽を思い浮べている。その一瞬一瞬、尽きせぬ接吻の味わい、肌の感触、目くるめくような快さの一齣《ひとこま》一齣を思っている。暗い天井板には、しかしすでに死の顔が覗いている。あの喜びは最終のものであり、二度とこの身に返っては来ない。が、思うのに、これからいかに長生きをしても、あれほどの歓喜に到達することが二度とないことはほぼ確実で、その思いは二人とも同じである。

からめ合った指さきの感触、これもやがて失われる。今見ている暗い天井板の木目の模様でさえ、やがて失われる。死がひたと身をすり寄せて来るのが感じられる。時を移してはならない。勇気をふるって、こちらからその死につかみかからねばならないのだ。

「さあ、支度をしよう」

と中尉が言った。それはたしかに決然たる調子で言われたが、麗子は良人のこれほどまでに温かい優しい声をきいたことがなかった。

身を起すと、忙しい仕事が待っていた。

中尉は今まで一度も、床の上げ下げを手つだったことはなかったが、快活に押入れの襖をあけて、手ずから蒲団を運んで納めた。

ガス・ストーヴの火を止め、スタンドを片附けると、中尉の留守中に麗子がこの部屋の整理をすませ、すがすがしく掃除をしておいたので、片隅に引き寄せられた紫檀《したん》の卓のほかには、八畳の間は、大事な客を迎える前の客間のけしきと渝《かわ》らなかった。

「ここでよく呑んだもんだなあ、加納や本間や山口と」

「よくお呑みになりましたのね、皆さん」

「あいつ等とも近いうちに冥途で会えるさ。お前を連れて来たのを見たら、さぞ奴等にからかわれるだろう」

階下へ下りるとき、中尉は今あかあかと電燈をつけたこの清浄な部屋へ振向いた。そこで呑んで、騒いで、無邪気な自慢話をしていた青年将校たちの顔が浮ぶ。そのときはこの部屋で自分が腹を切ることになろうとは夢にも思わなかった。

階下の二間で、夫婦は水の流れるように淡々とそれぞれの仕度にいそしんだ。中尉は手水《ちょうず》に立ち、ついで体を清めに風呂場へ入り、そのあいだ麗子は良人の丹前を畳み、軍服の上下と切り立ての晒《さらし》の六尺を風呂場へ置き、遺書を書くための半紙を卓袱台の上に揃え、さて硯箱の蓋をとって墨を磨《す》った。遺書の文句はすでに考えてあった。

麗子の指は墨の冷たい金箔を押し、硯の海が黒雲のひろがるように忽ち曇って、彼女はこんな仕草の反復が、この指の圧力、このかすかな音の往来《ゆきき》が、ひたすら死のためだと考えることを罷《や》めた。死がいよいよ現前するまでは、それは時間を平淡に切り刻む家常茶飯の仕事にすぎなかった。しかし磨るにつれて滑らかさを増す墨の感触と、つのる墨の匂いには、言おうようのない暗さがあった。

素肌の上に軍服をきちんと着た中尉が風呂場からあらわれた。そして黙って、卓袱台の前に正座をして、筆をとって、紙を前にしてためらった。

麗子は白無垢の一揃えを持って風呂場へゆき、身を清め、薄化粧をして、白無垢の姿で茶の間へ出て来たときには、燈下の半紙に、黒々と、

「皇軍万歳　陸軍歩兵中尉武山信二」

とだけ書いた遺書が見られた。

麗子がその向いに坐って遺書を書くあいだ、中尉は黙って、真剣な面持で、筆を持つ妻の白い指の端正な動きを見詰めていた。

中尉は軍刀を携え、麗子は白無垢の帯に懐剣をさしはさみ、遺書を持って、神棚の前に並んで黙禱したのち、階下の電気を皆消した。二階へ上る階段の途中で振向いた中尉は、闇の中から伏目がちに彼に従って昇ってくる妻の白無垢の姿の美しさに目をみはった。

遺書は二階の床の間に並べて置かれた。掛軸を外すべきであろうが、仲人の尾関中将の書で、しかも「至誠」の二字だったので、そのままにした。たとえ血しぶきがこれを汚しても、中将は諒とするであろう。

中尉は床柱を背に正座をして、軍刀を膝の前に横たえた。

麗子は畳一畳を隔てたところに端座した。すべてが白いので、唇に刷いた薄い紅が大そう艶やかに見える。

二人は畳一畳を隔てて、じっと目を見交わしている。中尉の膝の前には軍刀がある。これを見ると麗子は初夜のことを思い出して、悲しみに堪えなくなった。中尉が押し殺した声でこう言った。

「介錯がないから、深く切ろうと思う。見苦しいこともあるかもしれないが、恐がってはいかん。どのみち死というものは、傍から見たら怖ろしいものだ。それを見て挫けてはならん。いいな」

「はい」

と麗子は深くうなずいた。

その白いなよやかな風情を見ると、死を前にした中尉はふしぎな陶酔を味わった。今から自分が着手するのは、嘗《かつ》て妻に見せたことのない軍人としての公けの行為である。戦場の決戦と等しい覚悟の要る、戦場の死と同等同質の死である。自分は今戦場の姿を妻に見せるのだ。

これはつかのまのふしぎな幻想に中尉を運んだ。戦場の孤独な死と目の前の美しい妻と、この二つの次元に足をかけて、ありえようのない二つの共在を具現して、今自分が死のうとしているというこの感覚には、言いしれぬ甘美なものがあった。これこそは至福というものではあるまいかと思われる。妻の美しい目に自分の死の刻々を看取られるのは、香りの高い微風に吹かれながら死に就くようなものである。そこでは何かが宥《ゆる》されている。何かわからないが、余人の知らぬ境地で、ほかの誰にも許されない境地がゆるされている。中尉は目の前の花嫁のような白無垢の美しい妻の姿に、自分が愛しそれに身を捧げてきた皇室や国家や軍旗や、それらすべての花やいだ幻を見るような気がした。それらは目の前の妻と等しく、どこからでも、どんな遠くからでも、たえず清らかな目を放って、自分を見詰めていてくれる存在だった。

麗子も亦《また》、死に就こうとしている良人の姿を、この世にこれほど美しいものはなかろうと思って見詰めていた。軍服のよく似合う中尉は、その凜々しい眉、そのきりっと結んだ唇と共に、今死を前にして、おそらく男の至上の美しさをあらわしていた。

「じゃあ、行くぞ」

とついに中尉が言った。麗子は畳に深く身を伏せてお辞儀をした。どうしても顔が上げられない。涙で化粧を崩したくないと思っても、涙を禦《とど》めることができない。

ようやく顔をあげたとき、涙ごしにゆらいで見えるのは、すでに引抜いた軍刀の尖《さき》を五六寸あらわして、刀身に白布を巻きつけている良人の姿である。

巻きおわった軍刀を膝の前に置くと、中尉は膝を崩してあぐらをかき、軍服の襟のホックを外した。その目はもう妻を見ない。平らな真鍮の釦《ボタン》をひとつひとつゆっくり外した。浅黒い胸があらわれ、ついで腹があらわれる。バンドの留金を外し、ズボンの釦を外した。六尺褌《ふんどし》の純白が覗き、中尉はさらに腹を寛ろげて、褌を両手で押し下げ、右手に軍刀の白布の握りを把《と》った。そのまま伏目で自分の腹を見て、左手で下腹を揉み柔らげている。

中尉は刀の切れ味が心配になったので、ズボンの左方を折り返して、腿を少しあらわし、そこへ軽く刃《やいば》を滑らせた。たちまち傷口には血がにじみ、数条の細い血が、明るい光りに照り輝やきながら、股のほうへ流れた。

　はじめて良人の血を見た麗子は、怖ろしい動悸がした。良人の顔を見る。中尉は平然とその血を見つめている。姑息な安心だと思いながら、麗子はつかのまの安堵を味わった。

　そのとき中尉は鷹のような目つきで妻をはげしく凝視した。刀を前へ廻し、腰を持ち上げ、上半身が刃先へのしかかるようにして、体に全力をこめているのが、軍服の怒った肩からわかった。中尉は一思いに深く左脇腹へ刺そうと思ったのである。鋭い気合の声が、沈黙の部屋を貫ぬいた。

　中尉は自分で力を加えたにもかかわらず、人から太い鉄の棒で脇腹を痛打されたような感じがした。一瞬、頭がくらくらし、何が起ったのかわからなかった。五六寸あらわした刃先はすでにすっかり肉に埋まって、拳が握っている布がじかに腹に接していた。

　意識が戻る。刃はたしかに腹膜を貫ぬいたと中尉は思った。呼吸が苦しく胸がひどい動悸を打ち、自分の内部とは思えない遠い遠い深部で、地が裂けて熱い熔岩が流れ出したように、怖ろしい劇痛が湧き出して来るのがわかる。その劇痛が怖ろしい速度でたちまち近くへ来る。中尉は思わず呻きかけたが、下唇を嚙んでこらえた。

　これが切腹というものかと中尉は思っていた。それは天が頭上に落ち、世界がぐらつくような滅茶滅茶な感覚で、切る前はあれほど鞏《きょう》固《こ》に見えた自分の意志と勇気が、今は細い針金の一線のようになって、一途にそれに縋ってゆかねばならない不安に襲われた。拳

ぎである。

褌もすでに真紅に染っている。こんな烈しい苦痛の中でまだ見えるものが見え、在るものが在るのはふしぎである。

麗子は中尉が左脇腹に刀を突っ込んだ瞬間、その顔から忽《たちま》ち幕を下ろしたように血の気が引いたのを見て、駈け寄ろうとする自分と戦っていた。とにかく見なければならぬ。見届けねばならぬ。それが良人の麗子に与えた職務である。畳一枚の距離の向うに、下唇を嚙みしめて苦痛をこらえている良人の顔は、鮮明に見えている。その苦痛は一分の隙もない正確さで現前している。麗子にはそれを救う術がないのである。

良人の額にはにじみ出した汗が光っている。中尉は目をつぶり、又ためすように目をあける。その目がいつもの輝やきを失って、小動物の目のように無邪気でうつろに見える。

苦痛は麗子の目の前で、麗子の身を引き裂かれるような悲嘆にはかかわりなく、夏の太陽のように輝やいている。その苦痛がますます背丈を増す。伸び上る。良人がすでに別の世界の人になって、その全存在を苦痛に還元され、手をのばしても触れられない苦痛の檻の囚人になったのを麗子は感じる。しかも麗子は痛まない。悲嘆は痛まない。それを思うと、麗子は自分と良人との間に、何者かが無情な高い硝子《ガラス》の壁を立ててしまったような気がした。

結婚以来、良人が存在していることは自分が存在していることであり、良人の息づかいの一つ一つはまた自分の息づかいでもあったのに、今、良人は苦痛のなかにありありと存在し、麗子は悲嘆の裡《うち》に、何一つ自分の存在の確証をつかんでいなかった。

　中尉は右手でそのまま引き廻そうとしたが、刃先は腸にからまり、ともすると刀は柔らかい弾力で押し出されて来て、両手で刃を腹の奥深く押えつけながら、引廻して行かねばならぬのを知った。引廻した。思ったほど切れない。中尉は右手に全身の力をこめて引いた。三四寸切れた。

　苦痛は腹の奥から徐々にひろがって、腹全体が鳴り響いているようになった。それは乱打される鐘のようで、自分のつく呼吸の一息一息、自分の打つ脈搏の一打ち毎に、苦痛が千の鐘を一度に鳴らすかのように、彼の存在を押しゆるがした。中尉はもう呻きを抑えることができなくなった。しかし、ふと見ると、刃がすでに臍の下まで切り裂いているのを見て、満足と勇気をおぼえた。

　血は次第に図に乗って、傷口から脈打つように迸った。前の畳は血しぶきに赤く濡れ、カーキいろのズボンの襞《ひだ》からは溜った血が畳に流れ落ちた。ついに麗子の白無垢の膝に、一滴の血が遠く小鳥のように飛んで届いた。

　中尉がようやく右の脇腹まで引廻したとき、すでに刃はやや浅くなって、膏《あぶら》と血に辷《すべ》る刀身をあらわしていたが、突然嘔吐に襲われた中尉は、かすれた叫びをあげた。嘔吐が劇痛をさらに攪拌して、今まで固く締っていた腹が急に波打ち、その傷口が大きくひらけて、あたかも傷口がせい一ぱい吐瀉するように、腸が弾け出て来たのである。腸は主の苦痛も知らぬげに、健康な、いやらしいほどいきいきとした姿で、喜々として辷り出て股間にあふれた。中尉はうつむいて、肩で息をして目を薄目にあき、口から涎の糸を垂らしていた。肩には肩章の金がかがやいていた。

血はそこかしこに散って、中尉は自分の血溜りの中に膝までつかり、そこに片手をついて崩折れていた。生ぐさい匂いが部屋にこもり、うつむきながら嘔吐をくりかえしている動きがありありと肩にあらわれた。腸に押し出されたかのように、刀身はすでに刃先まであらわれて中尉の右手に握られていた。

このとき中尉が力をこめてのけぞった姿は、比べるものがないほど壮烈だったと云えよう。あまり急激にのけぞったので、後頭部が床柱に当る音が明瞭にきこえたほどである。麗子はそれまで、顔を伏せて、ただ自分の膝もとへ寄って来る血の流れだけを一心に見つめていたが、この音におどろいて顔をあげた。

中尉の顔は生きている人の顔ではなかった。目は凹《くぼ》み、肌《はだ》は乾いて、あれほど美しかった頰や唇は、涸化した土いろになっていた。ただ重たげに刀を握った右手だけが、操人形のように浮薄に動き、自分の咽喉元に刃先をあてようとしていた。こうして麗子は、良人の最期の、もっとも辛い、空虚な努力をまざまざと眺めた。血と膏に光った刃先が何度も咽喉を狙う。又外れる。もう力が十分でないのである。外れた刃先が襟に当り、襟章に当る。ホックは外されているのに、軍服の固い襟はともすると窄《すぼ》まって、咽喉元を刃から衛《まも》ってしまう。

麗子はとうとう見かねて、良人に近寄ろうとしたが、立つことができない。血の中を膝《しっ》行《こう》して近寄ったので、白無垢の裾は真紅になった。彼女は良人の背後にまわって、襟をくつろげるだけの手助けをした。慄えている刃先がようやく裸かの咽喉に触れる。麗子はそのとき自分が良人を突き飛ばしたように感じたが、そうではなかった。それは中尉が自分で意図した最後の力である。彼はいきなり刃へ向って体を投げかけ、刃はその項《うなじ》をつらぬいて、おびただしい血の迸りと共に、電燈の下に、冷静な青々とした刃先をそば立てて静まった。

伍

麗子は血に辷る足袋で、ゆっくりと階段を下りた。すでに二階はひっそりしていた。

階下の電気をつけ、火元をしらべ、ガスの元栓をしらべ、火鉢の埋み火に、水をかけて消した。四畳半の姿見の前へ行って垂れをあげた。血が白無垢を、華麗で大胆な裾模様のように見せていた。姿見の前に坐ると、腿のあたりが良人の血に濡れて大そう冷たく、麗子は身を慄わせた。それから永いこと、化粧に時を費した。頰は濃い目に紅を刷き、唇も濃く塗った。これはすでに良人のための化粧ではなかった。残された世界のための化粧で、彼女の刷毛には壮大なものがこもっていた。立上ったとき、姿見の前の畳は血に濡れている。麗子は意に介しなかった。

それから手水へゆき、最後に玄関の三和土に立った。ここの鍵を、昨夜良人がしめたのは、死の用意だったのである。彼女はしばらく単純な思案に耽った。鍵をあけておくべきか否か。もし鍵をかけておけば、隣り近所の人が、数日二人の死に気がつかないということがありうる。麗子は自分たちの屍が腐敗して発見されることを好まない。やはりあけておいたほうがいい。……彼女は鍵を外し、磨硝子の戸を少し引きあけた。……たちまち寒風が吹き込んだ。深夜の道には人かげもなく、向いの邸《やしき》の樹立の間に氷った星がきらきらしく見えた。

麗子は戸をそのままにして階段を上った。あちこちと歩いたので、もう足袋は辷らなかった。階段の中ほどから、すでに異臭が鼻を突いた。

中尉は血の海の中に俯伏していた。項から立っている刃先が、さっきよりも秀でているような気がする。

麗子は血だまりの中を平気で歩いた。そして中尉の屍のかたわらに坐って、畳に伏せたその横顔をじっと見つめた。中尉はものに憑かれたように大きく目を見ひらいていた。その頭を袖で抱き上げて、袖で唇の血を拭って、別れの接吻をした。

　それから立って、押入れから、新らしい白い毛布と腰紐を出した。裾が乱れぬように、腰に毛布を巻き、腰紐で固く締めた。

　麗子は中尉の死骸から、一尺ほど離れたところに坐った。懐剣を帯から抜き、じっと澄明な刃を眺め、舌をあてた。磨かれた鋼はやや甘い味がした。

　麗子は遅疑しなかった。さっきあれほど死んでゆく良人と自分を隔てた苦痛が、今度は自分のものになると思うと、良人のすでに領有している世界に加わることの喜びがあるだけである。苦しんでいる良人の顔には、はじめて見る何か不可解なものがあった。今度は自分がその謎を解くのである。麗子は良人の信じた大義の本当の苦味と甘味を、今こそ自分も味わえるという気がする。今まで良人を通じて辛うじて味わってきたものを、今度はまぎれもない自分の舌で味わうのである。

　麗子は咽喉元へ刃先をあてた。一つ突いた。浅かった。頭がひどく熱して来て、手がめちゃくちゃに動いた。刃を横に強く引く。口のなかに温かいものが迸り、目先は吹き上げる血の幻で真赤になった。彼女は力を得て、刃先を強く咽喉の奥へ刺し通した。

骨《ほね》餓《が》身《み》峠《とうげ》死人《ほとけ》葛《かずら》

野坂昭如

入海からながめれば、沈降海岸特有の、複雑に入りくんだ海岸線で、針葉樹におおわれた岸辺、思いがけぬところに溺れ谷の、陸地深く食いこみ、その先きは段々畠となって反りかえる。南に面した地方のそれとことなり、玄海の潮風まともに受けるこのあたりでは、耕して天空にいたるといった旅人の感傷をすら許さぬ気配、人間の孜々《しし》たる営みを自然のあざわらうようで、それは、いずれも尖端にちいさいながら激しい瀬をもつ岬の、尾根となって谷あいをかこみつつ、背後の、せいぜい標高四百メートルに満たぬ丘陵にのびる、その高さに似合わぬ険しい山容のせいでもあろう。土地の者は、あたりを山婆の手と呼び、たしかに岬は骨ばり歪んだ指、入江はその股で、段々畠は食いこんだ疥癬のかさぶたともみえた。入海を山からながめれば、鷹島、黒島、沖島、福島さらに無数の小島が浮かび、入海だから波しずかに、南洋からラワン材運ぶ船の沖合いに憩う姿や、釣舟の息ひそめた按配、みるからに天然の良港。だから男まさりの女帝、海外遠征の拠点ともなったのだし、博多沖に破れた元《げん》の敗残兵また、最後をここにたより、陸と同じく島も段々畠に飾られていて、そこに今もいくつか蒙古兵の首塚が残っている。

入海をながめる丘陵の、もっとも峻嶮な峠を人呼んで骨餓身《ほねがみ》、その直下に曼陀池《まんだ》がある。三段に分れた元灌漑池で、今は近くの町の上水道水源池とされ、いずれも周囲一キロ足らずの小池だが、最上部の池のほとりに紅白の幕をかかげたテントが張られ、海岸線沿いに二車線の舗装道路、これは朝鮮人の陶工によって名を高めた町と、かつて松浦党の本拠だった地域を結ぶ幹線なのだが、祝日とあって、常なら近くに新設された合板、接着剤工場へ荷を運ぶトラックの姿も見えず、時たま二台ほど連れ立ちあらわれる小型乗用車は、すべて曼陀池への登り口にとまって、客を吐き出し、客は杣道《そまみち》よりなおけわしい山道を、テントに向かう。「何時からですとね」「午後一時ときいとりましたけん、まあいっぱいやって待っちょりまっしょ」「頂戴しまっしょか」「まあ、これでよか水ば引けるけん、市長さんな、よろこんでいなさろ」「ああ、懸案じゃったもんね」テントには粗末な机と、とても人数には足りぬ椅子が用意され、いずれもネクタイに威儀正した年輩の男達の、林立する一升瓶傾けて、遠慮なく振舞にあずかり、ときおり、そそり立つ骨餓身の岩肌に目を向け、岩肌の下部、池より十米のあたりに、穴があいていた。

「市長さんは、山へいきなさったと」「あの体じゃけん、まあだ道は遠かじゃろ」「待っとるうちに酔い潰れちもうが」すでに足もと怪しげな市会議員ふらふら池により、立小便をはじめ、「あぶなか」一人があわてて後から支える、曼陀池はこれが水源池とも思えぬ濁りようで、周辺に葦をおいしげらせ、よくみれば細い流れが注ぎこむ。以前この流れは、はるかに水量豊かだったのだが、十二年前、骨餓身の奥にある葛《かずら》の坑道が大バレしてから、地下の水脈に変動きたしたらしく、雨でもあればともかく、常は二、三条白糸の心細さで、工場誘致に成功し、活気づく町の上水まかなうにはとても足りず、今日は、さらにあらたな水源から水をひく工事の、つつがなく終えてその竣工式。あらたなる水は、岩肌にうがたれた穴からやがてあふれ出る手はず、穴は隧道《ずいどう》となって、骨餓身を貫通し、さらに暗渠山肌をうねりのぼって、果ては、葛の坑口にいたる。

葛の坑口に、巨体を秘書に後押しさせ、ようやくたどりついた市長と土木関係者がいた。水源池の源といえば、さぞかし清冽な泉の、滾々《こんこん》とあふれるさまを思いがちだが、あたりの様相はまずうらはらで、バレて後廃坑となった坑口こそ、馬蹄形のコンクリートにかためられていても、そこから急斜面の、しかも山肌左右からのしかかるはざまに、ほぼ百数十戸の集落があり、萱ぶき屋根はわずかで、ほとんど木っ端の枌《そ》ぎ板張りかトタン張り、石を重しに風に耐えコールタールで雨洩り防ぎ、あきらかに林檎箱の廃物利用とおぼしき犬小屋まがいさえ混じり、どうやら体裁ととのえた萱ぶきも、半ばは腐れおちて、その養分たっぷり吸いこんだか、ＴＶアンテナよろしく丈高い草がそそりたち、壁はくずれてむき出しの竹の芯、だが、案外しぶとくそこに幾重もの新聞が貼られているところをみると、住人立ち去って後の荒廃ではなく、この無惨な有様の中に、近頃まで人がいたと判る。そのしるしは、気をつけて見ればいくらもあって、赤い茸のびっしり生えた簑やら、そこかしこ長靴、茶碗、バケツ、空缶が散らばり、集落のはなつ異様な印象は、まるでたらめなその建物の配置にもあった。

高さの不揃いは当然ながら、各自勝手に住居手造りした如く、傾斜した土地だから、床を水平に保とうとすれば、床下に支えがいり、二寸角の棒で危なっかしいその小屋の屋根に、さらに一軒が半ばのしかかっていたり、人の字さながら二軒がもたれて、ようやく釣り合いを保ち、どこが道やら入口やら、それこそ山婆の指先きで、ひっかきまわされた按配。

山肌に樹木はすくなく、これほど奥深ければ山鳥の声、あるいは小川のせせらぎくらいきこえてもよさそうなのに、そしてたしかに坑口からは豊かな水量の、あふれているのだが、妙に滑らかな流れで、そのかたわらに祠があった。三尺四方柵をめぐらせた中の、ちいさな社殿、正面右の石柱に「現今ノ葛坑ヲ所有ニ移サント発起者ガ請願ノ末、大正三年長崎県ノ許可ヲ得テ今日ニ至ル。此由ヲ次第シ後ノ世ニ伝エント云爾《しかいう》」と字が刻まれ、裏面に葛作造《かずらさくぞう》と名が読める。「市長さん、疲れなったろう」胸元にバッジ光らせた男が近づき、「ああ何度も谷におちかけよったたい」「あんた、葛坑に来たこつあったとかね」「ずっと昔じゃったねえ、ここはまだよか炭出しよる頃じゃった」「ほんのこつよか景気もありましたたい」二人あらためて、周囲のたたずまいをながめ、「こげんよか水があるばってん、ここをキャンプ地にしたらよかとでしょう」「まあゆっくり考えまっしょう」市長はかたわらの石に腰を下ろし、水を暗渠に導くため、これまでの流れせきとめる最後の作業をみやる。「ほんのこつ、世話ばかけよったたい」「しかし、この葛の連中はどぎゃんしたとですかね」「どだい風来坊のひらいた山じゃもんね、また、どこかしらん帰ったとたい」「ようまあ、ひどか態《ざま》のとこに住んでおったもんだ」「気が狂うておうたち、平気じゃったろう」「歩いてみんですか、あの納屋の裏に、墓場のありますと」

葛作造の素姓さだかではないが、もと伊予の銅山で働いていた坑夫といわれ、石柱の文字にある通り、大正三年彼はここに鉱区申請して許可を受け、自らの名をかぶせ葛坑としたものであった。あたり一帯、低層炭ながらその露頭がいくらもみえ、佐世保、筑豊のケツ割り下罪人ども、女房ともども鑿《のみ》の何丁かとただ一荷の家財道具かたげてあらわれ、こつこつと炭を掘り出し、近くのこれまた納屋に五、六人からせいぜい五、六十人の坑夫かかえた小山に売る。ほとんどが低層炭、通称尺なしのきわめて悪い労働条件だから、大手はここを相手にせず、そのかわり水の便と、ひょっとして、二尺の高さの炭層にぶち当れば、今度は自分が納屋を経営し、左団扇に成り上ることができた。葛作造はそのきわめて好運にめぐまれた例で、地下をくもの巣の如く掘りめぐらせるから、辺りの地下水たいてい枯れ果てているのに、そのえらんだ露頭近くに泉があって、夫婦はまず掘立小屋おったて、作造が掘れば、女房がスラをひき、当時平均三噸を出して、この賃金が一円二十銭、米の飯はいっさい口にせず、一升十一銭の麦と一本一銭の沢庵で食いつなぎ、こつこつ金を貯め、はじめは、きりのいいところで伊予へもどるつもりが、四年目に高層炭にめぐりあい、すると欲が出て正規の許可を受け、流れ坑夫を集め、マイトを使って小山ながら、追々九尺二間の棟割長屋を建増しし、それなりの体裁をととのえたのだ。

長屋といっても、床は竹を縄で編み、上に古畳敷いたもので、少し乱暴に歩けば舟のようにゆれ、十戸一棟の上部は吹き通しで、一戸が室内で寒さしのぎの七輪を使えば、たちまち棟すべてに煙がまわり、これを防ぐには壁から壁へ何本も針金を渡して、新聞を貼りつけ自家製の天井とする、だがもともと雨洩りはざらの粗末な屋根だから、やがて水気をふくんでドサッと落ちかかり、するとげん担ぎの坑夫たちは、バレたといって翌日仕事を休んだ。窓はただ板の羽目に切れ目入れただけの押し上げ式で、独身者ならともかく、夫婦で、しかもお定りの子沢山となれば、土間に荒むしろ敷いて寝るのもざら、だが、大正の半ばになれば、夕刻、共同炊事場に、それぞれの女房が集まり、売勘場から五合一升とこまかく買い入れた米をかしぎ、亭主は焼酎に疲れをいやして、作造もとが銅山にいただけに、切羽《きりは》の保安にもいきとどき、まず平穏な日々の明け暮れだった。この頃は坑道だけが共同で、切羽は各自勝手にえらび、掘り出した炭は後山勤める女房がスラで地上に運び、一函半噸が二十六銭、それは〽唐津下罪人のスラひく姿、いかな絵描きも描きやらぬと唄にあるほど、十七、八度以上の傾斜を、下にコロ敷きつめたとはいえ、三百キロ以上の重みを肩と頭に支えて、押上げるのだ。スラさえも使えぬ低い坑道では、二つ折れに体かがめたその肩に天秤棒をかつぎ、それぞれ六十キロの籠を荷ない、十五センチほどで撞《しゅ》木《もく》と呼ばれる杖をたよりに地上へ搬出する。男も褌一つなら、女は、少し体うごかすとなにもかもお見通し幅五寸ほどの布を腰に巻きつけただけで、女房たちは、亭主が酔いつぶれたり、ふてくされて仕事を休んだ時、自らつるはしふるって炭を切り出しもした。

大正末期、葛坑には三棟の大納屋、ここには独身者が寝泊りし、小納屋すなわち夫婦者の長屋八棟があって、舞いこみ雲がくれする風来者常に二百数十人、あたりの小山では規模のでかい部類に属し、作造はもう坑内に下らなかったが、それぞれの納屋管理する頭領を支配下におき、二人の子供がいて、上は十八歳節夫、下は女で十六歳たかをといった。

筑豊、佐世保、三池の大手すでに完全な機械採炭となり、会社直参坑夫の割合も増えていたが、それだけになにかとうける制約をきらって、以前のままの坑夫気質は小山に流れ、彼等はたいてい独身で、金が入れば、唐津松浦に女を買い、また大納屋のいろりかこんで賭博に興じ、酒のめばダンビラふりまわして喧嘩はあったが、作造の人柄もあって、特にさわがしい事件もなく、低層炭だから、精塊炭だけを掘り出し、硬混入層は天井にそのまま残して、切羽でのバレはすくなかったし、豊富な水に恵まれるだけあって、掘進中の湧水になやまされても、さらに怖ろしいガスっ気はなく、事故による人死《ひとじに》は稀だった。

しかし、昭和に入ると都市は不況で、山になれぬ職工、土方が炭鉱へ身を寄せ、彼等は、はじめ採炭まかされず、まずは後山にまじって、炭を坑道にまで運ぶ作業つまり体ならしで、傾斜した坑内を、亜鉛板でつくった六十キロ入りのテボ背負って、地をはうようにして駈けのぼり、そのさまは怪鳥の如く、しごく無理な姿勢だから、足の腱を切り、そして炭塵したたか吸いこんで胸を侵される、坑内にばったり倒れ、おのが背負った炭に生埋めとなって、たすけ起した時には、喀血による窒息死がしばしばだった、若者の血潮にまみれた炭は、しかし、かき集められて函箱におさまり、死体は夕方まで放置された。「あがりよるぞ」仕事終えて後、一人が坑口に向かってさけぶ、「残さずにあがったじゃろか」坑口の化粧枠に貼られた山神の札を、待ちかまえる者ども黒い布でかくし、三人ばかりの肩にかつがれて死人が坑道を登り、死んだ後では、病いのたちもあって、おどろくほどにかばねは軽く、山の男は魂の抜けたせいと信じこんでいた。弔いは、山ではお祭といってよかった、忌払いに作造から酒が配られ、同じ屋根の下に住んではいても、お互い素姓明かしあわず、明日はどこへさすらうかわからぬ同士の、この時だけは、仏を前にうちとけて、いちおうの儀式も営まれる。

それは炭塵にまみれた死人の体を、たらいに入れて女たちが湯灌し、「オイ、サア、オイ、サア」と男がかけ声をかけ、すなわち坑道に残っているかも知れぬ魂を呼び、体にもどしてやる。この儀怠れば、成仏しそびれた魂が、厄をもたらすとされて、棺は桶で、すでに硬直した腕や脚を、「手直し」して、おさめると、今度は死体そのものが迷い出さぬよう、極楽なわと称する荒なわをかけ、これを頭領の部屋に置いて、夜通し酒盛りとなる。山になれぬ若者の、非業の死についであるのが、子供の病死で、この時は母親だけが通夜を行い、父親は酒くらって酔い潰れているのがまず当然のこと、それでなくとも子沢山、水児とする手間よりも、臨月まで坑内に降り、そこで産めば、これは入る時の数より、出る人間の数が増えるから、吉兆とされて、しかし、だからといって赤飯一つめぐまれるわけではない。そのまま納屋の隅に放置して、殺してしまうことも珍しいことではなく、産んですぐ後山つとめる母親の乳房から、白い乳がほとばしり、炭の層に吸いこまれ、それは濛々たる炭塵にかくされてしまうにしろ、炭は黒ばかりとはかぎらなかった。

死人は、売勘場の後にある、まばらな林の中に埋葬され、卒塔婆《そとば》一つが立てられて、たちまち忘れられたが、養分とてないはずの塔婆に、根無し葛に似た寄生植物が必ずまといついて、山の者はこれを死人葛《ほとけかずら》と呼び、その細い茎が卒塔婆にまきつきはじめると、「成仏しよったとたい」縁もゆかりもないながら、顔見合せて納得し、夏になると、この寄生植物は名前に似合わぬ白い可憐な花を飾り、いささか無気味な、しかも自らの姓に関係のある花を、作造の長女たかをは好んで、父親に連れられて山へあそびに来たおりふし、死人葛の宿り主と頼むものが実は卒塔婆と知ってか知らずにか、「うつくしか、あげん花、家の庭にも植えたか」父にねだり、かなえられぬと花をいくつか手折って、そのつどきつく叱られていた。

この葛坑にすがって暮す集落の、ある時栄えまたさびれ、それは時うつろえば姿かわる人の世の必然にしろ、しかし四十年近くの間に起った、あまりに異様奇怪なできごとはすべて、葛のたかをに魅入ったか、あるいはたかをの、死人にひかれたのか、二つ分ち難くからみあっての因縁に、その源があったといえよう。

葛作造は、すべて軌道にのると、町に屋敷をかまえ、だが欠かさず明けるのを待ちかねて山へでかけ、節夫とたかをは学校へ通い、女房たずは、作造の小山ながら経営者となれば、年中博多へでかけて帰らぬことも多く、スラ引きにささくれた手だがこの頃流行の松浦彫り、いわゆる鎌倉彫りの一種に身を入れて暇をつぶし、たずはもとノゾキカラクリの娘であった。カラクリは、殺伐無惨な事件を絵にしたて、看板叩きという芸人が、細竹打ちつつ節つけてこれを説明し、見料一銭をとるいわば少々大仕掛けの紙芝居、道具かかえて高市《たかまち》をまわり、作造の働いていた銅山の祝い日にもよくやってきた。

年中の旅廻りで、陽にこそ焼けていたが、目鼻立ち整ったたず、やがて母にかわり、父の相の手つとめ、これが人気を呼び、たずも男好きで、土地土地に情交わした男ができ、中でも作造はぞっこん惚れこみ、是非とも嫁にと談じこみ、しかし今は金づるにひとしい娘を父は離さず、無理矢理たずを説きふせ、自らは山のケツ割りして駈落、流れ芸人であ

って も、派手好みが身についたたずは、とても以後転々と山をかえる作造に合わず、いくどか別ればなしも出れば、男もつくり、そのつど作造平身低頭して、またその土地をはなれ、ようやくたどりついた骨餓身峠、最後に花咲かせたものの、ここにいたる紆余曲折はただならぬ。「どれだけ辛抱させられたかわからんもんね、こまんか子たちかかえて、おぼえとろうが、坑口の目籠にたかをを入れて、兄ちゃんに守りさせて、泣き声がいくらきこえても、あの人は決してあがらせちゃくれんもんね、切なかったとよ」作造の留守に、酒のみつつたずは愚痴をこぼし、「それじゃけん、少しは楽させてもらわにゃ」女中二人を追いつかって、気ままな明け暮れ。

節夫は、両親のもっともみじめな時代に生れた故か、ひよわでおとなしく、とても葛坑の身代きりまわす器量に思えず、商業学校へ通って、常にひっそり閉じこもり、ひきかえたかをは男まさり、暇さえあれば、父にねだり山へ入って、時には坑内に降り、湿気の多い坑内の、坑木に群がり育つ妖しい花の如き、白いカビを「きれかねえ」近よって手にふれ、男はともかく、山になれたその女房たちも、このカビとも思えぬ巨大なかたまりには、ふとおびえたりするのに、いっさい頓着せぬ。作造は、ゆくゆくたかをに婿をとり、葛の名をまかせるつもり、だから、せがまれるまでもなく、荒くれ男の中に連れて入り、山になじませる。

兄と妹は、両親の共に先山後山勤めて、ただ二人だけ地上にとり残され、夜も同じ床にからみあって寝て、それは布団すらままならぬ貧しさのせいだが、今でも同じ部屋に起居し、たかをは気の強いくせに、寝る時、腕を兄にからませていなければ安心できず、母はふと淫らな表情となって、「夫婦のごつあるばい、いつまでもそげんこつでは婿さんもらえんばい」いやしくいった。

節夫も妹思いであった。気は弱かったが、他に友だちとてなく、しかも小学校へは山から通ったから、冬など二尺近くつもる雪をかきわけてお互いかばいあい、もし、たかををいじめる者がいれば、むきになって切出し小刀などふりかざし追いかけ、「さすがじゃ、ドマグレ坑夫の伜だけあるたい」教師がいい、節夫ドマグレの意味がわからず、父にたずねると、脱線のことで、つまりたちのよくない坑夫、「それがどげんしたと」父はさらに問いただしたが、節夫だまりこむ。

いっさい山には近づかなかった節夫が、思い立って、葛坑に出かけたのは、たかをにせがまれ、死人葛をこっそり庭へ移植するためだった、「あげんきれいな花、みたことなか、うちゃなんしても庭に植えたか、忘りょうても忘られんと」ついぞお手玉あやとり千代紙、それにリリアンにしろ花にしろ、女の子らしい興味いっさいしめさないたかをが、死人葛にはぞっこんうちこんで、こっそり節夫に相談し、「そりゃどこにあるとな」「大納屋の後の墓場によけい咲いとる」「なして持ってこんね」「お父ちゃん怒りよるたい」「どぎゃんしたわけのもんかねえ」父の、ふだんのかわいがりようを思えば得心いかず、あるいは坑内安全をたのむ迷信なのか、いかに事故はすくないとはいえ、やはり地の底はいつ地獄とかわるか知れず、頰かむり生花口笛下駄を固く禁じ、烏がなき、煙突の烟《けむり》二またに別れれば、それだけで仕事休む者もすくなくない、これは節夫もきかされていたから、少しためらったものの、いかにも思いたち切れぬ風情のたかををみて、必ずとって来ると約束したのだ。

死人葛が、卒塔婆に寄生すると知って、節夫はたじろいだが、なるほど見れば、つるもしなやかだし、ちいさな白い花を一面につけていて、その名から受ける印象とはうらはら、昼のことで地上には人影もないから、半ば朽ちかけ、卒塔婆といっても、ただ俗名しるしただけ、それすら雨風にうすれて読みとれぬのだが、いざ離そうとして、からみつくたつるは、よく見ると節々にちいさな吸盤の如きもので、卒塔婆にしっかと抱きつき、しかも林立する卒塔婆のつる同士、もつれあっていて、容易なことではほどけぬ。

納屋の片隅にあった坑木用の斧持ち出し、適当につるをはらい、どうにかたぐり寄せると、ほんの掌ほどの容量、三本の卒塔婆の死人葛同じくして取り集め、風呂敷にくるんで山を下りる、もとよりみつかれば打ち捨てられるだろうから、庭の、後架汲み取り口に密生する八つ手の後に手頃な木をさして、どうにかそれらしくまといつけ、根のあるものではないが、水などかけてやって、「兄ちゃんも気に入ったとね」満足そうなたかをに、「ああ、ひっそりしとるところが、たかをに似とるごとある」父は男まさりといい、事実、気は強いのだが、節夫からみれば、いつも部屋のすみにぽつねんといた、さらに幼い頃の印象がつよく、しかし、妹を死人葛になぞらえてはと一瞬気がとがめ、「兄ちゃんもそう思いなさるとね、うれしか」たかをは、恥らうように兄に寄りそった。

だが、つるを斧で切ったのがいけなかったのか、やはり卒塔婆でなければならぬのか、たちまち死人葛は枯れ果て、すると、いったん思いかなえられただけに、たかをは悲歎にくれ、三度の食事も喉に通さず、事情知らぬ母は、「わがままのことばかりぬかして、勝手にしろ」怒ったが、節夫いたたまれず、また母のふきげんは、作造の近頃、博多に女をつくり、寄り合いにかこつけては外泊の多いせいでもあった。

「外道のごとあるなあ、そぎゃんこつは」ふたたび山を訪れた節夫、人の好さそうな、年老いた仕繰夫に、死人葛の移植を相談すると、老人は首をふり、「あの花は、死人の血肉すすって生きよるばってん、平地じゃ無理でござっしょう」それがしるしに、死人の土にかえった後は、必ず葛のつるは、新仏の塔婆にのびて、その養分を吸いとる、「やめたがよか、私あ仏さんも神さんもいっちょん好かんばってん、人の肉くろうて咲く花など、寝覚め悪か、罰当りたい」説明されて、しかし、節夫は信じられず、あらためて墓場に足ふみ入れ、調べてみると、いわれた通り、卒塔婆の墨字あざやかなものにかぎって、葛のつるは生き生きとおいしげり、手近に塔婆のない古い葛は、八つ手のかげに移したそれと同じく、まるでひからびた長虫の如く枯れ果てている。「志津子童女」「勝男童児」「横尾功之霊」「矢崎とめ之霊」と、たった十年ばかりの間に、おびただしい死人が出ていて、半ばは幼児のものであった、節夫は丹念にみてまわり、たしかに死人の血肉むさぼって生きる植物と、納得でき、これをきかせれば、たかをもあきらめるであろう、その眼でみれば、可憐な白い花も、町かたの葬儀にかざられる紙花の如くみえて、ふと、背筋におびえが走った。

「死人がいるんかいね」たかをは、兄の、ぽつりぽつり遠まわしの説明きいた後、あけすけにたずね、うつけたような表情となったが、すぐ明るい声で、「母ちゃん、このごろおかしいんじゃなかと」「なんのこつな」「吉田のおじちゃん入りびたっておりよろうが」「それがどげんしたね」たかをは含み笑いしつつ、「よか年しとって、埒もなかことしちょるんじゃなかね」吉田は松浦彫り材料を世話する三十半ばの男、足繁く暮れ方にあらわれ、図々しく母に酒よばれて長っ尻おちつけることもあったが、思いがけぬことをいい出されたから、節夫あわてて「なんばいうとね、正気か」たしなめ、だが母は四十七歳の年に不似合いな若づくり、「苦労ばしたもんね、ちったあ楽させてもらわにゃ」旅まわりの芝居に出かけ、父の不在、次第に長びいていたから、いくらかの不審は残る。

秋も半ばに入り、夜中にたかをが、ことさら声ひそめて、「兄ちゃん、起きてくんしゃい」ゆり起し、みるとたかを寝巻きのままで枕もとにすわり、「もう一度、死人葛ばとってきてくれんね、頼むけん」ひどく真顔でいい、「いかんたいありゃ、いうてきかせたろうが、ありゃ」「わかっとるたい、わかっとるけん、もう一度頼まれてくれね」子供っぽく頭を下げ、その場は寝入りばなのねむさに負けて安うけあいしたが、たかをは翌日、あきらめさせようとする節夫に、泣かんばかりにせがみ、やむなく山へ出かけ、すでに墓場の、卒塔婆のあいまに繁る秋草、半ば枯れているのに、死人葛だけは青々と色あざやかで、節夫はまた三本分ほどひきはがしてもどる。

手伝うというのを断って、たかをは葛のつるを抱きしめ、あるいは押花にでもするのかと、それ以上気にもとめなかったのだが、夜中に気づくと、たかをの姿が布団になく、なにやら不思議な胸さわぎがあって、節夫物の怪《け》にひかれる如く庭に降りたてば、昼もあざむく月明り、秋の虫そこかしこかしましく鳴きかわし、楓《かえで》いちめんに紅葉していて血を流したように、むしろ凄味を帯び、ふらふらと八つ手の繁みに近づくと、たかをがしゃがみこみおぼつかなく土に穴を掘っていた。

その思いつめた表情に、声かけるのもはばかられ、見守るうち、しげみのかげから、新聞にくるんだものをとり出し、ひろげるとなにやら白いかたまりで、たかをしばらくながめていたが、やがて両手で支え、それは生れたばかりの赤ん坊であった。まだ臍帯もそのまま、しっかと両掌にぎりしめて肩にかかげ、足をすくめて、今にも産声あげそうなそれを、たかをしずかに今掘った穴におろし、寝巻きのままだから、素脚膝のあたりまでこぼれ出て、見ようによっては、そこへたかをの産みおとした如く、あるいは、大地からたかをの取上げ婆アよろしく、ひき出した如く、節夫声も出ぬまま立ちつくし、たかをはしばらくながめていたが、つと両手の指先鼻にあててかぎ、ついで寝巻きにこすりつけ、棒をにぎると土を穴に落とす。

とんとんと足ぶみし、棒をさしこみ、死人葛を幾重にもからませ、ほっと溜息ついてたかを、なおいとしそうにつるの綾なすのをなでさする、月光を浴びて、はだけた胸から片方の乳房がこぼれ、ふとももも半ばあらわとなっていて、節夫は今眼にした光景よりも、その輝くばかりの白い肌と、横顔にみとれるうち、たかをついと節夫に視線をむけ、そこにいたことを知っていたのか、なんのこだわりもなく、にこりと笑いかけた、「これでよか、きっと死人葛の花ばさかすたい」そのままの姿で近より、「あげんきれいな花は、みたことなか」いいつつ、節夫の胸にすがる。

「どげんしたとね、ありゃ」「もろうてきたとよ、山の納屋にいる女房どんの、子オができたばってんよう養いきらんとたい、そげん話ばきいたけん、うちが話つけて、昨日もろうてきたと」実は小遣いをためて、三円で買ったものだった。

産月《うみづき》近い四十女の、「どげん罰当りかのう、こん年になって、まだ子オはらむなんち、むごかよう」肩で息しつつ、愚痴るのをきき、どのみち産みおとせば、そのまま墓場の死人葛のこやしにするほかはない。亭主は賭博好き、ノソンばかりで上り銭すくないところへ人一倍の子沢山。たかをは、もし間引きなさるなら、うちの知っとる家で、子オ欲しい者がある、そこへくれてやってはどうかともちかけ、「産後の養い分として、少しは金もくれるけん」大人びた口調でいい、ばってんこれは誰にもしゃべらんといてほしいと念を押し、女房にすれば、間引くにしても物入りのところ、逆に礼金もらえるならと、産みおとすとすぐその脚で、たかをに知らせたのだった。

「よかお家でですとじゃろか」「そらもう心配なかと」「ほんと、この子オは果報者ばい、ほれ、よか子オになるじゃろ」間引くつもりでいても、いざくれてやるとなれば女房は涙をながし、くれぐれも頼みこんで、礼金三円を押しいただき、最後の乳をふくませた、たかをは、臍の緒だけをわらしべで根本くくられ、他は生まれたままの寝入った赤児ぼろにくるみ、家へはこびこみ、そして兄に再度のたのみをしたのだ。

「それでお前が殺したとか」「勝手に死によったとよ」けろっといい、さすがにおびえる心もあるのか、さらに体押しつけてきて、節夫自分も共に罪犯したようなおびえを覚えて、抱きすくめると、さきほどみた乳房が思いがけず熱い感触で胸にあたり、たかをは放心した如く眼をつぶり、全身の力を抜いていた。

腕ゆるめれば、その場にくずれ落ちそうで、しばらくそのまま立ちつくしていたが、節夫、たかをの背中支えながら、八つ手のしげみ、今埋めたばかりの穴のかたわらにその体よこたえ、さらにむき出しとなったふとももに見入る、たかをは下穿きをはかず、月の光に翳《かげ》りあらわにして、しかもながめるうち、葛坑の泉の如く、きらきらと銀色の滴は、また死人葛の花の如くかざられて、身じろぎもせぬたかを、しばらく後にふともわずかにひらき、つれてさそわれるように、節夫は顔を泉にうめる、「うちゃ、もっと死人葛がほしいんよ、あげんうつくしか花はなかとよ」節夫の体を受けとめつつ、うわごとめいてたかをがいい、節夫は「よかよか、いくらでん持ってきてやるけんな」節夫は、ふと自分の体に、死人葛のつるがからみつき、わが血肉を養いとして、みるみる花をたわわに咲かせる幻想が浮かび、それはたとえようもない悦楽に思えた。あの、はなす時にプツプツとちいさく音をたてたつるの吸盤の、わが肌のいたるところにとりついて、血を吸いとる、つるの毛細管の中を一筋の赤い色が、つっと走り、みるみるわが体の、痩せおとろえ、やがて肉もそげおち、自分を見捨てる、渋皮まるめた如きみにくい姿とかわりはて、つるはあたらしい養い求め、「もういらんとか、捨てるとか、はなさんでくれろ、はなさんで」うめきつつ、たかをひしとかき抱き、たかをは双手双脚、まさしくつるの如くに節夫の体にからみつかせる。

夜毎、兄と妹はまじわり、夜を待ちかねて昼も広い庭内の木陰に体を重ね、年が明けて春に、作造がその姿を発見した。

博多芸者にうつつ抜かしていた作造だが、山の管理はおこたりなく、その見廻りのある日、納屋の頭領耳打ちして、たず不義密通の噂を知らせ、「そげんばかなこつがあるか」その場は怒鳴りつけたが、頭領平然と、「ばってん、吉田んち若い男と、乳くりおうとる現場ばみたもんもおりますばい、どうしなはりますか、わしにまかしてくれらすなら、吉田ち、坑内ぶちおとしてもよかですが」さらに確信ありげで、「なんばいうとか」否定しても、たずの四国にあった時の男好きぶり思えば、たちまち疑いは真実と思え、もとよりたずに未練はなく、これをしおにたたき出して、芸者を落籍《ひい》てもよいのだが、まずは面汚された怒りが先きに立ち、なにより現場おさえるべく、博多へ出かけるといいおき、実は身を屋敷内にひそめて、夜をうかがう。やがてただならぬ息づかいがひびいて、ふみこめば、なんと兄妹の抱きあう姿だった。

「なんばしとるか」布団ごと蹴かえして、二人ともに素裸、すぐに事態のみこめぬ如く、うつけているのを、さらに足蹴にし、物音ききつけてたずがあらわれ、これまた成り行き見当もつかぬまま、「やめんね、なにもそがん乱暴せんで」とめたのが、なお火に油となって、ふりむきざま作造はたずもなぐりつけ、「おどれが不貞ばしよるけん、このざま」「なんばいいよると」「売女」さらになぐって、「おまえ、気イでも狂うたとですか」「狂うとらん、どいつもこいつもなんばしくさっとるか、けだもののごたるまねしくさって」まだ裸のままの二人をにらみつけ、「どげんしたとですか」さすがに作造の剣幕ただならぬとみて、たずのたずねるのに、「見ればわかろう、兄妹でつごうとったじゃ」「ばからしか、仲の良かだけでっしゃろ」「なして裸で抱きおうとるのか」「そげん馬鹿なこつがあろうか」「あろうがなかろうが」

眼ぎらぎらさせた作造、仁王立ちとなっていたが、たかをに近づくと、その足首ぐいとつかんで、引き裂かんばかりに拡げ、「これみれ、生ぐさか匂いまでしちょる、ほれ、つごうておったにまちがいなか」まこと狂った如く、ひたとたかをの秘所をみつめ、やがてだまりこくる。

「兄妹でできあう話がどこにあるとか」たずも、呆然と二人をながめ、「兄妹とはかぎらんばい」作造、両脚ひろげたまま死体の如くに倒れたたかをのかたわらにすわり、「節夫のタネも、この女のタネも、わかりゃせん」「なんばいうとね」「わしゃ知っちょる、おまえは尻軽じゃった、今でん男引き入れちょる、腹は同じかも知れんが、タネはわからん」「なんばいうと」たず血相をかえて「あんたはなんね、ちいと景気よくなれば、遊び呆けて、家ばあけてばっかりおるけん、こげんことになったじゃなかと」「ききとうなか、そんならば、おまえの色ばここへ連れてくるか、あばずれがなんばゆうかよる」お互い口汚なくののしりあい、あげく作造は家をとび出し、たずはまた酒をあおって、「こげん家にゃ、こっちから出てやる、どいつもこいつも狂うてしもうて」ぶつぶつつぶやくかと思うと、ふいに笑い出して、「父ちゃんのいうことが本当かも知れん、なんも男はあのドマグレに限っとらん、ども、この母ちゃんの腹から出たことはまちがいなか」へ所は福山三つ寺町の、辺りきこえた色娘、年は十八番茶も出花、いい寄る男は数あれど、男ぎらいか穴なしか、いやよいやよと首をふり、いやよいやよと首をふり、いやよいやよと首をふり、首をふりふり子をはらむ、三月四月は袖でもかくす、かくしおおせぬ岩田帯、これよりはじまる福山の、音に名高き兄妹の、互いに慕い慕いつつ、末はあの世でそいぶしと、心中さわぎの一席は、おちて重なる牛の糞、おちて重なる牛の糞、徳利で拍子とりつつ唄い出し、これは娘時代、からくり芸人できたえた節まわし、さして深い意味もわからず口にしていた言葉通りの兄妹つるみ、今、わが身にふりかかってきたのも、因縁《いんねん》か。

たずは吉田と出奔し、だがケツワリ坑夫の行方たずねることには手だれの頭領、この駈落ちものたちまちひっとらえ、たずはそのまま放逐したが、吉田を山へひったて、坑内につれこんで、そのまま行方不明にしつらえ、作造はしかし、芸者つれこむことはせず、たかをが他の男のタネならばと、思いがけずに湧いた疑念をたよりに、それが事実なら、血のつながりはない。ようやく十七歳、しかも男をしって、さらにしっとり肌にうるおいの増した姿こびりつき、これ以上の罪はゆるさぬと、兄妹の寝所ひきはなし、わが近くに寝かせていたが、ある夜たかをのもとに忍びこみ、たかをはいっさいあらがわなかった。

「なんでも欲しいもの買うてやる、よか女子になった、うん、なにが欲しいとね」うつけた声で作造かきくどき、節夫は、それと時を同じくして喀血した。作造は、ひっこみ思案気の弱い節夫を、はがゆく思いつつも、これまでかわいがっていたのだが、妹を抱き、さらにその肺病とわかってからは、「家ん中ばうろつくな、死病の息まきちらすな」と、一つはたかをとりかえされるのではないか、また、病気の伝染も怖れて、蔵に閉じこめ、女中も詳細はわからぬながら、すさみきった家内の風にいや気さしてひきとったから、広い屋敷は荒れ果てるばかり。

「兄ちゃんの頼み、きいてくれんか」すっかり衰えた体の、節夫が、三度の食事だけは運ぶたかをにいい、たかをはいっさいの感情失ったように、かつてむつみあった兄にも冷たく、「兄ちゃんはもう長いことなかとよ、ようわかる、最後の頼みじゃけん、きいてくれんか」すがりつくように、格子でさえぎられた蔵内から呼びかけ、「たかをは、死人葛好きじゃった、今はどげんな」たかをは答えず、「死人葛は、死人の血肉を養いにして花ば咲かすのよ、たかをも知っとろうが、兄ちゃんの体を土ば埋めちくれ、いや、この錠はずしてくれたらば、兄ちゃん自分でやる、兄ちゃんの埋まったに、死人葛移せばよか、もうじき花が咲くじゃろう、白か花が、こまいかわいい花がいっぱい咲く」必死にしゃべりかけ、たかをはだまってきいていたが、一つうなずくと、鍵をもってもどり、節夫に渡した。

節夫は、火箸の如く痩せた腕で、錠をあけ、ふらふらとよろめきでると、いっぱいの陽光に眼くらんだか立ちつくし、棒を杖について、「どこがよかかね、たかをの好きんところに死人葛咲かしちゃる」木立ちの中を歩きまわり、「ここがよか、ここならたかをの部屋からようみえるばい」あらためてスコップを持ち出し、土くれ一つすくっては荒い息吐きつつ穴を掘る。たかをはしゃがんでながめ、ようやく暮れつかた、人一人どうにか横たわる深さ幅に仕上げると、「兄ちゃん、ここに寝るけん、土ばかけてくれんね、兄ちゃんの血肉たぐりよせて、美しか花の咲くじゃろうけん」、すえた臭いの寝巻き脱ぎ捨てると、しずかに横たわり、穴のかたわらにしゃがんだ妹をあおぎ見る、裾から秘所がのぞけ、それはまたあのはじめての夜、月明りに照らしだされたさまと同じく、白金の滴しとどかざっていて、節夫はながめ入り、その眼いっぱいにひらいたまま、ガブッと血を吐いて、息絶えた。

たかをは、土を片寄せ穴に投げ入れ、たちまち節夫の体かくれて、こんもりうず高くなったてっぺんに、棒をさし、なにごともなかったように歩き去った。節夫の失踪は、別段、作造の注意をひかず、「よかよか、野垂死すれば、身に相応たい」夜は必ずたかをを抱きすくめ、しばらくは父娘さかり合うまま、人の噂ともならず、平穏にうちすぎ、年毎の夏、ひたと棒にまきついた節夫の死人葛、ねがった通りの美しい花を咲かせた。

やがて大陸で戦争がはじまると、山はさらに活気づいて、チェーンコンベア、コールカッター、チェーンローラーなど機械力が導入されて、根こそぎ炭層すくいとるから、つれて落盤事故も頻発し、しかし「我等は御国の産業戦士」「出征兵士の労苦を思え」「輝く日本のびゆく鉱山」「張りきった腕に銃後の意気しめせ」「質実剛健出炭報国」と、いたるところに貼りめぐらされたポスターにらみをきかせ、頭領小頭は、中隊長小隊長と名がかわって、さらに苛酷な労働を強制する、昭和に入ってすぐ姿を消した女坑夫が、男手の戦にとられるため、十七、八の少女までが、腰手ぬぐい一つで入坑し、十七年になると徴用の独身坑夫もあらわれた、トランク一つぶらさげて、およそ山の事情などまるで心得ぬから、大納屋の、冬ですら蚤虱わがもの顔にふるまうの怖気ふるい、坑内に入ればキャップランプ一つがたより、その壁にうつる光を人魂とみて胆つぶし、坑木にびっしり生えた白かびを幽霊とまちがえ、それでなくても葛坑の如き小山が昼夜兼行、休みなしの三交替で、つい保安おろそかになるから、バレで腰をくだき、腕をローラーにはさまれ、一日に一人二人の大怪我は当り前のこと、おびえて脱走をはかれば、非国民の札うたれ、たいていはつかまって人事係の部屋につれこまれ、クモ釣りすなわち、手足四つを背中で一つにしばりあげ、天井から釣るし、このまま一晩放置されれば、呼吸困難で死ぬといわれていた。

十七年末に、作造は脳溢血で死に、なにしろ親方日の丸、人手集めの心配はなし、炭はすべて買い上げられて、憲兵の詰所がにらみきかせて争議騒動のうれいもない。金は入るいっぽうで、齢六十二歳、すべて頭領にまかせて、山へ入ることも今では稀だった。この十年ばかり家を一歩も出なかったたかをが、作造の死を報じ、自分が後を継ぐと宣言し、もんぺに坑内帽も凛々しく、住まいを納屋のかたわらに移して、作造の子供である六歳の娘さつきを連れていた。

昭和十八年に朝鮮人労働者が釜山から送りこまれ、これはもっとも危険な切羽に追いやられ、しかも逃亡を怖れて入坑以外はすべて全裸、倉庫の如きあばらやにむしろだけ与えて入れこみ、事故死病死者が相ついで、頭領は手間をうるさがり、不要となった坑道奥深く死体投げ棄てることを提案したが、たかをはいちいち丁寧にとむらって、死人葛群生する中に埋め、その年の夏、戦局悪化し、男手の不足補うためオーストラリヤ兵捕虜、学徒動員の学生もかり出される。

捕虜の監督を朝鮮人がまかされて、それは監督者自身にさえ危険の及ぶ、切羽を受け持たせたからで、不慣れも手伝い、マイトの暴発、炭塵爆発相ついで、坑内火災となれば、まだ生存者がいるとわかっていて、その坑道閉鎖し、その塗りこめた壁から、苦しまぎれの腕が一本突き出され、それをすら誰も気にしない。昼夜三交替まるで生気うかがえぬまま、彼等は入坑し、必ず出坑の際は友の死体をかつぎ上げ、死体のいずれもバレによるひどい損傷を受けていて、日本人労働者も、もはや縁起かつぎのしきたりなどかまっていられず、右から左へたかをの手に渡された。

学生は坑外で、坑木選炭搬出に従事し、食事だけは確保されていたから屈託なく過ごして、翌年引き揚げたが、中の一人臼杵《うすき》良夫は、徴兵をきらってここへ逃げこみ、日本人労働者の中にこの例は珍しくなかった、元共産党員、脱走兵、殺人者、それに臼杵の如き兵役忌避者もいて、誰も戸籍をうんぬんはせず、ただ出炭量さえ上れば、優良鉱山だった。

やがて北九州佐世保に空襲しきりとなったが、葛坑は山中の谷間だから、二度三度銃撃を受けただけ、しかし、それまで確保されていた食糧がおぼつかなくなり、十九年の夏からゆるやかな傾斜に段々畠つくって、主に芋を植え、それも足らず、朝鮮人、捕虜にはただ煮かためた団子の如き、ヒエアワ飯、日本人の中にさえ栄養失調者があらわれた。

秋になって、朝鮮人労務者が坑内で何かをむさぼり食べているという報せがあり、調べると、死人葛の花のあとに、親指大の実がなって、これを割ると固い澱粉質のかたまりがあらわれる、朝鮮人はこれを石油缶に入れて突きくずし、湯がいて食べていたので、日本人はさすがに死人葛の由来こころえているから手が出ず、かわりに、彼等に与える食事を、その分だけさっぴいて、葛の実は栄養価が高いのか、朝鮮人はめきめき体力をとりもどしていった。

敗戦の直前に、どう情報を受けとったのか、捕虜が暴動を起し、彼等は食糧庫を襲い、事務所にたてこもって気勢をあげ、頭領連も、相手が毛唐では背中の入墨にものいわせようもなく、なにより長崎原爆のしらせやらソ連参戦のニュースが、日本人をうちひしぎ、八月十五日が来ると、今度は、朝鮮人が団結して、逆に日本人管理者を閉じこめ、早くも太極旗をかかげて施設をうちこわし、十六日に米軍機飛来し、落下傘で捕虜に衣服、靴、武器を投下し、すると痩せおとろえた体ながら、たちまち形よく身なりととのえたオーストラリヤ兵、ピストルかまえて、生きた心地もない日本人はそのまま、朝鮮人に襲いかかった。

オーストラリヤ兵を直接に監督したのは朝鮮人であり、その恨みをはらすためであった。次ぎ次ぎ坑道においやり、やがて発破の如きピストル発射音がひびく、かと思えば、ボタを投じていた千仞《せんじん》の谷に五、六人かためて追いおとし、坑口前の広場に集めて、火のついたマイトをほうりこむ、どこにまだそんな力が残っていたかと思われる荒々しさで、次ぎはわが身の上かと山肌を伝って逃げ出し、つかまって射殺された以外、日本人に被害はなかった。あたり硝煙と血の臭いが入りまじって、二日間殺りくに熱中し、三日目、トラック四台に分乗、頭領に案内させて、勝利者たちは博多へむかい、はじめ軍装に身を固めたものの、八月の暑さで、すぐ裸にもどり、返り血浴びた姿はそのまま赤鬼の如く、トラックに乗りこんでもピストルをあたりかまわず射ちはなし、大声で唄をうたい、それはいつまでも、ようやく胸なでおろした山の人間の耳に、幻聴の如くひびきつづけていた。「どげんするとですか、こうなりゃ、山も炭もありゃせんですばい」年老いた頭領がたかをにいい、「どげんするもなんも、山を守るよりしかたなかと、炭は必ずいるんじゃけん」徴用坑夫、流れ者、生き残ったものの半ば狂った朝鮮人、それに以前からの坑夫も、潮のひくように山を降りた後、たかをは、いたるところに打ち捨てられている朝鮮人の死体、それは行くあてもないまま残った古参の坑夫、たいていのみじめな死にざまにはなれていても、手を出しそびれるほどのすさまじいものだったが、娘に手伝わせ、母の以前使っていた古いスラに乗せては、墓場に運びこむ、ざっくり割れた傷口に無数の蛆《うじ》がたかり、スラひくにつれて、腸がずるずると紐ほどくようにこぼれ出し、脳味噌には豆粒大の山蟻がとりついていたし、梢に烏が蝟集《いしゅう》して鳴きかわす、死体むかえる墓場の死人葛は、今が盛りの花で、夕暮れとなれば、すでに秋の気配ただよわせた涼風にさやさやとゆれうごき、その中を、運ぶうちに袖口襟筋に蛆虫のうつり、もとより血まみれ汗まみれのたかを、疲れもみせず、さつきにもおびえた風はみえなかった。

一週間たつと、腐れくずれて大地にしみこみ、どすぐろい死体の跡の他、痕跡は地上になく、だが坑口からは、射殺された亡骸にとりついた蛆の、羽化して何万匹とつむじ風の如くあらわれ、また屍臭にさそわれてうなりつつ吸いこまれ、老人とたかを親子、貯めおきの食糧で細々と食いつなぎ、訪れる者はまったくない。

十月に入って、徴兵忌避者臼杵良夫があらわれ、博多長崎佐世保の様子をつげ、「これだけの炭坑、ほっとくことはありまっしぇんばい、これからはなにより燃料ですたい」臼杵は出身地にもどったものの、家族すべて爆撃で生命をおとし、別段傷心の態もみえず、「私あここで働かせてもらいますばい」すぐにも坑道へおりんばかりだった。

その言葉にいつわりはなく、年が明ければ、政府は傾斜生産の最大重点を石炭におき、器材食糧人員の手当て優先的に行って、たちまちもりかえし、外地からの引揚者、復員兵、焼け出されて職場失った者、手だれの坑夫は大手に吸収されたが、全国各地から食いつめものが集り、旧に倍する盛況、どさくさにまぎれて低層炭ならいくらもあるあたりを、独りこつこつ狸掘りする者もあれば、女子供の掘り出されたボタから炭を拾い上げて、これでも一日何百円の収入になった、炭の顔見ぬ前に、一噸いくら前金で支払われ、うってかわって昨日惨劇の山は今宝の入舟。いっさいは年老いた頭領と臼杵が仕切ったが、なにぶん流れ者の後が絶えず、納屋も間に合わぬから、ありあわせの板押っつけ張っつけて住まわせ、食事は大鍋に湯をまず煮立て、そこへ米をほうりこんでかしぎ、むれたところでござにあけ、同じ鍋に味噌汁を煮る、坑夫餓鬼の如くにむらがり集って、てんでに食らい、弁当につめ、われ先きに坑内へ走りこみ、資材いきとどけば、葛坑はおとなしい山であった、時に思わぬしゃれこうべ、燐光を帯び白かびにふくれ上って、気の弱い者の腰を抜かしたが。

二十三年が絶頂で、二十六年から眼にみえて下り坂となり、朝鮮戦争終る頃は、はっきり石炭不況とさだまり、賃金のかわりに、また売勘場からの現物給与、米味噌醬油塩油魚石鹼手ぬぐい煙草までが、下界でまったく自由となったのと逆に一種の配給制度、いや気がさしてやめれば、退職金どころか未払い何万とたまった分は棚上げ、女房子供かかえて思案投首のところへ、追い打ちかけるように、葛坑はじまって以来の事故が起きた。

まず地鳴りがして、次ぎに地震の如く大地ゆれうごき、納屋にふて寝のドマグレ連中とび出すと、坑口から白い湯気のようなものが、ゆらゆらたなびくだけで妙にしずまりかえり、空気送るコンプレッサーも、コンベアベルトもとまっていた。気がつくと、これが生命の水である坑口横の、今は何十人一度につかえるよう洗い場をもうけ、つきることなく水のあふれていた泉が涸れ、心利いた男はすぐ保安帽安全燈に身をかためて、坑口に入りこもうとしたとたん、轟音と共に水しぶきがあがり、標高百二十米の高さのこの土地に、津波押し寄せた如く、一直線に水は走って、納屋から貯炭所いっきょに押し流し、その水勢はすぐにおさまったが、坑口いっぱい高さ五寸ほどに水が流れ出て、たちまちあたりの土地を削り、濁流とかわって谷間にほとばしる。「どげんしたとな」「災難ばい、災難ばい」「わかっとる、こんげな水は、どっから来よるとな」「罰当りたい、罰当り」「池の底でもぬけたんじゃろうか」まことにそうとでも考える他はなかった、戦時中に急ごしらえの段々畠、つづいて耕すものがいて、中には水田もあったのだが、地鳴りと共に水が一瞬にしてひき、畦でも切れたかと見まわしたが異常はない、まるで風呂の底抜けたぐあいだったという。

こうなれば水の引くまで、救出は手が出ず、大地下水脈をハッパでぶち当てたとしか考えようがない。山肌えぐるだけえぐると、水の流れはさだまって、それはいかにも土深く湧きでた如く、夏の盛りに手を切らんばかりの冷たさで、これが谷に落ち、さらに八丁川に流れ込むと、川から水をひく田はすべてこの年冷害を受けて、稲は凶作となった。

坑口近くで作業していたらしい坑夫の死体が、三日後に一つ浮上し、坑道は入口から五十米まで水平のまま、左右にわかれて後、少しずつ傾斜しながら支道に入り、そのもっとも深いところで坑口から百五十米低い、どこに湧出点があるのかわからないが、水位かわらず流れ出るところをみれば、四通八達の坑道すべて水の満ち満ちているに相違なく、いかなポンプも力及ばず、死体の搬出は流れにまかせる他ない。あまりの突発事故に遺族悲しみも忘れて、ただ呆然と澄んだ流れに見入っていた。

たかをは、気まぐれに浮上する死体を、丁重に埋葬し、死体は水にのまれるより先きに、急に高まった気圧のためか、みな眼玉とび出し、肛門から腸をひきずり、肺を口からはみ出す者もいた、「むごか、空気入ったとたい」年老いた坑夫がつぶやき、このたびは、生き残った者みな力をかして、墓場に運ぶ。

「どげんなさいますか」臼杵がたかをにたずね、どげんもこげんも廃坑以外の道はない、「うちゃ、この山に育って生きてきたもんじゃけん、とどまって仏様のお守りばしますと」これまで自分の財産として守ってきた金をすべて投げ出すから、遺族に分け与えてくれと、作造から与えられていた預金さし出し、無い袖ふれぬと分っているから、生き残った二百十名ばかりのうち、半数は山を降りて、「しかたなか、大きか山でも死ぬ時は死ぬんじゃもん」亡骸にすら会えぬさだめを、すでにあきらめきっていた。

残った連中は、老人それにいまさら下界へ下りても使い道のない片輪、さらに半ば気のふれた女房、たよる身寄りもなく、ここならばとにかく当座の雨露しのげると気力なえた夫婦者、海外引揚者、原爆罹災者、それに朝鮮人、「私あ、ここで拾うてもろた身じゃもん、残してもらいまっす」臼杵もいって、狸掘りの気ならば、鏨一丁にカンテラ一つ、作造夫婦がここへ流れついた時と同じく、かつかつに食えないでもない。息子を水にとられ、孫娘と二人残された老人は、すでに場所を探して、山歩きしていた。孫娘の母親、つまり未亡人は、たかをから一時しのぎの金受けとると、そのまま筑豊嘉穂《かほ》劇場へ向って、旅まわりの役者買い、十日間共に宿に寝起きし、飲めや唄えの大盤ぶるまいのあげく、金の切れ目に、行方知れずとなっていた。

男女の割合いでいえば、女が多くて、女手一つでは狸掘りもならぬから、残った未亡人は、独身者を口説きにかかり、勝手気ままに空いた納屋を使い、男一人に女三人四人争ってそいぶしの有様。男っ気であれば、老人も気ちがいも相手かまわず、男の気ちがいは二人いて、一人は復員兵、どこの戦場にいたのかつまびらかではないが、年中、「わが国の軍隊は世々天皇の統率したもうところにぞある」うんぬんと早口に軍人勅諭をつぶやき、突如大声を発し、「金山一等兵、これより厠にまいります」など怒鳴り、もう一人は夕暮れになると、段々畠のあいまの道をセナ背負い、撞木《しゆもく》ついて、とぶような足どりで駈け上り、葛坑をかかえてそびえる通称角倉山のてっぺんにすわりこみあくことなく暮れるまであたり見廻していた、ふだんは平地歩くにも足取りあぶなっかしい老人だったが、坂道かけ上る時はけだものに似て、すばやいものだった、二人とも、炭切り出す技術はたしかで、これ以外に奇矯なふるまいはないから、女にとってはたよりとなるのだ。女の気ちががいは、色に狂っていて、年中裸同様の姿でうろつきまわり、ところかまわず大の字に寝て、いかにも男さそう如く、腰浮かせてみせ、相手にされぬまま寝こみ、山蟻がよく、その秘所にむけていそがしく行きかい、「どげんしたとね、ほれ、ぼんぼばありにあらされとるがね」老人の一人、親切心に注意すると、女はくるりと裾まくってさらにあらわにし、秘所うごめいてみえるから、思わずたしかめると、びっしり蛆がつまっているので、たしかにそのピチピチとはねるような鳴声をきいたという。

三十年に入って、海岸沿いの道路と、山を結ぶ道がくずれ落ち、葛坑盛んな時には、トロッコ、トラック併行して走っていたのだが、ようやく人一人それも草の根にすがってようやく渡りきる難所が三つ生れ、掘り出した炭運ぶ手段がなくなって、炭は自家用に使うだけとなる。段々畠からの収穫、罠をかけて狸、狐、野兎を獲り、鶏小屋を増やし、だが、なによりの支えは死人葛の実であった。墓場には、三町歩ほどの広さに葛がおいしげり、夏は雪のふりつもった如き景観となって、秋には、百人余りの人数十分に養うだけの実をもたらす、総出でこの実をとり入れ、納屋におさめ乾燥させ、石臼で挽けば、上質の澱粉がとれ、湯にとかすだけで、乳児にさえ与えることができた。

たかをは、この集落の長《おさ》となり、臼杵がこれをたすける、たかをとって四十五歳だったが、とてもその年にみえぬ若さ、二十九歳の臼杵とは、てっきり肌ゆるしあった仲と、誰しもふんでいたが実は臼杵、さつきに結婚申しこみ、てひどく断られていた。さつきは十九歳、母に面立ちの似て、さらに死人葛の花の如く色白の美女、年に似合わぬ﨟たけた品をそなえ、臼杵のここにいついたのも、その美貌にひかれてのことだった。

「あんたにはようしてもろとるけん、こげん断りはいいにくかばってん、さつきは嫁に出されんばい」「嫁に出されんいうと、婿とりでしょうか」「そげんこつでもなか」「私では釣りあわんとでしょう」「滅相もなか、そげんこちゃ思いもよらん」要領を得ぬまま、だが、たかをきっぱりと断りの意をしめし、臼杵ひき下ったのだが、あきらめたわけではない。

月日がたてば、明け暮れそれなりの秩序はできて、畠たがやす者、鶏の世話、飯炊き洗濯引きうける老婆、老人はそれぞれの穴を掘って、冬の寒さ日常煮炊きの用の炭を出し、そして子供も産れた。はじめは先山ほしさに男追いかけた女たちだが、その用はなくなっても、もはや楽しみといえば、男女の営みしかなく、はじめわが亭主大事にかかえて、寡婦娘の寄りつくのを防いでいた女房も、所詮は多勢に無勢で、誰が誰の男やら、昼日中から道ばたで抱きあい、鶏小屋の糞にまみれて愛撫をかわし、だから生れてくるまでは、果して誰のタネかわからぬ按配。そして十《と》月《つき》十《とお》日《か》の日が満ちて、産みおとした後も、やはりタネは心当りつかなかった、あるいは全身かさぶたにまみれ、常にじくじくと粘液まとった赤子、また通常の半分ほどしか頭の大きさのない赤ん坊、兎唇《みつくち》やら先天的に首が横によじれていたり、一人としてまともな児はなく、いずれもすぐにみまかり、だが、子供産みおとすことは、重要な意味があった。しげるにまかせた死人葛は、あたらしい養い、すなわち死人がとだえると、たちまち葉色あせ、花も数すくなくなって、せいぜい一年に老人一人が死ぬだけだから、やがて枯れ果てるのは必定、葛の実がなくなれば、すべて飢死しなければならぬのだ、殺すために、女は子供を産み、少女は月のものみたとたんに、はらまなければならなかった。

　はらみ女は宝物の如く丁重にあつかわれ、産み屋に入って、労働を免除され、ひきかえ老婆はおびえきっていた。もし、子供のうまれぬ年があれば、一人は死人葛の養いに供される、おびえのあまり「まんだわしにも、子供できるかも知れんとよ」男にすり寄り、かなえられぬと焦《じ》れて、谷間に身を投げようとする、老婆の息子は、母の狂態みかねて、掘りつくされた狸穴に連れこみ、老いたる母の足腰さするように、やさしく母を犯し、年とはいえ快美の表情うちふるわせる姿みるうち、息子は本当に子をはらむかもしれぬと、怖れる気持も動いたが、かりに産れても死ぬだけなのだからと、納得する。父親もまたおっぴらに娘を犯した、手塩にかけて育てた娘を、その幼い体つきのまま、男どもに荒らされるならばと、娘の母すなわち妻とそいぶししつつ犯し、妻も、これではらむならば否やはない、夫に手をそえて力をかし、姉は弟を抱き、兄は妹をてごめにする、食うこと寝る場所は当面保証されていたが、衣服はままならず、いずれもぼろの上にぼろをつぎはぎし、髪さんばら素脚の男女が、夜に日にかき抱きあって、直接食欲にむすびつく性欲は、果てしなく強じんであった。

中にたかをと娘さつき、臼杵だけは加わらず、たかをの役は、はらみ女のいよいよ分娩する時これをとり上げ、その首をねじって桶に入れる、一同総出でこれを見守り、産れてくる赤子は常に異常な形をしていたが、中には強い生命力のものもあり、ねじられたまま長く泣きさけび、そのようやく息絶えると、息をひそめうかがっていた一同、ほっと安堵の色をみせ、たかをのささげ持つ死体につきそい、死人葛の畠に埋める。この時以外、たかをは表に出ず、臼杵は、とり入れた葛の実の管理、掘り出した炭の配分をとりしきり、時にはさつきの姿をうかがいに、たかをの居間をのぞきみる、さつきは常に人形の如く無表情にすわっていて、臼杵の視線に気がついても、いっこうに反応をみせぬ、だが、臼杵は満足で、いつかはたかをの心もかわるだろうと、それをたよりに修羅のはざまにとどまっていた。

七年目に、まったく道などくずれ去った山肌を町役場の者が二人、葛の坑口近くまでたどりつき、それは八丁川に注ぐ清流の源をさぐり、貯水池にひく下調べだったが、荒れ果てた風景の中に、思いがけず煙たなびき、人家がある、さらに眼をこらすまでもなく、異様な風態の者が、のろのろとはいずり歩いているからおどろいて、ケースワーカーに告げ、「そりゃ知らんだったばい、葛境に住みついとる者がおるとは」若い担当者、すぐに山へ向かい、なるほど乞食同様の老婆がいたから、「どげんしたとね、はよう山降りんかね」浮浪者に語りかける調子でいうと、「あんたさん若うていなさるのう」「ああ、俺はまだわっかと」「そんなら、子ダネくれまっしぇんかねえ」妙にしなをつくり、よろよろと近づいてきて、肌は皮膚病でもあるのか赤白のまだら、白髪も半ばは抜けおちて、すさまじい姿だから、「わかっちょるたい、よか御主人ば世話ばしましょう」だから、町へ移って、ちゃんと布団も食物もある病院へ入り、体丈夫にしなければと、気味わるく思いつつ説きかかせ、「婆ちゃん、煙草やるかね」一本さし出してふとみると、同じような風態の老婆四人がじっとケースワーカーをみつめている、後じさりし、危く谷にころげおちそうになりつつ、逃げかえり、「気違い部落ですたい、どもこもなりまっしぇん」上司に報告した、その年は妊婦の不作で、おびえた老婆、昼間は集落からはなれ、草むらに身をひそめていたのだった。

その後、何度か調査員があらわれ、臼杵も会って、しかし死人葛にすがっていきる状態を、そのまま説明するわけにもいかぬ、といって、生れてくる胎児を養いにしていつまで続くものではなく、十年近く異常な中にいて、そう不思議にも思わなかったのが、ネクタイしめた男と話かわすうち、いずれはここを引払わなければならないのだから、これを機会に、もう一度さつきに結婚申しこみ、たかをともども町に暮した方がと、いわば里心ついて、思い立ったが吉日、夜更けにその屋敷おとずれると、内より息も絶え絶えの声音がもれ出て、雨戸のすき間からのぞくと、闇に白い体が二つからみあう、はっと胸をつかれ、さらに眼をこらせば、たかをとさつきで、やがて闇になれ、上なるたかを、横臥した娘の体くまなく唇でふれ、「わが養いとなれ、わが養いとなれ、子は親の養い、親養うが子のつとめ」低くつぶやき、唇の肌にふれる間、さつきは甘美なうめきをもらし、身もだえして、弓なりに反り、また上体はねおこし、「男なんちつまらんもんよ、さつきのことは母ちゃんがいっちわかっとる、ほれ、夢のごとあろう、ほれ、身も心もとけるごとあろうが、身も心もとけて、母ちゃんの養いとなるんよ、ほれ」やがて吸いつくように、たかをはさつきの体におおいかぶさり、妖しくうごめきつづける。

臼杵呆然として、雨戸をはなれ、女同士の交情につき聞かぬでもないが、母娘のそれははじめてで、しかもあの養いになれとは何の意味か、あるいはさつきの若い精を吸いとるのであろうか、すき通る如く近頃なお肌の色冴え、常は人形のようなさつき、生命力を母に与えているのか、丁度あの、死人葛の、死人の血肉養いとして、美しい花咲かせるように。

さつきはこのままでは死んでしまう、考えたとたん、そして、闇にうごめいていたそのしなやかな肌思い浮かべるとさらに、矢も楯もたまらず、臼杵は、たかをのすきをうかがい、しかし、養いを死人葛にささげる時以外まるで外出しない。空しく時がたち、その年の暮近く、老婆の一人が死んで、これを男たち葛の畠にかつぎこみ、ようやくたかをがあらわれたから、人垣をかいくぐって、臼杵、屋敷に入り、「さつきちゃん、こっちこんね、俺と逃げまっしょう、こげんとこにおっては、さつきちゃん死んでしまう」呼びかけ、姿見えぬから奥へ入ると、さつきは寝床に横たわったまま、ゆりうごかし、うっすら眼ひらいたのを、とにかく連れて逃げることが先きと肩にかつぎ、町への方角は、まだ人だかりがある、とっさに裏山の狸掘りの穴にとびこみ、これではすぐ発見されると、つるはしてこにして、あたりの石を入口に寄せ、二度三度さらにうごかすうち、ズシーンと、天井がバレて、二人くらやみの中にとじこめられる。

一瞬おどろいたが、お互い怪我はないとわかって、臼杵ようやく二人だけになったうれしさが先きに立ち、恐怖感はなく、まだ人形のようにたよりないさつきの体、やさしく抱きよせて、「安心しなさい、私がついとるけん、あんた今病気たい、なに、すぐにようなるけん、夜になったら、山を降りて町へいきまっしょう」しきりに話しかけ、だがさつきの返事はない、抱きしめるうち、冷えきっていたその体、いくらかぬくもりとりもどしたようで、「なんも案じることはなかとよ、私にまかしときんしゃい」いいつつ、表の様子うかがえば、空気の通ずる隙間はあるらしく、なにやらさわがしいざわめきが伝わる。

さつきの姿がないとしって、たかをたちまち逆上し、表へ走り出ると、臼杵のいる納屋を探し、山肌伝いに逃げたのでもない、「うちの娘ばみんじゃったね」「臼杵の罰当りどこへ失せたじゃろか」誰かれなく胸ぐらつかまんばかりにたずね、「娘さんなおりなはらんとね」うつけた口調でたずねかえす男、突きとばして去ろうとすると、「なにも逃げんでよか、娘さんな今頃は男衆にかわいがられとるたい」たかを殺気立って見かえすのを、「よかよか、おまえだけ除けもんにはせんたい」さつき失ったことに気づいたとたんに、たかを生気をなくして、みるみる五十半ばの老婆に変じ、男はこれが長のたかをとわからず、その場に押し倒し、「よかよか、わしの子ダネばはらませてやるけん」しゃにむに犯しにかかる、そのうち低く垂れこめた雪雲ちらちらとおちかかって、雪にさそわれたか、あるいははらみ女不作の年に苛立ったか、そこかしこ女とみれば男とびかかり、中には奪いあいとなって棒きれふりまわし、いったん気違い沙汰に火がつくと、わけわからぬたわごとを口々にわめき立てつつ、まだ十歳にみたぬ少女を犯し、若者は息絶えだえの老女にのしかかり、あぶれた老婆、つるはしふり上げて重なり合った男女の背後からうち下す。男同士組打ちとなったまま、坑口からの流れに転落するもの、雪の中を素裸となって狂い舞う女、その頭に天秤棒をたたきつけ、倒れたところをのしかかる男、男女からみあいつつ互いの首をしめあげ、同時に息絶えて打ちふし、老婆にしゃぶりつく少年を老人が犯し、生死の別なく、男ならば股ぐらをけとばし女の股間に棒きれをさしこみ歩く少年、石炭のかたまり持ち上げては、死人の頭をつぶす狂人、捕虜の殺りくよりも尚すさまじく荒れ狂って、やがて一同すべてうち倒れ、ぴくとも動かなくなったその中央に、カッと眼見開き、しわまみれしみ浮き出した、みにくいたかをの死顔があり、誰が持ち出したか、卒塔婆一本、その秘所深々と突きささっていた。

翌朝、つるはしでどうにか脱出孔をうがち、臼杵が表へ出れば、すべて雪におおわれ、昨夜の痕跡まったくかくされていたが、そこかしこうず高いかたまりの、雪払いのければいずれも死体で、「さつきちゃん、あんたのお母ちゃんも死になすったばい」一つ一つ顔あらためながらいい、さつきはこっくりうなずく、「どげんするかのお、墓場に埋めて、死人葛の餌になるのはいやじゃろうなあ」思案していたが、納屋からスラ持ち出し、死体のせると坑口に運び、あふれる水は大気より温いのかかすかに湯気を放つ、「まあ、山にだかれてねむってくれなんせ」坑口にむけて流れる水を逆のぼって、中はまったく暗黒の、よどみに向け押しやる、雪をそのままのせた死体は、暗闇にふんわりとただよい、それはあの坑木に寄生するカビの如く、また、卒塔婆にすがって、花をさかせた死人葛の風に流れる如く、闇と水に溶けこみ、水音もかすかに乱れるだけで、流されてもどる気配もないから、つぎつぎ同じくとむらって、そのうち、ただながめるだけのさつき、後山のように、スラを押して臼杵をたすけ、「ありがとう」臼杵がいうと、さつきははじめてにっこり笑った。夕刻ようやっと終り、「さあ、おんぶしまっしょかい、こっから町まじゃ、道はなかも同じじゃけん」臼杵はさつきを紐で背に負い、新雪一歩一歩ふみしめて山肌を伝い歩いたが、たちまち暮れて闇につつまれ、さらに降りはじめた雪にさえぎられて、二人のその後の姿をみたものはない。

「では市長さん、用意もよかですけん」秘書が、今はすっかり枯れ果てた死人葛のおびただしいつると、卒塔婆だけ残る墓場からもどった市長につげる、「はいはい」にこやかにこたえて、肥った体かがめてあたらしい暗渠へ流れを向けるべく、ちいさな閘門のハンドルをまわす、たちまち流れは泡立ち、堰きとめられて、暗渠はあふれ流れ、するするっと蛇のように下方へのびていく。「万歳」バッジが頓狂な声で怒鳴り、「これで市もあらたなる発展ば約束されたちゅうこったい」つぶやく、「うんにゃ、葛坑は、火やら水やら、よう役に立ってくれますたい」あらためて、馬蹄形のアーチをながめた、そのほんの眼と鼻の坑道の底に、屍蠟《しろう》と化した死体の、幾十と重なりあい、寄りそっていた、そのいずれにも、またあの死人葛は水草の如くにまといつき、ゆらゆらと、ふたたび花咲かせる場所を求めて、生きものの如くゆらめき、死人はそれまでしずまっていたのだが、今、急に水位がかわったから、ふわりと互いの位置が変って、ぶつかりあいまたつと離れてたわむれる如く、それぞれゆるやかに踊りながら、少しずつ浮上をはじめる、その先頭に、たかをの姿があった。

十九歳の地図

中上健次

部屋の中は窓も入口の扉もしめきられているのに奇妙に寒くて、このままにしているとぼくの体のなにからなにまで凍えてしまう気がした。ぼくはうつぶせになって机の上に置いてある物理のノートに書いた地図に×印をつけた。いま×印をつけた家には庭に貧血ぎみの赤いサルビアの花が植えられており、一度集金にいったとき、その家の女がでてくるのがおそかったので、ぼくは花を真上から踏みつけすりつぶした。道をまっすぐいった先に、バラック建てがそのまま老い朽ちたようなつぎはぎした板が白くみえる家で、老婆が頭にかさぶたをつくったやせた子供をつれてでこぼこの土間にでてきた時も、ぼくは胸がむかつき、古井戸のそばになれなれしく近よった褐色のふとった犬の腹を思いきり蹴ってやった。しかしぼくはバラックの家には×をつけなかった。それが唯一のぼくの施しだと思えばよい。貧乏や、貧乏人などみるのもいやだ。次の×印は、スナック《ナイジェリア》だった。体が寒さのためにふるえてきた。十月の終りだというのにめちゃくちゃだと思った。季節も部屋もそしてこのぼくも、あぶなっかしいところにいてバランスをとりそこねているサーカスの綱渡り芸人のようにふらふらし、綱がぷっつりと断ち切れて、いまにも眩暈を感じながらとりかえしのつかないところにおちてしまいそうな状態だった。部屋の壁によせてまるめてある垢と寝汗とそして精液でしっけたふとんに体をのせてマンガ本をよんでいた男が、力のない鼻にぬける笑い声をたてた。ぼくは男に知られてはまずいと思って丁寧に三度も清書した地図の頁をとじ、予備校でノートをとった部分をひらいた。

「さあ、彼女のところにでも、ごきげんうかがいの電話でもかけてやっか」

「寒すぎるなあ、この部屋」ぼくは肩に力をこめてすぼめてみせた。男は立ちあがり、のろのろした仕種で外にはみだしているどぶねずみ色のシャツのすそを、折目の消えたしわだらけのズボンの中につっこんだ。「あのさあ」男はそうすればまんざらでもないといったふうに胸をそらして顔をあげ、ハンガーにぶらさがった茶色のジャンパアに手をかけた。「前のラーメン屋から来たら払っといてくれないか」

「ヒフティ、ヒフティだからな」

「そう固いこちこちなこと言わんと。待っててくれと言ってくれてもいいけど」男の眼はやわらかく笑っている。「金がはいるかもしれないんだよ、思わん金」男はそう言ってジャンパアを着た。「いや、そんなこと言うとあの人に悪いな、あの人は聖者みたいな人なんだ、あの人は不幸のどん底、人間の出あうすべての不幸を経験して、悲惨という悲惨を味わい、いまでもまだ不幸なんだ」男の口調は俳優のそれのようだった。「それでいつも電話するんだよ、ああ救けてください、このままだとぼくは自分で自分を殺してしまいます、ああ、ぼくを引きあげてください、このままだとぼくは死のほうへずるずるおちていきます、彼女はぼくのほんとうのマリアさまだ、キリスト教のマリアがうぶ毛が金色にひかる金むくなら、ぼくのマリアさまは、元の皮膚がわからないほどじくじく膿がでるできものやかさぶただらけのマリアさまだ。この世界にあの人がいて、まだ苦しんでいる、そのことだけでぼくは死のほうへ、ににんがし、にさんがろく、のほうへすべりおちるのをくいとめているんだ」

「もういいよ、何回そのことを言ってるんだよ、前から思わぬ金がはいってくるって言ってて、全然入らないくせに」

「いや、はいってくる、きっと。そのときまとめて返すから」

「かさぶただらけのマリアさまをだましてだろ。おまえなんかに人がだませるもんか」

「たぬきだってできるんだって言いたいけど、ほんとうはぼくもだませるなんて思ってないんだ。人をだませたらこんなところにころがりこんでいないけどな」男は弱々しく鼻に抜ける笑い方をする。部屋の畳の上に散らかったヒトデの形のみかんの皮や週刊誌、それにいつのまにか増えてくるおぞましい新聞紙をふみつけ、ぼくの机の上の予備校のテキストや文庫本をみ、ふんといったふうに目をそらし、「たのむよお」と男は言った。ぼくはこの男のことにかかわりあいたくないと思い、返事をしなかった。

男が部屋を出ていったあと、ぼくはしばらく呆けてしまったように地図をつくることもしなかった。どぶねずみ色のシャツをいつもきている紺野という名前の三十すぎの男とぼくは同室で、毎朝毎晩顔をあわせていた。それだけでうんざりだった。一人で部屋を借りてすむことができればどんなによいだろうか。ぼくは十九歳だった。予備校生だった。他の予備校生のように仕事をしてかせぐ必要もなく、一日中自分だけの部屋にいて自分だけの自由な時間があればどんなによいだろうか。絶望だ、ぜつぼうだ、希望など、この生活の中にはひとかけらもない、ぼくは紺野の笑いをまねしてグスっと鼻に抜ける声をたてた。ぼくは壁にまるめたふとんに背をもたせかけて坐り、手を思いっきり上にあげて欠伸をした。腹がくちくなり眼がとろんとなるほどぼくを充分に満足させるものはなにひとつない。快楽の時間だってそうだ。いつもだれかにみられ嘲笑われているように感じるし、不意に扉がひらかれて人がはいりこんできそうな感じになる。このぼくに自分だけのにおいのしみこんだ草の葉や茎や藁屑の巣のようなものはない。ない、ない、なんにもない。金もないし、立派な精神もない、あるのはたったひとつぬめぬめした精液を放出するこの性器だけだ。ぼくは新聞配達の人間だけが集まってすんでいる寮の横の、柿の木のあるアパートにいるしょっちゅう亭主と喧嘩ばかりしている三十すぎのカンのきつそうな女の、すこし肥りぎみの顔を思いうかべた。子供は栄養失調のようにやせほそり、犬のように人にくっついて歩いてい、女の声は夕方になるときまってきこえた。「ふざけんじゃないよ」それが女の口ぐせだった。「甲斐性があるんだったら、やりやがれえ、殺すんだったらころせえ、てめえみたいなぐうたらになめられてたまるか、いつやったんだよ、いつからやったんだよ、あたしはだまされるのがきらいなんだ、てめえ碌なかせぎもないくせに、女房の口さえくわすことができないくせに、よくそんなことやれたもんだ、立派だよ、あんたはりっぱ、そのうちこの二丁目の角に銅像がたつよ」不意に涙声になり、犬の遠吠のようなすすり泣きの声がたかくひびく。硝子の壊れる音がし、獣が威嚇するときたてる唸り声のような男の意味のはっきりしない太く低い声がきこえる。女の泣き声は奇妙にエロチックだった。もしぼくが子供のときこのような争いがあり、母親がすすり泣きをはじめたとしたら、きっと不安でたまらずなにもかもめちゃくちゃに破壊してやりたいという衝動にとらわれ、うずいただろうが、十九歳の大人の体をもつぼくは、それを煽情的なものと思って、きまって自瀆し、放出した精液で下着をべたべたにした。ぼくの快楽の時。ぼくは、電話をかけて女を脅迫し、顔にストッキングで覆面をして女を犯した。ぼくは一度引き抜き、生活につかれて黒ずみ、荒れはてた女の性器を指でひろげて一部始終くわしく点検し、また女を乱暴におかす。悲鳴をあげようと救けてくれと言おうと、情容赦などいらない。けだもの。人非人。そうだ、ぼくは人非人だ、何人この手で女を犯しただろうか、なん人この手で子供の柔らかい鳩のような骨の首をしめ殺したろうか。

外から光は入ってこなかった。しめきった窓のくもり硝子が水っぽくあかるく、それを通してぼくと紺野にわりふられた共同部屋の、新聞紙と芸能週刊誌と食い散らしたもののかすで埋まった室内が映しだされていた。けだるいまま精液のぬめりの残っている性器をしまいこみ、ジッパアをひきあげて立ちあがり、ぼくは地図帖のサルビアの花のある家に×印をもうひとつつけた。この地区一帯はぼくの支配下にある。これでもうこの家は実際の刑罰をうけることになった。爆破されようが、一家全員惨殺されようが、その責任は執行人のぼくにあるのではなくこの家の住人にあるのだ。

セーターをもう一枚着こみ、きゅっきゅっと歩くたびに音をたてる廊下のつきあたりの、弁がこわれてしまったために水が流れっぱなしの便所横の階段をおりて、外に出た。ぼくは前のラーメン屋の角にある公衆電話のボックスに入り、十円玉をいれてダイアルをまわした。三回呼出し音がつづき、女の声がでた。ぼくは黙っていた。「もしもし、もしもし、白井ですが」女は言った。「もしもし」女はまちがい電話だと思ったらしく、そのまま切ってしまった。ぼくは深く息をひとつ吸い、あらたに十円玉をいれて、またダイアルをまわした。「はい、白井ですが……」と女は電話を待ちかまえていたようにあきらかによそゆきにつくった声をだした。「もしもし、どちらさまでしょうか？」ぼくは女の声に誘いこまれるように、低くぼそぼそとした声で、「もしもし」と言い、後なにを言っていいのかわからなくなった。「あのう、どちらさまでしょうか?」女は訊き、ぼくが答えないでいると「へんねえ……」と一人言をつぶやいて、切ってしまった。ぼくはその女のけげんそうな声を耳の中にとどめたまま、不意に体の中のほうから猛った感情がわきあがってくるのを知り、もう一度十円玉を入れてダイアルをまわした。女が受話器をとったとき、ぼくは女の声の応答をまたず、「きさまのとこは三重×だからな、覚悟しろ」と押殺した声で言った。「なにをされても文句などいえないのだからな、犬のようにたたき殺されて皮を剝がされても、泣き言はいうな」ぼくは女の声を無視してそれだけ言うと受話器を放りすてるようにおいた。声にならなかった言葉の群がぼくの喉首のあたりによく繁った枝のように重なりあって、つまり、ぼくはその言葉の群を吐きだすこともできず、ただヒステリックな高笑いをした。体の中にインスタントのソーダ水のようなぱちぱちとはぜる笑いのあぶくを抱きながら、その家の近くへ電話の効果をみとどけるために歩いて行ってみようとぼくは思った。午後の光が塩素のようなにおいをたてて車が走り抜ける大通り裏の建物や空気をよごしていた。歩道に台をおき松やいびつに歪んだ楓の盆栽を並べて光をあてている畳屋の店先で、ぼくは歩くのをやめ、ばかばかしくなってひきかえした。ひとりで興奮して喜んだって、ほんとうはなんにも変りゃあしない。畳屋は畳をつくっているし、肉屋は皮を剝いだ太股からすこしでもよけいに肉をそぎとろうと包丁をもってためつすがめつやっている。なにも変りゃあしない。ぼくは不快だった。この唯一者のぼくがどうあがいたって、なにをやったって、新聞配達の少年という社会的身分であり、それによってこのぼくが決定されていることが、たまらなかった。他人は、善意の施しを隙あらば与えてやろうと手ぐすねひいている大人は、君は予備校生ではないか、と言うだろう。そうだ、ぼくは予備校生でもある。隙あらば（この言葉がぼくの気に入り）なにものかになってやろう、と思っている者だ。しかしぼくがなにになれると言うのか。なれるのは、そんじょそこいらに掃いて捨てるほどいる学生さんだ。四年間遊び呆けるか、ゼンガクレンに入って殺すの殺されるのとまともに働いてきている人間だったらきくにたえない痴話喧嘩のような言葉を吐きあい、けろっとして一流会社に入るかだ。一流じゃなくったって、そいつらは、雨にもぬれず冬は暖房夏は冷房、髪を七三にわけてネクタイをしめ、給料もらって食っていく。まっぴらごめんだ。弱々しく愛想笑いをつくり、小声で愚痴を言いながら世の中をわたっていく連中の仲間入りなんて、虫酸がはしる。可能性があると大人は言いつのるだろう。笑わせちゃあいけない、階級ひとつとびこえて、雨にもぬれず風にもさらされず東のほうに貧しい人がいればああかわいそうだなと同情してやる身分になれるということだろう。それともその可能性というのは、なに不自由なしに三度三度あれもいやこれもいやと言ってだだをこねて飯をくってきた若者が、馬鹿づらしてつくった気球にのって空にとぶとか、太平洋を一人ヨットで横断するたぐいの、世の中の功成り名とげた腹のつきでた連中の衰弱しきった水ぶとりの感傷によって望まれるたぐいのものだ。可能性なんかありゃしない。ぼくは肩に力をこめ、寒さに抗いながら、ねずみ色の踵のつぶれてしまったバックスキンの靴をぬいでぎしぎし鳴る階段をのぼり、部屋に戻った。夕刊の配達に出かけるには二時間の猶予があった。部屋の中にこもったしっけたふとんのにおいが不快だった。あの男とぼくが整理整頓とは縁遠いごみくずの上で新聞紙をふとんがわりにしてねたって平気な性格からなのだろうが、共同部屋はあきれかえるほどに乱雑に新聞紙が散らかり、マンガ週刊誌が放りっぱなしにされ、灰皿がひっくり返っていた。それと対照的にうすく動物の模様のしみがついた壁はがらんと寒々として、となりのやはり「新聞少年」の入った部屋としきられていた。壁に〈シシリアン〉のポスターが貼ってあった。

ぼくの配達の受け持ち区域は繁華街のはずれの住宅地だった。そこは奇妙なところではかでかい家があると思うと、いきなりいまにも強い風が吹くと柱がたおれてマッチ箱がつぶれるように壊れそうなつぎはぎだらけの家があった。スナックやバーがあるかと思えば朝はやくからモーターをまわしてパタンパタンと機械の音がひびく印刷工場があった。そこはこうじょうではなくこうばの感じだった。ぼくは自転車を使わずに、走って配っていた。ぼくは荒い息を吐きながら走っているぼく自身が好きで、左脇にかかえたインキのにおいとあったかみのある新聞の束から手ばやく一部抜きとり、玄関があいているときはそのまま紙ヒコーキをとばすぐあいにほうりこみ、郵便受けがあるときはそれを軽く四つに折ってつっこんだ。玄関がとざされているときは、戸のわずかな隙間に、新聞の背のほうからさしこみ、その家の住人が鍵をあけ戸をあけた途端ひっかかっていた新聞紙がいま送りとどけられたと音をたてておちるように工夫した。アパートの中に配達するのが一番苦手だった。アパートでもそれぞれの部屋が玄関つきの場合はまだよかった。玄関がひとつで廊下になっている場合、靴をぬいで眠りこんでいる人間たちをおこさないよう足音ひそめて歩き新聞を入れなくてはいけないので、普通の家に配るより三倍ほどわずらわしく時間がかかった。そしてきまって換気の悪いじめじめしてくらい廊下にこもっている食いものともごみのものともつかないにおいがいやだった。廊下においてある子供用の三輪車にけつまずき、臑をうちつけたこともあった。ぼくはみどり荘の便所で小便した。そこでぼくはいつも日課のようにやるのだった。すると男がやってきて、ぼくのとなりに並んで立ち、「ごくろうさんだなあ」と言った。「もうおきたんですか、はやいですね」ぼくが挨拶に困ってお世辞のつもりで言うと、男は陶器に音させてはげしく放尿しながら、「いやあ、いまな、きりあげてきたんだよ。今日という今日はいろんな人間がいるもんだって感心したよ。熱海まで行ってとんぼ返りに戻ってくれって言うんだから。やっとねかせてもらうんだ」と言い、眼をとじ、パジャマの襟が顎にあたるのがくすぐったいらしく顔をふった。「極楽だなあ、まあ水揚げも悪くなかったし、ああ、ごくらく」ぼくはみどり荘の玄関横の便所を出、靴をつっかけ、朝がはじまり空が深く輝くような青に変りはじめた外に出てまたかけだした。ぼくはたった一人で自分の吐く息の音をききながら走りつづけていた。朝、この街を、非情で邪悪なものがかけまわる。この街にすむ善人はそんなことも知らず、骨も肉もとろけるほど甘い眠りをむさぼっている。犬が坂をのぼってキャバレーのウェイトレス募集のビラをべたべたはった電柱の脇で、ポリバケツをひっくり返し、食いものをあさっていた。茶色の犬はぼくが近づくと歯を剝きだしにしてうなり逃げだそうともしなかった。ぼくは走るのをやめ、四つんばいになり、ぐわあと喉の奥でしぼりあげた威嚇の声をあげた。犬は尻尾を後脚の間に入れ、背後から近づこうとしたぼくに顔をねじって唸りつづけ、ちょっとでも自分に触れれば嚙みちぎってやるというかまえだった。ぼくは立ちあがった。ぼくは犬ではなく、人間の姿に戻り、それでもまだ犬のように四つんばいになって犬の精神と対峙していたい気がしていた。犬の精神、それはまともに相手にしてもよい充分な資格をもっている気がした。この街を、犬の精神がかけめぐる。

高山梨一郎、この家は二回×印がついていた。門柱の横に郵便受けがとりつけられてあり、その中に軽く四つに折った新聞紙を入れようとして、ささくれた角で、一面の国会解散と印刷した部分を破いてしまった。これで×印がひとつふえた。ぜいたくな家にすみやがって。庭の中にけやきの大きな木が、空にむかって逆に根をはったように枝をひろげていた。そのとなりのアパートにはぼくの配っている新聞をよんでいる人間が二人いた。一人は学生か予備校生らしかった。あとの一人は、工員かそれともいまにも倒産しそうな月給の安い会社のサラリーマンらしかった。いや、スポーツ新聞を読んでいるからといって、そうきめつけるのはよくないかもしれないが、ぼくはそのうだつのあがらないよれよれのしみのついたズボンと茶色のちいさいジャケットをき、いつもきちっとボタンをはめている気の弱そうな三十すぎの男を、この街の人間の中で一等好感をもっていた。あわれな感じが気にいっていた。しかしこういう男ほど女にもてるのだ。この男は紺野となんとなしに似ていた。そのアパートの埃りのつもった階段を靴をぬいであがろうとして面倒くさくなり、他の新聞配達のように階段のあがりはなに、新聞をおいた。そしてぼくはまるで新聞紙が爆弾となって破裂するとでもいったふうにあわてて走り出、白みはじめた外の霧の粒が鼻の穴や頬につめたくあたるのを感じながら次の、佐々木剛の家にむかって走った。新聞の束は半分ほどに減り軽くなっている。雀が羽根をひろげてブロック塀からまいおり、歩きまわる。もう五時をすぎたのだろうか。後藤光太郎後援会と看板のかかったふとん屋の角から、若い男二人と女が一人、寒さに抗うためか女をまん中にして三人で腕を組んで歩いてきた。左側の男がおおきな声でしゃべり、女と右側の男が笑った。その男はぼくが近づくのを待っていたように、「よお、新聞屋」と声をかけた。「一部いくらで売ってくれる？」

「百円」ぼくは気はずかしさが消えはじめるのを感じながら、ふっかけてやった。

「百円？　週刊誌なみじゃないか、五十円にしろよ」

「いやだね、百円でいやだったら駅の売店で買いなよ、だけどいますぐ買えないよ、七時半ごろまで立ってまたなくちゃいけない」

女はあきれたというふうにぼくの顔をみていた。「やめよう、やめよう、どうせ新聞になんかなんにものっちゃいないさ。こんなガキに足元をみすかされるなんてくだらねえよ」パーマをかけた右側のバーテンダーのような男が言った。左側の口髭の男がぼくの顔をみつめ、「いいよ、この際だから買ってやるよ」と言い、ズボンのポケットから百円玉をとりだした。

ぼくは予備校生だったが、予備校にほとんど行かなかった。ぼくは日中ほとんど光が入ってこない部屋の中にいて、ただ思いついたように日本史を読んだり、高校時代にならった数学の教科書の単純な公式を用いて問題を解いたりしてすごした。マンガをみたり、それから時たまくだらない推理小説を読んだりした。新聞はほとんど読まなかった。だから部屋の中に散らかった新聞紙は紺野の読んだものだ。紺野は新聞を読みながら涙をながしたりした。子供が野原にすてられ、腹をすかして泣いているのを発見されたという記事などあるともういけない。紺野はおお、おおと関西なまりの声を出して涙ぐむ。「かわいそうだなあ、こんなことまでしなくちゃいかん親の、その鬼にしたこころはどんなんやろかなあ、つらいなあ、すてられた子供はまだしあわせだ、親はこれから一生、ああゆるしてください、苦しいにつけたのしいにつけ言いつづけんならん」紺野はそう涙声を出した舌の根もかわかぬうちに、すぐに金を手にいれるにはどんな商売をするよりも、女をだますにかぎるととくとくとぼくにその手練手管をかたりはじめる。紺野のはなしはいつもその時によって変った。紺野がこの部屋にきたとき、店主はぼくに、ある大きな会社に勤めていたがそこでちょっと事故があって体をわるくしてここに来たと彼の経歴を説明した。店主は、どうせ碌なことをやってきた男ではないと思っているらしかったが、苦労してきた人ですから、よくお世話をしてあげなさい、とぼくに言った。しかし紺野は大きな会社などに勤めたことはない、と言った。大学を出るとすぐ親の跡をついでおもちゃ製造をはじめたが、不況で倒産してここに来たと言った。次にはなしたときは不動産の業界紙の記者をやっていたと言った。となりの部屋にいる斎藤は紺野のことを、先天的なうそつきで、自分でだっていったいなにをやってきたか、いまなにをやっているのかわからないのではないか、と言った。「おまえは知らないけどな、おれなんかがここに入ったとき、おもしろいやつがいたんだぜ、ノーバイかなんかで五分間に一度は手鏡で髪のセットが乱れてないか調べるんだ。普通さ、三回も人のあとにつけば、どの家に新聞をいれるかわかるだろ、そいつは一週間ついても五十軒もおぼえてないんだ。八時になっても九時になってもなかなか戻ってこないから、店主がさがしにいってみると、新聞の束の上に尻おろして泣いてたんだって。白痴だな。道がわからないっておいおい泣いてるんだって。ばっかだよ、泣く歳でもないのにさ」斎藤はそれから、新聞配達にボーナスをだせという名目でつくられたこの店の秘密組合を切りくずしにきた男のはなしと、どんぶりのように大きな茶碗にくれといってきて腹がへってると言うので飯をくわすと、二十七、八の男がやとって五杯食べたはなしをした。五杯目を出したとき、店主は「まだかあ」と目をまるくして言った。男は四杯目のおわりの飯を口に入れたまま、「めしぐらいたべさせてもいいじゃあないか」とこもった発音の明瞭でない声を出した。その男は結局、一日も働かずにめしだけ五杯くってやめた。斎藤のはなしは落語のようでおもしろく、ことにけちなくせに義理人情にあつくふとっぱらであるとぼくらにみられたがっている店主のこわねがうまかった。「まだあいつはましさ」斎藤がそう言っても、紺野と同じ部屋にいるぼくは、口からでまかせのいいかげんなことをきかされるのにうんざりし、時折めちゃめちゃに殴りつけてやりたいと思うことがあった。だいたい紺野はぼくをなめていた。ただひたすら大学に入るために勉強している、なにひとつ分別のつかないなにひとつ知らない子供だというふうにぼくをみているのが気にいらなかった。ぼくは大学などとっくにあきらめている。その時、不意に硝子の破れる音がした。「ちくしょおお」と女の声がした。その声はとなりのアパートの女のものだった。亭主のものと思われる怒声がわきたち、肉が肉をはげしくうちたたく音がした。午後六時十分すぎ。「やりやがれえ、自分の女房だからな、殺すのなら殺せえ」声が尾をひき、それが不意にのみこまれるように消えた。紺野はぼくにむかって笑顔をつくり、「はじまったな」と言った。なめくじが塩をふりかけると水を出しながらとけはじめるような紺野のやさしい眼が、わけしりに思えて不快だった。ぼくはどう紺野に返事をしてよいかわからず、机のひきだしに体をもたせかけたまま、うんというふうに頭をふった。それが幼い仕種に思え、指が熱くなるほど短い火のついたマッチをすてる時のようにぼくは後悔した。女の泣き声が耳にこもった。「ああかわいそうでたまらないな、かわいそうだな」紺野は鼻から抜けるため息のような声を出し、それからはらばいになっていた体をおこしてすわりなおした。紺野の顔が裸電球のひかりに照らされてうぶ毛がたっているようにみえた。新聞紙とすみっこにまるめた店主の貸してくれたふとんとひっくり返りばらまかれた灰皿の吸殻と、インスタントラーメンの袋とどんぶりと、そういうめちゃくちゃな部屋の光景に、紺野はぴったりとキマっている感じが、おもしろかった。「ふざけんじゃないよ、甲斐性もありはしないのに」女の声がきこえた。「どこへだって出ていきやがれ、あんたに殴られて黙ってなんかいられるかあ」その声のすぐ後、女は亭主にまた殴られたのか呻き声を出して黙りこんだ。子供の声はまったくきこえなかった。ぼくはやりきれなかった。紺野が顔をうつむけ、足の指の先に落ちている吸殻を一つずつ拾ってしわをのばしながら、耳をとなりのアパートの夫婦喧嘩にむけているのをみ、ぼくはいま不意に立ちあがり、紺野の顔を足で蹴りあげ、「うそつきやろう、インチキやろう！」とどなり出してしまうのではないかと恐れた。「かわいそうだな」紺野は顔をあげた。涙が眼のふちにたまっていた。「救けてやりたいけど、救けることはできない。おれはなんにもできはしない」

「迷惑だよ、おまえなんかに救けにこられたら」ぼくは紺野の涙を嘲った。「あいつら好きで夫婦喧嘩してるんだぜ」

「おれはだめなんだ、たえられないんだ。ああいやだなあ、この世間に、しあわせに生きてる人間なんかだれもいないみたいな感じになるな、もうけっこうだ、そんな悲惨はみたくないんだ、むごたらしく苦しいめにあうのはおれとあの人だけでじゅうぶんなんだ、ああ、腹の底から腸をねじきられるような声をたててあいつは呻いている、まっとうな人間はあんな声を出しちゃいけない」

「呻いているのはまっとうだからだよ」

ぼくが紺野の言葉の揚足をとろうとして言うと、彼はぼくをみつめ、「おそろしくなるほどごうまんだなあ」とつぶやいた。「なにをみてきたというんだよ、なにをみたというんだよ」

「おれはさ、貧乏人をほんとうに嫌いなんだ、あいつらはあんな声しか出さないんだ、あんな声出して夫婦喧嘩して、あんな声出して性交して、あんな声出して子供をうむんだ、あいやだねえ、ちょっときいてやってくれよ。はずかしげもなしに近所中にきこえる声出してよ、あいつらに情なんぞいらないさ、マシンガンでもぶっぱなしてやればいいんだ」ぼくは声に出して笑った。紺野はぼくにつられてやわらかいえみを口元につくり、それから立ちあがり、押入れにつみかさねて並べてある古典文学全集の一冊をとり、それをめくって、中から一枚の写真をとり出した。それは子供の古ぼけた写真だった。

「頭からね、DDTぶっかけられたんさ、うちのおやじは満洲で商売やっててね。大連にいたんだ。そういわれたけどまるっきりなんにもおぼえちゃいないなあ。これみせると、みんな笑うんだよ」

紺野がなんのつもりで写真をぼくにみせるのかわからなかったが、ぼくは頭をまっ白にして怒ったように固い表情で直立不動の姿勢をとっている子供の眼が紺野にそっくりだと思い、べたべたしてすぐ形をくずしてしまうできそこないのプリンのように甘ったるく安っぽい感傷にひたっている紺野が不快だった。中心からぶよぶよくずれはじめている。

「このまえ、この写真みせて、自分の子供だといったろう?」ぼくは真顔で紺野をからかった。

「またあ、そんなこという、おれはね女はだましても男に嘘はつかないんだ」紺野はそういってぼくの手から写真をとった。その動作が女性的だった。「この写真、あの人にみせると、笑うかなあ? きっと笑うな。あの人、口をあけないで笑うんだな。このまえあったとき耳なりがして体が石みたいに固く重くなってしまうんだと言ってた。過労だなとぼくは思った。いまもね、息子がおかしくなったお母さんがきてたのよおって重そうに坐っているんだ」

「また淫売のマリアさまか」

「ちがう、かさぶただらけのマリアさまだよ。まったくどうしようもないなあ、あの人を苦しめてるみたいなもんだなあって思いながら、あの人の前に出ると舌が動きだしてとまらないんだから、おれってすくいようがないよ。ああ救けてください。ああぼくを赦してください」紺野は言い、それから足元のしわをのばした吸殻に火をつけた。子供の泣き声がきこえてきた。夫婦喧嘩はもう完全におさまったらしかった。下の部屋か、となりの斎藤の部屋でつけているテレビの音がぼそぼそと秘密めいた会合をしているようにきこえていた。ぼくはいまどうにもならない絶望的な場所にいる気がした。ほんとうになにをみたというのだろう。いったいなんのためにこんなところにいてごみくずのつまった部屋にうじ虫のようにいるのだろう。ぼくは黙ったまま立ちあがり、椅子に腰かけて机の上の本立から日本史の教科書をとりだし、中世のページをひらいてみた。つまらない。誰が権力をにぎり、なにがつくられようとこのおれの知ったことか。日本史、なんのためにこんなものを理解したり記憶したりしなければいけないのか、さっぱりわからない。この教科書の記述とはほどとおいところでおれの先祖は生きてきただろうし、いま現在、おれはそれらの記述のおよばないところで生きている。日本史を読むこのおれは逆説だ、いやこのおれそのものが逆説だ、いやちがう、このおれはまっとうだ、まっとうでなくさかだちしているのは過去がつづいていまにいたっているのだと思っているこの教科書をつくった人間だ。ぼくはそう考え、眼や口や鼻から白っぽい脳髄が、体の中につまっている柔らかいぶよぶよした悪感といっしょに水となって外ににじみだす気がした。ぼくは日本史の教科書を投げすてるように本立にしまい、かわりに地図帖をとりだしてひろげた。十津川仁右衛門という名前が眼についた。その家は無印だった。となりの川口という家の二倍ほどの大きさで家をしめす長方形が描かれてあった。その家の人間にぼくは恨みはなかった。しかしぼくはボールペンで三重×をつけた。ぼくが立ちあがると紺野はフィルターの部分までこげた煙草をすいこみ、鼻の穴からけむりを吐きながら、「こんどなあ、いっしょに行かないかあ」と言った。「おれのよごれたマリアさま」

「善はいそげ」ぼくは思いついた言葉を言い、紺野の言葉に返事もしないでジャンパアをきこんだ。

三回ほど無言のままぼくは十津川仁右衛門への電話を切った。四回目、女の声から若い男のものに変ったのをぼくは知り、吐きだそうとした言葉をのみこみ、もう一回待って気持をととのえようと思い、「もしもし、あのうもしもし」と言いつづける電話の受話器をおいた。暗いむこう側がちょうど霧がかかったようにみえた。電話ボックスの硝子に映っ

のように、まるで外からボックスの中に逃げこんだ獲物をおう犬のようにこのぼくをみつめていた。だいっきらいだ、なにもかも。反吐がでる。のうのうとこんなところで生きてるやつらをおれはゆるしはしない。ボックスの硝子にむかって口唇だけで声を出さずに言ってみ、ぼくはにやっと愛嬌たっぷりにえみをつくり、そしてもう一度ジャンパアのポケットから十円玉をつかみだし、穴の中に入れ、ツーという音をたしかめてダイアルをまわした。二回呼出し音がなり、若い男の声がひびいた。その男のあかるい声につられてぼくは自分の言うべきセリフを忘れてどぎまぎし、「あのう」とふがいない声を出してしまった。もういけない。「むかいのマージャン屋ですけどね、タンメン三つ」ぼくがとっさにおもいついて言うと若い男は「ああ?」とけげんな声を出し、まちがい電話だと思ったのか、「うちはそんな商売やってませんよ、電話かけるならもっとちゃんと調べてかけてくれよ、なあ」とどなり乱暴に切った。ぼくは受話器をおき、ほとんど条件反射のように十円玉をまた入れてダイアルをまわした。四回ほどでまた若い男が出た。「お宅の前のマージャン屋だけど、タンメン三つ大至急」ぼくは早口で言った。「はやくしてくれないか、腹がへってどうしようもないんだよ」若い男はどういうつもりなのか「はい、タンメン三丁ねっ」と答えた。それからそばに人がいるらしく「タンメンだってさあ」と言った。それから声を低めて「あのねえ」と言った。「お宅はどこのジャン荘かしらないけどね、肉屋にいって魚の刺身くれっていうようなもんだよ。魚屋にいってね、クラリーノの靴ください っていってごらん、ぶんなぐられるよ。バカッ」男はどなって電話を切った。ぼくは受話器をおき、ジャンパアのポケットをさぐったが十円玉はなかった。電話ボックスを出、ぼくは口唇も顔も、指先もひりひり痛むような感情のまま、つめたい霧のつぶのまじった夜の道を大通りのほうにむかって歩いた。大通りに出る手前の煙草の自動販売機でズボンのポケットに入っていた百円玉でハイライトを買い、そのおつりの二十円を手ににぎった。新聞販売店の寮のある通りの家はほとんど玄関をしめきっていた。スナックの前の電話ボックスに入り、尻ポケットにつっこんでいたアドレス帖を出して高山梨一郎を調べ、ダイアルをまわした。すぐ男の声が出た。「はい、高山数学塾ですが」ぼくは息をひとつすいこみ、「高山梨一郎さんは御在宅ですか？」とこもった低い声でたずねた。「はい、わたくしですが……」男の声は言った。

「あなたはたしか……いや、田舎はどちらの出身でしょうか？」うまいぐあいにセリフが出た。男は「はあ……」と言い、「岐阜ですが」と言った。

「ああ、やっぱりそうですか、ぼくも岐阜です。いま護国青年行動隊に入っています」

「うよく、のかた、ですか」

「はい、左翼、右翼と言えば右翼です」

「それでどういうご用件でしょうか？」

「いえ、ただあなたがぼくと同郷の方だとたしかめておきたかっただけです。どうも夜分失礼しました」

受話器のむこうで男の声があのう、と口ごもり、話をつづけたそうなようすだった。ぼくは無視して電話を切った。あいつは今夜眠ることもできずにあれこれ考え悩むにちがいない。ぼくは上機嫌になった。ぼくは声を出して笑った。そうなんだよ、あんまり有頂天になって生きてもらっては困るのだよ、世間にはおまえたちが忘れてしまったものがいっぱいあって、いつでもおまえたちの寝首をかこうとしているのだからな。大通りを駅のほうにむかって歩きながらぼくはまるで恋人の名前をいうように、おれは右翼だ、といってみた。けっしてわるい感じではない。角を右にまがり、工事現場の前をとおった。いいか、よくきいておけよ、おれの言いたいのはこうだ。おまえたちはきたない、おまえたちはおれのように素足で草の茎が槍のようにつきさす野原をかけることのできる体ではなく、肥満していて、ぶくぶくの河馬のようで、いやらしくしみったれている。おれは純粋だ、むくだ、金ぴかだ、おれの胸の肉を切りさいて血をながしてみろ、おれの性器から噴出する精液をなめてみろ。ぼくは高山梨一郎にむかってどなるようにしゃべっているぼくを想像し、不意に歌のような文句がでてきた。おれは犬だ、隙あらばおまえたちの弱い脇腹をくいやぶってやろうと思っているけものだ。それは予備校のテキストにのっていただれかの詩の一節だったかもしれなかったが、ぼくはそれがいまのぼくの感情にぴったりのような気がしてうれしくなった。

店主がジャンパアにマフラーを首にまきつけて奥から出てき、仲間のひとりにむかって「角の家だからな、二日つづいたらもうあやまりようがなくなるからな」と言い、煙草をくわえたまま、隅で広告のチラシをはさみこむ作業をやっていたぼくの前にきて立ちどまった。ぼくはむかっ腹がたった。人をみおろすとはこういうことをいうのだ。「ちょっとよけてくれないですかあ、あんまりふとった体が前にたったら、広告のチラシ入れにくいんだけどお」ぼくが言うと店主は上機嫌の女のような声を出して「わるい、わるい、いやあ、みんなうまいぐあいにうすいチラシ入れるなあって感心してたんだ」と言い、体をどけ、ぼくと同室の男の横に立った。「紺野君、配達おわったら、ちょっとはなしがあるんだ」紺野は店主にむかって顔もあげず、床板にあぐらをかいて坐りこんで作業をつづけながら、「はい、はいっ」と調子をとって言った。ぼくの横で水洗便所にしゃがむような格好でチラシをいれていた斎藤が、「あいつのはなしに碌なのはないさ」とつぶやいた。「あ、それからな、みんなにもいっとくけど、牛乳なんてのまんでくれな、われわれだってそうだろ、せっかく配った新聞を抜きとられでもしたら、これ以上腹がたつことないくらい腹がたつだろう」店主が言うと、斎藤がぼくの耳に口をくっつけるように「だれものみゃあしないよ、あんなものこんな寒い朝のんだら、すぐ下痢だよ、バカ、考えてものをいえ」と言い、笑い声をたてた。寒かった。体の奥の中心が凍えてかたまり、ぼくの体の筋肉も皮膚も骨も、うすく切られた肉のように時折波になってやってくる寒さにふるえた。寝不足のせいなのだろうか、それとも今朝がとくべつに寒いのだろうか、ぼくは耐えられずに大きな声を出してしまいそうな気がした。パートタイマー募集のチラシを終え、次にデパートの広告に移った。斎藤は一度にその広告を二枚ずついれていた。ぼくも彼のまねをして、それを二枚ずついれた。二枚いれた新聞と一枚も入っていない新聞は、重みも厚さもちがい、みただけですぐわかるほどだった。

「終ったらコーヒーのみにいこうな」斎藤がぼくに言った。「モーニング・コーヒー、しゃれてやがるな、ちくしょう」

「学校へ行くんだろ?」

「いかないよ、今日は休みさ。アタマにきてんだから、あのドモクのやろう」

ドモクとは、予備校で斎藤と同じ国立文科系精鋭コースに入っている玉置のことだった。斎藤が床に新聞をたたきつけるようにして並べはじめると、紺野が、寮の下の部屋にいる学生にむかって、「そりゃあ、だめだなあ」と言い、まるで露店でゴザを敷いて品物を売っているふうに広告のチラシの束をもって六部ほどひろげた新聞に一枚ずついれた。入れおわった新聞をかきあつめて横におき、また六部ほどひろげる。店主が畳の部屋の、机の上に大きなやかんをおき、コップを三つほどもって、「ほらよ、ここへおくからな」とコップを新聞紙の上に裏がえしにしておいた。「そんなもののめるか」斎藤が言った。

その言葉に笑って顔をあげると、店主と眼があってしまった。「吉岡君、ここにおくからな」店主はぼくの名前を口に出して言った。ぼくはうなずいた。

「あのドモクのやろう、おれにさ、ゼンロウレンに入れって。入ったら試験の点数でもよくなるっていうのかよ、ばっかやろう」

「あいつはいいんだよ、精鋭コースの秀才だから。五百人も六百人もつめこんで精鋭コースがきいてあきれるよ。予備校なんかくそだと思ってるんだ、おれ」

「いじけてるからな、ほんとうにいじけてくっからな」

「いじけることなんてないさ、おまえだってけっこうまじめに通っていい線いってるんだろ。このまえドモクなんてメじゃないって言ってたろ」

ぼくは新聞を防水するため重い布でまるめてたばね、それをベルト幅のひもでゆわえて肩から吊し、踵のつぶれたバックスキンの靴をつっかけて斎藤を待った。斎藤は黒いペンキでぬった自転車の荷台に新聞の束をくくりつけた。

「どっちが先におわっても《フランキー》で待ってようよ」斎藤が言うのを合図にぼくはかけだした。朝はまだはじまらない。ぼくはスピードを早め、朝になる前の凍えきった空気とぼくの体の温度がちょうどつりあう黄金比のようなところへもっていこうとした。百メートルほど全力疾走して、釣堀のところでスピードをおとして呼吸をととのえた。エンジンがかかっているらしく排気ガスを出しながらタクシーがブロック塀に身をもたせかけるようにとまってい、運転席に男がねていた。高橋靖男の家から配りはじめた。

ぼくと斎藤が《フランキー》でもちよった新聞を読みながら、モーニングサービスのトーストをくっていると、紺野がえみをつくって入ってき、「碌なはなしじゃなかったなあ」とひとり言のように言って、ぼくの横に腰かけた。「なにを言うのかと思ったら、カゲキ派みたいなこと言ってるやついないかってきくんだ。さあ、わたしは知りません、女に興味あってもカゲキ派のようなものにはぜんぜん頭がうといですから、そう言うとげらげら笑うんだ。おかしくないよなあ」紺野はカウンターの中のマスターにむかってコーヒーを注文した。「店主は、ぼくに、あんたはいい人だってお題目のようにとなえよる。冗談でしょうって言ってやった。そんないい人が、なんでこんなところで子供ほど年のはなれた人間の中で新聞くばりをやっていられるんですかって」紺野はそう言ってから斎藤にむかって右手をあげて頭をひとつゆすり、テーブルにおいてあった煙草の箱の中から一本不器用にぬきとって火をつける。外は柔らかい光のあふれた朝だった。

「あの気ちがいのような音はなんとかならんですかと言うと、あれが一番いいんだよって言うんだなあ。たとえばオルゴールのような音とか、いまいくらでも売ってるだろう」たしかに紺野の言うとおり、ブザーの音は腹だたしかった。耳の鼓膜を太い木の棒でつき刺すようなブザーの音は四時半きっかりに鳴らされた。タイマー仕掛になっていて、起きあがり、手さぐりで壁にとりつけられたブザーのボタンをおしかえすまで情容赦なく鳴りつづけた。紺野はそのたびに、小声で文句を言った。「あの音をきいてるとなんだかわからないけどわが身がうらがなしくなってくるんだな」

「そこまであいつは気がまわらないよ、二十人ほどの人間がいるのに、お茶をのむコップ五つしかないんだから」

「あいてにしないほうがいいさ。まだあのくそったれババアのほうがはなしをしてもわかるよ。でも、おれが月賦でセーターとズボンを買うからとたのんだら、よしたほうがいい、現金で買ったほうがいいって言いやがった」斎藤が新聞のスポーツ欄をひらいて、それからコーヒーカップの底にのこっていた砂糖にコップの水をあけ、スプーンでかきまわした。

紺野は湯気のたつコーヒーを音させてまるであつくとけた黒砂糖の湯をすするようにのんだ。ぼくは紺野がなにからなにまで嘘でかためているような気がした。「サウナへでも行ってこようかな、拡張のおやじに、今日までの券もらったんだ」

「ゴウセイじゃないかよ」斎藤が紺野をバカにしたふうに言い、新聞を後の席にほうりこんだ。

「また今日もぼくの夢のようなバラ色の一日がはじまったんさ。あの人に電話して、あの人にあってね。あの人にまたおれは苦しみをあたえてしまうんだな、ずっと待っていたんです、今日もしかするとあなたがきてくれるんじゃないか、そう思ってずっと部屋の中で身をこごめて待ってたんです、そう言われることが、あの人は苦しくてしようがないっていうのはわかってるんだ。だけどあの人だって女だから、ほんとうはそう言われたい気持があることはわかってるんだよ、おれはそれがつらいんだ」

「あの人って？」斎藤が訊いた。

「紺野さんのマリアさまだってさ。ものずきなんだよ、だます女がいないからって五十にもなったヨイヨイのババアをたぶらかすことないのに。一日中こんなことばっかり言ってる」

「たぶらかしてなんかいないぞ、ぼくたぶらかすなんていうことは絶対やれないし、やったことないんだから。いいか、どんな女だってどんな人間だってだますことはできてもたぶらかすことなんてできやしないんだよ。おれは金持だと言うだろう、いや女にむかってぼくは君を愛していると言うだろう。相手に心底思いをこめて言わなければ、相手に通じるもんか」紺野はぼくの言葉に刺激されて言いつのった。紺野が不意に感じた腹だちのようなものがおかしかった。

「だけど結局たぶらかすんだろ、自分で言ってたじゃないか、何人女をたぶらかしたかわからないって」

「たぶらかしたなんて言ったことない、だました、結果的にそうなったと言ったけどな」

「いっしょだよ、そんなことどうでもいいさ」斎藤はいらいらしているらしかった。髪をかきあげ、それから煙草の箱の角を指でつぶす。

「三十男がだましたりたぶらかしたりするのはきたならしいな」

「おれは人をたぶらかせるほど強くはないってことはっきり知ってるんだ、あの人はそんなおれを知ってる、あなたをだましている、あなたに嘘をついている、こうしゃべっていることが嘘だ、あの人はね、蚊のなくような声で、玄関に坐ってゲタ箱を改良した本棚にいまにも内から肉がくずれてしまいそうに疲れた体をもたせかけ、いいのよお、って言うんだ、だまされるのもなれてる、嘘をつかれるのもなれてる、みんないいのお、あなた、死ぬことなんか考えないで、生きなくっちゃあ。あの人はぼくが死んでしまうのではないかと不安でしようがない、おれはさ、あの人のまえにでると、いつも死ぬことばかり考えているみたいに、死ぬ、死んでしまいそうだっていつのまにか舌がうごいているんだな、どうしようもないやつだと後になって後悔するけどな」

「死ねばいいじゃないか」斎藤が言う。

「だけどさ、首吊ったって薬のんだってあんまりカッコいいもんじゃないしさ、それよりぐずぐず生きてるほうが、まだ快楽もあるしな」紺野は鼻に抜ける笑い声をたてて、つづけた。「たしかに、だけどやっぱり三十男はきたならしいな、自分で自分を殺すなら二十五歳までだな」

午後、ぼくは地図つくりに熱中した。電話ボックスから電話帳をもちこみ、配達台帳にある名前をかたっぱしから引いて電話番号をアドレス帖にひかえた。同姓同名の人間が他にもいるのが五軒ほどあり、それらは住所をたしかめてひかえた。電話のないのが半数以上だった。その中でアパートに入っている人間のものはアパートの電話をひかえた。十二時から二時まで二時間かけたがぼくのもくろんでいる地図帖の三分の一もできなかった。ぼくは地図帖に、その家の職業も、家族構成も、それに出身地までも書きこみたかった。たとえば高橋靖男の家の電話番号はわかっているが、その男が年はいくつでなにをして飯をくっているのかわからなかった。みどり荘にすんでいる野本きくよ、上村勝一郎は他になんにもわからなかったが、年齢はだいたい想像できた。野本きくよは三十五、六、中学生ほどの男の子と二人ですんでい、上村勝一郎は二十七、八のサラリーマン風の男だった。路地のつきあたりの鶴声荘で、ぼくの配っている新聞を読んでいる人間が一人いた。黒いごわごわした生地の服を着た六十すぎの女で、トランプ占いをやってそれで飯をくっていた。いつも金は一日にはらうといって、他のどんな日にいってもくれなかった。ノックするとドアがあき、中から猫が尻尾をたてて出てき、きまってぼくはその猫の脇腹を蹴とばしてやりたい衝動を感じた。しかしその浜地とみのことだけわかってみてもしようがないのだった。ぼくはそんなあわれにつつましく一人で生きている人間にはまったく興味がない。ぼくは高山梨一郎とか十津川仁右衛門とか平田純一とか、おっこちないでうまいぐあいにこの社会の機構にのっかって生きている人間のことを知りたいのだった。光がとなりのアパートの窓硝子に反射していた。ぼくは物理のノートをとじた。そうだ、ものの法則だ。力を加えると石は逆方向に動こうとする。ぼくは物理のあやふやにおぼえた法則を思いだし、このぼく自身がその参考書に絵入りでのっていた石のようにいまここにいて考えていると思った。ぼくに希望などない、絶対にない。予備校にいって勉強して大学にはいってそれでどうするというのだ。ぼくは不意に姉をおもいだした、そしてその姉が、手首を切り血まみれになった青白い皮膚で転っているぼく自身をみつけて泣いている姿を想像し、涙がつぶれた甲虫の体液のように眼の奥にしみだしてくるのを感じ、自分自身を笑った。たしかに姉は泣いてくれるだろう。しかし昔のことをぼくがほとんど思いだせないように、すぐ忘れてしまうだろう。ぼくは椅子から立ちあがり、俳優のように背をまるめ、上目づかいに窓の外をみて、「おれは右翼だ」と言ってみた。しかしどこか嘘のような気がした。「おれはおまえを生かしちゃおかない、おまえなんぞ死んでしまえ、おまえはきたならしい」ぼくは声に出して言ってみた。

ジャンパアをはおり、ぼくは物理のノートを本立の中にしまいこみ、ポケットに小銭があるかどうか確認して部屋を出た。廊下のつきあたりの水洗便所はまだなおしてないらしく水が滝のような音をたてて流れていた。それがいまいましかった。

午後の光を顔に直接感じながら、ぼくは汗でしっけた十円玉を入れ、ダイアルをまわした。ツーンツーンときこえる呼出し音が二回鳴り、十円玉が音をたてて受け箱におち、「はい、はあい」という男の面倒くさげな声がきこえた。「もしもうし、東京駅ですが」ぼくがその弾みのついた声を耳にし、「あのう、今日のね、玄海号の」と発音の明瞭でない声を出して言いはじめると、電話の男は、「なんでしょうか？　今日の玄海号の乗車券ですか？」とききかえした。「ちがうよ、あのね、事件のおきるまえにな、お知らせしてやろうと思ってな」そう喉の奥でいったん殺した声を出すと、弾んだ男の声は、「はあ」とちょうどゴムマリの空気が抜けてしぼむような感じで「ちょっと待ってください」と言った。「待てないんだ、おれは忙しいんだからな、ここからちょうどおまえの顔がみえるからな、いそいで教えてやろう、めちゃくちゃになるんだよ、あの玄海号が十二時きっかりにふっとぶんだよ」「爆破すると言うのですか？」「いや、そんなこと知らない」「爆弾をしかけたと言うのですか？」「さあ、どうかな？」「いま車庫に入ってますよ、冗談でしょう？」「ばかやろう！　冗談かどうかみていろ、ふっとばしてやるからな、血だらけにしてやるからな、なにもかもめちゃくちゃにしてやるからな」ぼくは受話器を放りなげるようにしておいた。玄海号は今日の午後八時に東京駅を発車する。午前四時頃にO駅につき、五時頃にK市につき、六時すぎにSにつく。ぼくは顔に直接あたっている光のほうにむかってあかんべえをひとつやり、声に出して笑った。ばかやろう、とんま、うすらばか、はくち。
ぼくは外に出た。そして光に全身をとらえられたまま立っていた。買物籠をさげた女が二人ぼくの脇をはなしこみながらとおりすぎた。ぼくの体の中のなにかが破けて血液のようにどろどろしたものが外に流れだす気がし、午後の光をうけたせいかほてった額に手をあて汗をぬぐうようにこすった。ばかやろう、とんま、うすらばか、はくち。その言葉のリズムが、不快だった。

夕刊を配るまでの時間に未収の金をあつめにいくためにぼくは集金帖をとりに部屋に戻った。紺野は、壁にまるめておいたふとんに体をもたせかけ、眠っていた。夢も希望もなしにこいつはよく生きていけるな、とふいに思い、そう思いついたことがおかしく笑った。斎藤に言わせればこの男は、人生の敗残者らしいが、さてその人生というやつはいったいなんなのだ? 人生なんて東大を出て高級官僚になろうと乞食になってガード下で坐ろうとさして差があるわけじゃない。むしろ世間というやつだろう。ああ、やってくれ、おおいにやってくれ、この男のように世間の敗残者にならないように勉強して東大へでも一ッ橋にでも入ってくれ、テントリ虫、芋虫、うじ虫、斎藤の糞野郎。紺野は口をあけ、女のように黒く長い睫のはえた瞼をふせて、かすかにいびきをかいていた。紺野の頭がおかれているふとんの部分に長方形のやけこげがあった。それは紺野が三十何回目かの誕生日だといって酒をのんだとき煙草の火でつくったものだった。紺野はしみだらけのよれよれのズボンをはき、厚ぼったい黒い靴下に埃と毛玉とマッチ棒をくっつけ、ちょうどゴミ棄場に転った死体のようだった。こういう男が女にもてるというのが不思議だ。ぼくは紺野が部屋の中で眠っていることが、なんとなく腹だたしく図々しく思え、くるぶしを、「よお」と蹴ってやった。「よお、おれの集金帖みなかった？」もう一度足で蹴ると紺野は寝返りをうって壁の〈シシリアン〉のポスターのほうに体をむけ、「知らないよ、ねかせてくれよお」と鼻に抜ける声を出した。

集金帖を尻ポケットにつっこみ、扉をしめながらわざとらしくぼくは「あった、あった」と言った。廊下に出ると便所の水の音が耳につき、またぼくはどこかに電話をかけてやりたいと思った。そうだ、紺野の淫売のマリアさまに電話して、徹底的にスケベイなことを言ってからかってやるのもいい。もしもし、ぼく紺野の弟ですが、兄が電話してみたらいい、と言いましたから。女はくたびれた低い声ではい、はいと言うだろう。「あなたが紺野さんの弟さんですか」、女は教師のような口調になる。「おまえのあそこの毛、何本ぐらいあるんだ？　もう白毛がはえててだからそめてんだろう。一回いくらなんだよ、百円ぐらいか？」

最初にブロック塀でかこいをした西村良広の家に行った。ブザーをおして待っているとドアがあいて三歳ほどの女の子が顔を出し、すぐひっこみ、髪をゆいあげた女がイチゴの模様のついたエプロン姿であらわれ、「いくらかしら」と訊いた。そうしてがまぐちをあけて千円札を出した。「このまえきたの？」「いえきません」ぼくはジャンパアのポケットにつっこんであった集金袋からおつりをとり出した。「ガス屋さんにも電気屋さんにもしかられたのよ、二日もきてそのたびに留守じゃどこへ行けばいいんですかって」女はおつりと領収書をがまぐちの中につっこみながら言いはじめる。女の子が、下駄箱の上においてある金魚鉢の中をのぞきこみ、あやうく床に頭からおちそうになった。「不祝儀なんていつおこるかもしれないのにねえ、みんな怒ってるの」その次は富士見荘の二階の高岸勝美だった。靴をぬぎ、廊下のつきあたりの部屋の戸をたたいたが中から返事はなかった。時間はずれに誰かが飯を食べようとしているらしく、油のこげるにおいと音がひびいてきた。次の未収の家もアパートだった。内田仁というバーテンダーをやっているもみあげの長い二十六、七の男だった。「いるんですかあ」と言ってぼくはドアをノックした。中から女の声がし、ドアがひらいた。内田仁のかわりに女が金をはらってくれた。部屋の中はハンガーにぶらさがった背広以外になにひとつ生活に必要なものがおかれてなく、がらんとした感じが奇妙にエロチックで、ぼくは男と女の性交のにおいにみちみちているふうに思った。外に出ると、風が吹いていて、それが禍々しい事のはじまる前兆のような感じで、ぼくは集金袋をジャンパアのポケットにつっこみ、集金をうちきることにして販売店のほうにむかって歩いた。光に色がついていた。猫がブロック塀の角から顔を出し、一瞬恐ろしいものをみるようにぼくのほうに眼をむけ、走りぬけた。電話ボックスがあったのでぼくはその中にはいり、ほとんど考えることもしないで自動的にダイアルをまわした。「はい、こちらは東京駅ですが……」という応答を充分にききもしないで、「いいか、おぼえてろよ」とうなるような声を出した。「今日の十二時にふっとばしてやる、めちゃくちゃにしてやる、ふっとばしてやるからな、ふっとばしてやるからな」興奮で声が裂け、それ以上の言葉をぼくは思いだせなかった。電話の受話器からきこえてくる男の声はもしもしもしもしと言うばかりだった。受話器をぼくは丁寧にかけた。体の中心部からふるえはじめ、腕があまりにふるえたから、受話器と把手の部分がかちかち音をたてた。

豆腐のように柔らかい脳味噌にくっついた血管をひとつずつ裂いてしまうようにブザーの音が耳の中をつきぬけてひびいた。眠りがまだ体の中にかたまったままあるのを感じながらのろのろとおきあがり、枕元においたセーターとズボンとジャンパアを着た。紺野が電灯をつけた。ざわざわと音をたてる山鳴りのような雨がふっていた。紺野は寝みだれた頭髪をかきあげながら、「いじきたないなあ、夢の中でイチゴジャムをぬったトーストを食ってたんだ」と言った。階段をおり、バックスキンの靴をゲタ箱のつめこまれた中からさがしていると、新聞がぬれないようにつつむ黒いビニールの風呂敷のようなものをもった斎藤が、紺野の後からおりてきて、「あめ、あめ」と言った。「ふれ、ふれ、かあさんが」歌をうたっているのだった。「じゃのめでおむかえうれしいな、ぴちゃぴちゃじゃぶじゃぶぴっちゃぴちゃ」

「ひとりでよろこんでるからなあ」と紺野が言った。

ぼくは靴をはいて外に出、そのまま販売店にむかってかけだした。雨が顔にあたった。家と家の間を通り抜けて近道をし、あかるい電灯が外の道まで照らしだしている販売店の中にかけこんだ。店主がタオルをさしだし、「よっ、きたな、今日は一番のりじゃないか」と言い、うずくまって新聞の束にかかったひもを鋏で切りはじめた。畳をしいた部屋から拡張をやっている西辻という男が、両手でチラシをかかえて出てきた。

「ちくしょう、またびたびたになるのか、なんかこう気が重くって、こんなことなんでしなくちゃいけないのかって思うもんね」とぼくは拡張の西辻に言った。斎藤が黒いビニールを頭からかぶって「ぴちゃぴちゃじゃぶじゃぶ」とうたいながらやってきた。紺野は頭からしずくをたらしながら入ってき、「つめたあい、つめたあい」と大袈裟に肩をゆすった。別の寮に入っている予備校生と学生たちもかけ足で入ってきた。

「おやじさん、完全防水の雨合羽買ってくれよ」

店主はああと言葉にもならない声を出してうなずいた。紺野はぼくのとなりに坐り、店主から新聞をわたされるのを待っているぼくの耳に、「今日な、ひょっとするといいことあるかもしれないぞお」とかすかに口臭のする息をふきかけて言った。「おれのマリアさするとどうま、河馬のようにふとってて苦しそうに生きてるマリアさまだ。今日、仕事おわるとどうすると思う？」

ぼくの左となりに坐った斎藤がぼくのかわりに笑った。「小便して眠ってからパチンコやるんだろ？　きまってるよ、紺野さんのやりそうなこと」

紺野は斎藤の言葉をきくと、チラシをパタン、パタンと床にうちつけて整えながら、「ははあ、きまってるかあ」と小バカにしたように笑った。「競馬をやるんだ、4―4のゾロめ、それでいただきさ」

「もう紺野さんのでたらめにはあきあきしたよ、競馬なんて紺野さんがするはずないじゃないか」

「それじゃあ一日ねころんで、ショーペンハウエル読むのかな、紺野さん哲学中年だからな、だけど古いんだなあ」斎藤はそう言ってぼくの肩をたたいた。「ぐずぐずしてていやらしいんだよ、この年代の男」ぼくは斎藤の言葉をきき、ではおまえのようにただはいのぼろう、人よりもいい点をとろうと本心では思っている男はいやらしくないのか、と言おうと思った。眠けが完全に体からぬけきっていないらしく、腕や脚が重ったるかった。

「まあ、競馬をやるっていうのは悪い冗談だけどな、《フランキー》のマスターが4―4のゾロめをかうってさ」

「《フランキー》のマスター」斎藤が舌を出して言い、「紺野さんの同志！」とへらへら笑いをした。

風にあおられて雨合羽の帽子がたちまちめくれてしまうので、ぼくの頭髪も顔面もびしょぬれになってしまった。帽子を固定させる顎のボタンがつぶれてはまらないのだった。長靴にとりかえないでバックスキンの靴をはいたままきたのでこげ茶色の雨合羽のごわごわしたズボンからしたたりおちたしずくがはいりこみ、靴底がぬらぬらしていた。高品純一の家は郵便受けがないのでしめきった雨戸の隙間にさしこんだ。軒下にブロックのかけらをおいてふちどりした花壇がつくられ、そこに貧弱なキンセンカの苗が植えてあり、夏に咲いた花の種がおちて育ったのだろうと思える一本をぼくは踏みつけてしまった。その次はマッサージ師の、めくらの夫婦の家。その家は玄関に郵便受けがおいてあるので、苦労しないで入れることができた。走っていると、靴がびたびたと音をたてる。次はスナック《ナイジェリア》、ここは女が気にくわなかった。ずうずう弁の女は、まるで新聞配達の者は自分の下僕であるというふうに、「だみじゃないの、いつも教えているでしょ、入口じゃなく、裏までまわって入れてちょうだい」とこのあいだもぼくの顔をみると言った。「だみですか」ぼくはその女のなまりをまねして言ってやった。ぼくはスナック《ナイジェリア》と書いた入口のドアに、ちょうど女が朝おきだしてドアをあけると犬に餌を与えるように頭の上から新聞がパタンと音させるぐあいに計算して、ひっかけた。あの女はそれにがまんできない。ここはこれで×印が三つ。通りを走って路地に入ると他の新聞社の配達に出あった。すれちがいざまに男は「おっす」と声をかけた。ぼくは反射的に「めっす」と答えた。

鶴声荘は入口に便所がある三畳だけの部屋が一階と二階をあわせて二十七ほどならんだおおきなアパートだった。ここにすんでいる人間は老人ばかりのようだった。先日、浜地とみが、いつも金を払ってくれる日時である一日の午後三時にいくとドアをたたいてもどなってもいないので、となりの部屋の住人にきこうと思ってドアをたたくと、中から白髪頭のおとなしそうな老婆がでてきた。「はまじさん、はまじさん」と老婆は見当ちがいに大きなきいきい声でどなった。その声におどろいたのか、三つとなりの部屋から坊主頭のチャンチャンコをラクダの下着の上にきこんだ七十すぎにみえる男が顔を出し、「いないのかあ」と怒ったように言った。「はまじさん、はまじさんどうしたの、新聞屋さんがきてますよ」老婆はきいきい声で中に浜地とみがいるようにどなりつづけた。「声だせないの?」男がももひきのままやせったをつっかけてひょいひょいと体をみがるにゆすりながらきて、「とみさんよお、とみさんよお、いないのかあ」とドアに口をくっつけるようにして言った。「はまじさん、どうしたの、はまじさん、はまじさん」むかいの部屋のドアがあき、年とりすぎて鈍くなった野良猫のような顔をした老婆が顔を出した。「もういいよ、またくるから」ぼくが騒ぎがこれ以上おおきくなるのをおそれて言っても、となりの部屋の老婆はぎしぎし硝子をこするような声で浜地とみの名前をよびつづけた。ぼくはこのアパートが苦手だった。アパートの入口に、雨樋が古くなって弾力を失った血管のように破けて雨水がいきおいよくふりおち、水たまりができていた。風がおさまらないらしく椿の木が音をたててゆれていた。ぼくは浜地とみの部屋の中に新聞をいれ、それが下に音をたてておちるのをたしかめて、それから全速力で走って次の松島悟太郎の家の前まで行った。犬が吠えていた。雨戸がぴったりとしまっていた。玄関の戸と戸の隙間に新聞をさしこみながら、不意にぼくは、この家の中では人間があたたかいふとんの中で眠っているのだというあたりまえのことに気づき、そのあたりまえが自分にはずっと縁のないものだったのを知った。午前五時半をもうすぎたろう。夜はまだあけない。空は薄暗くところどころまっ黒に塗りつぶされたままある。雨がぼくの顔面をたたいた。それが心地よくぼくはひとつ鼻でおおきく息をすった。そして神の啓示のようにとつぜん、二十歳までなにごとかやる、そうして死ぬ、と思った。それはぼくにとって重大な発見だった。なんとかその年齢まで生きてやろう、しかしその後は知らない。松島悟太郎、この家は無印だが、発見した場所を記念して、一家全員死刑、どのような方法で執行するかは、あとで決定することにする。右翼に涙はいらない、この街をかけめぐる犬の精神に、感傷はいらない。

ゆるい勾配の坂をのぼりきったところに四つ角があり、その角は印刷工場《こうば》で、もうおきてパタンパタンと音させて機械をうごかしていた。朝がそのあたり一帯だけにかたまって、つけっぱなしにされたラジオが讃美歌をながしていた。名前を知らない街路樹の枯れた葉っぱが鳥の死骸のように落ちてぬれ、道路にへばりついていた。そのとなりのつぎはぎだらけのバラック建ての家が、ぼくの配っている新聞をとっていた。その次、二軒むこうの角を入ったところがみどり荘。ぼくはいつもとはちがって、先に便所に入って、ごわごわして冷たい合羽のジャンパアとズボンのジッパアを二度おろすのもまだるっこく感じながら、かじかんで固くなった性器をとりだして小便した。腹のほうから波をうって寒さがおしよせてき、ぼくはみぶるいした。黄色い電球の光に照らされたぼくの顔がいま水の中から上ってきたようにびしょびしょにぬれて鏡に映っていた。廊下に足跡をつけながら西村浩次の部屋の前にいき、新聞を入れた。この男はどうも受験生らしくいつも部屋に電灯がついていた。タクシーの運転手の部屋は別の新聞配達の配るスポーツ新聞をとっていた。

みどり荘の外に出ると雨はやみ、空が朝の幕あけを示す群青に変っていくのがわかった。あと五分の二ほどまわらなければならないということが億劫に感じられた。アスファルトの濡れた道路がつめたかった。ぼくは雨合羽の帽子をはずして右側の雨水のたまっているポケットにつっこみ、いまはじまった朝の凍えた空気と自分の体のぬくもりが完全につりあう黄金比のところにもっていこうと、鼻で息をととのえながら走った。鼻腔が空気をすうたびにつめたく、ぼくは自分が健康な犬のように思えた。高山梨一郎の家の郵便受けのささくれはまだなおっていなかった。

あらたに三重の×印の家を三つ、二重×を四つぼくはつくった。刑の執行をおえた家には斜線をひいて区別した。物理の法則にのっとってぼくの地図は書きくわえられ、書きなおされ消された。ぼくは広大なとてつもなく獰猛でしかもやさしい精神そのものとして物理のノートにむかいあった。ぼくは完全な精神、ぼくはつくりあげて破壊する者、ぼくは神だった。世界はぼくの手の中にあった。ぼく自身ですらぼくの手の中にあった。ぼくはときどき英文解釈をこころみたり単純な代数の計算をやっているぼく自身が滑稽に思えるときがあり、うじ虫野郎と自分のことを悪罵するのだった。そんなことをやってなんになるというのだ、ににんがしは斎藤や紺野にまかせておけばよい、この世界の敗残者であろうと勝利者であろうとそいつらはひとつ穴のむじなだ、どちらも大甘の甘、善人づらにこけがはえるてあいだ。予備校へ通ってどうしようというのだ。ぼくは斎藤が腹だたしかった。朝の光がとなりのアパートの硝子窓にあたってはねかえり、ちょうど机にむかって坐ったぼくの顔にあたっていた。紺野は、淫売のマリアさまのところにいそいそと出かけた。その姿はぼくには理解できかねた。もしかすると淫売のマリアさまそのものが実際に存在なんかしなくって、紺野がおもしろおかしくはなしをするためにでっちあげた架空の人物かもしれない、とぼくは思った。ああ救けてください、ああこのぼくがすべりおちるのをくいとめる術を教えてください、人の前でぼくだったら口が裂けても言えないセリフを、あの男はいかにもほんとうらしく感情こめて言えるのだ。朝の雨に濡れて風邪をひきかけているのか体の芯の部分が寒く、鼻の奥が重ったるかった。部屋はあいかわらずきたなかった。そのきたならしい印象を与える元凶は、壁にまるめられた紺野のふとんだった。ぼくのふとんは四つにたたんで部屋の隅につみあげられてあるのに、紺野はだらしなくぐるぐるドーナッツのようにまいて壁にくっつけ、それをソファのかわりにして坐ったりねころんだりする。時々ぼくのふとんにも腰かけようとするのだった。ぼくは紺野のまねをして鼻に抜ける力のない笑いをグスッとひとつやってみ、「どういうぐあいにいきていったらいいのかわかあらないもんなあ」と言ってみた。「女をだまあすのはわるいとかよいこととかじゃないな、もってうまれついた性みたいなもんでな」わけしり顔で紺野は言うのだった。それからすぐ女をどのようにしてひっかけてだますかというはなしになる。しかし紺野はけっして女との性交のはなしをしなかった。それがすくいといえばすくいだった。

ぼくは正午ちかくの光を感じながら、昼飯をたべるために定食屋にむかって歩いた。空が眩しくひかっていた。雨あがりの風のつめたさと純粋で透明な光が心地よかった。街路樹の蟹の甲羅をおもわせる枯れかかった葉や茶色の幹が硝子繊維をくっつけたように雨水をすってひかり、その光景はぼくが一年ちかくずっとすんでみあきている街のものとは思えないほどだった。こんな光景の街のアパートの一室に、死ぬの生きるのといって夫婦喧嘩をなんどもなんどもやっている人間たちがいることが不思議だった。おびえた子供が泣くこともできずただおとなしくうずくまって喧嘩が終るのを待っている、そのようなことがあるのが不思議だった。なぜそれが不思議に思えるのだろうか？　この雨あがりの光景か、それともその夫婦や子供の、どちらかが嘘だろうか？　いや、どちらも嘘だし、どちらもほんとうだ。親や兄弟の醜くむごいいさかいなどまったく知らず、ふかふかのふとんあたりまえ、こころやさしい母の笑い声あたりまえ、姉のしあわせな歌声あたりまえに育つ子供はいっぱいいる。母親のたけりくるった顔や、姉の喉が裂けひきちぎれるような痛い声を眼にし耳にする子供のほうがむしろまれなのだ。犬がよたよた尻尾をふりながらぼくに近よってきた。ぼくは腰をかがめ口笛をふいてよんだ。ああ救けてください、ああ、このぼくがすべりおちるのをくいとめてください、ぼくは紺野の言葉をおもいだし、犬がいくら呼んでも一メートルほど手前で尻尾をふったまま近よらないので口笛をふくのをあきらめた。そして、それはまったく発作的だった。ぼくは、煙草屋の前の赤電話の受話器をつかみ、ダイアルをまわし、相手の名前もたしかめもしないで、「ばかやろう！」とどなった。「てめえ、まともにおてんとさまがおがめると思ってるのか、皮剝いで足に針金つけててめえの販売店の軒からぶらさげてやっからな」相手の声をきかないうちにぼくは受話器をおいた。店先に坐っていた眼鏡の老婆がぼくの顔をけげんな表情でみていた。

もしもし、とぼくは喉の奥でつぶした声をだした。もしもし、あのう、とぼくは言葉をさがした。定食屋で食った野菜炒めと味噌汁とライスが喉元あたりにひっかかっている気がし、キリンビールの名前の入ったコップの水をのみほしてこなかったことをくやんだ。電話ボックスの硝子に額をくっつけ、ずりおちて道路にはりついたポスターの横文字を読もうとした。「切符がほしいんだけど」男の声は愛想よい人間を想像させた。「え、なんの切符ですかって、ばっかだなあ、駅に電話かけて映画の切符のことききくばかがあるかよ、汽車の切符にきまってるよ」JOINTとポスターの横文字は読めた。ぼくは声を出さずに笑った。「駅にだって映画の切符ぐらいありますよ、七階のカウンターに行けば。どの列車のでしょうときいたんですよ」

「映画じゃない、汽車の切符なんだ、南のほうへ行くあれ、なんてったっけ」

「どちらへいくんですか、鹿児島？」

「ちがうちがう、夜さあ、出るやつ、あれなんとかっていったんだな、こっち夜の八時ごろ出て、朝むこうにつくやつだよ」

「玄海かな、東京駅を二十時半に出ます」

「それだったかな、まあいいや、それの今日の切符ありますか？」

「今日のですか？　今日のねえ、切符」ちょっと待ってくださいと男は言い、それから席をはずして調べにいったようだった。あまり長びくようだったら電話を切ってやろうと思った。すぐ男は戻った。「ああ、いま全部売りきれてますね、ひょっとしたらひとつぐらいあくかもしれませんけど。緑の窓口って知ってますか、そこにいってみたらわかるかもしれませんが。他の列車は？　どちらまででしたか」
「いいんだ、今日のあの汽車じゃなくっちゃ意味ないんだ、あのさあ、こうなりゃしようがないからおしえてやるよ、ぼくの兄貴がさ、ダイナマイトで爆弾つくってあれに乗るから、ふっとんでめちゃくちゃにならないうちにとめようと思ってたのさ。狂ってんだよ、どうしようもないんだよ。兄貴のやつ朝の四時にセットしてるんだ、おれはやめろって言った。おれが言ったってネジのとれたゼンマイ仕掛の兄貴のアタマにはききゃあしない。もういま実際にみんなふっとんで血だらけになって倒れているのをみてるようなもんだ、ぶっとんでしまう」そう言ってぼくは電話を切った。笑いがあぶくをはじきながら喉元をはいのぼってくる。

その夜、紺野は夕刊をくばりおえてきたぼくをみつけると、すぐ部屋の戸をしめろと言い、そして自分の読んだ本をつみあげた上に放りなげたどぶねずみ色のコートの中から得意げに金の束をとりだし、子供が鳥の卵をみつけたとでもいうように瞼がとけて一本の線になるほどはずかしげな笑いをつくった。「金さ、金。あの人がおれを救けてくれたんだ。あの人がおれをためしてみてくれたんだ、裏切らないぞ、絶対に。絶対に、あの人をだましたりしないぞ」

「いくらある」

「数えてみりゃいいよ」紺野は眼と口元にやわらかいえみをつくってみせる。薄い口唇が先のほうでささくれて白い歯がみえ、それが奇妙に紺野の顔をやさしく、そしてずるがしこくみせている。「おれがここから出ていける金、九万八千円、あの人らしいなあ、おれはあの人が心底すきだ、河馬みたいに肥ってってね、なにもかもぐちゃぐちゃになってしまっているような人だけどね、まだ君にはわからんだろうな。おれはここを出ていくよ、おれはもう一度ほんとうにやりなおすよ」

ぼくは自分の陣地である椅子に坐り、ふけているのか若いのかわからない三十幾つかの男の、舌に油をぬった饒舌をただきいていた。この男は三十幾つまで生きながらえてまだなにひとつわかっていない、と思った。「淫売のマリアさまをたぶらかして金とってきたんだろ、要するに」

「たぶらかしたんじゃないって」

「そんなに大さわぎすることないさ、たかだか九万八千円じゃないか」

「君はね、人のこころというやつがわからないんだよ、人のこころをたかだかなんていうのはごうまんだよ、じゃあ百万ならいいのか、二百万円ぐらいならたかだかじゃないのか？　九万八千円はたかだかじゃないよ、こころだよ、君がそんなことといえるのは、精神の不具のせいだよ」

「だけどたぶらかしたんだろ、五十女から金をだましとってきたんだろ」

「そうじゃない、そうじゃあないんだ、この金はあの人がこのおれをためしているんだよ、涙いっぱい眼にためて、あなたねえ、死んじゃだめよお、ぜったいに死んじゃあだめよう、つらいめするのはわたしやわたしの親兄弟だけでいいの、死ぬほどつらいのはあただけじゃなくって他にいっぱいいるの、ほんとうにいっぱいいるの、わたしだってこうして息をしてるのがせいいっぱいだけど、死なないでいるの、死ねないのお、と言うんだ。あの人は一番下の下、底の底で生きててくれるんだ。あの人の金、あの人はこの金がなかったら二ヵ月ぐらいたべることができないんだよ」

「どうせ身の上相談か、一回百円ぐらいの淫売でかせいだんだろ」

「だからだよ、だからたかだかじゃなくってこころだというんだ」

「あのさあ、紺野さん」ぼくは紺野にむかって子供っぽい声を出した。「ぼくさあ、全然女のことしらないんだ、だからその金でね、ぼくをトルコかなんかに連れてって女のこと教えてくれないかなあ?」ぼくが悪戯のつもりで言うと、紺野は歯をみせ、眼をほそめて笑い、「そうこなくっちゃあ」と言った。「この金の使いみちはそれが一番かもしれない」

紺野は金をたてに二つ折りにしてもち、ふとんに腰かけた。

「すぐわるのりするからな、こころはどうするんだよ」

「こころはこころだよ、ぼくのかさぶただらけのでぶでぶふとったマリアさまは、おれや他の人間が裏切ったりだましたりすればするほど、輝やかしくうつくしいこころとしてひかるんだ。おれはさ、この九万八千円を痛いいたいと思いながらきれいさっぱりつかいはたし、そうしてまたあの人のところにでかける、そしてあの人のまえに出て、眼がつぶれそうに思いながら、また、ああ救けてくれっていうんだってことはわかっている。ああ、おじひだからたすけあげてください、どうかたすけてください、このままではずるずる死のほうにころげおちてしまう、死んでしまう、そうするとあの人は、いいのよおっていうよ、そんなに思いつめなくってもいいのよお、だれにでもあること、どうしようもないこと、そんなに苦しまなくったっていいの、おれはまたそう言われるのがつらいんだ」

「わるい男だよ、紺野さんは。そんな五十女たぶらかすんじゃなくってやるならもっと若いのをやればいいのに」

「たぶらかしたんじゃないっていってるだろう、この金はあくどくとってきたようなもんじゃない。ダイアモンドのような、ほんとうに人間の真心結晶させた金なんだ。君にはわからないなあ、痛いいたいって思いながらつかいはたそうと思う気持」

「さっき紺野さん、その金でここを出てって立ちなおるって言ったろ」

紺野は金を縁が手垢で黒くなったコートのポケットの中につっこみながら、彼特有の力のない曖昧にくずれるえみをつくった。その時、窓のむこう側、柿の木のあるとなりのアパートから子供の泣き声がきこえ、女のはっきりききとることが困難な叫び声のような言葉がきこえた。テレビの音が斎藤の部屋からきこえてきた。男のぼそぼそした声が短くきこえ、硝子窓が荒っぽくひらかれ、「世間にきいてもらー」と女の声がし、また荒っぽくとじられた。男の獣じみた威嚇の声がし、子供の泣き声がやみ、それから静かになった。ぼくは椅子に坐ったまま、裸電球が急にあかるさをまし、光のけばをまきちらしているのをみつめた。「あの人はほんとうにうつくしいんだ、一番下の下、底の底にいてうつくしいんだ、あの人の家にいったらそれこそなんにもないんだよ、電話だってただ外からかかってくるのをきくだけ、あの人にむかって何人ああたすけてくれって言ったかわからない、そんな人が、みるにみかねて、米とかビスケットとか、ショートケーキをおいていく。米がないときはあの人はショートケーキくってるんだ。ああたすけてください、ショートケーキばかり食って栄養失調になりぶくぶくふとったマリアさま、あの人の九万八千円ってどういう金かわかるだろう」

「もういいよ、もうききたくないよ。どうせそれもでたらめなんだろ」

紺野がどぶねずみ色のシャツの胸ポケットから煙草をとりだし、火をつけるために新聞紙の散らかった中からマッチ棒をさがしている時、静かになっていたとなりのアパートから再び「いっそのことこの子とあたしを殺してくれえ」と叫ぶ女の声がきこえた。またはじまったと思った。「この子とわたしが死んでしまえば世の中おわるんだ、ちくしょう、甲斐性もありはしないのに。戻ってなどこなくたってえ、だれもあんたのことなんか待ってやしない、なぐりやがれ、さあなぐりやがれえ」それから息をつぐために女は黙った。亭主が殴りつけたか、一言二言、低くうめくように言ったかした。「あんたのようにお上品になど生れてるもんか、声の大きいのも口が悪いのも、あたしの身上さ、なに言ってやがんだ、男のくせにぐだぐだして、ああやってくれ、かっぱ野郎、女と寝ることと女を殴ることしか能がないくせに」肉が肉をうつ音がきこえた。「いくらでも言ってやる、このまえのとき、兄さんに手をついてあやまったじゃないか」女は泣きはじめた。「かっぱ野郎、手をついてあやまったじゃないか、あれは嘘かよ。兄さんはね、あたしはもういやだ、まだ若いし、と首を横にふっていたのを、あんなに言ってるじゃないかととりなした。となりで手ついて頼んで、久美子を、勝彦をしあわせにしますってどの舌で言ったの、ちくしょう、人を殴りやがって、わたしはね、自分の親にだって、三人もいる兄さんたちにだって頭ひとつこづかれたことないんだ、お大尽のくらしじゃなかったけど、蝶よ花よと大事にされてきたんだ、ちくしょう」女は犬の遠吠のように尾をひいて泣き、それから不意に泣きやむと、「ちくしょう、てめえだけ一人前みたいに思いやがってえ、殺してえやる」と叫んだ。金物が上からおちる音がし、木でできたものが柱か机にうちつけられこわれる音がひびき、そして男の、「やめろ、やめろ」と妙にしらけた声がきこえた。ぼくはとなりのアパートの一部屋でなにがおこなわれているのかぼくはだいたい想像できた。

くは息をつめ耳をすましていた。紺野は煙草を指にかくすようにつかんで深くすいこみ、けむりをひっそりと吐きだした。ぼくは不意に、ぼくが同郷の岐阜出身の右翼だと電話をかけた高山梨一郎の家でも、こんな夫婦喧嘩がおこなわれるのだろうかと思った。「殺してやる、おまえを殺してから死んでやる、勝彦といっしょにおまえを殺してやる」女の声は荒い息でとぎれとぎれだった。窓に体があたったらしく硝子が破れ、それが下におち、またくだけた。どこからか、いいかげんにしろよう、という男の声がきこえた。

紺野は煙草を指ではさんだまま身をこごめ、ずるずると鼻水の音をたてながら泣いていた。ぼくはなにもかもみたくないと思った。太陽を正視していると目がくらみ、すべてがうすぐらくきたならしくみえるように、いや太陽そのものが風呂敷包みのまん中にぽっかりあいた穴のようにみえ、不快になり、すべてでたらめであり、嘘であり、自分が生きていることとそのことが、生きるにあたいしない二束三文のねうちのガラクタだと思いこんでしまう、そんな感じになりはじめた。ぼくは十九歳の予備校生だった。いや、新聞配達少年だった。ぼくには希望がなかった。紺野はまだぐずぐず鼻汁をすすりながら泣いていた。ぼくはジャンパアをはおり、朝刊を配るとき使うために買っておいた青と白のまだらのマフラーを首にまくと、紺野を部屋の中に残して外に出た。廊下のつきあたりの水洗便所の水はあいかわらず流れっぱなしだった。歩くたびにぎしぎし鳴る廊下を通り、階段をおり、ゲタ箱の中からぼくの踵の踏みつぶれたバックスキンの靴をさがした。水の音が靴をさがしているぼくの背後からきこえつづけた。

尻ポケットからアドレス帖を出し、紺野に教わって書きとめておいた番号を調べ、空で暗記してから十円玉をいれ、ダイアルをまわした。もしもし、と女の鼻の奥から脳天につきぬけるような声がした。ぼくはその声があまりにももろくて下手をすると途中でぷっつりと切れてしまいそうなのにとまどい、想像していたすさみきったがら声とはまるっきりちがうのを知った。もしもし、女は不安げに言った。「もしもし、どなたでしょうか?」ぼくは黙っていた。

「もしもし、どなたでしょうか?」女の声はたずねた。

「あのう、ぼく紺野の弟ですが」

「紺野さん? こんのさん? わかりませんが」女は言った。

「あんたでしょう、紺野さんにたぶらかされたの。あんたでしょう、あいつに金わたしたの。あいつは悪どいやつなんだぜ、あいつはあれを遊びまわる資金にしようとしてるんだよ」

「もしもし、なんのことかわかりませんが、どちらさまでしょうか?」

「だからぼくはそいつの弟だって言ってるだろ、あいつは悪いやつなんだ、計画的にあんたをだましているんだ」

「もしもし、わたくし、おおばやしですが」

「いいんだ、あいつをかばわなくたって、あいつ、あんたの前で、ああ救けてくれ、死んでしまいそうだからひきとめてくれって言ってるけど、みんな嘘なんだ、あんたのかげで舌を出してるんだぜ」

「どういうおはなしかさっぱりわかりませんが」

「九万八千円だましとられたんだぜ、あいつはきたないやつなんだ」ぼくはいらいらした。女の語尾のふるえる細い高い声がカンにさわった。「あんただろう、かさぶただらけの淫売のマリアさまって言うの、あいつは毎日毎日あんたの噂してるよ、おれはさあ、だから、あんたがどんなに嘘ついたってわかってるんだ、あんたはばかだよ、あんなやつに同情することなんかないんだ、死んでしまうって言ってるやつに死んだためしなどあるか、あんなやつは死にたいというのなら死なせてやれば一番いいんだ」そして不意にぼくは電話の受話器を耳にあて壁にもたれているふとった女の姿を想像した。「おまえだってそうだぜ、うじ虫のように生きてそれをうりものにしてるのならさっさと首でもくくって死んでしまったらどうだよ、だいたいごうまんだよ、自分一人この世の不幸しょってるなんて顔をして、人に、死ぬんじゃない生きてろなんて言うの。おまえんとこなんかにでかけていって救けてくれなんて言うやつのこころの中はな、ちょうど、手足が牛の形をした牛女を見世物小屋にみにいくような気分なんだ。冗談じゃない、だれがまともな気持であたすけてくれなんて言うか、更生資金に九万八千円めぐんでやったと思ってるんだろう。ところがあいつはそれをトルコに行って使いはたすんだと言ってるよ、おまえなんか、そんなに生きてるのが苦しいのなら、さっさと死ねばいいんだ。きたならしいよ、みぐるしいよ」

「もしもし、わたしおおばやしですが」女は言った。

「だから、おれは、おまえみたいなやつがこの世にいることが気持わるくって耐えられない、腹だたしくってしようがない、嘘をつきやがって」ぼくが言葉を吐きちらすように言うと、不意に受話器のむこう側で風がふきはじめたような音がひびき、糸のような、つまり触るとぽろぽろこぼれてしまいそうなこまかい硝子細工でできたような声がし、「死なないのよお」と言った。「死ねないのよお、ずうっとずうっとまえから死ねないのよお、ああ、ゆるしてほしかったのお、なんども死んだあけど、だけど生きてるのお」女はうめくように言いつづけた。「ああゆるしてよお、ゆるしてほしいのお」ぼくはその声をきき、なにかが計算ちがいで失敗したと思った。「ゆるしてくれえないのよお、死ねないのよお」女がなおも細いうめくような泣き声で言い、ぼくはその言葉にではなくて声に腹を立て、「嘘をつけ」と吠えつくようにどなった。「嘘をつけ」たしかに確実にぼくは嘘だと思った。そう思わないととりかえしのつかないことをしてしまったようでがまんならなくなってしまうと思った。「ああ、ゆるしてよお」ぼくは乱暴に電話を切った。そしてすぐにもう一度ダイアルをまわし、金が下におちる音がし、「はい高山ですが」という女の声をたしかめた。ぼくは呼吸をとめ、そして一気に、「おれは右翼だ、おまえたちのやってることはみんな調べあげたからな、ここでな、どういうふうにごまかしても、みんなわかってるんだ、肉屋の牛の脚みたいにてめえらひんむいてやる」と言い、相手の反応をまたないですぐ電話を切った。次は白井清明、ぼくはジャンパアのポケットに入れてある十円玉をつかみ、それを穴におとし、ゆっくりとダイアルをまわした。指先がつめたかった。通りはくらく、時折タクシーやオートバイが通りすぎた。「もしもし、ぼく、おたくの前にひっこしてきたものですが」とぼくはやさしくおとなしい声を出した。「お宅ね、よく吠える犬飼ってるでしょう、あの犬いまいますか？　いいんです、ぼく保健所などに勤めてませんから、いまいますか？　そこからみえる？　そうでしょう、吠えてる声もきこえないでしょ、あとでその犬、見舞ってやってください、あんまりうるさくぼくに吠えつくから、頭殴りつけたら死んじゃったんです、玄関のブロックの門のところに針金でくくりつけてぶらさげてありますから」ぼくはそれだけ言うと丁寧に受話器をおいた。ぼくはジャンパアの左ポケットに入れていた煙草をとりだし、火をつけ、吸った。ぼくの顔がゆらめく炎にうかびあがり、炎が消えるといつもの青ざめたいやらしい顔に戻って電話ボックスの硝子に映った。その硝子に額をくっつけて、ぼくは外をみた。そうだ、あしたは日曜日だ。なんとなく外はあったかくって、うれしそうだった。しかしながらここはちがう、このぼくはちがう。

　ぼくはまたジャンパアのポケットから十円玉をとりだし、それを穴の中にいれてダイアルをまわした。氷のつぶがとけてにじみだすように涙が眼の奥から出てき、ぼくはいそいでジャンパアのそでででぬぐった。ぼくは受話器をおき、あらたに十円玉をいれなおしてゆっくりとダイアルをまわした。

「もしもし、なんでしょうか?」男は言った。もしもし、と低くこもった鼻声でぼくは言った。ぼくは子供っぽい自分の声がいやで、喉をおしつぶすように力をこめ、「もしもし、東京駅ですかあ」と陽気すぎる声を出した。「はい、はあい、東京駅ですが、なんでしょうか?」電話の声は若く弾んだ感じだった。「きのうもこのまえも、おれ、ずうっと電話してるんだ、おまえたち嘘だと思ってるんだろう、いたずらだと思ってるんだろう?だけどちがうんだ、ほんとうだよ、ほんとうにおれはやるつもりだぜ、おれの弟のやつが電話して、おれのこと、頭のネジが一本抜けおちたやつって言ったんだって?」

「もしもし、担当者にかわりました、なんでしょうか」年老いた男の声がした。それはこの前電話した時の男の声だった。「なんでしょうかもないよ、いいか弟の言ってることは嘘じゃないんだ、嘘なのは頭のネジが一本抜けおちてるってことだけだよ、世の中におれほどまともなやつがいるか。いいか、今日こそやってやっからな」

「爆破するって言うのですか?」

「爆破なんて甘っちょろいよ、ふっとばしてやるって言ってるんだ、ふっとばしてやるんだよ」

「いいですか、もうすこし冷静になってください、どうしてふっとばさなきゃいけないのですか？」

「どうしてもだよ」

「なんとか思いとどまっていただく方法はないのですか、なぜあなたがそんなこと考えているのか、わたしたちは全然わからないんですよ、いったい目的はなんなのか？　たとえばねえ、目的が金だというのでしたら、わたしたちだって、それはそれなりに理解できますが」

「金なんかいらないよ、そんなものくさるほどもってるよ」

「なにかね、なにか他に方法はないのですか」

「なんにもないね」

「もしもし、わたしたちもっとくわしくうかがいたいのですがね。よくわからないんですよ」別の男が電話口にでた。ぼくは「うるさい！」とどなった。「てめえとはなししてるんじゃない」すぐいつもの声にかわり「すみませんでした」と言った。「いまのは責任者です。みんな心配してるんです、なんとか思いとどまっていただけないもんでしょうか。満員なんですよ、これからずっと」

「おれの知ったことじゃないね」

「どうして玄海号なんですか」

「なんでもいいんだよ、だけど玄海になったんだ、しようがないじゃないか、任意の一点だよ、いいか、おれがノートにでたらめに点々をつくるだろ、一線と他の線が交錯する部分、それを一つでも二つでも白いノートにつくったこととといっしょだよ、その点をけしごむでけすんだ、それがわからなきゃけしごむのかすでもなめてろ」

「わからないですねえ、なぜ玄海ですか」

「うすらばか、とんま、なぜもへちまもあるかよ。点がな、猫だったら猫を殺す、点がみかんだったらみかんをつぶす」

「でも猫をなげつけたり、みかんをふみつぶしたりする人はいても、なにかが腹だたしいからといって列車を爆破する人なんてめったにいませんよ」

「それはみんな甘いからだよ、でれでれ生きて曖昧にすごしてるからだよ」

「そんなことないですよ、人間なんてそんなに数学みたいに簡単じゃないでしょ」

「いいよ、おまえとそんなこと議論してる暇ないんだ。いいか、今日の十二時きっかりに爆破するからな、ふっとばしてやるからな、玄海だぞ」ぼくが受話器を切ろうとしても受話器から男の「なぜ任意なのかわか……」としゃべる声がきこえていた。ぼくは受話器をおいた。

体が寒気のためにかすかにふるえていた。外は風がでてきたらしく、車道のむこう側のアイディア商品を売る店の看板がゆれていた。ぼくは体の中がからっぽになってしまった感じだった。そしてそのからっぽの体の中で、ゆるしてえくれないのよお、という女の声が風にふるえる茶色く痛んだ葉の音のように鳴っているのを知り、もう一度女に電話をかけて、その声が紺野の言うかさぶただらけのよごれたマリアさまかどうかたしかめ、そうだったら、ああ救けてください、と紺野のように言ってからかってやろう、と思ったが、ぼくはやめた。そんなことをしてなんになる。ぼくは扉を押して外に出た。喉元に反吐のような柔らかくぶよぶよしたものがこみあげてき、それをのみこむためにつめたい外の空気をひとつすった。これが人生ってやつだ、とぼくは思った。氷のつぶのような涙がころがるように出てき、ぼくはそれを指でぬぐった。ぼくはそんな自分の仕種が紺野のまねをしているように思えて、むりにグスッと鼻で笑った。不意に、ぼくの体の中心部にあった固く結晶したなにかがとけてしまったように、眼の奥からさらさらしたあたたかい涙がながれだした。ぼくはとめどなく流れだすぬくもった涙に恍惚となりながら、立っていた。なんどもなんども死んだあけど生きてるのよお、声ががらんとした体の中でひびきあっているのを感じた。眼からあふれている涙が、体の中いっぱいにたまればよいと思いながら、電話ボックスのそばの歩道で、ぼくは白痴の新聞配達になってただつっ立って、声を出さずに泣いているのだった。

デカダン文学と不気味さ

解説　道籏泰三

嘘だか真だか、能登にこんな面妖《もっしょい》な話が伝わっているという（半村良『能登怪異譚』所収「箪笥」）。いつ頃のことか、ある旧家の家族が、なぜか夜になると箪笥の上にあがり、明け方まで、膝に手を置いて闇を睨んだままじっと座っているようになった。「夜《よさる》になったさかいには、化けもんみたいしに、口もきかず顔色もかえんと、みんなして箪笥の上へあがってしまう」。三つになる男児《ぼんち》に始まり、やがて残り七人の子供、女房《かあか》、そして爺《じいじ》、婆《ばあば》までもが次々と箪笥にのぼった。箪笥が足りなくなると、どこからか皆で古いのを担ぎ込んできて、のぼった。働き盛りで一人まともな亭主《とうと》の市助は気色悪がり、「汝達《わらっち》ゃ何《なん》やてみんなして箪笥の上へあがっとるのやッ」と怒鳴りあげるが、女房《かあか》は「何《なん》やよう判らん顔で、じっと市助の顔をみつめる」ばかり。やがて亭主《とうと》、ある日ぐでんぐでんに酔ったあげく、家を出て海沿いを逃げ、北前船の水夫《かこ》になってしまう。そうして何年か経ち、船がたまたま家の近くの沖に錨を下ろして夜を明かしていたとき、市助が船べりでぼんやり家の方を見ていると、闇の中をぎーっぎーっと舟をこぐ音が聞こえてくる。見ると、家族一同が舟に乗って、皆で簞笥を担いで迎えにきているのだ。「なんも恐しことないさかいに、帰って来《き》さしね。とうとの簞笥も持って来たさかい、この上に坐って帰らし。みんながしとるように、夜《よさる》になったら簞笥の上へ坐っとったらいいのや。あがって坐れば、どうして家の者《もん》がそうするのか、一遍に判るこっちゃさかい。一緒にくらそ。水夫《かこ》みたいしなことしとったかて、なんも好いことないやないか」。市助はついに観念したのか、その夜船を下りて、簞笥に座って皆に運ばれて家に戻ったという。語り手は、話を終えたあと一言こう呟く。「なんで夜《よさる》になると簞笥の上へあがって坐っとるのか、おらにはようく判っとる。そやけど、よう言えんわ。かくしとるのやのうて、言葉ではよう言いきかせられんのや」と。――べつに洒落のつもりはないけれど、デカダンスというものを考えるとつい、人が夜、大きな簞笥《デカいタンス》の上でじっと化け物のように座っている不気味な情景が浮かんでくるのだ。

　本選集は、いわゆるデカダンスの傾向・心情が顕著と思われる短篇をピックアップし、ほぼ発表年順に並べたものである。ボードレールを先駆とする一九世紀末フランスの耽美的風潮としての文芸史上のデカダンスについては、ここでことさら問題にするには及ばない。ここではより一般的に、デカダンスとは、フランス語の原義をもとに、「堕ちる」「頽廃する」といった厭世的、下降志向的な生の傾向を表す概念として広く理解し、世に積極的な意味も価値も見出せず、倦怠と失望のうちに破壊と自滅へと突き進んでいくような考え方や生き方を指すものと了解してもらえば十分である。生きることの懐疑と不安のうちに胚胎し、絶望、反逆、放縦、没倫理、無思想、放蕩、自壊といった構えをしだいに意識化し尖鋭化してゆく虚無的な傾向のことである。

そうした意味でのわが国のデカダン作家といえば、まず思い浮かぶのは、坂口安吾、太宰治、田中英光、織田作之助など、「戦後無頼派」の呼称——「無頼」というのが相応しいかどうかはいざ知らず——で一括りにされている作家たちということになるのだろうが、本選集では、これらも含めた上で、葉山嘉樹《よしき》、宮嶋資夫《すけお》、島尾敏雄、三島由紀夫、野坂昭如、中上健次など、デカダンと称するのがいささかためらわれるような作家たちもあえてとりあげた。世の流れと自虐的に戯れながら、自ら「焼跡闇市派」と称して「戦後無頼派」の心情を抱き続けた野坂や、自らの複雑な出自を見つめながら暴力と死と救済の世界を描いた肉体派の中上などは、まだしも違和感は少ないだろうが、プロレタリア作家の葉山や宮嶋、皇国主義の三島、一見地味で穏健な純文学者ふうの島尾となると、やはり抵抗があるかもしれない。しかし、宮嶋や葉山は、ボルシェビズム派とアナーキズム派の対立が尖鋭化した大正期のアナ・ボル論争の流れの中にあって、その作品はなお、アナーキズムにつながるデカダン的絶望の色を濃厚にたたえているし、三島の右翼的熱狂は、生の完全燃焼を求める刹那的なロマン主義とひとつになっており、それが彼を極端なまでの美的デカダンスへと押しやっている。島尾もまた、一連の「病妻もの」に顕著なように、日常が日常の姿を失って崩れてゆくときのまざまざとした不安をシュールな文体で微細に描いており、その強烈かつ異様な崩壊感覚の点で多分にデカダン作家の資質をそなえていると言ってよい。一口にデカダンスと言っても、そこにはきわめて多様な顔つきがあるのであって、本作品集は、個々の作品を通してそうした多様な顔つきを具体的に実感してもらうとともに、その背後で沈黙のうちに語りかけてくる作者たちのさまざまな思いを感じ取ってもらうことを狙いとした。デカダン文学とは何か、その背後に何が息づいているのかについて、あらためて考えるきっかけにでもなればと思う。

言うまでもないが、デカダン文学なるものは、醜悪、放縦、絶望、破壊、自滅といった否定的、貶下《へんげ》的な言辞だけで片づけられるような単純なものではない。その背後には、作者たちののっぴきならない闘いが渦巻いている。その抜き差しならぬ闘いとは何か、どんな闘いが彼らをデカダンスの危険地帯に追いやってきたのか。とりあえず言えるのは、そこには、知的格闘、自らの生きている不如意な現実——その現実を創り出しているまやかしの思考形態《イデオロギー》——に対する思想的闘争があるということである。日常周辺の些事にことさら情緒的、文章修業的な眼をそそぐ私小説的伝統の中で育ったわが国の文学は、かねてより知的格闘というものが乏しい環境にあったといえるが、デカダン作家たちは、そうした環境の外に立って、世界と生のありようをめぐって大きな問いを抱えつつ、現実に対して苦しいラディカルな闘いを挑もうとしたということだ。よく知られているように、デカダン坂口が「堕落論」で、敗戦直後の騒然たる世に、堕ちることこそ生きることだという声を高々と響かせたのには、世にはびこる「健全なる」思想の虚偽性を、世界と人間の混沌と虚無を見つめる堕落者の眼を通した「健全ならぬ」思考によって粉砕しようという闘争的、反逆的意志が歴然としている。彼にとって、世の「健全なる」思想というものは、一人よがりのうちに現実との闘いを放棄し、自ら支配と順応の道具に成り下がった偽物にすぎない。生きた本当の思想は、虚無と境を接するなかで、自らの破壊と刷新の契機をはらんでいなければならない。「デカダン文学論」と題された彼のエッセイにはこうある。「すべて世の謹厳なる道徳家だの健全なる思想家などというものは、例外なしに贋物と信じて差支えはない。本当の倫理は健全ではないものだ。そこには必ず倫理自体の自己破壊が行われており、現実に対する反逆が精神の基調をなしているからである」。あるいは織田は、自らデカダンに居直りながら、思想も信念もたず廻り燈籠の影絵のごとく流転してゆく巷の凡人たちの生きざまを主題にすることによって、世のまことしやかな思想に不信を突きつけるとともに、生きて蠢《うごめ》く肉体それ自体に真っ当な価値を求めようとした。「僕らはもう左翼にも右翼にも随《つ》いて行けず、思想とか体系とかいったものに不信──もっとも消極的な不信だが、とにかく不信を示した。……まア一種のデカダンスですね。……左翼の思想よりも、腹をへらしている人間のペコペコの感覚の方が信ずるに足るというわけ。だから僕の小説は一見年寄りの小説みたいだが、しかしその中で胡坐《あぐら》をかいているわけではない」(「世相」)。「肉体を描くということは、あくまで終極の目的ではなくて単なるデッサンに過ぎず、人間の可能性はこのデッサンが成り立ってはじめてその上に彩色されて行くのである。……白紙に戻って、はじめて虚無の強さよりの「可能性の文学」の創造が可能にな」る(「可能性の文学」)。「贋物」の思想に背を向け、ときには無思想を標榜しながらも、「白紙に戻って」ゼロから新たな思考を紡いでゆこうとすること、これが、大きく見て、デカダン作家たちに共通した知的格闘のありようである。それは、堕落と反逆と虚無のうちから現れ出るかもしれない「理想」へのやみがたい希求とでも言い換えることができよう。

「理想」への希求といえば、不毛なデカダン作家の親玉として蛇蝎視されてもいる太宰でさえ、どこまで本気かはともかく、自分はそうした希求の中でものを書いているのだと抗議の声をあげている。自分の文学はたんなる遊蕩《ゆうとう》の文学ではなく、そこには「理想」を求める「ロマンチシズム」が脈打っているのだ、と。「一人の遊蕩の子を描写して在るゆえを以《もっ》て、その小説を、デカダン小説と呼ぶのは、当るまいと思う。私は何時でも、謂《い》わば、理想小説を書いて来たつもりなのである。／大まじめである。私は一種の理想主義者かも知れない」（「デカダン抗議」）。あるいは太宰のエピゴーネンを自認する田中英光も、「文学は神よりも悪魔との協力で作られる」と大上段に構えながら、自らのデカダン小説と「理想」のつながりについてこんなふうに持説を展《ひろ》げている。「ぼくは自分の文学を、哲学や倫理学みたいに人間の信仰や救いのためにあるとは信ぜず、むしろ人間不信の抗議や絶望の告白によって、読者たちに現実の地獄相をのぞかせ、逆に人間信頼の理想や人類不滅の憧れの如き光りを望ませる毒薬的刺激剤のように思う」と（「私は愛に追いつめられた」）。デカダン作家たちにとって「理想」は、神棚からおのずと舞い降りてくるのではなく、堕落した悪魔的なものから反転のかたちで浮かび上がらせるほかない。反転、これがデカダン文学における知的格闘の核心である。ちなみに、それはまた、「理想」を失ったわれわれの現代における思考のあり方の根幹を突くものでもあると言えるだろう。

　ここからデカダン文学のきわめて重要なもう一つの局面が浮かび上がってくる。死とののっぴきならぬかかわりである。デカダン文学は死の臭いにとりつかれている。そこではまず、主人公ないし作者にとって唾棄すべき現実の世界は、死んだ廃墟のようなものとして映っている。が、それだけでなく同時に、現実に対する反逆の砦であるべき自らの自我も、この廃墟の世界のいわば伴走者として、それ自体が崩壊し死に瀕しているのである。そのさまは、たとえば本選集でいえば田中の「**離魂**」などにとくに明瞭に見てとれる。主人公（田中）にとっては、自分がこれまで生きてきた世界は、社会も家庭も、何ら慰めも刷新もない死んだ世界であり、そこで彼は、生の唯一の証しとして懸命に女の愛を求めるが、魂（自我）の生きどころを失ってそれも挫折し、煮え湯に落ちたざり蟹よろしく七転八倒しているのだ。世界とともに、世界批判の拠点としての自我もまた朽ち果てているといった構図である。どこまで行っても生の真っ当な到達点が見えない泥濘《ぬかるみ》の世界で、人間自体がまるで墓場に突っ立っている腐った墓標のようになってしまったという気味の悪い感覚、これが、田中に限らず多かれ少なかれデカダン文学にまつわりついている特有の感じでもある。

この感覚は、その死との親和性の点からしても、フロイトのいう「不気味さ」に類するものとして捉え返すことができる。そうすることによって、この感覚が人間文明のなかでもっている大きな意味も、より鮮明になってくるように思える。周知のようにフロイトは、「不気味さ」なるものを、その後期の欲動論（「エロス」（文明を推進する生と性の欲動）と「タナトス」（文明を破壊する死の欲動）の二大欲動論）にもとづく文明論のなかで、独自のかたちで捉えた。それによれば、「不気味さ」とは、「エロス」の創り出す文明化（それは個々人の自我の発展に重なる）を押しとどめ中断しようとする「タナトス」の出現が感知されたときに、文明＝自我に亀裂が走るようなおぞましさの感覚のことをいう（「不気味なもの」他）。彼にとって「不気味さ」とは、「エロス」（文明＝自我）を破壊する「タナトス」（死）の出現を告げる感覚的メルクマールであり、これと同じくデカダン文学においても、世界＝自我からは、人間文明の死を表すものとしてのこの不気味さがいたるところに立ちのぼっているのだ。本選集所収の「**骨餓身《ほねがみ》峠《とうげ》死人葛《ほとけかずら》**」には、そうした文明の死の象徴としての不気味さが、じつにラディカルなかたちで表現されている。人間の屍《しかばね》のみを養分として繁茂する「死人葛」の白い美しい花は、生きて活動する世界＝自我が、すでに死によって蚕食されているという事態を象徴的に告げるものであり、文明と人間の全体を墓場と化さしめる不気味な妖魔にほかならない。デカダン文学には、そうした意味での「死人葛」がいたるところに咲き乱れているのである。

しかし、ことは世界＝自我の死でもって終わるわけではない。デカダン文学は、この崩壊した自我のうちに、いやそこにこそ、世界が死から反転する可能性を見ようとしているからである。その可能性はやはり、「不気味なもの」についてのフロイトの見方のうちに垣間見ることができる。その根底に置かれているテーゼはこうだ。「不気味な（unheimlich）ものとは、つまり、かつて慣れていたもの、遠い昔に馴染んでいたもののことである。この語に付された前綴りの〈un〉は、抑圧のしるしである」（「不気味なもの」）。フロイトのいう「不気味さ」とは、「かつて慣れていたもの」が、自我の発展（文明化）の過程で繰り返し抑圧され、長らく無意識の淵に沈澱していた後に、何らかのきっかけで「タナトス」に引きずり出されるようにして自我の中へ破壊的に参入してきたときに湧き上がる不安のことである。この「かつて慣れていたもの」とは、精神分析では、文明以前に馴染んでいた近親相姦や去勢不安、あるいは、思考したことが即現実化するといった「思考の万能」など、文明の中で排除さるべき退行的なものと想定されているわけだが、より偏《かたよ》りなくいえば、それは、文明化のなかで抑圧され忘却されて、もはや何であったか分からなくなってしまった原始自我（原始人ないし幼児の自我）とでも一般化できるものだ。そして、重要なのは、文明自我ならぬこの原始自我には――啓蒙主義者のフロイトはあえてこの点を見ないようにしているようだが――ある意味で「理想」の生につながる何かがはらまれているはずだ、ということである。この原始自我は、今でこそ何か歪んだものとして現れているとしても、かつて原初の時代に人間に快と自由と愛を贈り与えてくれたにちがいないものだからだ。文明世界の中にこの原始自我が、不気味さを醸しつつ、同時に「理想」のかけらを潜めながら、現在へと甦ってくる。デカダン作家たちがもがき求めているのは、他ならぬこの「理想」の破片なのだ。彼らにとって不気味さは、世界=自我の死を象徴するばかりでなく、この正体不明の「理想」を告げ知らせる徴《しるし》でもあるということである。デカダン作家たちが知的格闘の中で希求している「理想」は、何も書かれていない白紙のようなものに等しい。したがってその格闘は、どこまで行っても泥沼の中を右往左往するがごとしである。そこでは自我は、一見したところ、その右往左往のはてに狂気、破壊、絶望、自壊など、おぞましいものに行き着くしかないように見える。田中の描く煮え湯のざり蟹（「**離魂**」）をはじめ、葉山の描く女工の狂気（「**セメント樽の中の手紙**」）、宮嶋の描く自爆テロ（「**安全弁**」）、坂口の描くファルス的笑いや人間の獣性（「**勉強記**」「**禅僧**」）、島尾の描く妻の絶望的高笑い（「**家の中**」）、三島の描く血まみれの情死（「**憂国**」）などは、いずれもそうした類《たぐい》のおぞましい否定的なものであり、それらからは、難破して彷徨《さまよ》う幽霊船のような不気味さが立ちのぼってもいる。しかし同時にまた、そこからは、「かつて慣れていたもの」にはらまれていたはずの「理想」のかけらが、謎めいた姿を現してくる可能性も開けてくる。文明自我が原始自我へと崩壊し、ある意味で死んで空っぽになっているからこそ、その死んだ空っぽの自我の中に「理想」の破片が息づくこともできるのだ。墨汁まみれの蟻たちが白絹の上をのたくった後にできる判読不能の文字といった、太宰の用いた不気味な比喩（「**父**」）は、そうした可能性への思いを、我知らずのうちにぶちまけたものである。あるいは、織田のいう「きょとんとした眼」が見つめるブラックホール（「**郷愁**」）もそうだし、中上の描く、救いなき現代における救済の担い手としての醜い「かさぶただらけのでぶでぶふとったマリアさま」（「**十九歳の地図**」）もその類であろう。デカダン作家たちの営為は、こう言っていいだろうが、連綿と続く文明＝自我＝「エロス」――もしかしたらこれらはもとより歪んだ道筋をたどるしかないものなのかもしれない――に対する異議申立てであり、「タナトス」の出現のうちに「理想」を手探りしようとする、生きる者にとって避けることのできないもがきでもあるのだ。辻褄合わせのつもりはないが、冒頭の箪笥にのぼる人たちの不気味なイメージは、我知らず死の世界に放り込まれた者たちの、逃げても逃げきれないこのもがきに重なっているといえるのかもしれない。ともあれ、本デカダン短篇集を通して、それぞれの作品から立ちのぼる不気味さの感覚のうちに、そうした未定の「理想」へのもがきを感じ取ってもらえればと思う次第である。

本選集はほぼ昭和期の作品に限ることになったが、それは、とりわけ敗戦直後の昭和二〇年代はじめと、四〇年代の高度経済成長と新左翼運動のころを二つの頂点として、以上のような特徴をあらわにしたデカダン文学が目立って現れているように思えるからである。それは、世の進行を根底から疑い、これに背を向け、あるいはこれに反逆しようとする時代の風潮と軌を一にしてもいる。前へ前へと突き進んでゆこうとする明治・大正期には、たとえば岩野泡鳴や葛西善蔵のような自己破壊的なデカダンと称することのできる作家はいても、そこには、時代を崩壊に向かうと感じ取り、その進行をストップさせようとする感覚は本質的に存在しなかったと言ってよく、デカダンスのうちにそうした反転への意志をこめたかたちの文学は成立しようがなかった。また昭和期を過ぎた平成の現在は、隅々まで行き渡った無機的な管理体制が反逆精神そのものを葬り去ったのか、はたまた、時代がポストモダン的ななんでもありの騒乱のなかで、逆に身動きならぬまでに窒息してしまったのか、文学にはそもそも反転も希望も入り込む余地がなくなり、デカダン文学そのものが忘れ去られてしまったようにも見える。本選集が昭和期の作品に限ったのは、そうした状況によるところが大きい。昭和期のラディカルな文学的実践を見直すきっかけにでもなれば願ってもないところである。

以下、本選集に収められた個々の作品の説明を簡単に記しておく。作品の表題のあとに付した短いフレーズは、以上の解説、とりわけ不気味さとのかかわりを念頭に置いたうえでの読みどころくらいに思っていただきたい。

＊

葉山嘉樹「セメント樽の中の手紙」——人間コンクリート

昭和元年、厳密には大正一五年発表の掌篇。プロレタリア文学の嚆矢の一つとして高く評価されてきた作品でもあるが、その内容は、政治的な救済・解放を突き抜け、読者を絶望的なデカダンスの闇にまで駆り立ててゆきかねない恐ろしいものが顔をのぞかせている。本来のプロレタリア文学にとって過剰とも無定形ともいえる、狂ったような不気味さのトーンが特徴的である。掲載誌は、なおアナーキズムの気配を残したプロレタリア文芸誌の『文芸戦線』。

セメントまみれになって樽あけの仕事に明け暮れしている人夫が、ある時、樽の中の小さな木箱に気づく。そこには宛先のない手紙がボロ布にくるまれて入っており、おぞましい事故死のことが訴えられている。セメント製造工場でクラッシャーに挟まれて恋人の工員を奪われた女工の書いた哀切な、そしていささか気味悪い手紙である。恋人は「呪《のろい》の声を叫びながら、砕かれました。そうして焼かれて、立派にセメントになりました。／骨も、肉も、魂も、粉々になりました。私の恋人の一切はセメントになってしまいました。残ったものはこの仕事着のボロ許《ばか》りです。私は恋人を入れる袋を縫っています」。読んでいて、悲しみに狂ってゆく女工の不気味さが世界全体に染み渡ってゆくように思える。われわれの近代文明全体が、血塗られた人間コンクリートの世界と化してくるとでもいった感じだ。それは、もとより政治的にどうこうできる類《たぐい》の不安ではない。人をいかんともしがたい絶望と破壊に追いやる呼び声のように思える。物語は、手紙を読んだ人夫が、子沢山のわが家の耐えきれない貧しさと喧噪の中、「へべれけに酔っ払いてえなあ。そうして何もかも打ち壊して見てえなあ」と喚《わめ》くところで閉じられている。――自伝によれば葉山は、名古屋共産党事件で検挙され、転向を思わせるかたちで出獄するが、このとき（大正一四年）妻と二人の子が行方知れずとなっており、やがて二児ともに死去したことを知らされる。そのとき、土方をしながら酒に悲しみをぶつけ、「ニヒリスチック」になって「雪の降り込む廃屋に近い土方飯場」で書かれたのがこの作品である。

宮嶋資夫《すけお》「安全弁」――絶望的テロリズム

ボロ布のように使い捨てられる労働者の苦境を描いた揺籃期プロレタリア文学（大正労働文学）の傑作の一つ。アナーキズムないしニヒリズムの色を濃厚にたたえた本作は、先の葉山の作品と抱き合わせで読めば、当時の底辺労働者の救いがたさが一段と際立ってくるように思える。発表は大正一一年、コミンテルン日本支部として日本共産党が設立されたのを機に、アナ・ボル対立が激化した時期である。宮嶋は、幼少時から丁稚、相場師、金貸しの手代、鉱山現場員、土方、ボイラー焚き、ボテフリの魚売りなどを転々とした後、大杉栄の影響下にアナ系の活動家となり、大正五年、処女作『坑夫』でアナーキーな坑夫の暴力と反逆の生を描いて作家としても活動した。本篇は、大正初め頃の自身のボイラー焚きの生活を素材に、病身のボイラー人夫の絶望的反逆を描いたものである。

末期の肺疾をかかえた俊三は、自らの獣のような生涯を怒りと悲しみをもって振り返る。「八つの時にカンカン虫の追廻しになってから、ボイラーの中に潜り込んだり、煙道の中を這い廻って真黒になって暮して来た、獣のような生活が、途切れ途切れに彼の心に浮んで来た」。工場でのストが敗北に終わったあと、彼は、運動の生ぬるさに絶望するとともに、「俺をこんな身体にした奴に、たった一つで好いから思い知らしてやりてえ」と強く思う。「たった一つ」のこととは――結局はこれも無残な失敗に終わるのだが――ボイラーを破裂させ、自身もろとも工場を吹き飛ばすことだ。彼はこうした自爆テロを短絡的に「革命」と呼び、「真に絶望した者は自分の手に依って行なわれる革命の中に丈け生きる事が出来るのだ。彼はそれによって満足して死ぬ事が出来得るに違いない」と自らを鼓舞する。宮嶋は、本篇と同年に「第四階級の文学」という評論を発表しており、そこでこうしたテロ行為を「絶望的テロリズム」と呼び、真っ当な生を奪われた労働者の最期の復讐行為としてこれを是認してもいる。その後彼は、難波大助、古田大次郎、和田久太郎など当時の一連のテロリストたちに連なることはなかったが、本篇が、そうした「絶望的テロリズム」の不気味な想像に突き動かされ、デカダン的ニヒリズムの中で書かれたものであることは言うまでもない。

坂口安吾「勉強記」——求道《ぐどう》を笑いとばす

デカダン坂口の創作はファルスに始まる。彼のいうファルスとは、不気味ささえ感じさせる馬鹿笑いの文学である。徹底した「ノンセンス（非意味）」な笑いを通して、混沌の坩堝《るつぼ》としての人間をまるごと承認し、人間界をがんじがらめにしている意味と価値を笑いとばして、現実の息苦しさを脱しようとすることだ（「FARCEに就て」）。彼は、昭和六年「風博士」などのファルスで文壇に登場した後、しばらく間を置いて、戦争の掛け声がヒステリックになるや、これを打ち消そうとするかのように再び、「総理大臣が貰った手紙の話」（昭和一四年）や「盗まれた手紙の話」（昭和一五年）など一連のファルスを手がける。落語調のとぼけた味を加味した本作も、その頃の上質のファルスの一つである。

大正一五年、坂口は悟りを求めて東洋大学印度哲学科に入学、睡眠を削って求道者に似た生活を始める。が、悟りは訪れず、どころか二年後には神経の病の徴候が露わになり、これを自力で治すために梵語、パーリ語、そしてフランス語にも一心不乱に取り組む。本作は、そのころの滑稽とも悲惨ともいえる右往左往を、主人公栗栖按吉の愚かな姿に託して笑いとばしたものでもある。涅槃《ねはん》大学印度哲学科に入学した按吉は、何を考えているのか、その行動は滑稽を通り越して不気味である。半年ものあいだ、一日に七、八時間も辞書をひっくり返して梵書を睨んでいながら、わずか一頁、しかも「その五行目へ進むことができない」。周りの教師たちも異様だ。チベット語の先生は「夜中無意識のうちに歩行し、最も貴重な本箱に向って放尿」するし、授業中「スカンクも悶絶するほど臭い」屁をひるのだ。ともあれ坂口は、読者を不気味さと紙一重の馬鹿笑いに巻き込んだ末、ついに按吉に悟りを断念させる。「辞書だの書物の中に悟りが息を殺して隠れているということは金輪際ないではないか。……印度の哲人達を見るがいい。若い身そらで、悟りをひらこうなどと一念発起した青道心はひとりもいない。どれもこれも、手のつけられない大悪党ばかりである。言語道断な助平ばかりで……」。やがて按吉は、親友の龍海——これも極貧の坊主修行の身で女の絵ばかり描き続けている不気味な存在だ——が女に迷って行方をくらますのと同じく、辞書を捨て、求道ならぬ拒道、デカダンスへと続く堕落の道に迷い込み始める。物語はそこで閉じられている。坂口のファルスは堕落と境を接しており、悟りを断念した按吉のその後は、戦後の「堕落論」へと続いてゆく。

坂口安吾「禅僧」——獣としての人間

東洋大学を卒業したあと、坂口は、バーの女性（お安）と爛れた関係を続ける傍ら、矢田津世子《つせこ》には肉体関係のない恋愛感情を抱き続けていたが、昭和一二年、二人と別れ、ひとり京都の伏見へ流れてゆく。本篇が発表されたのは、津世子に絶縁状を送る直前にあたる。その頃彼の念頭にあったのはおそらく、悟りを断念したあの栗栖按吉に似て、人間の肉体性、獣性の問題であったろう。本作は、そうした獣としての人間の不気味さと真っ当さを、文明から取り残された雪国の山奥の寒村を舞台に、半ば笑い話ふうに描いたものである。

表題の禅僧は、仏や悟りなどどこ吹く風の獣めいた助平坊主で、「頭抜けた楽天性と健忘性と野性のままの性慾」をもった同じく獣そのままのお綱に惚れこむ。「獣が獣に惚れたんですよ。私だって貴方の想像もつかない獣ですよ」と僧は平然と言い放つ。二人の戯《ざ》れ合いは、はたから見ていかにも不気味だ。たとえば、寺で眠りから覚めたお綱が、ショーツが見当たらぬと激怒し、「禅僧を組敷き、後手にいましめた。本堂へひきずりこみ、これを柱にくくしつけて、着物をビリビリひき裂いて裸にしてしまった。仏壇から大きな蠟燭をとりおろして火を点けると、坊主の睾丸にいきなりこれを差しつけた」。この常軌を逸した狂乱はいったい何ごとだ、と誰しも思うだろう。が、坂口はこの獣たちの尋常ならぬ戯れ合いを、笑いのうちに淡々と描くどころか、親しみをこめて見守っているように見える。文明世界での秩序だとか道徳だとかに虚偽と行き詰まりしか感じていない坂口は、獣としての人間のありように、そうした虚偽を突破する契機を探ろうとしているようでもある。とはいうものの、重要なのは、獣になることそれ自体ではない、己れが獣であることを意識していることだ、と彼は言う。「そういう自分を意識すること、意識しながら生きつづけるということは、恐らく獣にはないことであろう」と。のちの坂口には、人間の不気味な獣性を温かくみつめる作品が数多くあるが、言うまでもなく、戦後一躍彼を人気作家にのしあげた小説「白痴」は、それがもっとも意味深長なかたちで現れたものである。

太宰治「花火」――日の出を待ち望む

「戦後無頼派」の第一人者太宰が、新聞記事にでも取材したのか、得意の情感描写を捨てて事実を淡々と描いた戦中の作品。表立って反戦思想を打ち出したわけではないが、軍部により、退廃的な家庭破壊の話が時局にそぐわないとされ、雑誌発表後すぐに全文削除となった。たしかに主人公勝治は度し難いデカダンの輩《やから》ではある。彼は「人間は自分の最高と信じた路に雄飛しなければ、生きていても屍《しかばね》同然である」と若者らしくも幼稚な自由を主張し、人跡未踏のチベットで開拓者になりたいと言い張る。これが父親の反対で阻まれると、それを機に彼は不気味な家庭破壊者として、凶悪さをあらわしはじめる。妹節子の金品を巻き上げ、画家の父の習作を盗んでは売り払い、女中をはらませ、結婚約束までして金を掠め取り、ワル仲間たちと自堕落な付き合いを続けてゆく。が、身をもてあましたこのデカダン男にも、やがて悲惨な最期がやってくる。泥酔して父と二人でボートに乗ったまま父だけが戻り、彼は水死体で発見される。自殺か事故か他殺なのか不明のままである。

この物語には、戦後の「斜陽」にだぶるところが目につく。勝治―妹節子―作家有原の関係は、「斜陽」の直治―姉かず子―作家上原の関係にだぶっている。だが本篇は、滅びを描いた「斜陽」と比べてもなお救いのない話である。滅びゆく直治には、感動的な「日記」や「遺言」が救いとして残されているが、勝治には放縦なデカダンス以外に何ひとつない。あるのは、死後、父を受取人とした多額の生命保険に入っていたというくらいのセンチなエピソードにすぎない。節子にも、かず子のように、生まれてくる子供はないし、子供に託した「道徳革命」への希望もありはしない。兄の犠牲になり続けた彼女は最後に、「兄さんが死んだので、私たちは幸福になりました」と、「エホバをさえ沈思させたにちがいない」言葉を吐くだけである。カフカの『変身』の暗い結末——妹は、虫となった兄の死骸の掃除のあと家族と明るくピクニックに出かける——を思い起こさせる残酷な言葉である。

ならば、太宰はなぜこんな救いのない物語を書いたのか。どの時代も似ているとはいえ、本作執筆時は戦中、家庭や社会から逸脱する者をことさら容赦しない時代でもある。太宰は、この容赦されない者を容赦されない者として、無言の抗議をこめて描きたかったのかもしれない。妹の最後の言葉に象徴されるこの排除の徹底性が反転して、無言の抗議となって跳ね返ってくるのを待つということだ。妹の言葉にはその反転の意味がこめられてもいる。どこにも花火のシーンなどない本篇が、「花火」という表題を与えられているのも、勝治のデカダンな生と死のうちにこの反転の願いを、闇の夜空に打ち上げたかったからかもしれない。戦後、本篇は短篇集『薄明』に収められたが、その時の表題は「日の出前」と変更されている。太宰は、デカダンスの徹底した暗部の描写を通して、その反転としての「日の出」を待ち望んでいたのだろう。

太宰治「父」——判読不能の文字

放蕩三昧に過ごしてきたとしか見えない重症の放埒病のごとき物書きの父の苦渋に満ちた自嘲を描いた短篇である。「親が無くても子は育つ、という。私の場合、親が有るから子は育たぬのだ。親が、子供の貯金をさえ使い果している始末なのだ」。しかし、デカダンなダメ親父にもダメ親父なりの言い分がある。太宰はそれを、「父はどこかで、義のために遊んでいる。地獄の思いで遊んでいる。いのちを賭けて遊んでいる」と小声で呟く。ならば、いったいデカダンスがどんな義に反転するというのか。むろんそれは判然と口にできるものではない。太宰はこれを、いささか気味の悪い比喩を用いて言い表す。「十匹の蟻《あり》が、墨汁の海から這《は》い上って、そうして白絹の上をかさかさと小さい音をたてて歩き廻り、何やらこまかく、ほそく、墨の足跡をえがき印し散らしたみたいな、そんな工合の、幽《かす》かな、くすぐったい文字。その文字が、全部判読できたならば、私の立場の「義」の意味も、明白に皆に説明できるような気がするのだけれども……。キザな言い方であるが、花ひらく時節が来なければ、それは、はっきり解明できないもののようにも思われる」。こんな言い訳（?）を口ごもりながら、父は今日もまた、妻子を放り出して、つまらない女と飲み歩き、阿呆くさい議論に現《うつつ》をぬかす。「アブラハムは、ひとりごを殺さんとし、宗［惣］吾郎は子わかれの場を演じ、私は意地になって地獄にはまり込まなければならぬ、その義とは、義とは、ああやりきれない男性の、哀しい弱点に似ている」。

照れ屋の太宰の弱々しい本音でもあろう。が、弱々しいながら、ひとつの真理をついていることも確かである。義というものは、人から後ろ指を指されるような堕落とデカダンスの背後に黙して潜んでいるしかなくなったということだ。重要なのは、緊張に満ちたその沈黙を描くことであって、義そのものを剝き出しにすることではない。剝き出しにされた義は、もはや義ではなく、偽になってしまうからだ。太宰にとって義は、どこまで行っても、蟻の這った謎文字にすぎない。本作を発表したあと、やがて太宰は、むろん「花ひらく時節」を見ぬまま、救いのない「人間失格」の泥沼と玉川上水での自死に向かって歩を早めてゆくことになる。

田中英光「離魂」——煮え湯に落ちたざり蟹

昭和二二年、共産党活動を脱けた田中は、その空隙を埋めようとするかのように路上に女を求める。自身ののちに「たいへんな女」と呼ぶことになる街娼まがいの女と出逢い、女の家で妻子を捨てての同棲が始まる。が、やがて女の物欲や酒乱が露骨になるとともに、自らも酒と薬物に溺れ、二人の愛欲生活は崩れてゆく。本篇は、その頃の女との悪戦苦闘を、恥も外聞も捨てて暴露的に描いたものであり、デカダン生活の極致ともいうべき稀有な作品である。

「私」は女を「殺したいほど憎んでいる」が、愛しいと思う心も失せず右往左往している。何を求めているのか、本当の魂がどこに行ったのか分からなくなった「私」が思い浮かべるのは、『無門関』の「倩女離魂《せんじょりこん》」にある七転八倒する不気味な「夢解《ムカイ》」（ざり蟹）のイメージである。そこには、魂が肉体を離れたときに無闇に駆け廻ると「湯ニ落ツル夢解ノ如ク、七手八脚ナラン」との無門禅師の戒めがある。「私」は、自分こそこの煮え湯のざり蟹にほかならないと痛感するが、女との七転八倒の生活をずるずる続けてゆく。やがて、唯一の理解者と仰ぐ太宰治が自死で果てると、孤独と絶望をいっそう募らせ、ついに死にすがるようになる。「強力催眠剤を五十錠も飲み、そのお墓まで辿りついて、左手の動脈を軽便剃刀で切ること。……自分の文学や人生の敗北もかまわず、ヤモタテもなく、それを実行したくなる」と。

本作を書いたあと田中は、酔って女との口論の最中《さなか》、思わず女を包丁で刺して重傷を負わせ、どこにも行き場がなくなって、まさに右の予告の通り、太宰の墓前で自ら果てている。本当の魂を見失い、煮え湯に落ち、七転八倒のはての死、本篇は無頼の徒田中が描いたもっとも愚かなデカダン的生のあり方ではある。しかし、愚かとはいえ、そこには、同じく愚かなわれわれ人間一般の姿が二重映しになっているように思えてならない。われわれはすべて、多かれ少なかれ本当の魂など忘れはてた愚かなざり蟹なのではないだろうか。いや、本当の魂などそもそも存在しないものなのかもしれない。重要なのは、無門禅師のように本当の魂があるかのごとく諭して、愚かさを回避することではなく、愚かさに身を委ねた七転八倒の中で、この存在しないものを存在しないながらに求めることなのではないのだろうか。田中の愚かなデカダンスと死には、この存在しないものへのもがきが見え隠れしているように思える。デカダンスとは、未知の不可能なものを求めての出口なき迷路の彷徨《さまよい》のようなものなのかもしれない。

織田作之助「影絵」——断末魔の犬

昭和一一年、自堕落な文学三昧のはてに三高を退学となった織田は、ひとり大阪のアパートに住まう。胸の病を抱え、孤独な文学の世界に引き籠るようにして生きていた。毎日アパートを出ては、将棋倶楽部に通うなど、難波界隈の人ごみをうろついてもいたらしい。本篇は、その頃の暗くわびしい生活を思い出し、自身の文学の根本がどこにあるのかをあらためて見つめ直そうとしたものであろう。

腐臭の漂う郊外の安アパートの一室に万年床を広げ、鈴木は自分ひとりの世界に閉じこもっている。日暮になると寝床を這い出しては街をほっつき歩き、帰りは終電車、暗闇でのおぞましい幻影に怯えながら、池の畔のぬかるみを摺足で戻ってくる。胸を病み、血を吐くこともあるが、医者の門をくぐることはない。鏡を覗くと死人のような不気味な顔、「まるでお化けだ。ぞっとする」。が、彼は、活動する世間は生きるに値しないとでも思っているのか、孤独と無為のうちに朽ちてゆくことを願っているようにもみえる。孤立したデカダンの死である。

しかし、この鈴木にもふいに転換が訪れる。ある日街に出ると、幼いころ心に残った夜店の情景——織田の好みの情景の一つだ——でも思い出したのか、いつもの街頭のようすが一変し、人間が懐かしい廻り燈籠の中を動く影絵のようにみえる。「光のなかをぞろぞろと通る人がまるで影絵のように見えた。廻り燈籠を見るような、なつかしいながめだった」。「影絵」とは、思想や体系をもたず、肉体と欲望と優しさに突き動かされる懐かしい人間たちのことだ。鈴木は、かつて出逢ったそうした人間たちを思い出しながら、生きていることの価値にあらためて気づく。帰り道、彼は、自動車にひかれて断末魔の仔犬を目にし、なおも生きようともがくその姿に感動して自分の肉体の重さを思い知る。「自分はここに生きている。その証拠にいま自分の声がきこえている。鈴木は自分の手にさわった。なつかしい手ざわりだ。顔をなでた。髭が生えている。なにか動物的な感覚がその髭の感触のなかにある。……かつて思いもかけなかった異様な感覚だった。おれは生きているのだと、鈴木は呟いた」。

本篇は、人間を思想や観念で切り取るのではなく、虚ろな「影絵」としてとらえようとする織田自身の文学のあり方を再確認したものと見ることができる。「夫婦善哉」「わが町」「アド・バルーン」「六白金星」「世相」など、彼の創作活動の背後には、人間たちをそうした「影絵」として、悲しくそして懐かしく見つめる彼の眼がいたるところに覗いている。彼の文学は、そうした「影絵」のごとき人間たちをまるごと抱きとめようとする試みであって、その裏にはある種の深いニヒリズムが脈打っている。織田は、虚無を見つめながらこの「影絵」の世界を駆け抜けたあげく、疲労とヒロポン漬けの中で自ら命を断っ

ようにして死に急いでいった。

織田作之助「郷愁」――きょとんとした眼

死の間近に迫った昭和二一年、織田は「世相」を発表する。若い娘の暴行殺人事件、十銭《テンセン》芸者、阿部定事件など戦前の猟奇的な話題を絡めながら、復興する大阪の姿や焼跡に生きる人たちなど、戦後の混沌とした世相を連ねた彼の代表作の一つである。が、彼は内心これに不満だったようだ。自分の文学は、ジャーナリズムで報じられているものをなぞっているだけではないのか、そんな通り一遍の見方では見えないものがあるのではないか、と強く思う。「世相」の直後に書かれた本短篇は、そんな思いを吐露することから始まる。

思想も体系ももたぬまま流転してゆく人生――「影絵」の世界だ――を阿呆の一つ覚えのように描いてきた新吉は、苦心惨憺の末なんとか結末をつけた「世相」の原稿を抱え、夜更けに梅田の中央郵便局に向かう。途中、人気《ひとけ》のない最寄り駅で、みすぼらしい中年女に出くわす。女は、夫の電報で、わけも分からず間違った駅に呼び出されたらしく、闇の中で「きょとんとした眼」を前方に据えて――夜箪笥にのぼって眼を瞠《みひら》いている人たちのことが思い起こされる――じっと待っている。やがて新吉は梅田に着くが、またもそこの地下で「一人の浮浪者がごろりと横になっている傍に、五つ六つ位のその浮浪者の子供らしい男の子が、立膝のままちょぼんとうずくまり、きょとんとした眼を瞠いて何を見るともなく上の方を見あげていた」。新吉はこの浮浪児の「きょとんとした眼」に惹きつけられる。それは、世相とか絶望とかで片づけられるものではなく、「いつどんな時代にも、どんな世相の時でも、大人にも子供にも男にも女にも、ふと覆いかぶさって来る得体の知れぬ異様な感覚」であり、「生きている限り、何の理由も原因もなく持たねばならぬ憂愁の感覚」を思わせるものであった。彼はふと「人間への郷愁」に打たれ、「いつまでもその子供を眺めていた。その子供と同じきょとんとした眼で……」。

世相など、人間を忘れるための便利な方便にすぎない。なぜ自分はそんな上っ面だけの世界にとらわれて、混沌たる人間の姿を描くことを忘れていたのか、と新吉は思う。「きょとんとした眼」とは、いわばタブラ・ラサ（白紙）を見つめる眼、我知らず投げ込まれたわけの分からない現実への関心と関与が断ち切られ、白紙還元された世界を見つめる眼差しであり、意味づけされた現実の世界から逸脱してゆく狂気に近い眼ともいえる。それが見ているのは、あらゆるものの箍《たが》がはずれた不気味な世界であり、人間世界の秩序が存在する以前の原初の世界とでもいえるものかもしれない。デカダン織田の感じた「人間への郷愁」とは、「影絵」の世界を突き抜けたあとに出現する、そうした原初の虚無に向けられた思いにほかならない。

島尾敏雄「家の中」――破局への高笑い

島尾の作品は、崩れ去った「正常」世界の奪回をもがき求めているという点で、本質的にデカダンスとは異質とはいえるが、特攻崩れで死に直面した特異な体験、あるいは、それと関わるが、出来事の意味を抜くシュルレアリスム的な手法がそうさせるのか、そこには、あの「きょとんとした眼」のような不気味な状況が露わになっている。とくに「死の棘」など一連の「病妻もの」に顕著だが、道徳や慣習や秩序といった人間的な覆いがかなぐり引き剝がされ、剝き出しの不気味な世界が出現する。世界が破局に向かって落下してゆくようなデカダンス特有の不安が胸を締めつけてくるのだ。本篇はそうした「病妻もの」の一つであり、妻のけたたましい狂気の高笑いとともに家庭崩壊ないし世界崩壊の幕が切って落とされるさまを描く。

夫は、家庭のことにはいっさい眼を塞ぎ、外の女とのっぴきならぬ関係にはまり込んでいる。すべてを知り尽くしている妻は、身も心もぼろぼろになり、時には死を思いながら家庭崩壊の不安に耐えている。そこにどこからか猫が迷いこんでくる。暗い家庭に一時《いっとき》にぎやかさが生まれるが、猫は日ましに病気の相を露わにし始め、毛が抜け衰弱してゆく。それとともに妻が不可解な発作を引き起こすようになる。猫は崩れてゆく家庭、崩壊してゆく妻を映し出す鏡でもある。ある夜ついに猫は、泣きじゃくる子供たちの前で死んでゆく。

その夜夫はいつものように終電で帰途につく。胸騒ぎを抑えながら家に着くと、妻も子も寝静まった中、書斎に「電燈がこうこうとつけられ、その下に惨事の現場のような乱雑な情景が広げられてい」る。卓袱台《ちゃぶだい》の上には食べ物や食器が散らばり、ウイスキーの瓶が横倒しになっている。子供たちの傍らで眠りこけている妻を揺り起こすと、妻は大きな眼をあけてじっと夫を見つめ、「「あなたもたーいしたもんね」と言ったかと思うと、急にげらげら笑い出した」。それはいわば、日常の覆いをはね飛ばし、すべてを白紙へと還元する不気味な高笑いであり、破局の世界の開始を告げるものである。これを境に島尾は、この崩壊の世界に引き込まれ、怯え、もがき、修復の目処《めど》も立たぬまま、立ち往生を続けてゆくことになる。本篇は、デカダン文学なるものがやがては正面きって引き受けざるをえなくなる地獄の状況を予告する恐ろしい物語でもある。

三島由紀夫「憂国」――血みどろのエロス

「十日の菊」(戯曲)、「英霊の聲」と並んで「二・二六事件三部作」の先陣を切った短篇で、六〇年安保騒乱を機に露骨な皇国主義者の顔つきを見せ始めた三島の物議をかもした作品。反面、生きる情熱を忘れ思考停止に陥った現代に、ロマン主義的な熱狂を甦らせようとする筆の迫力には凄みがあり、彼の傑作の一つであることは疑いない。二・二六事件勃発の三日目、新婚の身のため蹶起《けっき》からはずされた中尉が、「親友が叛乱軍に加入せることに対し懊悩《おうのう》を重ね、皇軍相撃の事態必至となりたる情勢に痛憤して、四谷区青葉町六の自宅八畳の間に於《おい》て、軍刀を以《もっ》て割腹自殺を遂げ、麗子夫人も亦《また》夫君に殉じて自刃を遂げたり」。これが物語の大筋である。

中尉は若妻とともに凄絶な諌死を遂げる。が、物語の重点は諌死そのものよりも、情死による至福のエロスの描写に置かれている。「至上の肉体的悦楽と至上の肉体的苦痛が、同一原理の下に統括され、それによって至福の到来を招く状況」を「ジョルジュ・バタイユへの共感」のもとに描いた作品と、三島自身の解説にもある通りである（「二・二六事件と私」）。「汗に濡れた胸と胸とはしっかりと貼り合わされ、二度と離れることは不可能に思われるほど、若い美しい肉体の隅々までが一つになった。麗子は叫んだ。高みから奈落へ落ち、奈落から翼を得て、又目くるめく高みへまで天翔《あまがけ》った。中尉は長駆する聯隊旗手のように喘いだ」――二人の最期の情交のシーンである。続いて自刃の場面がくる。中尉の割腹の痛苦には、このエロスの絶頂がそのまま乗り移っているようでもある。「自分の打つ脈搏の一打ち毎に、苦痛が千の鐘を一度に鳴らすかのように、彼の存在を押しゆるがした。……中尉はうつむいて、肩で息をして目を薄目にあき、口から涎《よだれ》の糸を垂らしていた」。夫の凄惨な死を見届けた妻は、後始末を終えるや帯から懐剣を引き抜く。「良人のすでに領有している世界に加わることの喜び」を感じつつ、喉元に刃先をあて「刃を横に強く引く。口のなかに温かいものが迸り、目先は吹き上げる血の幻で真赤になった」。血みどろのエロス、なんとも不気味な情景である。

中尉は表向き「皇軍万歳」の大義に死をもって殉じる。昭和四五年の三島自身の割腹事件を先取りするものでもある。が、このアナクロニズムは、デカダンスの極致としての美的な死に赴くための口実としか見えない。三島のデカダンスは、義をどうしても打ち出せない太宰のデカダンスの対極にある。三島を駆り立てているのは、義を捏造してでも美的な死へと突き進んでゆこうとするいわば一人よがりのデカダンスである。そこには、思想的試行錯誤は完全に吹っ飛び、不気味さだけが一人歩きしているように見える。しかしながら、彼の美的デカダンスにも、この世を越えた何か度外れなものへの憧憬が脈打っていることも確かであり、よしあしは別にして、これもまたデカダンスの典型の一つであることはまちがいないところである。

野坂昭如「骨餓身《ほねがみ》峠《とうげ》死人《ほとけ》葛《かずら》」——露出する「タナトス」

フロイトによれば、死と破壊に向かう欲動「タナトス」は通例、性と文明化を司る欲動「エロス」と融合し、その背後に潜んでしか現れない。だが、野坂のこの作品では、「タナトス」が「エロス」と解離し、これを引きずり廻すといった逆の倒錯的状況が描かれる。これによって野坂は、文明の背後に死が透けていることを訴えようとしたのだろう。物語の主人公は、あえて言えば「タナトス」であり、これを体現した不気味な死人《ほとけ》葛《かずら》である。

死人葛とは、通称骨餓身《ほねがみ》峠の炭坑（葛坑《かずら》）の墓場に咲く、人間の屍《しかばね》だけを養分として育つツタ類である。炭坑主の娘たかをはこの葛の化身ともいえ、その白い美しい花に魅了され、嬰児や兄節夫の屍を密かに家の庭に埋めて、そこに花を咲かせたりもする。葛坑の栄えた戦中期には、死人葛は、徴用人夫、兵役忌避者、朝鮮人、捕虜、共産主義者などから産出されるふんだんな屍を糧に、墓場一面に繁茂した。しかし戦後、葛坑は石炭不況で廃坑となり、昭和三〇年代には山崩れで町から孤立する。たかををはじめここに居残った者たちはたちまち食糧に窮するが、死人葛の実で生き延びている。だが、死人葛を育てるためには大量の屍が必要であり、女は、少女も老婆もがむしゃらに子を孕まねばならない。「殺すために、女は子供を産み、少女は月のものみたとたんに、はらまなければならなかった」。息子は老母を犯し、老父は幼い娘を犯す。兄は妹を手ごめにし、姉は弟を抱く。「タナトス」に支配された「エロス」の狂乱である。野坂が言わんとするのは、「エロス」の創り出すわれわれの文明が、じつは「タナトス」による死をめざしての行進でしかないということである。

物語は、この廃坑の「気違い部落」の者たちが狂乱のはてに死滅し水没したあと、町の者たちが水を引くために山を爆破したとき、死人葛の化身であるたかをを先頭に、屍臘《しろう》と化した死体が次々と浮上してくるところで終わる。死人葛の美しい花を愛し、兄と相姦し、父とつがい、自ら死人葛と化してわが娘の生気をも吸い尽くそうとするたかをの浮遊する不気味な屍臓は、連綿と続く世の営みを嘲笑っているように見える。発表は、高度経済成長たけなわのなか、学生運動が全国を席巻した昭和四四年。野坂は、この自己破壊的ともいえる暴動にある種の共感をこめながら、あるいは、かつての戦争でのおびただしい死の産出を思い出しながら、この物語を書いたと思われる。「エロ事師たち」「とむらい師たち」で、「エロス」と「タナトス」の絡み合う混沌をみつめた野坂にして初めて可能となった限りなくおぞましいデカダン物語である。

中上健次「十九歳の地図」——かさぶただらけのマリア

「朝、この街を、非情で邪悪なものがかけまわる」。「ぼく」は、新聞配達人の寮に住み込んでいる十九歳の予備校生、ほとんど予備校には行かない。「絶望だ、ぜつぼうだ、希望など、この生活の中にはひとかけらもない、……ない、ない、なんにもない。金もないし、立派な精神もない、あるのはたったひとつぬめぬめした精液を放出するこの性器だけだ」。「ぼく」は、恨みをこめて秘密の地図を作っている。新聞購読者に何か気に障ることがあれば、その家に×印を入れて一家惨殺を妄想する。武器は公衆電話だ。「きさまのとこは三重×だからな、覚悟しろ」。ある時「ぼく」は東京駅にも、自分と故郷をつなぐ(と推測される)特急「玄海号」の爆破の電話をかける。「ふっとばしてやるからな、血だらけにしてやるからな、なにもかもめちゃくちゃにしてやるからな」。この希望のない非

（反）社会的な青年は、こんな破壊妄想のうちに、この社会にのっかって生きている人間全体に激しい敵意と憎悪を剝き出しにする。

だがその一方で「ぼく」は心の底で、憎悪し堕ちてゆく自分をどこかで反転させたい、救済されたいとも思っている。「ぼく」は「かさぶただらけのでぶでぶふとったマリアさま」に電話をかける。それは、淫売かもしれない貧しい女で、騙されたりすればするほど、他人を救うという美しい心を輝かせるらしい、どこやら尋常ならぬ女だ。電話をかけると、受話器の向こうから不気味なうめき声が聞こえてくる。「死ねないのよお、ずうっとずうっとまえから死ねないのよお、ああ、ゆるしてほしかったのお、なんども死んだあけど、だけど生きてるのお」。この不気味な女はいったい何なのか。「ぼく」の今の姿を映す分身なのか。それとも、デカダンな生の果てに出現する救いの天使がいるとすれば、それはかくも不気味であるほかないということなのか。救いの不在、そんな余韻を残しながら、この破壊と救済の物語は、「ぼく」の涙とともにこう閉じられている。「なんどもなんども死んだあけど生きてるのよお、声ががらんとした体の中でひびきあっているのを感じた。眼からあふれている涙が、体の中いっぱいにたまればよいと思いながら、電話ボックスのそばの歩道で、ぼくは白痴の新聞配達になってただつっ立って、声を出さずに泣いているのだった」。発表は、中上が芥川賞作家になる以前、肉体労働で糊口をしのいでいた昭和四八年だが、物語は、予備校生として新宮の親から仕送りを受けながら、東京でひとりジャズと睡眠薬にのめりこんでいた昭和四〇年ころの殺伐とした生活を題材にとったものである。

【初出／底本一覧】

葉山嘉樹　「セメント樽の中の手紙」大正15年「文芸戦線」／『葉山嘉樹全集1』（昭和50年　筑摩書房刊）
宮嶋資夫《すけお》　「安全弁」大正11年「解放」／『宮嶋資夫著作集3』（昭和58年　慶友社刊）
坂口安吾　「勉強記」昭和14年「文体」／『坂口安吾全集3』（平成2年　ちくま文庫刊）
　　　　　「禅僧」昭和11年「作品」／『坂口安吾全集3』（平成2年　ちくま文庫刊）
太宰治　「花火」昭和17年「文芸」／『太宰治全集5』（平成元年　ちくま文庫刊）
　　　　「父」昭和22年「人間」／『太宰治全集9』（平成元年　ちくま文庫刊）
田中英光　「離魂」昭和24年「新小説」／『田中英光全集7』（昭和40年　芳賀書店刊）
織田作之助　「影絵」初出不明・昭和22年3月、作品集『怖るべき女』所収／『織田作之助全集7』（昭和45年　講談社刊）
　　　　　　「郷愁」昭和21年「真日本」／『織田作之助全集7』（昭和45年　講談社刊）
島尾敏雄　「家の中」昭和34年「文学界」／『島尾敏雄全集5』（昭和55年　晶文社刊）
三島由紀夫　「憂国」昭和36年「小説中央公論」／『花ざかりの森・憂国』（昭和43年　新潮文庫刊）
野坂昭如　「骨餓身《ほねがみ》峠《とうげ》死人《ほとけ》葛《かずら》」昭和44年「小説現代」／『野坂昭如コレクション2』（平成12年　国書刊行会刊）
中上健次　「十九歳の地図」昭和48年「文藝」／『中上健次全集1』（平成7年　集英社刊）

著者略歴

葉山嘉樹（はやま・よしき）
明治二七・三・一二〜昭和二〇・一〇・一八（一八九四〜一九四五）　福岡県生まれ。二十代後半まで、船乗り、セメント会社工員、土方などの職を転々とし、その間、労働争議への関与などで二度服役。服役中に「淫売婦」「海に生くる人々」を執筆、作家生活に入る。その後、山村生活のなかプロレタリア作家としての色を薄くし、戦争末期、開拓団員として満州に渡り、敗戦による引き揚げの途上、大陸にて列車の中で病死。

宮嶋資夫（みやじま・すけお）
明治一九・八・一〜昭和二六・二・一九（一八八六〜一九五一）　東京生まれ。幼少時よりさまざまな下働きを転々とした後、大杉栄に出逢いアナーキズムの洗礼を受ける。その影響のもとに『坑夫』（発禁）を執筆、鉱山労働者の絶望的状況を描く。大杉亡き後は、しだいに政治的に腰砕けのようになり、ニヒリスト辻潤らと付き合いながら無頼の生活を送る。昭和五年以降は雲水となって半ば宗教世界に浸りながら、ファシズムと戦争の時代を生き延びていった。

坂口安吾（さかぐち・あんご）
明治三九・一〇・二〇〜昭和三〇・二・一七（一九〇六〜一九五五）　新潟市生まれ。東洋大学印度哲学科を卒業後、ファルス「風博士」で文壇に登場。淪落の中でしか真なるものは見えないとの持論のもとに文筆活動を続け、戦後、「堕落論」「白痴」で一世を風靡する。太宰治、織田作之助などと並んで無頼派、新戯作派と呼ばれ、「桜の森の満開の下」や「夜長姫と耳男」などの名作を残す。脳出血により急逝。

太宰治（だざい・おさむ）
明治四二・六・一九〜昭和二三・六・一三（一九〇九〜一九四八）　青森県北津軽（金木）生まれ。東大仏文科中退。学生時代に左翼運動に関与し、運動を脱けた後、幾度か自殺未遂を繰り返しながら、自虐的、自己破壊的な作風の作品を発表。短篇集『晩年』をはじめ、「ダス・ゲマイネ」『右大臣実朝』『津軽』など数々の名作をものし、戦後、「ヴィヨンの妻」『斜陽』『人間失格』など典型的な無頼派の作品を残して、玉川上水に入水。

田中英光（たなか・ひでみつ）
大正二・一・一〇～昭和二四・一一・三（一九一三～一九四九）東京生まれ。早稲田大学ボート部で活躍、昭和七年にロサンゼルス・オリンピックに出場し、そのときの恋愛体験をもとに「オリンポスの果実」を発表する。戦中の朝鮮での皇国主義者から戦後は共産党活動家、さらには酒と女の壮絶なデカダンスへと、生き方に激しい振幅をみせながら、さまざまな雑誌に作品を発表。太宰治を文学上の師とし、最期は行き場を失って彼の墓前で自殺。

織田作之助（おだ・さくのすけ）
大正二・一〇・二六～昭和二二・一・一〇（一九一三～一九四七）大阪生まれ。肺疾と文学三昧の生活で三高退学。『夫婦善哉』で大阪の人情ものを得意とする新進作家として売り出し、『わが町』『青春の逆説』（発禁）を執筆したあと、戦後、「六白金星」「アド・バルーン」「世相」など、没思想、没伝統を地で行く好短篇を矢継ぎ早に発表し、一躍流行作家となる。ヒロポンを打ち、自滅にも等しい過度の執筆活動のはてに喀血して死去。

島尾敏雄（しまお・としお）
大正六・四・一八～昭和六一・一一・一二（一九一七～一九八六）横浜生まれ。昭和一八年、九大法文学部を卒業後、海軍特攻隊（震洋隊）に配属、発動命令が下された直後に終戦を迎える。「出孤島記」などで超現実主義的な作家として注目されるが、やがて愛人問題で妻が神経を病み、このときの看護体験をもとに「死の棘」など一連の衝撃的な「病妻もの」を発表する。昭和三〇年、妻の故郷奄美へ移住し、文学の前衛性は崩さぬまま脳梗塞で死去。

三島由紀夫（みしま・ゆきお）
大正一四・一・一四～昭和四五・一一・二五（一九

二五～一九七〇）　東京生まれ。東大法学部卒。弱冠二四歳にして『仮面の告白』を執筆。以後、『金閣寺』など死を媒介とする唯美主義的傾向の強い作品を刊行するとともに、六〇年安保騒乱を機に政治的に右傾化し、「憂国」「英霊の聲」等を発表する。『豊饒の海』の第四部『天人五衰』で輪廻転生の破綻を描き、脱稿した直後に自衛隊市ヶ谷駐屯地に乗り込んで、蹶起を促しつつ割腹自殺。

野坂昭如（のさか・あきゆき）
昭和五・一〇・一〇～平成二七・一二・九（一九三〇～二〇一五）　鎌倉生まれ。早稲田大学仏文科中退。在学中からさまざまなアルバイトをし、テレビのCMソングなども手がけたあと、『エロ事師たち』と「とむらい師たち」で独自のエロスと死の文学を展開。「焼跡闇市派」を自称し、「火垂《ほた》るの墓」「アメリカひじき」で直木賞受賞。多面的なタレントとしてふるまいつつ、現代文明の危機を訴えた。脳梗塞で倒れ、長らく闘病ののち死去。

中上健次（なかがみ・けんじ）
昭和二一・八・二～平成四・八・一二（一九四六～一九九二）　和歌山県新宮の被差別部落出身。上京して文学とジャズに浸る生活のなか、肉体労働をしながら作品を発表。最初の作品集『十九歳の地図』の後、『岬』（芥川賞）『枯木灘』『千年の愉楽』『地の果て　至上の時』など故郷熊野を舞台にした作品を次々と発表、ある種の神話世界への郷愁とその崩壊を描く。那智勝浦にて腎臓癌で死去。

底本中明らかな誤りは訂正し、ふりがなを調整しました。また底本にある表現で、職業や精神疾患に関わる記述を始め今日から見れば不適切と思われるものがありますが、作品が書かれた当時の時代背景と作品の価値および著者が故人であることなどを考慮し、底本のままとしました。ご理解くださるようお願いいたします。

昭和期《しょうわき》デカダン短篇集《たんぺんしゅう》
道籏泰三《みちはたたいぞう》編《へん》

二〇一八年一〇月一〇日第一刷発行

発行者――渡瀬昌彦
発行所――株式会社 講談社
東京都文京区音羽2・12・21 〒112-8001
電話 編集（03）5395・3513
販売（03）5395・5817
業務（03）5395・3615

デザイン――菊地信義
印刷――豊国印刷株式会社
製本――株式会社国宝社
本文データ制作――講談社デジタル製作

定価はカバーに表示してあります。

講談社
文芸文庫

ISBN978-4-06-513300-2

講談社文芸文庫

青木淳選	建築文学傑作選	青木 淳——解
青柳瑞穂	ささやかな日本発掘	高山鉄男——人／青柳いづみこ－年
青山光二	青春の賭け 小説織田作之助	高橋英夫——解／久米 勲——年
青山二郎	眼の哲学｜利休伝ノート	森 孝一——人／森 孝一——年
阿川弘之	舷燈	岡田 睦——解／進藤純孝——案
阿川弘之	鮎の宿	岡田 睦——年
阿川弘之	桃の宿	半藤一利——解／岡田 睦——年
阿川弘之	論語知らずの論語読み	高島俊男——解／岡田 睦——年
阿川弘之	森の宿	岡田 睦——年
阿川弘之	亡き母や	小山鉄郎——解／岡田 睦——年
秋山 駿	内部の人間の犯罪 秋山駿評論集	井口時男——解／著者——年
秋山 駿	小林秀雄と中原中也	井口時男——解／著者他——年
芥川龍之介	上海游記｜江南游記	伊藤桂一——解／藤本寿彦——年
芥川龍之介 谷崎潤一郎	文芸的な、余りに文芸的な｜饒舌録ほか 芥川vs.谷崎論争 千葉俊二編	千葉俊二——解
安部公房	砂漠の思想	沼野充義——人／谷 真介——年
安部公房	終りし道の標べに	リービ英雄－解／谷 真介——案
阿部知二	冬の宿	黒井千次——解／森本 穫——年
安部ヨリミ	スフィンクスは笑う	三浦雅士——解
有吉佐和子	地唄｜三婆 有吉佐和子作品集	宮内淳子——解／宮内淳子——年
有吉佐和子	有田川	半田美永——解／宮内淳子——年
安藤礼二	光の曼陀羅 日本文学論	大江健三郎賞選評－解／著者——年
李 良枝	由熙｜ナビ・タリョン	渡部直己——解／編集部——年
生島遼一	春夏秋冬	山田 稔——解／柿谷浩一——年
石川 淳	黄金伝説｜雪のイヴ	立石 伯——解／日高昭二——案
石川 淳	普賢｜佳人	立石 伯——解／石和 鷹——案
石川 淳	焼跡のイエス｜善財	立石 伯——解／立石 伯——年
石川 淳	文林通言	池内 紀——解／立石 伯——年
石川 淳	鷹	菅野昭正——解／立石 伯——解
石川啄木	雲は天才である	関川夏央——解／佐藤清文——年
石原吉郎	石原吉郎詩文集	佐々木幹郎－解／小柳玲子——年
石牟礼道子	妣たちの国 石牟礼道子詩歌文集	伊藤比呂美－解／渡辺京二——年
石牟礼道子	西南役伝説	赤坂憲雄——解／渡辺京二——年
伊藤桂一	静かなノモンハン	勝又 浩——解／久米 勲——年

▶解=解説 案=作家案内 人=人と作品 年=年譜を示す。 2018年10月現在

講談社文芸文庫

講談社文芸文庫

講談社文芸文庫

柄谷行人 中上健次	―柄谷行人中上健次全対話	高澤秀次―解
柄谷行人	―反文学論	池田雄一―解／関井光男―年
柄谷行人 蓮實重彥	―柄谷行人蓮實重彥全対話	
柄谷行人	―柄谷行人インタヴューズ1977-2001	
柄谷行人	―柄谷行人インタヴューズ2002-2013	丸川哲史―解／関井光男―年
柄谷行人	―[ワイド版]意味という病	絓 秀実―解／曾根博義―案
柄谷行人	―内省と遡行	
河井寬次郎	―火の誓い	河井須也子―人／鷺 珠江―年
河井寬次郎	―蝶が飛ぶ 葉っぱが飛ぶ	河井須也子―解／鷺 珠江―年
川喜田半泥子	―随筆 泥仏堂日録	森 孝―解／森 孝―年
川崎長太郎	―抹香町｜路傍	秋山 駿―解／保昌正夫―年
川崎長太郎	―鳳仙花	川村二郎―解／保昌正夫―年
川崎長太郎	―老残｜死に近く 川崎長太郎老境小説集	いしいしんじ―解／齋藤秀昭―年
川崎長太郎	―泡｜裸木 川崎長太郎花街小説集	齋藤秀昭―解／齋藤秀昭―年
川崎長太郎	―ひかげの宿｜山桜 川崎長太郎「抹香町」小説集	齋藤秀昭―解／齋藤秀昭―年
川端康成	―一草一花	勝又 浩―人／川端香男里―年
川端康成	―水晶幻想｜禽獣	高橋英夫―解／羽鳥徹哉―案
川端康成	―反橋｜しぐれ｜たまゆら	竹西寛子―解／原 善―案
川端康成	―たんぽぽ	秋山 駿―解／近藤裕子―案
川端康成	―浅草紅団｜浅草祭	増田みず子―解／栗坪良樹―案
川端康成	―文芸時評	羽鳥徹哉―解／川端香男里―年
川端康成	―非常｜寒風｜雪国抄 川端康成傑作短篇再発見	富岡幸一郎―解／川端香男里―年
川村 湊編	―現代アイヌ文学作品選	川村 湊―解
上林暁	―白い屋形船｜ブロンズの首	高橋英夫―解／保昌正夫―案
上林暁	―聖ヨハネ病院にて｜大懺悔	富岡幸一郎―解／津久井 隆―年
木下杢太郎	―木下杢太郎随筆集	岩阪恵子―解／柿谷浩一―年
金達寿	―金達寿小説集	廣瀬陽一―解／廣瀬陽一―年
木山捷平	―氏神さま｜春雨｜耳学問	岩阪恵子―解／保昌正夫―案
木山捷平	―井伏鱒二｜弥次郎兵衛｜ななかまど	岩阪恵子―解／木山みさを―年
木山捷平	―鳴るは風鈴 木山捷平ユーモア小説選	坪内祐三―解／編集部―年
木山捷平	―落葉｜回転窓 木山捷平純情小説選	岩阪恵子―解／編集部―年
木山捷平	―新編 日本の旅あちこち	岡崎武志―解

講談社文芸文庫

木山捷平 ─ 酔いざめ日記
木山捷平 ─ [ワイド版]長春五馬路　蜂飼 耳 ─ 解／編集部 ─ 年
清岡卓行 ─ アカシヤの大連　宇佐美 斉 ─ 解／馬渡憲三郎 ─ 案
久坂葉子 ─ 幾度目かの最期 久坂葉子作品集　久坂部 羊 ─ 解／久米 勲 ─ 年
草野心平 ─ 口福無限　平松洋子 ─ 解／編集部 ─ 年
窪川鶴次郎 ─ 東京の散歩道　勝又 浩 ─ 解
倉橋由美子 ─ スミヤキストQの冒険　川村 湊 ─ 解／保昌正夫 ─ 案
倉橋由美子 ─ 蛇｜愛の陰画　小池真理子 ─ 解／古屋美登里 ─ 年
黒井千次 ─ 群棲　高橋英夫 ─ 解／曾根博義 ─ 案
黒井千次 ─ たまらん坂 武蔵野短篇集　辻井 喬 ─ 解／篠崎美生子 ─ 年
黒井千次 ─ 一日 夢の柵　三浦雅士 ─ 解／篠崎美生子 ─ 年
黒井千次選 ─「内向の世代」初期作品アンソロジー
黒島伝治 ─ 橇｜豚群　勝又 浩 ─ 人／戎居士郎 ─ 年
群像編集部編 ─ 群像短篇名作選 1946～1969
群像編集部編 ─ 群像短篇名作選 1970～1999
群像編集部編 ─ 群像短篇名作選 2000～2014
幸田 文 ─ ちぎれ雲　中沢けい ─ 人／藤本寿彦 ─ 年
幸田 文 ─ 番茶菓子　勝又 浩 ─ 人／藤本寿彦 ─ 年
幸田 文 ─ 包む　荒川洋治 ─ 人／藤本寿彦 ─ 年
幸田 文 ─ 草の花　池内 紀 ─ 人／藤本寿彦 ─ 年
幸田 文 ─ 駅｜栗いくつ　鈴村和成 ─ 解／藤本寿彦 ─ 年
幸田 文 ─ 猿のこしかけ　小林裕子 ─ 解／藤本寿彦 ─ 年
幸田 文 ─ 回転どあ｜東京と大阪と　藤本寿彦 ─ 解／藤本寿彦 ─ 年
幸田 文 ─ さざなみの日記　村松友視 ─ 解／藤本寿彦 ─ 年
幸田 文 ─ 黒い裾　出久根達郎 ─ 解／藤本寿彦 ─ 年
幸田 文 ─ 北愁　群 ようこ ─ 解／藤本寿彦 ─ 年
幸田露伴 ─ 運命｜幽情記　川村二郎 ─ 解／登尾 豊 ─ 案
幸田露伴 ─ 芭蕉入門　小澤 實 ─ 解
幸田露伴 ─ 蒲生氏郷｜武田信玄｜今川義元　西川貴子 ─ 解／藤本寿彦 ─ 年
講談社編 ─ 東京オリンピック 文学者の見た世紀の祭典　高橋源一郎 ─ 解
講談社文芸文庫編 ─ 第三の新人名作選　富岡幸一郎 ─ 解
講談社文芸文庫編 ─ 昭和戦前傑作落語選集　柳家権太楼 ─ 解
講談社文芸文庫編 ─ 追悼の文学史
講談社文芸文庫編 ─ 大東京繁昌記 下町篇　川本三郎 ─ 解

講談社文芸文庫

福田恒存
芥川龍之介と太宰治
対照的な軌跡をたどり、ともに自死を選んだ芥川と太宰。初期の代表的作家論「芥川龍之介I」はじめ「近代的自我」への問題意識から独自の視点で描かれた文芸評論集。
解説＝浜崎洋介　年譜＝齋藤秀昭
ふI2
978-4-06-513299-9

道籏泰三編
昭和期デカダン短篇集
頽廃、厭世、反倫理、アナーキー、およびそこからの反転。昭和期のラディカルな文学的実践十三編から、背後に秘められた思想的格闘を巨視的に読みなおす。
解説＝道籏泰三
みM1
978-4-06-513300-2

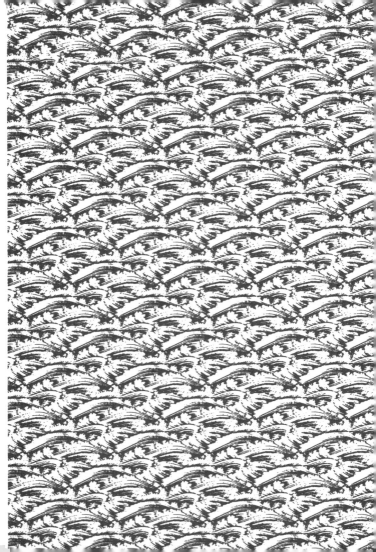